LES ROYAUMES OUBLIÉS

LA LÉGENDE DE DRIZZT

LIVRE VI

LE JOYAU DU HALFELIN

R.A. SALVATORE

Traduit de l'anglais (États-Unis) par Éric Betsch

Milady est un label des éditions Bragelonne

Originally published in the USA by Wizards of the Coast, Inc.
Originellement publié aux États-Unis par Wizards of the Coast, Inc.

Titre original : *The Halfling's Gem – The Legend of Drizzt, book 6*

Illustration de couverture :
Todd Lockwood

Carte :
D'après la carte originale de Todd Gamble © 2005 Wizards of the Coast, Inc.

ISBN : 978-2-8112-0136-4

Bragelonne – Milady
35, rue de la Bienfaisance – 75008 Paris

E-mail : info@milady.fr
Site Internet : http://www.milady.fr

À ma sœur, Susan, qui ne saura jamais à quel point son soutien a compté pour moi au cours de ces dernières années.

Ferme Harpell
Écurie
Marchand d'étriers
Auberge
Marché fermier
Fondeur de cloches
Courant de la Montagne
La Demeure
au Lierre
Longueselle

Prologue

Saisi d'un doute, le magicien considéra la jeune femme en contrebas. Elle lui tournait le dos, si bien qu'il n'apercevait que l'épaisse crinière de boucles auburn, éclatante et somptueuse, qui tombait en cascade sur ses épaules. Même s'il ne pouvait le voir, il savait que la tristesse emplissait ses yeux. Elle était si jeune, à peine sortie de l'enfance, et si merveilleusement innocente.

Cette jeune fille angélique avait pourtant percé d'un coup d'épée le cœur de Sydney, sa bien-aimée.

Harkle Harpell chassa le souvenir malvenu de son amour perdu et entreprit de descendre la colline.

— Une belle journée, dit-il avec entrain quand il fut parvenu à la hauteur de la jeune femme.

— Pensez-vous qu'ils aient atteint la tour ? lui demanda Catti-Brie, dont le regard était obstinément rivé sur l'horizon.

Harkle haussa les épaules.

— Bientôt, si ce n'est déjà fait.

Il l'examina attentivement sans pouvoir se résoudre à lui en vouloir de ses actes. Elle avait certes tué Sydney mais il savait, simplement en la regardant, que la nécessité seule, et en aucun cas la méchanceté, avait guidé son bras armé. Il ne pouvait désormais que la plaindre.

— Comment te sens-tu ? reprit-il d'un ton hésitant, stupéfait du courage dont elle avait fait preuve face aux terribles événements qu'elle avait subis avec ses amis.

Catti-Brie hocha la tête et se retourna vers le magicien.

Même si le chagrin était clairement perceptible dans ses yeux d'un bleu profond, son regard brûlait surtout d'une obstination qui en chassait toute trace de faiblesse. Elle avait perdu Bruenor, le nain qui l'avait adoptée et élevée comme sa propre fille depuis sa plus tendre enfance. Quant aux autres amis de Catti-Brie, ils étaient désormais engagés dans une poursuite désespérée, sur les traces d'un assassin à travers les terres du Sud.

— Les choses ont changé si vite…, murmura Harkle dans un souffle.

Soudain pris d'un élan de sympathie envers la jeune femme, il se rappela le moment où, quelques semaines plus tôt, Bruenor Marteaudeguerre et sa petite troupe étaient arrivés à Longueselle, en quête de Castelmithral, la demeure perdue du nain. Il s'était ensuivi un échange enthousiaste d'histoires et de promesses d'amitiés futures avec le clan Harpell. Aucun d'entre eux n'aurait alors pu deviner qu'une autre bande, menée par un assassin maléfique et par Sydney, l'aimée de Harkle, retenait Catti-Brie en otage et se rassemblait en vue de se lancer à la poursuite des compagnons. Bruenor avait fini par trouver Castelmithral… où il était tombé.

Sydney, la magicienne que Harkle avait tant aimée, avait joué un rôle dans la mort du nain.

Le mage prit une profonde inspiration afin de se calmer.

— Bruenor sera vengé, dit-il, les traits déformés.

Catti-Brie déposa un baiser sur sa joue, puis commença à remonter la colline, en direction de la Demeure au Lierre. Elle comprenait la sincère douleur du magicien et admirait vraiment sa décision de l'aider à s'acquitter de son serment, lequel consistait à retourner à Castelmithral et à en revendiquer les terres au nom du clan Marteaudeguerre.

Toutefois, Harkle n'avait guère eu le choix. La Sydney qu'il avait aimée n'était qu'une façade, un masque de douceur dissimulant un monstre dénué de sentiment et rendu fou par ses pouvoirs. Il avait lui-même eu sa part de responsabilité dans ce désastre quand il lui avait révélé, involontairement, où se trouvaient Bruenor et ses amis.

Tandis qu'il regardait s'éloigner Catti-Brie, le pas ralenti par le poids de ses soucis, il restait incapable de lui en vouloir. Sydney avait elle-même provoqué les événements qui avaient entraîné sa mort et Catti-Brie n'avait eu d'autre choix que de jouer son rôle. Le magicien tourna son regard vers le sud. Lui aussi s'inquiétait au sujet de l'elfe drow et du barbare géant. Ils étaient rentrés à Longueselle à peine trois jours auparavant, petit groupe affaibli et épuisé au-delà du concevable.

Le repos n'était toutefois pas à l'ordre du jour, pas encore, car le maudit assassin s'était enfui avec le dernier d'entre eux, Régis le halfelin, accroché derrière lui.

Tant d'événements s'étaient produits durant ces dernières semaines ; le monde de Harkle dans son ensemble avait été bouleversé par un curieux mélange de héros venus d'une contrée lointaine et désolée appelée le Valbise et d'une superbe jeune femme à qui l'on ne pouvait rien reprocher.

Ainsi que par le mensonge de son grand amour…

Il s'allongea dans l'herbe et observa les nuages cotonneux de cette fin d'été défiler dans le ciel.

Par-delà les nuages, là où les étoiles brillaient pour l'éternité, Guenhwyvar, l'entité de la panthère, faisait les cent pas avec impatience. De nombreux jours s'étaient écoulés depuis que le maître du félin, un elfe drow nommé Drizzt Do'Urden, l'avait invoquée pour la dernière fois sur le plan matériel. Guenhwyvar était réceptive à la figurine d'onyx qui servait de lien avec l'elfe et l'autre monde ; malgré la distance qui les séparait, le fauve était capable de sentir le fourmillement caractéristique même quand son maître effleurait à peine la statuette.

N'ayant perçu aucun signe de la part de Drizzt depuis un certain temps, Guenhwyvar était nerveuse, comme si son intelligence féline d'un autre monde avait compris que le drow n'était plus en possession de la figurine. Elle se souvenait d'une autre époque, avant Drizzt, où un autre drow, voué au mal, avait été son maître. Bien qu'animale par essence, Guenhwyvar possédait alors une certaine dignité, qualité que ce premier maître lui avait dérobée.

Elle se rappelait avoir été contrainte de perpétrer des actes cruels et lâches envers des ennemis sans défense pour le seul plaisir de son maître.

Tout avait changé quand la figurine était devenue la propriété de Drizzt Do'Urden. C'était un être honnête et intègre, si bien qu'un véritable lien d'amour s'était tissé entre Guenhwyvar et lui.

La panthère s'écroula au pied d'un arbre constellé d'étoiles et lâcha un long grognement, que d'éventuels témoins de ce spectacle astral auraient sans doute pris pour un soupir de résignation.

La plainte du félin aurait été plus profonde encore s'il avait su qu'Artémis Entreri, le tueur, détenait désormais la statuette.

Première partie

À mi-chemin de partout

Je suis en train de mourir.

Chaque jour, chaque fois que mes poumons se remplissent, je me rapproche de la fin de ma vie. Car nous sommes nés avec un nombre fini de respirations et chacune fait tendre l'éclat du soleil qu'est ma vie vers un inéluctable crépuscule.

C'est une chose difficile à admettre, particulièrement lorsque nous sommes en pleine santé et dans la force de la jeunesse, et pourtant, j'ai compris qu'il est important d'être conscient de ce phénomène, sans pour autant se plaindre ou sombrer dans la mélancolie. C'est seulement en acceptant honnêtement l'idée qu'un jour je mourrai que je peux vraiment commencer à vivre. Même si je ne ressasse pas continuellement la réalité de ma mortalité, je crois que l'on ne peut s'empêcher de penser, au moins de façon subconsciente, à cet impressionnant spectre tant que l'on n'a pas compris, véritablement compris et admis, que l'on mourra un jour. Que l'on quittera ce monde, cette vie, cette conscience et cette existence, pour ce qui nous est réservé par la suite, quoi que ce soit. Ce n'est que lorsque l'on accepte avec franchise le caractère inévitable de la mort que l'on est libéré de la peur qu'elle engendre.

Nombreux sont ceux qui, semble-t-il, se réfugient dans leurs habitudes et suivent les mêmes rituels chaque jour avec une précision quasi religieuse. Ils deviennent esclaves de leurs habitudes. C'est en partie lié à l'impression de confort que procure tout ce qui est familier, mais un autre aspect de ce comportement réside dans la croyance profondément ancrée que, aussi longtemps qu'ils conserveront leur routine, rien ne changera jamais. De tels rituels leur donnent l'illusion de contrôler le monde qui les entoure alors même qu'en vérité ils en sont incapables. Même si leurs gestes demeurent les mêmes, jour après jour, la mort les trouvera, sans le moindre doute.

J'ai vu d'autres personnes sacrifier leur existence entière à la résolution du plus grand des mystères et conditionner chacun de leurs actes et de leurs mots dans une tentative désespérée de trouver des réponses à une question qui n'en a aucune. Ils se dupent eux-mêmes, qu'il s'agisse de l'interprétation de textes anciens ou d'un obscur signe délivré par un événement naturel, en croyant avoir découvert la vérité ultime et en étant persuadés que, s'ils se comportent en accord avec cette vérité, ils seront récompensés après leur mort. Il s'agit certainement là de la manifestation la plus évidente de la peur de la mort, cette croyance dévoyée selon laquelle nous pouvons d'une façon ou d'une autre modeler l'éternité elle-même, couvrir ses fenêtres de rideaux et disposer ses meubles selon nos désirs chimériques. Sur la route qui m'a mené au Valbise, j'ai rencontré par hasard un groupe d'adeptes d'Ilmater, le dieu de la souffrance, si fanatiques dans leurs croyances qu'ils se battaient entre eux de façon absurde et accueillaient avec joie la douleur, voire la mort, stupidement persuadés qu'en agissant de la sorte ils rendaient le plus bel hommage à leur dieu.

Je pense qu'ils sont dans l'erreur, même si en vérité je ne suis certain de rien en ce qui concerne les mystères qui se tiennent au-delà du monde des mortels. Ainsi, je suis moi aussi une créature de foi et d'espoir. J'espère que Zaknafein a trouvé la paix et la félicité éternelles et je prie de tout de mon cœur pour le revoir lorsque je franchirai le seuil qui me conduira à ma prochaine existence.

Le mal le plus profond dont je suis témoin dans cette vie est peut-être lorsque les prêtres, pourtant considérés comme de saints hommes, dépouillent le peuple en usant de la peur foncière que la mort inspire. « Donnez à l'Église ! » hurlent-ils. « C'est le seul moyen de trouver le salut ! » De nombreuses religions font preuve de plus de subtilité en ne demandant pas directement d'argent aux gens mais en insistant sur le fait que toute personne au cœur pur et pieux susceptible d'être admise au paradis, selon leurs critères, offrira volontairement une pièce.

Bien entendu, Toril est envahi de prophètes qui annoncent l'approche de la fin du monde, appellent au repentir et prêchent une dévotion qui tient presque de l'esclavage.

Je ne peux que constater cela et soupirer. En effet, si la mort est le plus grand des mystères, elle est également la plus personnelle des révélations. Aucun de nous ne la comprendra avant que son heure sonne, et nous ne pouvons espérer en bonne conscience convaincre qui que ce soit de nos croyances.

C'est une route qui se parcourt seul, une route que je ne crains plus désormais car, en acceptant l'inévitable, je m'en suis libéré. En reconnaissant ma mortalité, j'ai découvert le secret qui permet de profiter pleinement de ces siècles, de ces années, de ces mois, de ces jours, voire même de ces heures, qu'il me reste tant que je respirerai. Voilà l'existence que je suis à même de contrôler. Gaspiller de précieuses heures à craindre l'inéluctable est décidément une folie, au même titre qu'inconsciemment s'imaginer immortels et ainsi ne pas apprécier ces quelques inestimables instants dont nous disposons.

Je ne peux échapper à la certitude de mourir quelle que soit ma volonté. Je peux seulement m'assurer que la vie qu'il me reste soit aussi riche que possible.

Drizzt Do'Urden

1

La tour du Crépuscule

— Nous avons perdu plus d'une journée, grommela le barbare en tirant sur les rênes de son cheval avant de regarder en arrière par-dessus son épaule. Maintenant, l'assassin a encore pris de l'avance sur nous.

La bordure inférieure du disque solaire venait de plonger sous l'horizon.

— Nous avons eu raison de suivre le conseil de Harkle, répondit Drizzt Do'Urden, l'elfe noir. Il ne nous aurait pas laissé nous égarer.

Comme la luminosité faiblissait, Drizzt rejeta la capuche de sa cape noire sur ses épaules et libéra les mèches de sa chevelure d'un blanc immaculé.

— Ce doit être le bois dont nous a parlé Harkle Harpell, dit Wulfgar, le doigt pointé vers un bosquet de pins de haute taille. Pourtant, je n'aperçois aucune tour, ni aucun vestige indiquant qu'une quelconque structure ait un jour été édifiée dans cette zone abandonnée.

Ses yeux lavande s'étant habitués aux ténèbres grandissantes, Drizzt scruta le paysage devant lui avec intensité, en quête d'une preuve qui contredirait son jeune ami. Il s'agissait là sans aucun doute de l'endroit indiqué par Harkle, car un peu plus loin devant eux se trouvait un petit étang, et au-delà, on distinguait les épaisses branches du bois du Padhiver.

— Garde confiance, rappela-t-il à Wulfgar. Le magicien nous a dit que la patience serait notre meilleur allié pour dénicher la maison de Malchor. Nous ne sommes ici que depuis une heure.

— Cette route n'en finit pas, marmonna le barbare sans se douter que, grâce à la finesse de son ouïe, le drow avait tout entendu.

Drizzt savait que la plainte de Wulfgar était justifiée car, d'après un fermier de Longueselle, qui avait croisé un homme vêtu d'une cape noire et un halfelin juchés sur un seul cheval, l'assassin les devançait d'une bonne dizaine de jours et se déplaçait rapidement.

L'elfe avait déjà eu affaire à Entreri auparavant et était conscient de la difficulté de la tâche qui l'attendait. Il lui fallait autant d'aide que possible pour sauver Régis des griffes de cet homme redoutable. Selon le fermier, le prisonnier était toujours vivant et Drizzt était certain qu'Entreri n'avait pas l'intention de s'en prendre au halfelin avant d'avoir atteint Portcalim.

Harkle Harpell ne les aurait pas envoyés à cet endroit sans une bonne raison.

— Allons-nous passer la nuit ici ? demanda Wulfgar. Je pense que nous devrions reprendre la route vers le sud. Le cheval d'Entreri porte deux cavaliers et doit être fatigué maintenant. Nous regagnerons du terrain si nous chevauchons cette nuit.

Drizzt sourit à son ami.

— Ils ont dépassé Eauprofonde à l'heure qu'il est, expliqua-t-il. Entreri a dû acquérir au moins deux autres montures.

L'elfe noir n'ajouta pas un mot et conserva pour lui sa plus grande crainte ; à savoir que leur ennemi ait pris la mer.

— Dans ce cas, attendre a encore moins de sens ! s'emporta aussitôt Wulfgar.

Tandis que le barbare parlait, son cheval, un animal élevé par les Harpell, s'ébroua et se dirigea vers le petit étang, au-dessus duquel il agita l'un de ses membres antérieurs, comme s'il cherchait un endroit où avancer. Un instant plus tard, le dernier morceau de soleil encore visible plongea sous l'horizon à l'ouest et la lumière du jour s'évanouit. C'est alors que dans la lueur magique du crépuscule, une tour enchantée se dessina peu à peu devant eux sur la petite île située au centre de l'étendue d'eau. Elle scintillait de toutes parts comme une étoile et ses nombreuses flèches sinueuses s'élevaient vers le ciel nocturne. Elle brillait d'un vert émeraude et semblait curieusement accueillante, comme si des esprits follets ou des êtres féeriques avaient participé à sa création.

Au-dessus de la surface de l'eau, juste sous les sabots du cheval de Wulfgar, apparut un pont étincelant de lumière verte.

Drizzt glissa de sa monture.

—La tour du Crépuscule, dit-il comme s'il avait prévu l'existence de cette apparition depuis le début.

Il tendit ensuite le bras vers le bâtiment en invitant son compagnon à ouvrir la marche.

Abasourdi par l'apparition de la tour, Wulfgar serra si fort les rênes de son cheval que celui-ci se cabra, les oreilles couchées en arrière.

—Je croyais que tu avais surmonté tes craintes concernant la magie, lâcha Drizzt d'un ton moqueur.

En vérité, Wulfgar, comme tous les barbares du Valbise, avait été élevé avec l'idée que les magiciens n'étaient que de lâches illusionnistes à qui l'on ne devait pas accorder sa confiance. Son peuple, composé de fiers guerriers de la toundra, ne considérait que la force des armes, et non les dons en magie noire, lorsqu'il s'agissait d'évaluer un homme. Néanmoins, au cours des nombreuses semaines passées sur la route, Drizzt avait vu son ami s'affranchir de son éducation et développer une certaine tolérance, voire même de la curiosité, envers ces pratiques.

Ses muscles massifs bandés, Wulfgar reprit le contrôle de sa monture.

—C'est le cas, répondit-il à travers ses dents serrées, avant de mettre pied à terre. Ce sont les Harpell qui m'inquiètent!

Le petit sourire narquois de l'elfe noir s'élargit quand il comprit soudain la raison de l'agitation de son ami. Bien qu'ayant lui-même grandi parmi les sorciers les plus puissants et effrayants de tous les Royaumes, il avait à de nombreuses reprises secoué la tête d'incrédulité lorsqu'ils étaient les invités de cette excentrique famille de Longueselle. Les Harpell avaient une façon unique – et souvent désastreuse – de concevoir le monde, même si leurs cœurs ne recélaient aucune mauvaise intention, et ils pratiquaient leur magie selon leurs points de vue, qui allaient bien souvent à l'encontre de la logique des hommes de bon sens.

—Malchor est différent de sa famille, assura Drizzt. Il ne réside pas à la Demeure au Lierre et a tenu un rôle de conseiller auprès des rois des terres du Nord.

—Il reste un Harpell…, énonça Wulfgar avec une telle évidence que le drow ne le contredit pas.

Après avoir de nouveau secoué la tête et pris une large inspiration afin de se calmer, il saisit la bride de son cheval et s'engagea sur le pont. Drizzt, toujours le sourire aux lèvres, ne fut pas long à le suivre.

—Ces Harpell…, grogna encore Wulfgar une fois qu'ils eurent pris pied sur l'île et fait le tour de la structure qui s'y élevait.

La tour ne comportait pas de porte.

—Patience, lui rappela Drizzt.

Ils n'eurent pas à attendre longtemps ; ils entendirent, quelques secondes plus tard, le bruit d'un verrou qu'on manipulait, puis le grincement d'une porte qui s'ouvrait. Un garçon tout juste entré dans l'adolescence traversa les pierres vertes du mur, tel un spectre translucide, et se dirigea vers eux.

Wulfgar gronda et s'empara de *Crocs de l'égide*, son puissant marteau de guerre accroché sur son épaule. Agacé, Drizzt retint le bras de son ami, craignant que celui-ci attaque par simple frustration avant qu'ils aient déterminé les intentions du garçon.

Quand ce dernier fut parvenu à leur hauteur, ils virent clairement qu'il s'agissait d'un être de chair et d'os et non d'un spectre issu d'un autre monde. Le barbare relâcha alors sa prise. L'adolescent s'inclina et les invita d'un geste à le suivre.

—Malchor? interrogea Drizzt. (Le garçon ne répondit pas mais renouvela son geste avant de retourner vers la tour.) Je t'imaginais plus âgé, si tu es bien Malchor.

—Et les chevaux? intervint Wulfgar, alors que Drizzt suivait déjà leur guide, qui ne s'arrêta pas et poursuivit son chemin en silence.

L'elfe noir considéra le barbare et haussa les épaules.

—Fais-les venir avec nous et laissons notre ami muet s'en occuper.

Ils découvrirent qu'une partie du mur – au moins – n'était qu'une illusion et masquait une porte qui les conduisit dans une vaste pièce circulaire ; le niveau le plus bas de la tour. Des stalles alignées le long d'un mur leur donnèrent raison d'avoir fait entrer les chevaux. Ils les attachèrent rapidement afin de rattraper au plus vite le garçon, qui n'avait pas ralenti et franchissait déjà un autre seuil.

—Attends-nous, s'écria Drizzt en suivant le même chemin, sans pour autant retrouver son guide.

Il venait de pénétrer dans un couloir faiblement éclairé qui grimpait légèrement en arc de cercle, et suivait la circonférence de la tour sur toute sa hauteur.

— Nous n'avons pas le choix, dit l'elfe à son ami, qui venait de le rejoindre, avant de s'élancer dans la galerie.

Drizzt pensait qu'ils avaient accompli un tour complet et étaient parvenus au second niveau – à au moins trois mètres de hauteur – quand ils retrouvèrent le garçon. Celui-ci les attendait devant l'entrée d'un passage sombre orienté vers le centre de la tour. L'adolescent n'en tint pas compte et reprit l'ascension du couloir principal.

Wulfgar n'avait plus la patience de se prêter à de telles énigmes. Son unique préoccupation était Entreri et Régis, qui s'éloignaient chaque seconde un peu plus. Il doubla Drizzt et agrippa l'épaule du garçon qui se retourna.

— Es-tu Malchor ? lui demanda-t-il sans ménagement.

Le jeune guide blêmit au ton bourru du géant mais ne répondit pas.

— Laisse-le, s'interposa Drizzt. Ce n'est pas Malchor, j'en suis certain. Nous rencontrerons très bientôt le maître de la tour. (Il se tourna vers le garçon effrayé.) N'est-ce pas ?

L'enfant hocha brièvement la tête et reprit sa marche.

— Bientôt, répéta l'elfe noir afin de calmer les grognements de Wulfgar.

Il prit la précaution de devancer son ami, se plaçant ainsi entre ce dernier et le guide.

— Ces Harpell..., gronda Wulfgar derrière lui.

En constatant que le couloir s'élevait de façon de plus en plus abrupte et décrivait des cercles de plus en plus serrés, les deux compagnons comprirent qu'ils approchaient du sommet. Le garçon s'arrêta enfin devant une porte, l'ouvrit et les invita à en franchir le seuil.

Drizzt ne perdit pas un instant et entra le premier, craignant que le barbare en colère fasse mauvaise impression à leur hôte magicien.

Au centre de la pièce, assis les bras croisés sur un bureau et apparemment dans l'attente des nouveaux venus, se tenait un homme vigoureux, de bonne taille, aux cheveux poivre et sel soigneusement entretenus. Drizzt s'apprêtait à lui adresser un salut cordial quand Wulfgar, manquant de peu de le renverser, surgit derrière lui et se précipita vers le bureau.

Une main sur la hanche et l'autre brandissant *Crocs de l'égide* devant lui de façon ostentatoire, le barbare regarda un moment l'inconnu.

— Êtes-vous le magicien nommé Malchor Harpell ? demanda-t-il, d'une voix qui contenait difficilement sa colère. Et si non, où pouvons-nous le trouver, par les Neuf Enfers ?

Le rire de l'homme jaillit directement de son ventre.

— C'est moi ! s'exclama-t-il en bondissant du bureau pour assener une bourrade sur l'épaule de Wulfgar. J'apprécie un invité qui ne cache pas ses sentiments sous des mots parfumés ! (Il passa devant le barbare stupéfait et se dirigea vers la porte avant de s'adresser au garçon.) Leur as-tu parlé ?

L'adolescent pâlit encore plus violemment que précédemment et secoua vivement la tête.

— Pas un seul mot ? cria Malchor.

Clairement apeuré, l'enfant secoua une nouvelle fois la tête.

— Il n'a pas…, commença Drizzt, avant que Malchor l'interrompe d'une main tendue.

— Si je découvre que tu as prononcé ne serait-ce qu'une seule syllabe…, menaça-t-il. (Il se retourna vers la pièce et avança d'un pas. Quand il sentit que le garçon devait s'être quelque peu détendu, il fit volte-face et le fit presque bondir.) Pourquoi es-tu encore là ? Va-t'en !

La porte claqua avant même que le magicien ait achevé de parler. Malchor rit encore, relâchant la tension accumulée dans ses muscles tandis qu'il regagnait son bureau. Drizzt se rapprocha de Wulfgar et les deux hommes échangèrent un regard stupéfait.

— Partons d'ici, dit le barbare à son ami, qui comprit qu'il luttait contre l'envie de se jeter sur cet arrogant magicien et de l'étrangler sur place.

L'elfe noir partageait ce sentiment, à un degré moindre, car il savait que les explications concernant la tour et ses occupants viendraient en temps voulu.

— Salutations, Malchor Harpell, dit-il, ses yeux lavande rivés sur son hôte. Votre comportement ne correspond toutefois pas à la description que votre cousin Harkle nous a faite de vous.

— Je vous assure que je suis tel que l'a dit Harkle, répondit calmement Malchor. Soyez le bienvenu, Drizzt Do'Urden, ainsi que vous, Wulfgar, fils de Beornegar. J'ai rarement eu l'honneur d'accueillir de tels invités dans mon humble tour.

Il s'inclina nettement devant eux afin de parachever son salut de manière courtoise et diplomatique, à défaut d'être appropriée.

— Ce garçon n'a rien fait de mal, lança Wulfgar d'un ton hargneux.

— En effet, il s'est comporté de façon admirable, convint Malchor. Ah ! Vous vous faites du souci à son sujet ? (Le magicien prit la mesure du géant, dont les muscles restaient crispés de rage.) Je vous assure qu'il est bien traité.

— Je n'ai pas eu cette impression, rétorqua Wulfgar.

— Il aspire à devenir magicien, expliqua Malchor, pas impressionné le moins du monde par l'air mauvais du barbare. Son père est un puissant propriétaire terrien qui me paie pour éduquer son fils. Celui-ci a du potentiel, un esprit acéré et il adore l'art de la magie. Comprends bien, Wulfgar, que cette discipline n'est pas si différente de ton propre domaine.

Le sourire de travers qui se dessina sur le visage du géant révéla son désaccord.

— La discipline, poursuivit Malchor, imperturbable. Quoi que nous fassions dans nos vies, la discipline et le contrôle de nos actes définissent au final nos chances de succès. Cet enfant a de grandes ambitions et laisse entrevoir un pouvoir qu'il n'est pas encore en mesure d'appréhender. S'il est incapable de conserver ses pensées silencieuses durant seulement un mois, je ne gaspillerai pas mon temps avec lui. Ton compagnon le comprend.

Wulfgar se tourna vers Drizzt, qui semblait détendu à côté de lui.

— Je le comprends, c'est vrai, admit-il en s'adressant à son ami. Malchor fait subir à ce garçon une épreuve afin de tester ses capacités à suivre des ordres et déclencher en lui la révélation de la profondeur de ses désirs.

— Suis-je pardonné ? leur demanda le magicien.

— Aucune importance, grogna Wulfgar. Nous ne sommes pas venus pour mener les combats d'un enfant.

— Bien entendu. Harkle m'a révélé que votre affaire était urgente. Retournez à l'écurie et lavez-vous. Le garçon prépare le dîner. Il vous préviendra quand l'heure du repas sera venue.

— A-t-il un nom ? s'enquit Wulfgar, un sarcasme évident dans la voix.

— Aucun qu'il ait encore mérité, répondit Malchor d'un ton cassant.

Bien que pressé de reprendre la route, Wulfgar ne put résister à la splendeur de la table de Malchor Harpell. Drizzt et lui-même se régalèrent, bien conscients de profiter, selon toute vraisemblance, de leur dernier bon repas avant longtemps.

— Vous passerez la nuit ici, leur dit Malchor quand ils eurent achevé de dîner. (Il ajouta à l'intention de Wulfgar, qui affichait une mine renfrognée :) Un lit confortable vous fera du bien. Je vous promets que vous pourrez partir tôt demain matin.

— Nous resterons donc ici, merci, répondit Drizzt. Cette tour nous conviendra à coup sûr mieux que le sol dur de l'extérieur.

— Parfait. Dans ce cas, suivez-moi, je dispose de quelques objets qui devraient vous servir au cours de votre quête.

Le magicien quitta la pièce et les guida dans le couloir circulaire en direction des étages inférieurs. Alors qu'ils marchaient, Malchor décrivit à ses invités les caractéristiques du bâtiment. Ils s'engagèrent finalement dans l'un des passages sombres et passèrent par une lourde porte.

Drizzt et Wulfgar restèrent figés un long moment à l'entrée de cette nouvelle salle afin d'assimiler le merveilleux spectacle qui s'offrait à eux ; ils venaient de pénétrer dans le musée de Malchor, qui renfermait une collection d'objets d'une finesse inouïe, magiques ou non, que le mage avait amassés durant ses nombreuses années passées à voyager. Il y avait là des épées et des armures astiquées complètes, un bouclier de mithral étincelant, ainsi que la couronne d'un roi disparu depuis longtemps. Des tapisseries anciennes recouvraient les murs, tandis qu'un coffre en verre rempli de joyaux et de bijoux inestimables scintillait dans la lueur vacillante des torches éclairant la pièce.

Entre-temps, Malchor s'était approché d'un meuble, et quand Wulfgar et Drizzt se tournèrent vers lui, il était assis dessus, occupé à jongler en toute décontraction avec trois fers à cheval. Alors qu'ils l'observaient, il en ajouta un quatrième et poursuivit sans effort cette danse aérienne.

— J'ai doté ces fers d'un enchantement qui permettra à vos coursiers de courir plus vite que n'importe quel animal sur ces terres, expliqua-t-il. Il n'agira que peu de temps, mais suffisamment pour vous conduire à Eauprofonde. Ce sort devrait à lui seul compenser le retard que vous avez pris en venant ici.

— Deux fers par cheval ? fit remarquer Wulfgar, toujours dubitatif.

— Ça ne conviendrait pas ! lui répondit Malchor, sans en vouloir au jeune barbare quelque peu énervé. À moins que tu souhaites voir ton cheval se dresser sur ses membres postérieurs et courir comme un homme ! (Le rire du mage ne chassa pas la mauvaise humeur du barbare, aussi se reprit-il en s'éclaircissant la voix après son trait d'humour tombé à plat.) Ne crains rien, je dispose d'un autre jeu de fers. (Il se tourna vers Drizzt.) D'après ce que l'on raconte, rares sont les êtres aussi agiles que les elfes drows. J'ai également entendu dire par ceux qui ont vu Drizzt Do'Urden au combat comme au jeu qu'il est brillant même au regard des standards de sa sombre race.

Sans ralentir le rythme de sa jonglerie, il lança l'un des fers à Drizzt.

Ce dernier l'attrapa aisément et, dans le même geste, le lança en l'air au-dessus de lui. Suivit le deuxième fer, puis le troisième, que l'elfe inséra dans son manège avec des mouvements fluides sans quitter Malchor des yeux.

Le quatrième fer fut lancé plus bas, ce qui contraignit Drizzt à se pencher pour l'attraper. Il se montra toutefois à la hauteur du jeu et ne manqua aucune réception ni aucun jet tandis que le dernier fer rejoignait les trois autres.

Wulfgar observait ce spectacle avec curiosité et se demandait pour quelle raison le magicien testait ainsi le drow.

Malchor descendit du meuble et s'empara de l'autre jeu de fers.

— Un cinquième ! prévint-il en en lançant un à Drizzt.

Sans perdre son calme, l'elfe noir saisit l'objet avec adresse et le jeta en l'air.

— De la discipline ! s'écria énergiquement Malchor, à l'intention de Wulfgar. Montre-moi ça, drow !

Il lança alors à la suite et très rapidement les trois derniers fers.

Drizzt esquissa une grimace en les voyant arriver, déterminé à relever le défi. On distinguait désormais à peine ses mains, tant elles se déplaçaient vite, et il se trouva bientôt avec les huit fers, qui tournoyaient et retombaient en harmonie. Alors qu'il adoptait un rythme cadencé, Drizzt commença à comprendre le stratagème du magicien.

Malchor s'approcha de Wulfgar et lui assena une nouvelle bourrade sur l'épaule.

— De la discipline ! répéta-t-il. Regarde-le, jeune guerrier, car ton ami à la peau noire est parfaitement maître de ses mouvements et donc de son art. Tu ne le comprends pas encore mais nous ne sommes pas si différents, tous les deux. (Il regarda le barbare droit dans les yeux.) Nous ne sommes pas si différents, tous les trois. Des méthodes différentes, j'en conviens, mais au service de finalités semblables !

Lassé de ce jeu, Drizzt récupéra les fers un à un en les réceptionnant sur son avant-bras, tout en approuvant Malchor du regard. À la vue de son jeune ami plongé dans ses pensées, le drow se demanda quel était le cadeau le plus estimable, entre les fers enchantés et la leçon.

— C'en est assez, dit soudain le mage qui se dirigea vers une partie du mur sur laquelle étaient accrochées des dizaines d'épées et d'autres armes, puis s'adressa à Drizzt. Je vois que ton fourreau est vide, voilà peut-être de quoi le garnir convenablement.

Il tira alors un cimeterre réalisé avec art de son support. Drizzt perçut le pouvoir de l'arme quand il s'en empara. Il nota également le soin apporté à sa fabrication, ainsi que son équilibre parfait. Un saphir solitaire brillait comme une étoile bleutée sur son pommeau.

— Son nom est *Scintillante*, déclara Malchor. Elle a été forgée par les elfes d'une époque lointaine.

— *Scintillante*, reprit en écho le drow.

Une lueur bleue illumina instantanément la lame. Drizzt ressentit un afflux soudain dans l'arme et prit conscience de son tranchant, soudain affûté. Il la fit tournoyer à plusieurs reprises, laissant une traînée de lumière bleutée à chaque geste. Comme elle fendait l'air avec facilité ! Comme elle trancherait aisément un ennemi ! Drizzt la glissa avec déférence dans son fourreau vide.

— Elle a été forgée par la magie des pouvoirs que tous les elfes de la surface chérissent, expliqua Malchor. Et par celle des étoiles, de la lune et des mystères de leurs âmes. Tu la mérites, Drizzt Do'Urden, et elle te servira bien.

Le drow fut incapable de répondre à un tel hommage mais Wulfgar, touché par l'honneur consenti par Malchor à son ami si souvent dénigré, parla pour lui.

— Veuillez accepter nos remerciements, Malchor Harpell, dit-il en ravalant l'impertinence qui avait marqué ses derniers actes.

Puis il s'inclina.

—N'oublie jamais ceci, Wulfgar, fils de Beornegar, lui répondit le magicien. L'orgueil peut être un outil efficace comme il peut te fermer les yeux et t'empêcher de voir les vérités qui t'entourent. Partez, maintenant, et reposez-vous. Je vous réveillerai tôt et vous raccompagnerai jusqu'à votre route.

Drizzt se redressa dans son lit et observa Wulfgar, déjà endormi. Il se faisait du souci pour son ami, si éloigné de la toundra désolée qui avait toujours été son foyer. Dans leur quête de Castelmithral, ils avaient péniblement progressé sur la moitié des terres du Nord, luttant à chaque kilomètre du parcours. Pourtant, leurs épreuves n'avaient commencé qu'une fois leur but atteint ; ils avaient en effet dû se battre pour se frayer un chemin à travers l'ancien complexe nain. Wulfgar y avait perdu son mentor et Drizzt son ami le plus cher. Ils s'étaient ensuite véritablement traînés jusqu'au village de Longueselle dans un état nécessitant un long repos bien mérité.

Hélas, la situation ne leur avait accordé aucun répit. Entreri tenait Régis entre ses griffes et avec Wulfgar, il représentait l'unique espoir de son ami halfelin. À Longueselle, ils étaient enfin parvenus au bout d'une route mais pour s'engager sur une autre, plus longue encore.

Drizzt était capable de composer avec sa propre lassitude, mais Wulfgar semblait noyé dans la mélancolie et ne perdait jamais une occasion de s'exposer au danger. Le jeune homme avait quitté le Valbise, sa patrie, pour la première fois de son existence. À présent, cette bande de toundra abritée où le vent soufflait sans cesse se trouvait loin au nord.

Cependant, Portcalim était encore plus éloigné, vers le sud.

Drizzt se laissa retomber sur son oreiller et se rappela que Wulfgar avait choisi de l'accompagner. Il n'aurait pu l'en empêcher, même s'il avait essayé.

Il ferma les yeux. La meilleure chose à faire, pour lui comme pour le barbare, était de dormir et de se tenir prêt à affronter tout événement, quel qu'il soit, qui surviendrait avec la prochaine aurore.

L'élève de Malchor les réveilla – en silence – quelques heures plus tard et les conduisit à la salle à manger, où le magicien les attendait. Un excellent petit déjeuner leur fut servi.

—Vous vous dirigez vers le sud, d'après les dires de mon cousin. Vous pourchassez un homme qui détient votre ami, ce halfelin, Régis.

—Il se nomme Entreri, répondit Drizzt. Il sera difficile à attraper, d'après ce que je sais de lui. Il file vers Portcalim.

—Il sera encore plus difficile à trouver maintenant, ajouta Wulfgar. (Il s'adressait à Malchor mais Drizzt était conscient que ces mots lui étaient destinés.) Nous l'avions repéré sur cette route, avant de venir ici. Il ne nous reste plus qu'à espérer qu'il n'ait pas changé de direction.

—Sa route n'était pas un secret, contra le drow. Il voulait atteindre Eauprofonde, sur la côte. Peut-être y est-il déjà passé.

—Dans ce cas, il a pris la mer, déduisit Malchor.

Wulfgar manqua de peu de s'étouffer avec sa nourriture ; il n'avait pas envisagé cette éventualité.

—C'est ce que je crains, reconnut Drizzt. J'avais d'ailleurs pensé à embarquer aussi.

—C'est une voie dangereuse qui risque de vous coûter cher, fit remarquer le mage. Les pirates se rassemblent en vue des derniers départs de vaisseaux marchands vers le sud, dès que l'été touche à sa fin, et si l'on n'a pas pris les mesures nécessaires... (Il laissa sa phrase en suspens de façon inquiétante.)

»Cela dit, vous n'avez pas le choix. Un cheval ne peut concurrencer la vitesse d'un navire et la voie maritime est plus directe que la route. Choisissez donc la mer, tel est mon conseil. Peut-être pourrai-je me débrouiller pour accélérer vos négociations. Mon élève a déjà posé les fers enchantés à vos montures. Avec leur aide, vous atteindrez le port en quelques jours.

—Combien de temps resterons-nous en mer ? demanda Wulfgar, consterné, qui avait du mal à croire que Drizzt suivrait la suggestion du magicien.

—Ton jeune ami ne saisit pas l'ampleur de ce voyage, dit Malchor à l'elfe noir.

Il posa sa fourchette sur la table et en plaça une autre quelques centimètres plus loin.

—Voici le Valbise, expliqua-t-il au barbare en désignant la

première fourchette. Et celle-ci représente la tour du Crépuscule, où tu es assis en ce moment. Une distance de près de six cents kilomètres les sépare. (Il lança une troisième fourchette à Drizzt, qui la disposa devant lui, à environ un mètre de celle qui figurait leur position actuelle.)

» Il te faudrait pourtant la parcourir cinq fois pour te rendre compte de la route qui t'attend. En effet, cette dernière fourchette représente Portcalim, trois mille kilomètres et plusieurs royaumes vers le sud.

— Alors nous avons perdu, gémit le barbare, incapable d'appréhender une telle distance.

— Pas tout à fait, poursuivit le magicien. Vos voiles seront gonflées par le vent du nord et vous devancerez les premières neiges de l'hiver. Vous trouverez la terre et les habitants plus conciliants au sud.

— Nous verrons, intervint l'elfe noir, peu convaincu.

Aux yeux de Drizzt, les rencontres étaient toujours synonymes d'ennuis.

— Ah ! convint Malchor, en prenant conscience des difficultés qu'un elfe noir pouvait rencontrer face à certains des habitants du monde. J'ai un autre présent à t'offrir : une carte qui conduit à un trésor dont vous pourrez vous emparer dès aujourd'hui.

— Encore un retard..., lâcha Wulfgar.

— C'est un faible prix à payer, répliqua Malchor. Ce rapide détour vous fera gagner de nombreux jours dans le Sud, où un elfe drow ne peut sortir que la nuit. J'en suis absolument certain.

Drizzt était étonné que Malchor comprenne si clairement son problème et se démène, en apparence, pour y apporter une solution. L'elfe noir ne serait nulle part le bienvenu dans le Sud. Des villes qui laisseraient passer librement Entreri l'enchaîneraient s'il tentait de les traverser à son tour ; les drows étant depuis longtemps considérés comme des êtres profondément maléfiques et ignobles. Peu nombreux étaient les habitants des Royaumes capables de juger au premier coup d'œil que Drizzt Do'Urden était l'exception qui confirmait la règle.

— Immédiatement à l'ouest d'ici, au bout d'un sentier sombre dans le bois du Padhiver, une créature que les fermiers locaux ont nommée Agatha vit dans une hutte en branchages, reprit Malchor. Autrefois une elfe, je crois, puis une magicienne loyale et droite, si l'on en croit la légende, cette misérable chose vit encore après avoir trouvé la mort et considère la nuit comme son élément.

Drizzt avait eu vent des sinistres légendes concernant de telles créatures, dont il connaissait le nom.

— Une banshee ? demanda-t-il.

Malchor acquiesça.

— Vous devriez vous rendre jusqu'à son repaire, si vous en avez le courage, car elle a réuni un trésor considérable, qui comprend notamment un objet qui devrait se révéler inestimable à tes yeux, Drizzt Do'Urden. (Le magicien vit qu'il avait capté toute l'attention du drow qui, penché sur la table, soupesait chacune de ses paroles.) Un masque… Un masque enchanté qui te permettra de cacher ta nature véritable et de te déplacer librement comme un elfe de la surface, ou comme un homme, si tu préfères.

Drizzt s'affaissa contre le dossier de sa chaise, vaguement troublé à l'idée de dissimuler son identité.

— Je comprends ton hésitation, reprit le magicien. Il n'est guère plaisant d'avoir à se dissimuler de ceux qui t'accusent injustement et risquer ainsi de donner crédit à leurs préjugés. Songe toutefois à ton ami retenu captif et n'oublie pas que je fais cette suggestion uniquement dans son intérêt. Tu pourrais tout à fait traverser les terres du Sud tel que tu es, elfe noir, mais pas sans encombre.

Wulfgar se mordit les lèvres mais n'intervint pas, conscient que la décision n'incombait qu'à son ami seul. Il devinait que son inquiétude à propos d'un retard supplémentaire ne pèserait pas lourd dans une affaire aussi personnelle.

— Nous nous rendrons à cette tanière dans le bois, dit enfin Drizzt. Je porterai ce masque si j'y suis contraint. (Il se tourna vers Wulfgar.) Nous ne devons nous soucier que de Régis.

Drizzt et Wulfgar étaient juchés sur leurs montures, à l'extérieur de la tour du Crépuscule, et Malchor se tenait à côté d'eux.

— Prenez garde à la créature, dit ce dernier. (Il tendit à l'elfe une carte indiquant le chemin conduisant au repaire de la banshee, ainsi qu'un autre parchemin sur lequel figurait de façon plus générale leur route vers le lointain Sud.) Son toucher est d'un froid mortel et les légendes racontent qu'entendre sa mélopée conduit à la mort.

—Sa mélopée? dit Wulfgar.

—Une plainte surnaturelle insupportable pour des oreilles de mortels. Soyez extrêmement prudents!

—Nous le serons, assura Drizzt.

—Nous n'oublierons pas l'hospitalité ni les présents de Malchor Harpell, ajouta le barbare.

—Ni la leçon, je l'espère, répliqua le magicien, avec un clin d'œil, ce qui déclencha un sourire embarrassé de la part du géant.

Drizzt, quant à lui, était ravi de constater que son ami s'était enfin débarrassé d'une partie de son humeur maussade.

Le point du jour survint alors et la tour ne tarda pas à disparaître dans le néant.

—La tour s'est évanouie et pourtant, le magicien est toujours présent, fit remarquer Wulfgar.

—La tour n'est plus là mais la porte qui y mène reste accessible..., rectifia Malchor.

Il recula de quelques pas et tendit le bras. Sa main s'effaça.

Le barbare secoua la tête, incrédule.

—... Accessible à ceux qui savent la trouver, ajouta leur hôte. À ceux qui ont entraîné leur esprit aux mystères de la magie. (Il s'avança à travers le portail transdimensionnel et disparut, puis sa voix se fit entendre une dernière fois.) De la discipline!

Wulfgar comprit que ces derniers mots s'adressaient à lui.

Drizzt éperonna son cheval tout en roulant la carte.

—Ces Harpell...? dit-il par-dessus son épaule, en imitant le ton railleur de Wulfgar la nuit précédente.

—Si seulement tous les Harpell ressemblaient à Malchor! répliqua Wulfgar.

Il resta un moment à contempler le vide où s'était élevée la tour du Crépuscule, pleinement conscient d'avoir bénéficié de la part du magicien de deux leçons fort utiles; l'une concernant les préjugés et l'autre l'humilité.

Depuis sa tour magique, Malchor les regarda partir. Il aurait aimé les accompagner, parcourir la route de l'aventure comme il l'avait si souvent fait au cours de sa jeunesse, suivant le bon chemin malgré les obstacles. Il savait que Harkle avait bien jugé la valeur de ces deux-là et qu'il avait eu raison de lui demander de les aider.

Le magicien s'adossa contre la porte de la tour. Hélas, le temps des aventures, celui passé à mener la croisade de la justice, était loin derrière lui désormais.

Malchor retrouva tout de même le sourire en songeant aux événements du jour. Si le drow et son ami barbare étaient une sorte de présage, alors il avait transmis le flambeau à des mains compétentes.

2

Des myriades de petites bougies

Fasciné, l'assassin admirait le rubis qu'il exposait en le faisant lentement tourner à la lueur de la bougie. La pierre renvoyait la danse de la flamme en autant de milliers de miniatures parfaites – beaucoup trop de reflets ; aucun joyau ne possédait de facettes à la fois si petites et si parfaites.

Et pourtant il contemplait bien ce spectacle, un tourbillon de bougies minuscules qui le plongeait plus profondément dans l'éclat rouge de la pierre. Aucun joaillier ne l'avait façonnée, sa précision dépassait de loin le niveau accessible par un instrument. Il s'agissait d'un artefact magique, une création délibérée, conçue, il se le rappela avec prudence, pour attirer celui qui l'observait dans ces remous, dans la sérénité des profondeurs rougeoyantes de la pierre.

Des milliers de petites bougies…

Sans surprise, il avait facilement convaincu le capitaine de lui accorder une place à bord pour le voyage vers Portcalim. L'influence magique qui émanait des merveilleux secrets de cette gemme ne se repoussait pas aisément. Le rubis insufflait insensiblement des idées de calme et de paix, des paroles amicales…

Un sourire fissura son visage habituellement sinistre. Il pouvait s'abandonner à une certaine quiétude.

Il s'arracha à l'attrait du rubis et se frotta les yeux, stupéfait que quelqu'un d'aussi discipliné que lui soit aussi vulnérable au pouvoir de suggestion de cette pierre. Il jeta un coup d'œil dans le coin de la cabine étroite, où Régis était assis, pelotonné sur lui-même et complètement abattu.

— Je comprends maintenant pourquoi tu voulais à tout prix dérober ce joyau, dit-il au halfelin. (Régis sortit soudain de ses pensées, surpris qu'Entreri lui adresse la parole, la première fois depuis leur embarquement à bord de ce navire à Eauprofonde.) Et aussi pourquoi le Pacha Amas veut absolument le récupérer.

L'assassin parlait autant pour lui-même que pour Régis. Ce dernier redressa la tête et considéra son ravisseur. Ce pendentif orné d'un rubis avait-il le pouvoir d'ensorceler Artémis Entreri en personne ?

— C'est en effet une pierre magnifique, reconnut-il, plein d'espoir, sans véritablement savoir comment se comporter face à cette étrange empathie, inhabituelle de la part de ce personnage.

— C'est bien plus qu'une pierre précieuse, dit Entreri, l'air absent et dont les yeux replongeaient irrésistiblement dans le tourbillon mystique des facettes trompeuses.

Régis reconnut l'air apaisé dessiné sur le visage de l'assassin ; il avait lui-même arboré cette expression la première fois qu'il avait observé le somptueux pendentif d'Amas. C'était alors un voleur efficace et il menait une vie agréable à Portcalim. Néanmoins, les promesses de ce joyau magique l'avaient emporté sur le confort de la Guilde des Voleurs.

— Peut-être est-ce ce bijou qui m'a volé et non l'inverse, suggéra-t-il soudain.

Il avait sous-estimé la volonté d'Entreri ; celui-ci lui lança un regard froid, accompagné d'un sourire narquois qui indiquait clairement qu'il savait où voulait en venir son prisonnier.

Le halfelin, qui s'accrochait au moindre espoir, poursuivit son idée :

— Je pense que le pouvoir de ce pendentif m'a vaincu. Il n'y a pas de délit ; je n'avais pas le choix…

Le rire tranchant d'Entreri l'arrêta net.

— Tu es un voleur ou alors tu es faible, gronda-t-il. Quoi qu'il en soit, ne compte pas trouver la moindre pitié dans mon cœur. Tu mérites de toute façon la colère d'Amas !

Il s'empara de la chaîne en or sur laquelle était fixée la pierre et la remisa dans son sac.

Il porta ensuite son attention sur un autre objet, une statuette d'onyx finement sculptée qui ressemblait à une panthère.

— Parle-moi de ceci, ordonna-t-il à Régis.

Le halfelin s'était demandé quand l'assassin s'intéresserait à la figurine. Il l'avait vu l'étudier au Défilé de Garumn, à Castelmithral, tandis qu'il raillait Drizzt de l'autre côté du gouffre. Depuis lors, Régis n'avait pas revu Guenhwyvar, la panthère magique.

Il haussa les épaules, ne sachant que répondre.

— Je ne le demanderai pas une seconde fois, menaça l'assassin.

La certitude glaciale d'un destin funeste et l'inéluctable aura de terreur dont toutes les victimes d'Artémis Entreri étaient si familières déferlèrent sur Régis une fois de plus.

— Elle appartient au drow, balbutia-t-il. Son nom est Guen...

Le halfelin retint le mot dans sa bouche quand, de sa main libre, son ravisseur s'empara soudain d'un poignard incrusté de bijoux, tout prêt à servir.

— Tu comptais appeler de l'aide ? dit Entreri avec un air mauvais, avant de jeter la statuette dans sa poche. Je connais le nom de cette panthère, halfelin, et je t'assure que tu serais mort avant son apparition.

— Vous craignez cette bête ? osa demander Régis.

— Je ne veux courir aucun risque.

— Mais invoquerez-vous la panthère vous-même ? insista le prisonnier, qui cherchait à modifier l'équilibre des pouvoirs d'une façon ou d'une autre. Afin de vous servir de compagnie lors de vos longues errances solitaires ?

Entreri se moqua de cette idée en riant.

— De la compagnie ? Pourquoi désirerais-je de la compagnie, petit idiot ? Quel intérêt y trouverais-je ?

— L'union fait la force.

— Idiot, répéta l'assassin. Tu te trompes. Dans les rues, la présence de compagnons conduit à la dépendance et la perte ! Regarde-toi, l'ami du drow. Quelle force apportes-tu à Drizzt Do'Urden en ce moment ? Il se précipite aveuglément à ton secours, s'acquittant ainsi de ses responsabilités en tant qu'ami. (Il cracha ce dernier mot avec un dégoût évident.) Ce qui le mène à une mort certaine !

Régis baissa la tête et fut incapable de répondre. Les paroles d'Entreri sonnaient suffisamment juste. Des êtres chers à son cœur allaient se jeter pour lui dans des ennuis qu'ils n'imaginaient même pas ; tout cela à cause d'erreurs qu'il avait commises bien avant de les rencontrer.

L'assassin rengaina sa dague dans son étui et bondit vivement sur ses pieds.

— Profite de la nuit, petit voleur. Laisse-toi bercer par le vent froid de l'océan et savoure les sensations de cette traversée comme un homme qui va affronter la mort en face, car Portcalim signifiera ta perte, tout comme celle de tes amis !

Il se glissa hors de la pièce et claqua la porte derrière lui.

Régis remarqua qu'il ne l'avait pas verrouillée. Il ne la verrouillait jamais ! Le halfelin reconnut avec fureur que ce n'était pas nécessaire ; cet assassin le retenait par la terreur, aussi sûrement que des chaînes en fer. Il n'avait nulle part où fuir, nulle part où se cacher.

Régis se prit la tête à deux mains. Il avait conscience du balancement du navire, du craquement régulier et monotone des vieilles planches, dont son corps suivait la mesure sans pouvoir s'en empêcher.

Il sentait ses tripes bouillir.

Si les halfelins n'étaient d'ordinaire pas attirés par la mer, Régis la craignait particulièrement, même comparativement à ses semblables. Entreri n'aurait pu infliger pire supplice à son prisonnier que de le mener vers le sud en bateau, sur la mer des Épées.

— Pas encore..., gémit-il en se traînant vers la petite porte de la cabine.

Il ouvrit la fenêtre et passa la tête par l'ouverture dans l'air rafraîchissant de la nuit.

Emmitouflé dans sa cape, Entreri arpentait le pont désert, tandis qu'au-dessus de lui les voiles se gonflaient à mesure que le vent s'y engouffrait. Les bourrasques du début de l'hiver poussaient le bâtiment vers le sud. Le ciel était parsemé de un milliard d'étoiles, qui scintillaient dans les ténèbres vides jusqu'à l'horizon marqué par la seule ligne plate de la mer.

L'assassin saisit de nouveau le pendentif et laissa sa magie capter la lueur des étoiles. Il le regarda tournoyer et étudia ce tourbillon, bien décidé à le connaître parfaitement avant la fin de son voyage.

Le Pacha Amas serait fou de joie à l'idée de récupérer son bijou. Il lui avait procuré un tel pouvoir ! Plus encore, s'en rendait maintenant compte Entreri, que les autres l'imaginaient. Grâce à cet objet, Amas avait changé ses ennemis en amis et ses amis en esclaves.

—Moi y compris? médita-t-il, sous le charme des étoiles minuscules étincelant dans la teinte rougeâtre de la pierre précieuse. En ai-je été victime? Ou bien le serai-je?

Il n'aurait pas cru que lui, Artémis Entreri, puisse tomber sous l'emprise d'un charme magique, cependant l'irrésistible attrait de ce rubis était indéniable.

Il libéra un rire sonore. L'homme posté à la barre, la seule autre personne sur le pont, lui jeta un regard curieux puis reporta son attention sur la mer, sans plus songer à ce passager.

—Non, murmura Entreri à la pierre précieuse, tu ne me piégeras plus. Je connais tes trucs et je les apprendrai encore mieux! Je me laisserai subjuguer par ton charme enivrant et en triompherai encore!

En riant, il attacha la chaîne en or autour de son cou et glissa le bijou sous son pourpoint de cuir.

Il caressa ensuite des doigts la panthère miniature remisée dans sa poche, puis tourna le regard vers le nord.

—Es-tu en train de m'observer, Drizzt Do'Urden? demanda-t-il à la nuit.

Il connaissait la réponse. Quelque part loin derrière lui, à Eauprofonde ou Longueselle, ou ailleurs entre ces deux lieux, les yeux lavande du drow étaient rivés sur le sud.

Ils étaient voués à se rencontrer de nouveau, tous deux en étaient conscients. Ils s'étaient affrontés une première fois à Castelmithral mais aucun ne pouvait prétendre avoir remporté la victoire.

Il devait y avoir un vainqueur.

Jusqu'ici, Entreri n'avait jamais rencontré personne dont les réflexes égalaient les siens ou d'aussi redoutable que lui à l'épée. Le souvenir de son combat contre Drizzt Do'Urden hantait chacune de ses pensées. Ils se ressemblaient tant, leurs mouvements élaboraient la même danse. Pourtant, le drow, compatissant et bienveillant, possédait une humanité à laquelle Entreri avait renoncé depuis longtemps. De telles émotions et une telle faiblesse n'avaient pas leur place dans le vide froid du cœur d'un pur combattant, d'après lui.

Les mains de l'assassin se tordirent d'impatience alors qu'il songeait au drow, et il souffla violemment dans l'air froid.

— Viens, Drizzt Do'Urden, dit-il à travers ses dents serrées. Voyons qui est le plus fort !

Sa voix reflétait une détermination mortelle, nuancée d'une légère et presque imperceptible touche d'anxiété. Il s'agirait du plus important défi de leurs vies respectives, d'un test auquel seraient soumis les différents principes qui avaient guidé chaque action de leur vie. Pour Entreri, un match nul n'était pas envisageable. Il avait vendu son âme contre ses talents, et si Drizzt Do'Urden le battait, ou même se révélait son égal, l'existence de l'assassin ne reposerait plus que sur un misérable mensonge.

Mais il n'envisageait pas cela.

Entreri vivait pour gagner.

⚔ ⚔ ⚔ ⚔ ⚔

Régis, lui aussi, contemplait le ciel nocturne. L'air piquant avait calmé son estomac et les étoiles avaient conduit ses pensées à des kilomètres, jusqu'à ses amis. Combien de fois s'étaient-ils assis ensemble lors de nuits semblables au Valbise, partageant des récits d'aventures ou profitant simplement de la compagnie des uns et des autres. Le Valbise était une bande désertique de toundra gelée, une terre soumise à un climat rude et peuplée d'habitants tout aussi rudes, mais les amis que le halfelin y avait connus, Bruenor et Catti-Brie, Drizzt et Wulfgar, avaient réchauffé les nuits d'hiver les plus froides et fait disparaître la piqûre du vent mordant du nord.

En réalité, le Valbise n'avait constitué qu'une courte halte pour Régis dans ses pérégrinations incessantes, et il y était resté moins de dix ans, alors qu'il en comptait cinquante. Néanmoins, maintenant qu'il s'en retournait vers le royaume du Sud où il avait vécu la majeure partie de sa vie, il se rendait compte que le Valbise était son véritable foyer. Quant à ces amis, dont la présence à ses côtés avait fini par lui sembler évidente, ils constituaient la seule famille qu'il connaîtrait jamais.

Il chassa ses lamentations et se força à évaluer ce qui l'attendait. Drizzt viendrait à son secours, sans doute accompagné de Wulfgar et Catti-Brie.

Mais sans Bruenor.

Le soulagement considérable que Régis avait éprouvé quand Drizzt avait émergé indemne des boyaux de Castelmithral s'était évanoui lors de leur passage dans le Défilé de Garumn en compagnie du courageux nain. Un dragon les avait piégés et une armée de nains gris maléfiques les avait surpris par-derrière. Malgré cela, Bruenor, sacrifiant sa propre vie, avait ouvert un passage en se jetant sur le dos du dragon avec un tonnelet d'huile brûlante, et projeté la bête, ainsi que lui-même, au fond du précipice.

Régis ne supportait pas de revivre cette scène épouvantable. En dépit de son air bourru et ses railleries, Bruenor Marteaudeguerre avait été son compagnon le plus cher.

Une étoile filante brûla le ciel nocturne de sa traînée. Malgré le balancement incessant du navire et l'odeur salée de l'océan qui imprégnait son nez, cette petite ouverture sur la fraîcheur de la nuit soulageait son mal de mer. Il se sentait envahi de mélancolie lorsqu'il se remémorait cette folle époque aux côtés de ce nain extravagant. La flamme de Bruenor Marteaudeguerre s'était véritablement consumée comme une torche dans le vent, bondissant, dansant et combattant jusqu'au dernier instant.

Les autres amis de Régis s'en étaient sortis. Le halfelin en était certain, tout autant qu'Entreri. Ils viendraient le chercher. Drizzt viendrait à son aide et réglerait les choses.

Régis devait y croire.

En ce qui le concernait, sa mission semblait évidente. Une fois parvenu à Portcalim, Entreri trouverait des alliés parmi les hommes d'Amas, il serait alors en terrain connu, familier du moindre recoin obscur et disposerait d'un avantage certain. Régis devait le ralentir.

Puisant une force nouvelle dans la vision précise de cet objectif, Régis observa la cabine, en quête d'un élément susceptible de l'aider. Ses yeux furent attirés à plusieurs reprises par la bougie.

— La flamme..., chuchota-t-il pour lui-même, tandis qu'un sourire se dessinait sur son visage.

Il s'approcha de la table et ôta la bougie de son support. Une minuscule mare de cire fondue luisait à la base de la mèche, promettant une certaine douleur.

Régis n'hésita pas.

Il remonta une de ses manches et déversa une série de gouttelettes de cire le long de son bras, non sans grimacer sous l'effet des brûlures.

Il devait ralentir Entreri.

Régis fit l'une de ses rares apparitions sur le pont le matin suivant. Une aube claire et lumineuse était déjà présente et il voulait achever ses préparatifs avant que le soleil s'élève haut dans le ciel et provoque ce désagréable mélange de rayons chauds sur les embruns frais. Il se tenait près de la rambarde et répétait son rôle, rassemblant tout son courage pour défier les menaces voilées de son ravisseur.

Soudain, Entreri surgit derrière lui. Régis agrippa fermement le bastingage, craignant que l'assassin ait deviné son plan.

— La côte, lui signala-t-il. (Régis suivit son regard et vit une bande de terre lointaine à l'horizon.) De nouveau en vue et pas si éloignée.

Il baissa les yeux vers son prisonnier et le gratifia une fois encore de son sourire narquois.

— Trop loin, dit Régis en haussant les épaules.

— Peut-être, mais tu pourrais y arriver, bien que les demi-portions de ton espèce ne soient guère réputées pour leur capacité à nager. As-tu mesuré tes chances ?

— Je ne sais pas nager, avoua le halfelin, impassible.

— Quel dommage, s'amusa Entreri. Toutefois, si tu décides de tenter le coup, préviens-moi. (Régis recula d'un pas, interloqué.) Je te permettrais un essai et je profiterais du spectacle !

L'expression du petit homme vira à la colère. Il savait que l'assassin se moquait de lui mais il n'en comprenait pas le but.

— Ces eaux renferment d'étranges poissons, poursuivit Entreri en considérant la mer. Des animaux intelligents, qui suivent les navires en attendant que quelqu'un passe par-dessus bord. (Il se retourna vers Régis pour évaluer l'effet de son avertissement, puis continua, voyant que celui-ci ne perdait pas une miette de ses paroles.) Ils sont dotés d'un aileron pointu qui fend les eaux, telle la proue d'un vaisseau. Si tu restes suffisamment longtemps à observer la mer depuis la rambarde, tu en repéreras certainement un.

— Pourquoi le voudrais-je ?

— On appelle ces poissons des requins, enchaîna l'assassin, sans tenir compte de sa question. (Il sortit son poignard dont il appliqua la pointe contre l'un de ses doigts, suffisamment fort pour faire jaillir une goutte de sang.) Un poisson merveilleux. Avec des rangées de dents aussi longues que des dagues, acérées et pointues, ainsi qu'une mâchoire capable de couper un homme en deux. (Il regarda Régis dans les yeux.) Ou d'avaler un halfelin en entier…

— Je ne sais pas nager ! s'écria Régis, qui n'appréciait pas les sinistres, mais indéniablement efficaces, procédés d'Entreri.

— Quel dommage, gloussa celui-ci. Préviens-moi tout de même si tu changes d'avis.

Il s'éloigna, sa cape noire flottant derrière lui.

— Espèce de…, marmonna Régis dans sa barbe.

Il s'avança vers le bastingage mais changea d'avis quand il se trouva face aux eaux profondes et se retourna pour chercher la sécurité au milieu du pont.

Son visage blêmit une nouvelle fois au moment où le vaste océan parut se rapprocher de lui à cause de l'éternel balancement du vaisseau qui donnait la nausée…

— T'es mûr pour la rambarde, p'tit gars, fit une voix enjouée. (Régis se retourna et vit un petit marin aux jambes arquées, à la mâchoire édentée et dont le regard était coincé en un strabisme permanent.) T'as pas encore trouvé tes ailerons ?

Encore en proie au vertige, le halfelin frissonna et se souvint de sa mission.

— Ce n'est pas ça…, répondit-il.

Le marin ne releva pas la subtilité de ces mots. Sans cesser d'afficher un sourire sur son visage sale et bronzé, pourvu d'une barbe encore plus foncée, il poursuivit son chemin.

— Merci tout de même de vous être inquiété de moi, ajouta Régis avec emphase. Et aussi pour le courage dont vous faites preuve en nous conduisant à Portcalim.

Le marin s'arrêta, intrigué.

— On charge souvent des gars vers l'sud, dit-il, sans comprendre l'allusion au courage.

— Certainement, mais considérant le danger, dont je suis persuadé qu'il est exagéré… ! (Régis avait parlé rapidement, de façon à donner l'impression qu'il cherchait à atténuer ce danger inconnu.) Ce n'est pas important. Portcalim nous fournira le remède. (Puis, à mi-voix, mais suffisamment fort pour que l'homme l'entende :) Si nous y parvenons vivants…

— Eh là ! Qu'est-ce que tu veux dire ? demanda le marin en revenant vers Régis. Son sourire avait disparu.

Le halfelin se mit alors à glapir et agrippa soudain son avant-bras, comme en proie à une violente douleur. Il grimaça et fit mine de lutter contre la souffrance, tandis qu'il grattait discrètement les plaques de cire séchées, ainsi que la croûte qui s'était formée en dessous. Un léger filet de sang apparut sous sa manche.

Le marin réagit comme prévu et releva la manche de Régis jusqu'à son coude, puis il observa la blessure avec curiosité.

— Brûlure ?

— N'y touchez pas ! s'exclama Régis dans un murmure rauque. C'est comme cela que le mal se propage… Je crois.

L'homme ôta sa main, terrifié, et remarqua plusieurs autres cicatrices.

— J'ai pas vu d'feu ! Comment tu t'es brûlé ?

Régis haussa les épaules en un geste d'impuissance.

— Ces marques sont simplement apparues. De l'intérieur. (Ce fut au tour du marin de pâlir, puis le halfelin poursuivit, d'un ton peu convaincu :) Je tiendrai jusqu'à Portcalim. Ça prend des mois pour vous dévorer et la plupart de mes blessures sont récentes. (Il baissa le regard et tendit son bras couvert de boursouflures.) Vous voyez ?

Quand il releva les yeux, l'homme se précipitait vers les quartiers du capitaine.

— Prends ça, Artémis Entreri, murmura Régis.

3

La fierté de Conyberry

— Voici les fermes que Malchor a évoquées, dit Wulfgar tandis que lui et Drizzt contournaient un bosquet à l'orée de la grande forêt.

Plus loin au sud, une dizaine d'habitations étaient regroupées près de la bordure est de la forêt et environnées sur les autres côtés par d'immenses champs vallonnés.

Wulfgar était sur le point de lancer son cheval en avant quand son compagnon l'arrêta brusquement.

— Ces gens sont un peu frustes, expliqua le drow. Ces fermiers nourris de superstitions innombrables n'accueilleront pas volontiers un elfe noir. Attendons la nuit pour nous y rendre.

— Peut-être pourrions-nous trouver le chemin sans leur aide ? suggéra le barbare, peu enchanté à l'idée de perdre encore une autre journée.

— Nous risquerions fort de nous perdre dans les bois, rétorqua Drizzt en descendant de sa monture. Repose-toi, mon ami. Cette nuit sera fertile en aventures.

— C'est la nuit qu'elle agit..., fit remarquer Wulfgar, qui avait encore à l'esprit les paroles de Malchor concernant la banshee.

Le sourire du drow s'élargit sur son visage.

— Pas cette nuit, murmura-t-il.

Wulfgar décela un rayonnement familier dans les yeux lavande de son ami et se laissa docilement glisser de sa selle. Drizzt s'était déjà préparé à l'affrontement imminent et ses muscles toniques se contractaient déjà d'impatience. Toutefois, malgré la confiance qu'il éprouvait envers les capacités de son compagnon, Wulfgar ressentit un frisson le long de sa colonne vertébrale quand il songea au monstre mort-vivant qui les attendait.

Dans la nuit.

⚔ ⚔ ⚔ ⚔ ⚔

Ils passèrent la journée à dormir paisiblement, à profiter des chants et du manège des oiseaux et des écureuils, qui se préparaient déjà pour l'hiver, et à s'imprégner de la joyeuse atmosphère de la forêt. Cependant, quand le crépuscule enveloppa la région, l'ambiance du bois du Padhiver changea du tout au tout. L'obscurité s'installa trop facilement sous les épaisses branches et le silence régna soudain sur les arbres, un calme inhabituel, suggérant un danger imminent.

Drizzt réveilla Wulfgar et l'incita aussitôt à le suivre vers le sud, sans même prendre le temps d'un léger repas. Quelques minutes plus tard, ils se dirigeaient à pied, tirant leurs chevaux par la bride, vers la ferme la plus proche. Par bonheur, aucun clair de lune n'illuminait la nuit ; seul un examen approfondi révélerait la nature sombre de Drizzt.

— Dites ce que vous voulez ou partez ! exigea une voix menaçante depuis le toit, qui ne culminait pas très haut, avant qu'ils se soient suffisamment approchés de la porte pour y frapper.

Le drow s'attendait à cet accueil.

— Nous sommes venus régler des comptes, dit-il sans hésiter.

— Quels ennemis des gens comme vous peuvent-ils avoir à Conyberry ? demanda la voix.

— Dans votre respectable village ? Aucun, répondit Drizzt, mais nous luttons contre le même ennemi que vous.

Un remue-ménage se fit entendre, puis deux hommes, arcs en main, apparurent au coin de la ferme. Drizzt et Wulfgar étaient tous les deux conscients que bien d'autres regards et sans doute d'autres arcs – étaient fixés sur eux depuis le toit, et peut-être aussi depuis les côtés. Pour de simples paysans, ces gens semblaient savoir bien organiser leur défense.

— Un ennemi commun ? demanda l'un des hommes – celui qui les avait interpellés depuis le toit. Nous n'avons jamais vu un d'tes semblables par ici, l'elfe, pas plus qu'un géant comme ton ami !

Wulfgar décrocha *Crocs de l'égide* de son épaule, ce qui déclencha des murmures effrayés sur le toit.

—Nous ne sommes jamais venus dans votre bon village, répondit-il sévèrement, sans réagir au fait d'avoir été traité de géant.

—Un de nos amis a trouvé la mort non loin d'ici, sur un chemin sombre dans les bois, intervint aussitôt Drizzt. On nous a dit que vous nous y conduiriez.

C'est alors que la porte de l'habitation s'ouvrit brutalement, découvrant la tête d'une vieille femme ridée.

—Hé ! Qu'est-ce qu'vous voulez au fantôme de la forêt ? s'écria-t-elle, furieuse. Vous n'avez pas honte de déranger ceux qui la laissent en paix !

Drizzt et Wulfgar échangèrent un regard, étonnés par l'attitude de cette femme. L'homme apparu au coin semblait partager son avis.

—Ouais, laissez Agatha tranquille, dit-il.

—Partez ! ajouta un homme caché sur le toit.

Craignant que ces gens soient victimes de quelque enchantement démoniaque, Wulfgar resserra sa prise sur son marteau de guerre, alors que Drizzt détecta autre chose dans leurs voix.

—On m'a raconté que ce fantôme, cette Agatha, était un esprit maléfique, leur dit calmement l'elfe noir. Peut-être ai-je mal compris, pour que de braves gens la défendent ainsi ?

—Bah ! Maléfique ! Qu'est-ce qui est maléfique ? répliqua la vieille femme en approchant de Wulfgar son visage ridé et la carcasse qui lui servait de corps.

Le barbare recula prudemment d'un pas, bien que la forme voûtée atteigne à peine son nombril.

—Le fantôme défend sa maison, ajouta l'homme posté au coin de la ferme. Malheur à ceux qui s'rendent là-bas !

—Malheur ! cria la femme, qui s'était encore approchée, en posant un doigt osseux sur le torse du barbare.

Celui-ci en avait assez entendu.

—Arrière ! rugit-il avec force.

Il fit claquer *Crocs de l'égide* contre sa main libre, tandis que le sang gonflait ses bras et ses épaules.

La vieille femme hurla et disparut dans la ferme, terrifiée, après en avoir claqué la porte.

—Quel dommage..., murmura Drizzt, qui avait instantanément saisi ce que Wulfgar venait de déclencher.

Il plongea tête baissée sur le côté et effectua une roulade, lorsqu'une flèche fut tirée depuis le toit et se planta dans le sol, là où il se tenait l'instant d'avant.

Wulfgar aussi se mit en mouvement, s'attendant à recevoir une flèche. Au lieu de cela, il vit la silhouette sombre d'un homme sauter sur lui depuis le toit. D'une seule main, le colossal barbare attrapa l'agresseur en puissance au vol et l'immobilisa à près de un mètre du sol.

Au même moment, Drizzt achevait sa roulade et se rétablissait juste devant les deux hommes du coin de la ferme, et menaçait leur gorge de ses cimeterres. Ils n'avaient même pas eu le temps de tendre les cordes de leurs arcs. Ils furent alors horrifiés de découvrir la véritable nature de l'elfe. Mais, même si sa peau avait été aussi pâle que celle de ses cousins de la surface, le feu qui brûlait dans ses yeux leur aurait ôté toute volonté de combattre.

Quelques interminables secondes s'égrenèrent, durant lesquelles les seuls mouvements perceptibles furent les tremblements des trois fermiers piégés.

— Un regrettable malentendu, leur dit le drow, avant de reculer en rengainant ses armes. (Puis il s'adressa à Wulfgar.) Relâche-le. Doucement !

Le barbare déposa l'homme au sol, mais le fermier, terrifié, s'effondra tout de même, sans cesser de regarder avec effroi et stupeur le colosse, qui conservait son air mauvais, simplement pour le maintenir épouvanté.

La porte de la ferme s'ouvrit de nouveau et la vieille femme réapparut, arborant cette fois un air penaud.

— V'n'allez pas tuer la pauvre Agatha, tout de même ? implora-t-elle.

— Elle est inoffensive en dehors de chez elle, compléta le premier fermier, dont la voix tremblait à chaque syllabe.

Drizzt se tourna vers Wulfgar.

— Non, répondit celui-ci. Nous allons lui rendre visite et régler nos affaires avec elle, mais soyez certains que nous ne lui ferons aucun mal.

— Montrez-nous le chemin, demanda Drizzt.

Les deux hommes debout près du coin de l'habitation se concertèrent du regard et hésitèrent.

— Maintenant ! tonna Wulfgar en regardant le fermier au sol.

—Au bosquet de bouleaux ! répondit aussitôt ce dernier. Le chemin part de là, en direction de l'est ! Il est très sinueux, mais bien dégagé tout du long !

—Adieu, Conyberry, dit poliment Drizzt en s'inclinant. J'aurais souhaité demeurer un moment parmi vous afin de dissiper votre frayeur, mais nous avons beaucoup à faire et une longue route à parcourir.

Les deux amis remontèrent sur leurs selles et firent effectuer un demi-tour à leurs chevaux.

—Attendez ! cria alors la vieille femme. (Les montures des deux hommes se cabrèrent quand leurs cavaliers regardèrent en arrière.) Dites-nous, qu'vous soyez des guerriers sans peur ou stupides, qui êtes-vous ?

—Wulfgar, fils de Beornegar ! s'écria le barbare, qui désirait faire preuve de modestie, malgré son torse fièrement bombé. Et Drizzt Do'Urden !

—J'ai déjà entendu ces noms ! s'exclama l'un des fermiers, les reconnaissant soudain.

—Et vous les entendrez encore ! promit le barbare.

Il resta immobile quelques instants, tandis que Drizzt s'élançait, puis il fit demi-tour et rejoignit son ami.

Celui-ci se demandait s'il n'était pas imprudent d'avoir révélé leurs identités, et par conséquent l'endroit où ils se trouvaient, alors qu'Artémis Entreri les recherchait. Cependant, quand il vit le large sourire plein de fierté sur le visage de Wulfgar, il garda ses inquiétudes pour lui et laissa son compagnon savourer cet instant.

Lorsque les lumières de Conyberry ne furent plus que de simples points derrière eux, Wulfgar reprit son sérieux.

—Ils ne paraissaient pas possédés par le démon, dit-il. Ils protègent pourtant la banshee et l'ont même appelée par son nom ! Peut-être venons-nous de quitter un endroit voué aux ténèbres !

—Non, répondit Drizzt. Conyberry est exactement ce qu'il paraît être ; un humble village peuplé de fermiers bons et honnêtes.

—Mais Agatha…

—Cette campagne compte une centaine de villages semblables, dont beaucoup n'ont pas de nom, tous ignorés par les seigneurs de ces terres. Cela dit, tous ces villages, et même les Seigneurs d'Eau-profonde, je suppose, ont entendu parler de Conyberry et du fantôme du bois du Padhiver.

— Agatha leur assure une réputation, en conclut Wulfgar.

— Ainsi qu'une certaine protection, sans aucun doute.

— Quel bandit oserait emprunter la route de Conyberry alors qu'un fantôme hante la région ? ajouta le barbare en riant. Tout de même, quelle étrange alliance.

— Cela ne nous concerne pas, dit Drizzt en arrêtant son cheval. Voici le bosquet dont parlait le fermier.

Il désigna un taillis de bouleaux enchevêtrés, derrière lequel le bois du Padhiver se dressait, sombre et mystérieux.

— Nous approchons, nota le barbare en se laissant glisser de sa selle, tandis que sa monture couchait ses oreilles.

Ils attachèrent les chevaux et se dirigèrent vers les arbres. Drizzt était aussi silencieux qu'un chat, alors que Wulfgar, trop imposant pour ces végétaux resserrés, faisait craquer des branches à chaque pas.

— As-tu l'intention de tuer cette créature ? demanda-t-il au drow.

— Seulement si nous y sommes contraints. Nous ne sommes ici que pour récupérer le masque et nous avons donné notre parole aux habitants de Conyberry.

— J'imagine mal Agatha nous céder de son plein gré ses trésors, rappela Wulfgar.

Il franchit la dernière ligne de bouleaux et vint se poster à côté de Drizzt, devant l'entrée sombre qui conduisait sous les épais chênes de la forêt.

— Plus un mot, désormais, intima l'elfe noir dans un murmure.

Il dégaina *Scintillante* et laissa sa douce lueur bleutée les guider dans l'obscurité.

Les arbres semblaient se rapprocher d'eux, et le silence mortel du bois en comparaison rendait le bruit de leurs propres pas qui résonnait encore plus inquiétant. Drizzt lui-même, qui avait pourtant vécu des siècles dans les cavernes les plus profondes, ressentit sur ses épaules le poids de cette sinistre partie du bois du Padhiver. Le mal se nichait là et si lui ou Wulfgar avaient eu le moindre doute quant à la légende de la banshee, ils étaient désormais convaincus. Il sortit une fine bougie de la poche de sa ceinture, la brisa en deux et en tendit une moitié à son compagnon.

— Bouche-toi les oreilles, expliqua-t-il dans un souffle avant de rappeler l'avertissement de Malchor. Entendre sa mélopée est mortel.

Le chemin était aisé à suivre, en dépit de l'obscurité profonde, et de l'aura maléfique qui semblait peser plus lourd sur eux à chaque pas. Une centaine de mètres plus loin apparut la lueur d'un feu. Ils s'accroupirent tous deux instantanément en position défensive afin d'examiner la zone.

Devant eux s'élevait une construction en forme de dôme faite de branches, la hutte en bois qui était le repaire de la banshee. Son unique entrée, un trou étroit, semblait à peine suffisamment large pour permettre à un homme de se glisser en rampant. La perspective de s'introduire dans cet endroit éclairé à quatre pattes ne les enchantait guère, aussi Wulfgar s'empara-t-il de *Crocs de l'égide* et le plaça devant lui, indiquant qu'il comptait élargir l'ouverture. Puis il s'avança hardiment vers la tanière.

Drizzt le suivit, peu convaincu que cette idée soit réalisable. Il avait le sentiment qu'une créature ayant réussi à survivre si longtemps serait à l'abri d'une tactique aussi grossière. Comme il n'avait pas de meilleure suggestion pour le moment, il se contenta de s'écarter quand Wulfgar brandit son marteau de guerre au-dessus de sa tête.

Le barbare écarta les pieds pour assurer son équilibre et prit une profonde inspiration, puis il abattit *Crocs de l'égide* de toutes ses forces. Le dôme vibra sous le coup ; des morceaux de bois se brisèrent et volèrent en éclats. Mais l'inquiétude du drow s'intensifia. Alors que la carapace en bois cédait, le marteau de Wulfgar plongea dans un filet dissimulé. Avant que le barbare puisse retirer son arme, *Crocs de l'égide* et son bras étaient totalement emmêlés.

Drizzt vit alors une ombre se déplacer devant le feu qui brûlait à l'intérieur et, conscient de la vulnérabilité de son ami, il n'hésita pas une seconde. Il plongea entre les jambes de Wulfgar à l'intérieur du repaire, ses cimeterres mordant et piquant avec furie dans le mouvement. *Scintillante* s'enfonça dans quelque chose un court instant, une matière à peine palpable. L'elfe noir comprit qu'il venait de toucher la créature des enfers. Surpris par la soudaine clarté de la lumière quand il pénétra dans la tanière, il rencontra des difficultés pour se rétablir. Il parvint tout de même à suffisamment relever la tête pour s'apercevoir que la banshee s'était réfugiée dans l'ombre au fond de son antre. Il roula jusqu'à un mur, contre lequel il s'adossa pour se hisser tant bien que mal sur ses pieds, tout en tranchant adroitement avec *Scintillante* les liens qui entravaient Wulfgar.

C'est alors que s'éleva la plainte.

Elle s'insinua à travers la faible protection que constituait la cire de bougie avec une intensité à faire trembler les os, minant ainsi les forces des deux intrus et les recouvrant de ténèbres étourdissantes. Drizzt s'effondra lourdement contre le mur et Wulfgar, enfin capable de se libérer de ses filets, vacilla en arrière dans la nuit noire et s'écroula sur le dos.

Seul à l'intérieur, le drow se savait en grand danger. Luttant contre le vertige et contre un mal de tête lancinant, il tenta de se concentrer sur la lueur du feu.

Il vit une vingtaine de foyers danser devant lui, autant de lueurs dont il était incapable de se débarrasser. Persuadé d'avoir triomphé des effets de la mélopée, il lui fallut un moment pour se rendre compte de la nature exacte du lieu où il se trouvait.

La tanière d'Agatha était truffée de protections magiques consistant surtout en illusions optiques. Drizzt se trouva soudain confronté à plus de vingt exemplaires du visage déformé de la créature, à la peau flétrie et tendue, aux yeux dépourvus de couleur et sans la moindre étincelle de vie…

Toutefois, ces yeux y voyaient bien plus distinctement qu'aucuns autres dans ce labyrinthe trompeur. L'elfe comprit qu'Agatha savait exactement où il se tenait. Elle décrivit des cercles avec ses bras et eut un sourire narquois à l'intention de sa future victime.

Drizzt comprit qu'elle cherchait à lui jeter un sort. Toujours pris au piège de ses illusions optiques, il ne lui restait qu'une chance. Il fit appel aux aptitudes innées propres à sa sombre race, et disposa une sphère de ténèbres sur les flammes tout en espérant qu'il avait deviné quel était le feu authentique. L'intérieur de la caverne devint noir comme du charbon et Drizzt s'écroula sur le ventre.

Un éclair bleu déchira l'obscurité et frappa le mur, juste au-dessus du drow étendu. L'air grésilla autour de lui et les extrémités de ses cheveux de ce blanc si pur virevoltèrent.

Poursuivant sa course, l'éclair d'Agatha éclata dans la forêt et secoua Wulfgar qui sortit de sa stupeur.

— Drizzt, gémit-il en se forçant à se relever.

Son ami était probablement déjà mort et à l'intérieur de la hutte régnait une obscurité trop intense pour l'œil humain. Malgré tout, courageusement et sans se soucier de son propre salut, le barbare se dirigea d'un pas peu assuré vers le dôme.

Drizzt rampait sur le périmètre plongé dans les ténèbres en se servant de la chaleur du feu pour se guider. Il agitait son cimeterre devant lui à chaque pas mais ses coups ne rencontraient que le vide ou le mur de la hutte en bois.

Puis soudain la lumière réapparut et révéla sa position, au milieu du mur, à gauche de la porte. Et l'image d'Agatha, le regardant d'un air mauvais et préparant déjà un autre sort se réfléchissait tout autour de lui. L'elfe noir chercha autour de lui une issue pour s'échapper, quand il prit conscience que le monstre ne semblait pas le regarder.

À l'autre bout de la pièce, dans ce qui devait être un véritable miroir, il aperçut une autre image : celle de Wulfgar se glissant sans protection dans l'étroite ouverture.

Une fois encore, Drizzt ne put se permettre d'hésiter. Il avait commencé à comprendre l'agencement de ce dédale d'illusions, aussi parvint-il à deviner grossièrement où se trouvait la banshee. Il mit un genou au sol et ramassa une poignée de terre, qu'il lança à travers la pièce.

Toutes les images réagirent à l'identique, ce qui n'aida pas l'elfe noir à déterminer laquelle était son ennemi. Cependant, la véritable Agatha, où qu'elle soit, recracha de la poussière. Drizzt avait perturbé son sort.

Wulfgar se releva et lança aussitôt son marteau contre le mur à droite de l'entrée, puis inversa son geste et projeta *Crocs de l'égide* par-dessus le feu, sur l'image qui se tenait de l'autre côté de l'ouverture. L'arme s'écrasa une nouvelle fois contre la paroi, ouvrant une brèche sur la forêt nocturne.

Drizzt frappa en vain de son poignard une autre image, mais remarqua un vacillement révélateur dans la zone où il avait surpris le reflet de Wulfgar. Tandis que *Crocs de l'égide* retournait par magie entre les mains du barbare, le drow se rua à l'arrière de la pièce.

— Guide-moi ! cria-t-il en espérant que sa voix soit assez puissante pour que son ami l'entende.

Celui-ci comprit instantanément.

— Tempus ! beugla-t-il afin de prévenir Drizzt de son jet.

Puis il lança de nouveau *Crocs de l'égide.*

L'elfe noir plongea en roulade et le marteau passa en sifflant au-dessus de son dos avant de faire exploser le miroir. La moitié des images de la pièce disparurent, et Agatha hurla de rage. Drizzt ne ralentit pas et bondit par-dessus le support brisé du miroir et les éclats de verre.

Directement dans la salle au trésor du monstre.

Le cri de la banshee se mua en mélopée et les vagues sonores meurtrières déferlèrent une nouvelle fois sur les deux compagnons. Ils s'étaient heureusement attendus à cette attaque et furent donc en mesure de la repousser plus facilement. Drizzt se fraya un chemin vers les objets amassés, puis remplit un sac de bibelots et d'or. Wulfgar, enragé, se déchaînait contre le dôme en proie à une furie dévastatrice. Il ne resta bientôt plus que du petit bois là où s'étaient dressés des murs, tandis que des écorchures coulaient de minces filets de sang qui s'entrecroisaient sur ses énormes avant-bras. Malgré cela, le barbare ne ressentait aucune douleur, uniquement une fureur sauvage.

Son sac presque plein, Drizzt était sur le point de faire demi-tour et de prendre la fuite quand un autre objet attira son regard. Il avait presque été soulagé de ne pas le trouver et une part non négligeable de lui-même souhaitait qu'il ne soit pas ici, qu'il n'existe pas. Il était pourtant bien là, masque quelconque à l'aspect terne, muni d'une simple cordelette pour le maintenir sur le visage de celui qui le portait. Drizzt comprit qu'il s'agissait sans le moindre doute de l'objet dont lui avait parlé Malchor, et s'il avait encore l'intention de ne pas en tenir compte, elle disparut rapidement. Régis avait besoin de lui et pour le rejoindre au plus vite, il avait besoin de ce masque. Cependant, il ne put retenir un soupir quand il s'en empara et sentit son pouvoir frémissant. Sans y penser davantage, il le glissa dans le sac.

Agatha ne comptait pas abandonner si facilement ses trésors ; le spectre qui se présenta devant Drizzt quand il bondit de nouveau par-dessus le miroir brisé était on ne peut plus réel. *Scintillante* se mit à briller d'une lueur diabolique quand il para les coups frénétiques de la banshee.

Wulfgar songea que le drow avait à présent besoin de lui, aussi calma-t-il sa fureur, conscient que le sang-froid était indispensable dans cette situation difficile. Il examina soigneusement la pièce, prêt à lancer *Crocs de l'égide*, mais il se rendit compte qu'il ne s'était pas encore défait des illusions magiques. La confusion engendrée par une dizaine d'images, ainsi que la crainte de blesser Drizzt, le retinrent.

L'elfe noir dansait sans effort autour de la banshee rendue folle et la repoussait vers la salle du trésor. Il aurait pu la frapper à plusieurs reprises mais il avait donné sa parole aux fermiers de Conyberry.

Quand elle se trouva enfin à l'endroit souhaité, il brandit *Scintillante* et avança de deux pas. Tout en crachant et jurant, Agatha recula et trébucha contre le support brisé du miroir, avant de s'effondrer en arrière dans l'obscurité. Drizzt se tourna vers la porte.

Voyant la véritable Agatha, ainsi que ses doubles, disparaître de sa vue, Wulfgar suivit le son de ses grognements et retrouva enfin son chemin dans le dôme. Il tint *Crocs de l'égide* prêt pour le coup de grâce.

—Ça suffit! lui cria Drizzt quand il s'approcha.

Il fit claquer le plat de la lame de *Scintillante* sur le dos de son ami afin de lui rappeler leur mission et leur promesse.

Le barbare le chercha du regard mais le drow agile était déjà ressorti dans la nuit sombre. Il se tourna ensuite vers Agatha, qui se relevait, montrant les dents et les poings serrés.

—Veuillez excuser notre intrusion, dit-il poliment en s'inclinant suffisamment bas pour rejoindre son compagnon en sécurité à l'extérieur.

Il regagna ensuite le sentier obscur en courant pour rattraper la lueur bleutée de *Scintillante.*

La troisième mélopée de la banshee s'éleva alors et les poursuivit sur le chemin. Drizzt se trouvait déjà hors de portée de son effet douloureux mais sa piqûre atteignit Wulfgar et lui fit perdre l'équilibre. Aveuglé, son sourire béat soudain envolé, il trébucha en avant sans s'arrêter.

Drizzt fit demi-tour pour tenter de l'arrêter mais le colosse renversa le drow et acheva sa course… la tête la première contre un arbre.

Alors que Drizzt ne s'était pas encore relevé pour l'aider, Wulfgar était de nouveau sur pieds et courait, trop effrayé et perturbé pour seulement songer à se plaindre.

Derrière eux, Agatha poussait désespérément sa plainte.

Quand la première des mélopées d'Agatha, portée par les vents de la nuit, atteignit Conyberry, les villageois surent que Drizzt et Wulfgar avaient trouvé son repaire. Tous, jusqu'aux enfants, s'étaient rassemblés à l'extérieur des habitations et avaient écouté attentivement les deux autres plaintes déferler dans l'air de la nuit. À présent, de façon étonnante, ils percevaient les cris pleins de tristesse de la banshee, qui ne cessaient pas.

— Bien fait pour ces étrangers ! glousse un homme.

— Non, tu t'trompes, le reprit la vieille femme, qui avait perçu le léger changement dans la voix d'Agatha. C'sont des pleurs d'défaite. Ils l'ont battue ! Et ils sont partis !

Les autres, assis dans le calme, analysaient les cris d'Agatha et se rendirent vite compte de la justesse des affirmations de la vieille femme. Ils échangèrent des regards incrédules.

— Comment ont-ils dit qu'ils s'appelaient ? demanda un homme.

— Wulfgar, répondit un autre. Et Drizzt Do'Urden. J'ai d'jà entendu parler d'eux.

4

La cité des Splendeurs

Ils furent de retour sur la route principale avant l'aube, filant vers l'ouest, en direction de la côte et de la ville d'Eauprofonde. La visite à Malchor effectuée et l'affaire Agatha réglée, Drizzt et Wulfgar ramenèrent leurs pensées sur la route qui s'ouvrait devant eux et se rappelèrent le danger que leur ami halfelin courait s'ils ne parvenaient pas à le secourir. Aidées par les fers enchantés de Malchor, leurs montures progressaient à une allure stupéfiante, si bien que le paysage alentour leur apparaissait flou.

Ils ne firent pas de pause quand l'aurore les rattrapa, pas plus qu'ils ne s'arrêtèrent pour manger quand le soleil fut au zénith.

— Nous nous reposerons tout notre saoul quand nous aurons embarqué sur un navire en route vers le sud, avait dit Drizzt à Wulfgar.

Le barbare, déterminé à sauver Régis, n'avait pas besoin d'encouragement.

L'obscurité de la nuit survint de nouveau, tandis que le martèlement des sabots se poursuivait sans discontinuer. Puis, alors que le second matin se dessinait derrière eux, une brise salée emplit l'air environnant et les tours d'Eauprofonde, la cité des Splendeurs, apparurent à l'horizon ouest. Les deux cavaliers firent une halte au sommet de l'escarpement qui formait la frontière est de cette fabuleuse ville. Si Wulfgar avait été stupéfait, un peu plus tôt cette année, lorsqu'il avait pour la première fois posé les yeux sur Luskan, sept cent cinquante kilomètres plus haut sur la côte, il resta cette fois sans voix. Eauprofonde, le joyau du Nord, le plus grand port de tous les Royaumes, était largement dix fois plus vaste que Luskan. Même à l'intérieur de sa haute muraille, la cité s'étendait paresseusement et indéfiniment jusqu'à la côte, avec des tours et des flèches qui s'élevaient haut dans la brume marine aussi loin que portait la vue des deux compagnons.

—Combien de personnes vivent là? balbutia Wulfgar, le souffle coupé.

—Une centaine de tes tribus trouveraient un abri dans cette cité, lui expliqua Drizzt.

L'anxiété de son ami inquiétait quelque peu le drow. Les villes ne faisaient pas partie de son expérience, et lorsqu'il s'était aventuré à Luskan, cela avait presque tourné au désastre. Eauprofonde se dressait désormais devant eux, avec dix fois plus d'habitants, dix fois plus d'intrigues... et dix fois plus d'ennuis en perspective.

Wulfgar eut un léger mouvement de recul mais Drizzt n'avait pas le choix; il devait faire confiance au jeune guerrier. L'elfe noir était aux prises avec son propre dilemme, un conflit personnel qu'il devait régler dès maintenant. Il sortit avec précaution le masque magique de la poche de sa ceinture.

Le barbare remarqua la détermination qui guidait les mouvements hésitants de l'elfe noir et le considéra avec une pitié sincère. Il ne savait pas s'il était lui-même capable de tant de courage – même avec la vie de Régis suspendue à ses actes.

Drizzt retourna le masque dans ses mains, se demandant jusqu'où allait sa magie. Il sentait qu'il ne s'agissait pas là d'un objet ordinaire; son pouvoir vibrait sous son toucher sensible. Le priverait-il tout simplement de son apparence? Ou bien lui prendrait-il jusqu'à son identité? Il avait entendu parler d'autres objets magiques, supposés bénéfiques, qui ne pouvaient plus être ôtés une fois portés.

—Peut-être t'accepteront-ils tel que tu es? hasarda Wulfgar, plein d'espoir.

Drizzt sourit et lâcha un soupir, sa décision prise.

—Non, les soldats d'Eauprofonde n'accepteront pas un elfe drow, pas plus qu'un capitaine de vaisseau ne m'autorisera à embarquer vers le sud.

Sans plus attendre, il disposa le masque sur son visage.

Rien ne se produisit durant quelques instants, si bien que Drizzt commença à se demander s'il ne s'était pas inquiété pour rien, si le masque n'était tout simplement pas un faux.

— Rien, gloussa-t-il, mal à l'aise, après avoir encore attendu quelques secondes, un timide soulagement dans la voix. Il ne…

Le drow s'interrompit au beau milieu de sa phrase quand il remarqua l'expression abasourdie de Wulfgar.

Ce dernier fouilla dans son sac et en sortit une tasse en métal brillant.

— Regarde, dit-il en lui tendant ce miroir de fortune.

Drizzt saisit la tasse de ses mains tremblantes, qui tremblèrent encore plus quand il se rendit compte qu'elles n'étaient plus noires, et la leva à hauteur de son visage. Le reflet n'était pas très net, d'autant moins dans la lumière matinale aux yeux nocturnes du drow, mais celui-ci ne put s'y méprendre. Ses traits n'avaient pas changé mais sa peau noire avait désormais pris la teinte dorée d'un elfe de la surface. Ses cheveux voletants, habituellement d'un blanc si pur, étaient d'un blond brillant, comme s'ils avaient capturé les rayons du soleil.

Seuls ses yeux n'avaient pas changé, deux vastes lacs étincelants couleur lavande, dont aucune magie ne pouvait altérer l'éclat. Drizzt fut un peu soulagé de constater que, au moins, son être intérieur semblait intact.

Il ne savait toutefois pas comment réagir devant ce changement considérable. Mal à l'aise, il se tourna vers Wulfgar, en quête d'approbation.

Le visage du barbare était devenu quelque peu revêche.

— De mon point de vue, dit celui-ci en réponse au regard interrogateur de son ami, tu ressembles à n'importe quel magnifique guerrier elfe. Il ne fait aucun doute qu'une ou deux jeunes filles rougiront et tourneront la tête à ton passage.

Drizzt baissa le regard et tenta de dissimuler le malaise que cette opinion avait suscité en lui.

— Mais je n'aime pas ça, poursuivit Wulfgar avec franchise. Pas du tout. (Le drow lui rendit son regard, d'un air gêné, presque penaud, tandis que le barbare continuait, en manifestant cette fois un peu d'inquiétude.) Et j'aime encore moins l'air que tu prends et le malaise qui s'installe dans ton esprit. Je suis un guerrier qui a affronté des géants et des dragons sans éprouver de peur, mais je pâlirais à l'idée de me mesurer à Drizzt Do'Urden. N'oublie pas qui tu es, noble combattant.

Un sourire parvint à se dessiner sur le visage de Drizzt.

— Merci, mon ami, répondit-il. De tous les défis que j'ai relevés, celui-ci est peut-être le plus difficile.

— Je te préfère sans cette chose.

— Moi de même, dit une voix derrière eux.

Ils se retournèrent et découvrirent un homme entre deux âges, grand et bien bâti, qui marchait vers eux. Il semblait plutôt décontracté, portait des habits simples et arborait une barbe noire bien taillée. Ses cheveux étaient également noirs, quoique parsemés de fils argentés.

— Je vous salue, Wulfgar et Drizzt Do'Urden, dit-il en s'inclinant avec grâce. Je suis Khelben, un associé de Malchor. Ce merveilleux Harpell m'a chargé de surveiller votre arrivée.

— Un magicien ? demanda Wulfgar, qui n'avait pas vraiment eu l'intention d'exprimer sa pensée à voix haute.

Khelben haussa les épaules.

— Un forestier, répondit le nouveau venu, également peintre amateur, même si je dois avouer que je ne suis pas très doué dans ce domaine.

Drizzt examina Khelben sans croire à aucun de ses dires. Cet homme était entouré d'une aura particulière et affichait les manières distinguées et la confiance en lui propres à un seigneur. Selon le drow, il était plutôt l'égal de Malchor, pour ne pas dire plus. S'il aimait véritablement peindre, il ne faisait aucun doute qu'il pratiquait cet art aussi bien que n'importe qui au Nord.

— Un guide pour traverser Eauprofonde ? s'enquit Drizzt.

— Un guide pour vous mener à un autre guide, répondit Khelben. Je suis au fait de votre quête et de vos besoins. Embarquer sur un navire n'est pas une chose aisée si tard dans l'année, à moins de savoir à qui s'adresser. Suivez-moi vers la porte sud, où nous trouverons probablement la bonne personne.

Il récupéra sa monture, non loin de là, puis les conduisit vers le sud au petit trot.

Ils descendirent la falaise abrupte, frontière est de la cité qui s'élevait jusqu'à une trentaine de mètres, avant de se trouver face à une autre muraille, à l'endroit où la formation rocheuse rejoignait le niveau de la mer. Khelben tourna à ce moment et délaissa la ville, même si la porte sud était maintenant en vue, et désigna un tertre couvert d'herbe, au sommet duquel s'élevait un unique saule.

Un petit homme bondit de l'arbre lorsqu'ils atteignirent la colline, scrutant nerveusement de tous côtés de ses yeux noirs.

D'après ses vêtements, ce n'était pas un mendiant, mais l'inquiétude qu'il manifestait à mesure qu'ils approchaient ne fit que confirmer le doute que nourrissait Drizzt au sujet de Khelben ; celui-ci était bien plus que ce qu'il avait prétendu être.

— Ah ! Orlpar, merci d'être venu, dit Khelben avec simplicité.

Drizzt et Wulfgar échangèrent des sourires entendus ; cet homme n'avait sans doute pas eu le choix.

— Salutations, dit précipitamment Orlpar, qui voulait en finir aussi vite que possible avec cette affaire. L'embarquement est réglé. Avez-vous le paiement ?

— Quand ? demanda Khelben.

— D'ici une dizaine de jours. Le *Danseur de la côte* appareille.

Khelben remarqua le regard inquiet que s'adressèrent Drizzt et Wulfgar.

— C'est trop long, dit-il au petit homme. Chaque marin du port te doit un service. Mes amis ne peuvent attendre.

— Ces arrangements prennent du temps ! se plaignit Orlpar en élevant la voix.

Soudain, comme s'il venait de se rappeler à qui il s'adressait, il se recroquevilla et baissa les yeux.

— C'est trop long, répéta calmement Khelben.

Orlpar se passa une main sur le visage, cherchant une solution.

— Deudermont, dit-il, en posant un regard plein d'espoir sur Khelben. L'*Esprit follet de la mer* du capitaine Deudermont appareille la nuit prochaine. Vous ne trouverez pas d'homme plus honnête mais je ne sais pas jusqu'où il s'aventurera dans le sud. Et son prix sera très élevé.

— Ah ! lâcha Khelben en souriant. Ne t'inquiète pas, mon ami, j'ai aujourd'hui des merveilles à te céder.

Orlpar le considéra avec suspicion.

— Vous aviez parlé d'or.

— Mieux que de l'or. Mes amis ont chevauché trois jours durant, depuis Longueselle, et pourtant leurs montures n'ont pas perdu la moindre goutte de sueur.

— Des chevaux ? s'étrangla Orlpar.

— Non, je ne te parle pas des étalons mais de leurs fers. Des fers magiques capables de faire galoper des chevaux aussi vite que le vent !

— Je fais affaire avec des marins ! protesta Orlpar aussi vigoureusement qu'il l'osa. Quel usage ferais-je de fers à cheval ?

— Du calme, du calme, Orlpar, dit Khelben en lui adressant un clin d'œil. Tu te souviens de l'embarras de ton frère ? Tu trouveras bien un moyen de tirer profit de ces fers magiques, j'en suis certain.

Orlpar inspira bruyamment afin de dissiper sa colère. Khelben l'avait visiblement coincé.

— Conduisez ces deux-là aux *Bras de la sirène*, dit-il. Je verrai ce que je peux faire.

Sur ces mots, il fit demi-tour et descendit la colline en trottinant vers la porte sud.

— Vous l'avez facilement manœuvré, nota Drizzt.

— J'avais des atouts de mon côté, expliqua Khelben. Le frère d'Orlpar est à la tête d'une noble maison en ville. Ce qui s'avère parfois un avantage considérable pour Orlpar peut également devenir un obstacle ; il doit en effet prendre garde à ne pas embarrasser publiquement sa famille.

» Mais assez parlé affaires. Vous pouvez me laisser vos chevaux. Partez, maintenant, et rendez-vous à la porte sud. Les gardes postés là-bas vous indiqueront la rue du Port. De là, vous n'aurez aucune difficulté à trouver les *Bras de la sirène.*

— Vous ne nous accompagnez pas ? demanda Wulfgar en se laissant glisser de sa selle.

— D'autres affaires m'attendent, expliqua Khelben. Il vaut mieux que vous y alliez seuls. Vous ne risquez rien ; Orlpar n'oserait pas me désobéir et je tiens le capitaine Deudermont pour un marin honnête. Les étrangers ne sont pas rares à Eauprofonde, en particulier dans le quartier du port.

— Alors que des étrangers se promenant aux côtés de Khelben, le peintre, risqueraient d'attirer l'attention, conclut Drizzt avec une pointe d'humour sarcastique.

Khelben sourit mais ne répondit rien.

— Ces chevaux retourneront-ils à Longueselle ? demanda le drow après avoir mis pied à terre.

— Bien entendu.

— Veuillez accepter nos remerciements, Khelben. Vous nous avez considérablement aidés. (Drizzt resta songeur un moment, le regard rivé sur sa monture.) Vous savez certainement que l'enchantement de Malchor sur ces fers n'est pas éternel. Orlpar ne profitera pas de l'accord qu'il vient de conclure.

— Ce ne sera que justice, s'amusa Khelben. Il en a berné plus d'un, croyez-moi. Peut-être cette expérience lui enseignera-t-elle l'humilité et lui fera-t-elle prendre conscience de ses mauvaises habitudes.

— Peut-être, convint Drizzt.

Après s'être inclinés, lui et Wulfgar redescendirent la colline.

— Soyez sur vos gardes mais conservez votre calme, leur lança Khelben. Les voyous ne sont pas rares sur le port mais la police est omniprésente. Plus d'un étranger passe sa première nuit en ville dans les donjons de la cité !

En observant les deux hommes quitter le tertre, il se rappela, tout comme l'avait fait Malchor, ces jours anciens où il parcourait les routes en quête d'aventures.

— Il tenait complètement cet homme en son pouvoir, fit remarquer Wulfgar quand les deux compagnons se furent suffisamment éloignés pour que Khelben ne les entende plus. Un simple peintre... ?

— Plus probablement un magicien, répondit Drizzt. Un puissant magicien. Nous devons encore remercier Malchor, dont l'influence nous facilite la tâche. Note bien que le premier peintre venu ne peut pas dompter ainsi un individu comme Orlpar.

Wulfgar se retourna vers le tertre mais Khelben et les chevaux avaient disparu. Malgré la faible compréhension qu'il avait de la sorcellerie, il devina que seule la magie avait pu faire partir cet homme et les trois bêtes si vite de cet endroit. Il sourit et secoua la tête, puis s'émerveilla une fois de plus des personnages excentriques que ce vaste monde ne cessait de lui dévoiler.

En suivant la dircction indiquée par les gardes de la porte sud, Drizzt et Wulfgar se retrouvèrent bientôt à arpenter la rue du Port, une longue artère qui s'étendait sur toute la longueur du port d'Eauprofonde, du côté sud de la cité. Des odeurs de poisson et d'air salé s'infiltraient dans leurs narines et des mouettes criaient au-dessus de leurs têtes, tandis que des marins et des mercenaires provenant de chaque coin des Royaumes allaient et venaient, certains très affairés, mais la plupart profitant de leur dernier repos à terre avant leur long voyage vers le sud.

La rue du Port était parfaitement équipée pour de telles réjouissances ; chaque intersection disposait de sa taverne. Cependant, contrairement au quartier du port de Luskan, que les seigneurs de la ville avaient depuis longtemps abandonné à la populace, la rue du Port d'Eauprofonde n'était pas un lieu malsain. Eauprofonde était une cité de lois et les membres de la garde, les célèbres soldats du guet de la ville, semblaient partout présents.

Les intrépides aventuriers pullulaient ici, des guerriers endurcis par les combats et qui portaient leurs armes en toute décontraction. Néanmoins, Drizzt et Wulfgar remarquèrent que de nombreux regards étaient tournés vers eux, et que la quasi-totalité des têtes se tournaient à leur passage. Drizzt palpa son masque de la main, craignant dans un premier temps qu'il ait glissé d'une façon ou d'une autre et révélé sa nature à ces badauds stupéfaits. Une rapide vérification dissipa ses inquiétudes, ses mains laissaient toujours voir ce lustre doré propre aux elfes de la surface.

Il manqua d'éclater de rire quand il se tourna vers son ami pour lui demander si son masque dissimulait toujours ses traits ; il venait en effet de se rendre compte qu'il n'était pas l'objet de ces regards ahuris. Il avait été si proche du jeune barbare ces dernières années qu'il s'était habitué à sa carrure. Mesurant presque deux mètres dix et doté de muscles puissants qui s'épaississaient d'année en année, Wulfgar déambulait dans la rue du Port avec une mine tranquille pleine d'assurance.

Crocs de l'égide claquait sans façon sur son épaule. Même parmi les plus grands guerriers des Royaumes, ce jeune homme ne pouvait que se faire remarquer.

— Pour une fois, on dirait que je ne suis pas l'objet de tous les regards, dit Drizzt.

— Enlève ton masque, drow, répondit Wulfgar, dont le visage était devenu écarlate. Et détourne leurs yeux de moi !

— Je le ferais s'il n'y avait pas Régis, rappela l'elfe avec un clin d'œil.

Les *Bras de la sirène* n'étaient pas différents de la multitude de tavernes qui parsemaient ce quartier d'Eauprofonde. Des cris et des acclamations jaillissaient du lieu, portés par un air lourdement chargé de relents de bière bon marché et de vin. Un groupe de voyous, qui se poussaient entre eux et insultaient ceux qu'ils appelaient leurs amis, s'était rassemblé près de la porte.

Drizzt lança un regard inquiet à Wulfgar. Lors de la seule autre occasion où le jeune homme s'était rendu dans un tel endroit – au *Coutelas*, à Luskan – il avait ravagé la taverne, et amoché la plupart de ses clients, au cours d'une rixe. Fidèle à ses idéaux d'honneur et de courage, Wulfgar n'était pas à sa place dans le monde sans scrupules des tavernes de la cité.

Orlpar sortit à cet instant des *Bras de la sirène* et se faufila adroitement à travers le groupe agité.

— Deudermont est au bar, chuchota-t-il entre ses lèvres en passant devant Drizzt et Wulfgar sans donner l'impression de les avoir remarqués. Grand, veste bleue et barbe jaune.

Wulfgar s'apprêtait à répondre mais Drizzt lui enjoignit de ne pas s'arrêter, ayant compris que Orlpar voulait rester discret.

Les gens s'écartèrent et les laissèrent passer, tous les regards braqués sur le barbare.

— Bungo va l'avoir, chuchota l'un d'eux quand ils furent entrés dans le bar.

— Ça vaudra quand même le coup d'œil, gloussa un autre.

Les oreilles affûtées du drow interceptèrent l'échange. Il considéra de nouveau son ami imposant et songea que la taille de celui-ci semblait systématiquement le désigner pour être la proie de tels ennuis.

L'intérieur des *Bras de la sirène* n'offrit aucune surprise. L'air y était chargé de senteurs de fumées d'herbes exotiques mêlées à la puanteur de la bière éventée. Quelques marins ivres gisaient, affalés sur les tables ou contre les murs, tandis que d'autres trébuchaient, renversant leurs consommations, souvent sur des clients plus sobres, qui répliquaient en les projetant à terre. Wulfgar se demanda combien parmi ces hommes avaient manqué le départ de leur navire. Resteraient-ils à tituber ici jusqu'à ce qu'ils aient dépensé leur dernier sou, et se fassent jeter dehors où il leur faudrait affronter l'hiver démunis et sans abri ?

— C'est la deuxième fois que je contemple les entrailles d'une ville, murmura-t-il à Drizzt. Ça me rappelle chaque fois les joies de la route en plein air !

— Les gobelins et les dragons ? rétorqua l'elfe en plaisantant, alors qu'il guidait le barbare vers une table libre située près du bar.

— Je les préfère de beaucoup à tout cela, persista le colosse.

Une serveuse s'approcha avant même qu'ils soient assis.

— Qu'est-ce qui vous ferait plaisir ? demanda-t-elle de façon automatique, ayant depuis longtemps cessé de manifester le moindre intérêt à ses clients.

— De l'eau, répondit Wulfgar d'un ton bourru.

— Et du vin, se hâta d'ajouter Drizzt, en tendant une pièce d'or à la jeune femme afin de dissiper son air soudain renfrogné.

— Il doit s'agir de Deudermont, dit Wulfgar, évitant ainsi tout reproche concernant son attitude vis-à-vis de l'employée.

Et il désigna un homme de haute stature accoudé au bar.

Drizzt se leva aussitôt, estimant plus prudent d'en finir promptement avec leur affaire pour pouvoir quitter la taverne aussi vite que possible.

— Garde la table, intima-t-il à son ami.

Le capitaine Deudermont ne représentait pas le client typique des *Bras de la sirène*. Grand et se tenant droit, cet homme raffiné était habitué à dîner en compagnie de seigneurs et de dames. Cependant, à l'instar de tous les commandants de vaisseaux faisant escale au port d'Eauprofonde, en particulier le jour du départ, Deudermont passait la plupart de son temps à terre à garder un œil vigilant sur son précieux équipage afin d'éviter que ses membres se retrouvent dans les prisons surpeuplées de la cité.

Drizzt se glissa à côté du capitaine en ignorant le regard curieux du barman.

— Nous avons un ami en commun, dit-il à mi-voix au marin.

— Je suis loin de compter Orlpar parmi mes amis, répliqua le capitaine avec nonchalance. Mais je vois qu'il n'a pas exagéré à propos de la taille et la force de ton jeune compagnon.

Deudermont n'était pas le seul à avoir remarqué Wulfgar. De même que chaque taverne de ce quartier d'Eauprofonde, comme la plupart des bars des Royaumes, les *Bras de la sirène* avaient un champion. En retrait du bar, un rustaud massif, nommé Bungo, n'avait pas quitté Wulfgar des yeux dès l'instant où le jeune barbare avait franchi la porte de l'établissement. Bungo n'aimait pas les airs de ce type, mais alors pas du tout. Plus encore que ses bras musclés, la démarche élégante de Wulfgar et l'aisance avec laquelle il portait son énorme marteau de guerre trahissaient une expérience considérablement plus importante que le laissait supposer son âge.

Les partisans de Bungo s'agglutinèrent autour de lui en prévision de la bagarre à venir, incitant leur champion, de leurs sourires tordus et de leurs haleines empestant la bière, à passer à l'action. D'ordinaire sûr de lui, Bungo dut faire un effort pour contrôler son anxiété. Il avait encaissé de nombreux coups durant son règne de sept ans dans cette taverne et sa carcasse était désormais moins droite, tandis que ses os avaient été brisés et ses muscles déchirés par dizaines. En considérant l'impressionnant spectacle qu'offrait Wulfgar, Bungo se demanda si, même au temps de sa jeunesse, il serait venu à bout de cet adversaire.

Les habitués des *Bras de la sirène* le dévisageaient. Cet endroit était leur territoire et il était leur champion. Ils lui fournissaient gratuitement à manger et à boire ; il ne pouvait pas les laisser tomber.

Il avala sa chope pleine d'un seul coup et s'éloigna du bar. Puis il poussa un dernier grognement afin de rassurer ses partisans, et, tout en écartant brutalement ceux qui se trouvaient sur son chemin, se dirigea vers Wulfgar.

Ce dernier avait repéré le groupe avant même qu'il se mette en mouvement. Cette scène était trop familière pour le jeune barbare et il s'attendait, une fois encore, à être remarqué en raison de sa taille, comme cela s'était produit au *Coutelas* de Luskan.

— Qu'est-ce qu'tu cherches ici ? siffla Bungo, dressé de façon imposante, les mains sur les hanches, à l'adresse de l'homme assis. Les autres voyous se déployèrent autour de la table et encerclèrent totalement Wulfgar.

Les instincts du barbare lui soufflaient de se lever et de corriger cet énergumène prétentieux là où il se tenait. Il ne craignait aucunement les huit amis de Bungo, qu'il tenait pour des lâches qui avaient besoin d'un chef pour les mener. Si un seul coup abattait le champion, et Wulfgar s'en savait capable, les autres y regarderaient à deux fois avant de s'attaquer à un adversaire de sa trempe, une hésitation qui leur coûterait cher.

Cependant, au cours des derniers mois, le barbare avait appris à modérer sa colère, tout comme il avait réfléchi à une définition plus large de l'honneur. Il haussa les épaules, sans faire le moindre geste susceptible d'être interprété comme une menace.

— Un endroit où m'asseoir et boire, répondit-il calmement. Qui es-tu ?

— M'appelle Bungo, déclara l'homme en postillonnant à chaque mot.

Il bomba fièrement le torse, comme si son nom devait signifier quelque chose pour cet étranger.

Celui-ci dut, une fois encore, lutter contre ses instincts de combattant, tandis qu'il essuyait les postillons reçus en plein visage. Il se rappela que lui et Drizzt étaient ici pour des affaires autrement plus importantes.

— Qui t'a autorisé à venir dans mon bar ? gronda Bungo, qui pensait – ou espérait… – avoir mis Wulfgar sur la défensive.

Il avisa ses amis, qui se penchèrent plus près du barbare afin de renforcer l'intimidation.

Drizzt comprendrait certainement la nécessité de remettre ce type à sa place, songea Wulfgar, les poings serrés le long du corps. *Un seul coup…*, marmonna-t-il en silence en observant cette minable bande de voyous, dont la place était plutôt aux quatre coins de la pièce, étalés au sol, inconscients.

Il invoqua l'image de Régis pour calmer sa rage croissante mais ne put ignorer le fait que ses mains agrippaient maintenant le bord de la table avec tant de force que ses articulations en étaient blanchies.

— Les arrangements ? demanda Drizzt.

— Réglés, répondit Deudermont. J'ai de la place pour vous deux sur l'*Esprit follet de la mer* et c'est avec plaisir que j'accueille des bras – et des lames – supplémentaires, en particulier lorsqu'il s'agit d'aventuriers expérimentés. Mais il est possible que vous manquiez le départ.

Il agrippa l'épaule du drow et le fit se retourner en direction de l'agitation qui couvait à la table de Wulfgar.

— Le champion de la taverne et sa cour, expliqua Deudermont. Je parierais tout de même sur ton ami.

— De l'argent bien placé, répondit Drizzt. Mais nous n'avons pas le temps…

Deudermont lui désigna également quatre hommes, calmement assis dans un coin sombre de la taverne, qui observaient le tumulte grandissant avec intérêt.

— La garde, révéla le marin. Un combat coûtera à ton ami une nuit dans les donjons. Je ne pourrai pas l'attendre !

Drizzt fouilla des yeux la taverne, à la recherche d'une issue. Tous les regards semblaient être tournés sur Wulfgar et la bande de voyous, anticipant avec impatience la bagarre. Le drow prit alors conscience qu'il ne ferait qu'envenimer la situation s'il se rendait à cet instant à la table.

Bungo poussa son ventre en avant, à quelques centimètres du visage de Wulfgar, et exhiba une énorme ceinture entaillée d'une centaine de points.

— Un trou pour chaque type que j'ai vaincu, se vanta-t-il. Donne-moi de quoi m'occuper pendant ma nuit en prison. (Il désigna une grande entaille près de la boucle.) J'ai tué celui-là. Bien écrasé sa tête. M'a coûté cinq nuits.

Wulfgar desserra ses doigts de la table, nullement impressionné mais bien conscient des conséquences possibles de ses actes. Il avait un vaisseau à prendre.

— Peut-être est-ce Bungo que je suis venu voir, dit-il en croisant les bras et en s'adossant sur sa chaise.

— Vas-y, alors ! grogna l'un des autres.

— Venu chercher la bagarre ? dit Bungo, l'œil mauvais.

— Non, je ne crois pas, rétorqua le barbare. Un combat ? Non, je ne suis qu'un jeune homme parti à la découverte du vaste monde !

Bungo ne put cacher son trouble. Il se tourna vers ses amis, qui se contentèrent de hausser les épaules.

— Assieds-toi, proposa Wulfgar.

Bungo n'esquissa pas le moindre mouvement.

L'homme placé derrière le barbare le frappa durement sur l'épaule avant de lui lancer :

— P'rquoi t'es ici ?

Wulfgar dut retenir sa propre main pour ne pas écraser les doigts crasseux du voyou. Mais il reprit rapidement le contrôle de lui-même et se pencha plus près de l'imposant meneur de bande.

— Pas pour me battre ; pour observer, répondit-il, toujours calme. Peut-être un jour me sentirai-je capable de défier des adversaires tels que Bungo, et alors je reviendrai, car il ne fait pour moi aucun doute que tu seras encore le champion de cette taverne. Mais ce jour n'arrivera pas avant de nombreuses années, j'en ai peur. J'ai encore beaucoup à apprendre.

—Pourquoi t'es venu ici, alors? demanda Bungo, plus sûr de lui que jamais.

Il s'approcha encore de Wulfgar, menaçant.

—Je suis venu pour apprendre, répondit Wulfgar. Pour apprendre en observant le meilleur combattant d'Eauprofonde. Pour voir à quoi ressemble Bungo et comment il mène ses combats.

Bungo se redressa et considéra ses amis impatients, tellement penchés qu'ils étaient près de s'affaler sur la table. Il exhiba son sourire dépourvu de dents, comme il avait l'habitude de le faire avant de passer à tabac un adversaire, entraînant un surcroît de tension chez ses admirateurs. C'est alors que leur champion les surprit en assenant une claque sur l'épaule de Wulfgar – une claque amicale.

Des grognements fusèrent de toutes parts dans la taverne lorsque Bungo se saisit d'une chaise pour partager une boisson avec l'impressionnant étranger.

—Dégagez! rugit-il à l'adresse de ses compagnons.

Leurs visages affichèrent toute leur déception et leur désapprobation mais ils n'osèrent pas désobéir. Celui qui se tenait derrière Wulfgar lui donna une nouvelle bourrade pour faire bonne mesure, puis suivit les autres en direction du bar.

—Voilà une sage réaction, remarqua Deudermont.

—De leur part à tous les deux, ajouta Drizzt, désormais détendu contre le bar.

—Avez-vous d'autres affaires à régler en ville? demanda le capitaine.

L'elfe noir secoua la tête.

—Non. Conduisez-nous au vaisseau. Je crains qu'Eauprofonde n'apporte que des ennuis.

Un million d'étoiles parsemaient le ciel de cette nuit sans nuages. Elles s'étalaient depuis la voûte céleste jusqu'aux lumières lointaines d'Eauprofonde, qui illuminaient l'horizon nord. Wulfgar trouva Drizzt sur le pont, tranquillement assis et se laissant gagner par l'impression de sérénité que la mer procurait.

—J'aimerais bien y retourner, dit le barbare, en suivant le regard de son ami vers la ville qui s'éloignait.

—Pour régler leur compte à un voyou ivre et ses minables acolytes, termina le drow. (Wulfgar éclata de rire puis s'interrompit net quand Drizzt se tourna vers lui.) Dans quelle intention ? Souhaites-tu le remplacer en tant que champion des *Bras de la sirène*?

—Ce n'est pas une vie qui me tente, répondit Wulfgar, qui, s'il gloussait encore, semblait moins à l'aise.

—Laisse-la à Bungo, dans ce cas, dit l'elfe, avant de reporter son regard sur les lueurs de la cité.

Le sourire du barbare s'évanouit une fois de plus.

Quelques secondes, peut-être des minutes, s'écoulèrent en silence, seulement rythmées par le clapotis des vagues contre la proue de l'*Esprit follet de la mer*. Sous l'effet d'une impulsion, Drizzt sortit soudain *Scintillante* de son fourreau. Le cimeterre ouvragé prit vie dans ses mains et sa lame brilla sous l'éclat des étoiles qui lui avait donné son nom et ses pouvoirs magiques.

—Cette arme te va bien, fit remarquer Wulfgar.

—Une fidèle compagne, reconnut Drizzt.

Il examina les motifs complexes gravés sur la lame recourbée et se souvint d'un autre cimeterre magique qu'il avait autrefois possédé, une épée, trouvée dans la tanière d'un dragon qu'il avait abattu avec Wulfgar. Cette arme avait également été une fidèle compagne. Forgée à base de magie glacée, elle avait été façonnée pour servir de fléau aux créatures de feu, si bien que les flammes ne pouvaient l'atteindre, de même que celui qui la portait. Elle avait bien servi Drizzt et l'avait même sauvé d'une mort douloureuse promise par le feu d'un démon.

Le drow jeta un coup d'œil à son ami.

—Je songeais à notre premier dragon, expliqua-t-il, en réponse à l'air interrogatif du barbare. Toi et moi, seuls dans cette caverne gelée contre Glacemort et ses semblables, de bien redoutables adversaires.

—Il nous aurait eus sans la présence de cet énorme bloc de glace suspendu au-dessus de lui ; un véritable coup de chance.

—Un coup de chance? répéta Drizzt. Peut-être... Je pense tout de même que la plupart du temps, la chance n'est rien d'autre que l'avantage qu'un véritable guerrier tire en agissant correctement.

Wulfgar accepta le compliment sans sourciller ; c'était lui qui avait fait chuter le bloc pointu, tuant ainsi le dragon.

— Quel dommage que le cimeterre dérobé dans la tanière de Glacemort ne soit plus en ma possession pour servir de compagnon à *Scintillante*, lâcha Drizzt.

— C'est vrai, convint le barbare, un sourire aux lèvres tandis qu'il se remémorait les aventures passées vécues aux côtés du drow. Hélas, cette arme a disparu avec Bruenor dans le Défilé de Garumn…

Drizzt s'immobilisa et cligna des yeux, comme s'il venait de recevoir de l'eau froide sur le visage. Dans son esprit venait soudain de surgir une vision, dont les implications étaient à la fois encourageantes et terrifiantes : l'image de Bruenor Marteaudeguerre chutant lentement dans les profondeurs du défilé sur le dos d'un dragon en flammes…

Un dragon en flammes !

Pour la première fois, Wulfgar nota un tremblement dans la voix habituellement posée de son ami quand celui-ci haleta :

— Bruenor avait mon épée ?

5

Cendres

La pièce était vide et un feu brûlait doucement dans l'âtre. L'intrus savait que des nains gris, des duergars, se trouvaient dans la chambre latérale, de l'autre côté de la porte entrouverte, mais il devait tenter sa chance. Avec cette racaille qui pullulait dans cette partie du complexe, il ne pouvait se permettre de poursuivre son chemin dans les tunnels sans son déguisement.

Il se glissa depuis le couloir principal et passa sur la pointe des pieds devant la porte pour s'approcher du foyer. Il s'agenouilla devant et déposa sa splendide hache en mithral à côté de lui. La lueur des braises le fit tressaillir instinctivement, cependant il ne ressentit aucune douleur quand il plongea le doigt dans les cendres.

Il entendit la porte sur le côté s'ouvrir quelques secondes plus tard et se barbouilla le visage d'une dernière poignée de cendres, espérant avoir convenablement recouvert sa barbe rousse si révélatrice, ainsi que la chair pâle de son long nez jusqu'à son extrémité.

— Qu'est-ce qu'tu fais ? croassa une voix derrière lui.

Le nain recouvert de cendre souffla sur les braises et ranima une petite flamme.

— Un petit peu froid, répondit-il. Besoin d'repos.

Il se leva et se retourna après s'être saisi de sa hache en mithral.

Deux nains gris traversèrent la pièce et le rejoignirent, leurs armes rengainées.

— Qui t'es ? demanda l'un d'entre eux. Pas d'clan McUduck, et t'habites pas dans ces tunnels !

— Tooktook, d'clan Trilk, mentit le nain en se servant du nom d'un nain gris qu'il avait abattu le matin précédent. J'patrouillais et j'm'suis perdu ! Content d'trouver une pièce avec un feu !

Les deux nains gris échangèrent un regard, puis revinrent à l'étranger, l'air soupçonneux. Ils avaient eu vent des rapports de ces dernières semaines – depuis qu'Ombreflet, le dragon d'ombre qui avait été leur dieu incarné, était tombé – qui évoquaient des duergars massacrés, souvent décapités, découverts dans les tunnels. Pourquoi celui-ci était-il seul ? Où se trouvait le reste de sa patrouille ? Le clan Trilk savait certainement éviter les tunnels du clan McUduck.

Et pourquoi, comme le remarqua l'un des deux nains gris, y avait-il une tache rouge sur la barbe de cet inconnu ?

Le nain se rendit immédiatement compte de la suspicion des deux autres et comprit qu'il lui serait impossible de jouer cette comédie bien longtemps.

— Perdu deux des miens, dit-il. Contre un drow.

Il sourit quand il vit les yeux des duergars s'écarquiller. La simple évocation d'un elfe drow faisait toujours sursauter les nains gris, ce qui lui offrit quelques secondes supplémentaires.

— Mais ça valait l'coup ! reprit-il en brandissant sa hache au-dessus de sa tête. M'suis trouvé une sacrée lame ! Regardez ça !

Au moment où l'un des deux duergars se pencha en avant, stupéfait par l'arme brillante, le nain à la barbe rousse lui permit de l'admirer de plus près en lui assenant un coup de cette lame impitoyable en plein visage. Son comparse eut à peine le temps de porter la main sur la poignée de son épée avant d'être frappé d'un revers du bout du manche de la hache, qui l'atteignit à l'œil. Il tituba en arrière et comprit à travers le voile de sa douleur que son heure était venue une seconde avant que la hache de mithral entaille la base de son cou.

Deux autres duergars surgirent de la chambre latérale, leurs armes brandies.

— Va chercher d'l'aide ! cria l'un d'eux avant de se lancer à l'assaut, tandis que l'autre se précipitait vers la porte.

Une fois encore, la chance sourit au nain à la barbe rousse. Il projeta, d'un violent coup de pied, un objet sur le sol en direction du duergar qui prenait la fuite, tout en parant grâce à son bouclier doré le premier coup porté par son nouvel adversaire.

Le fuyard n'était qu'à quelques pas du couloir quand quelque chose roula entre ses pieds et le fit trébucher, si bien qu'il s'écroula au sol. Il se mit rapidement à genoux mais hésita et retint une envie de vomir quand il vit ce qui avait entravé sa fuite.

La tête de son cousin.

Le nain à la barbe rousse esquiva un autre coup et traversa en un éclair la pièce pour frapper de son bouclier le duergar agenouillé, écrasant ainsi l'infortunée créature contre le mur de pierre.

Dans la furie de son attaque, le nain avait perdu son équilibre et posé un genou à terre quand le dernier duergar fondit sur lui. L'inconnu leva son bouclier au-dessus de lui afin de bloquer le coup d'épée de son adversaire, puis il contra l'attaque d'un lent balayage de sa hache en visant les genoux du nain gris.

Celui-ci bondit en arrière juste à temps, sans toutefois éviter une estafilade sur une jambe, et avant qu'il se rétablisse et reparte à l'assaut, le nain à la barbe rousse était debout, prêt à combattre.

— Tes os nourriront les charognards ! gronda-t-il.

— Qui t'es ? lança le duergar. Pas d'ma race, c'est sûr !

Un sourire éclatant se dessina sur le visage recouvert de cendre du nain.

— Marteaudeguerre est mon nom ! grogna-t-il en exhibant le blason qui ornait son bouclier – la chope fumante, emblème du clan Marteaudeguerre. Bruenor Marteaudeguerre, roi légitime de Castelmithral !

Bruenor laissa échapper un petit rire en voyant blêmir le visage du nain gris. Celui-ci recula, les jambes tremblantes, vers la porte du vestibule, désormais conscient de ne pas être à la hauteur de ce puissant ennemi. Tout espoir l'ayant abandonné, il fit volte-face et prit la fuite, en essayant de claquer la porte derrière lui.

De son côté, Bruenor avait deviné les intentions du duergar, aussi engagea-t-il sa lourde botte sur le seuil avant que le battant se referme. Le nain costaud donna ensuite un coup d'épaule contre le bois solide, faisant voler le duergar dans la petite pièce, où il renversa une table et une chaise.

Bruenor avança, confiant dans un combat à chances égales.

Ne pouvant s'échapper, le nain gris se rua sur lui avec sauvagerie, son bouclier devant lui et son épée brandie au-dessus de la tête. Bruenor para aisément le coup, puis abattit sa hache sur le bouclier du duergar, sans l'entamer, l'objet étant lui aussi composé de mithral. Néanmoins, Bruenor avait porté son coup avec tant de force que ses attaches en cuir sautèrent et que le bras du duergar se retrouva sans protection. Ce dernier se mit alors à hurler de terreur et leva sa courte épée à hauteur de sa poitrine afin de protéger son flanc découvert.

Bruenor accompagna le mouvement de bras du duergar de son bouclier et heurta le coude de son adversaire, déséquilibrant ce dernier. Vif comme l'éclair, Bruenor fit glisser sa lame mortelle sur l'épaule fléchie du nain gris.

Une deuxième tête roula à terre.

Bruenor grogna de satisfaction à la vue de ce travail bien exécuté et regagna la pièce principale. Le duergar étendu près de la porte recouvrait tout juste ses esprits quand il s'approcha de lui et lui donna un nouveau coup de bouclier qui l'écrasa de nouveau contre le mur.

— Vingt-deux, marmonna Bruenor pour lui-même.

Il tenait le compte du nombre de nains gris qu'il avait tués durant ces dernières semaines.

Il jeta un coup d'œil dans le couloir sombre. Tout était calme. Il referma doucement la porte et retourna près de l'âtre afin d'y parfaire son camouflage.

Après sa chute effrénée au fond du Défilé de Garumn sur le dos d'un dragon enflammé, Bruenor avait perdu conscience. Il avait vraiment été stupéfait quand il était parvenu à ouvrir les yeux. Il avait alors deviné du premier coup d'œil que le dragon était mort mais sans comprendre pourquoi lui n'avait pas été brûlé, alors qu'il était toujours juché sur les restes calcinés du monstre.

Le défilé autour de lui était calme et plongé dans l'obscurité, si bien qu'il lui était impossible de deviner combien de temps il était resté sans connaissance. Il savait toutefois que ses amis, s'ils s'étaient échappés, avaient sans doute réussi à atteindre la porte du fond, qui menait à la sécurité de la surface.

Et Drizzt était vivant ! La vision du drow aux yeux lavande le regardant depuis la paroi du gouffre alors que le dragon entamait sa chute restait gravée dans l'esprit du nain. Même à présent, des semaines plus tard, autant qu'il pouvait l'estimer, il invoquait la figure de l'indomptable Drizzt Do'Urden pour reprendre courage quand sa propre situation lui semblait désespérée. En effet, il lui était impossible de remonter depuis le fond de l'abîme, où les parois s'élevaient à la verticale, sans présenter la moindre aspérité à laquelle s'accrocher. L'unique solution qui s'était offerte à lui avait été de se glisser dans le seul tunnel qui débouchait au fond de ce précipice et de s'aventurer en profondeur dans les mines.

Et face à une armée de nains gris, des duergars d'autant plus vigilants qu'Ombreflet, le dragon abattu par Bruenor, était leur chef.

Il avait marché longtemps, se rapprochant à chaque pas un peu plus de la liberté de la surface, mais aussi un peu plus des duergars. Il entendait déjà le raclement des fourneaux de la gigantesque ville souterraine, où cette engeance grise et immonde était à n'en pas douter omniprésente. Bruenor savait qu'il devrait la traverser pour accéder aux tunnels conduisant aux niveaux supérieurs.

Hélas, même ici, dans les mines sombres, son déguisement n'avait pas résisté à un examen de près. Comment s'en sortirait-il sous les lueurs de cette cité, avec un millier de nains gris affairés autour de lui ?

Bruenor repoussa ces pensées et s'enduisit le visage d'encore plus de cendre. Il était inutile de s'inquiéter pour le moment ; il trouverait bien un moyen de se faufiler. Il s'empara de sa hache et de son bouclier et se dirigea vers la porte.

Il secoua la tête et sourit quand il s'en approcha ; le duergar obstiné avait de nouveau repris conscience – plus ou moins – et luttait pour se rétablir sur ses pieds.

Bruenor l'envoya s'écraser une troisième fois contre le mur avant de simplement laisser sa hache retomber sur sa tête quand il s'écroula pour, cette fois, ne jamais se réveiller.

— Vingt-deux, répéta farouchement le puissant nain alors qu'il se glissait dans le couloir.

Le bruit de la porte qui se refermait résonna dans l'obscurité et, quand il cessa, Bruenor entendit de nouveau le bruit des fourneaux.

La cité souterraine, son unique chance...

Il se raffermit en prenant une profonde inspiration puis, faisant résolument claquer sa hache contre son bouclier, il se mit en route d'un pas lourd le long du couloir en direction du bruit qui l'attirait.

Il était temps de passer à l'action.

Le boyau tournait sans cesse pour finalement déboucher sur un passage voûté bas de plafond qui donnait sur une caverne largement éclairée.

Pour la première fois depuis presque deux cents ans, Bruenor Marteaudeguerre contempla la grande ville souterraine de Castelmithral. Établie au fond d'un immense précipice dont les parois s'élevaient en gradins et à l'intérieur desquelles étaient percées des portes décorées, la gigantesque cavité avait autrefois abrité l'ensemble du clan Marteaudeguerre dans ses innombrables pièces.

L'endroit était resté en tout point fidèle à la mémoire du nain ; aujourd'hui comme au temps éloigné de sa jeunesse, de nombreux fourneaux étincelaient de flammes et le niveau du sol fourmillait des formes voûtées des ouvriers nains. Combien de fois le jeune Bruenor et ses amis avaient-ils contemplé la splendeur de l'endroit, en s'imprégnant du tintamarre des marteaux des forgerons, ainsi que du soupir pesant des souffleries géantes ?

Bruenor chassa ces agréables souvenirs, quand il se rappela que ces travailleurs courbés étaient de maléfiques duergars et non ceux de son clan. Il concentra son esprit sur le présent et sur la tâche qui l'attendait. Il lui fallait, d'une façon ou d'une autre, traverser cette étendue découverte et escalader les gradins situés du côté opposé afin d'atteindre un tunnel qui le mènerait plus haut dans le complexe.

Un bruit de bottes le précipita soudain dans les ombres du tunnel. Il agrippa fermement sa hache et n'osa plus respirer, tout en se demandant si l'heure de son dernier fait d'armes n'était pas venue. Une patrouille de duergars lourdement armés survint devant le passage, avant de poursuivre son chemin, ses membres n'ayant jeté qu'un rapide coup d'œil dans le tunnel.

Bruenor lâcha un profond soupir et se morigéna de cet imprévu. Il ne pouvait s'attarder ; chaque moment passé dans cette zone constituait un jeu dangereux. Il évalua rapidement les possibilités. Il se trouvait environ à mi-hauteur de l'une des parois, à cinq niveaux du sol. Un pont, qui partait du niveau le plus élevé, traversait la cavité mais il ne faisait aucun doute qu'il devait être soigneusement gardé. Se rendre là-haut, loin du remue-ménage qui régnait en bas, le ferait immanquablement repérer.

Franchir le sol grouillant d'activité semblait une meilleure option. Les tunnels qui débouchaient à mi-hauteur de l'autre côté, à peu de chose près directement en face de sa position actuelle, le mèneraient à l'extrémité ouest de l'ensemble, puis à la grande salle dans laquelle il était entré en premier lors de son retour à Castelmithral, et enfin dans la vallée du Gardien, vaste espace ouvert situé encore au-delà. C'était, d'après lui, sa meilleure chance, s'il parvenait à traverser cette zone découverte, sans dommages.

Il jeta un coup d'œil vers le passage voûté afin de vérifier que la patrouille ne revenait pas sur ses pas. Satisfait de constater que tout était calme, il se remémora qu'il était roi, le roi légitime de ce complexe, et avança hardiment sur les gradins. L'escalier le plus proche, menant vers le bas, était situé sur sa droite, mais la patrouille avait suivi cette direction, aussi estima-t-il plus prudent de ne pas s'en approcher.

Son assurance grandissait à chaque pas. Il croisa deux nains gris et répondit à leurs salutations d'usage d'un bref hochement de tête sans jamais ralentir son allure.

Il descendit un niveau, puis un autre, et avant qu'il ait l'occasion d'évaluer sa progression, Bruenor se retrouva baigné dans la lueur vive des gigantesques fourneaux lors de son ultime descente, à peine à cinq mètres du sol. D'instinct, il s'accroupit face à cette luminosité, avant de prendre conscience qu'elle était en réalité son alliée. En tant que créatures des ténèbres, les duergars n'étaient pas habitués et n'aimaient pas la lumière. Ceux qui se trouvaient au niveau inférieur conservaient leurs capuches afin de protéger leurs yeux, ce que fit également Bruenor, parachevant ainsi son déguisement. En considérant les mouvements apparemment désorganisés qui agitaient cet endroit, il commença à croire que sa traversée serait facile.

Il avança avec lenteur dans un premier temps, puis gagna en vitesse, en restant ramassé sur lui-même, le col de sa cape serré contre ses joues et son casque avec une corne endommagé enfoncé jusqu'aux sourcils. Tout en essayant de prendre un air impassible, Bruenor conservait le bras qui tenait son bouclier contre son flanc, tandis que son autre main reposait confortablement sur sa hache, attachée à sa ceinture. Si les coups devaient pleuvoir, il était bien décidé à être prêt.

Il passa sans incident devant les trois fourneaux centraux, ainsi que devant le groupe de duergars qui s'affairaient autour, puis il attendit patiemment qu'un petit convoi de brouettes pleines de minerai soit acheminé. Tentant de se fondre dans l'ambiance cordiale et tranquille, Bruenor hocha la tête en direction du petit groupe, même s'il sentit la bile lui remonter dans la gorge à la vue du mithral chargé dans les brouettes et lorsqu'il songea à cette racaille grise, occupée à dérober les précieux minerais des murs de son foyer sacré.

— Vous paierez pour ça, marmonna-t-il dans sa barbe.

Il s'essuya le front de la manche. Il avait oublié la chaleur qui régnait au fond de la ville souterraine quand les fourneaux étaient en activité. Comme chacun ici, il sentit bientôt des filets de sueur lui dégouliner sur le visage.

Il ne pensa tout d'abord à rien d'autre qu'à cette sensation désagréable, puis un mineur qu'il croisa lui lança un étrange regard de côté.

Bruenor se recroquevilla encore plus sur lui-même et accéléra le pas, désormais conscient des effets de sa transpiration sur son déguisement de fortune. Quand il atteignit les premières marches de l'autre côté du gouffre, son visage était trempé et ses moustaches révélaient en partie leur véritable teinte.

Il pensait toutefois encore parvenir à ses fins. Hélas, le désastre se produisit à mi-hauteur de l'escalier. De plus en plus préoccupé par la dissimulation de son visage, Bruenor trébucha et bouscula un soldat duergar qui se tenait deux marches plus haut. Par réflexe, il leva la tête et ses yeux croisèrent ceux du duergar.

Le regard sidéré du nain gris révéla aussi clairement que possible à Bruenor que son stratagème était éventé. Le soldat s'empara de son épée mais Bruenor n'avait pas le temps de mener une bataille rangée. Il enfonça la tête entre les jambes de son adversaire, déchirant au passage une rotule avec la corne restante de son casque, puis il souleva le duergar et le laissa retomber derrière lui dans les escaliers.

Il regarda autour de lui. Rares étaient ceux qui avaient remarqué la scène, d'autant que les combats étaient monnaie courante dans les rangs duergars. Il se remit à grimper les marches comme si de rien n'était.

Cependant, le soldat était encore conscient après sa chute et avait suffisamment conservé ses esprits pour désigner les gradins du doigt et crier :

— Arrêtez-le !

Bruenor perdit tout espoir de rester inaperçu. Il dégagea sa hache de mithral et se fraya un chemin le long du gradin jusqu'à la volée de marches suivante. Des cris d'alerte résonnèrent dans le gouffre. Un brouhaha général retentit, à cause des brouettes renversées, du fracas des armes dégainées et du martèlement des bottes se rapprochant de Bruenor. Au moment où il s'apprêtait à s'engager sur l'escalier, deux gardes bondirent devant lui.

— Qu'est-ce qu'il s'passe ? s'écria l'un d'eux, troublé, sans comprendre que le nain qui se trouvait en face d'eux était la cause de cette agitation.

Horrifiés, les deux nains gris reconnurent soudain la véritable nature de Bruenor quand celui-ci frappa le visage de l'un avec sa hache et assena un coup d'épaule à l'autre, qui fut projeté hors du passage.

Le nain se rua alors dans les escaliers, puis fut contraint de rebrousser chemin lorsqu'une patrouille apparut au sommet. Des centaines de nains gris fourmillaient dans la cité souterraine et convergeaient vers le fugitif.

Celui-ci découvrit un autre escalier et atteignit le niveau suivant… où il s'arrêta net, piégé. Une dizaine de soldats duergars fondaient sur lui des deux côtés, leurs armes brandies.

Désespéré, Bruenor fouilla des yeux l'endroit. Le tumulte avait conduit plus d'une centaine des nains travaillant en bas à se précipiter vers le premier escalier qu'il avait emprunté.

Un large sourire se dessina sur son visage quand il échafauda un plan de la dernière chance. Il considéra une nouvelle fois les soldats qui le chargeaient et comprit qu'il n'avait plus le choix. Il adressa un signe de salut aux groupes, réajusta son casque et se jeta soudain du gradin pour s'écraser sur la foule qui s'était massée en dessous. Sans perdre sa vitesse, il poursuivit son roulé-boulé jusqu'au fond de la cavité, et se laissa tomber, en compagnie de quelques malheureux nains gris, sur un autre groupe posté sur le sol du niveau le plus bas.

Bruenor se releva en une fraction de seconde et poursuivit sa fuite en fendant la foule. Stupéfaits, les duergars se grimpèrent les uns sur les autres pour laisser le passage à ce nain fou et à sa hache mortelle, si bien que, quelques secondes plus tard, Bruenor traversait sans encombre le niveau du sol.

Il s'arrêta et regarda autour de lui. Où pouvait-il aller maintenant ? Des dizaines de duergars se tenaient désormais entre lui et chacune des sorties de la ville souterraine, sans compter qu'ils s'organisaient de mieux en mieux à chaque instant.

Un soldat le chargea mais fut abattu d'un seul coup.

— Venez donc ! cria Bruenor sur un ton de défi, déterminé à régler leur compte et plus encore à tous ces duergars. Venez, aussi nombreux que vous le voudrez ! Venez affronter la fureur du roi légitime de Castelmithral !

Un carreau d'arbalète se fracassa contre son bouclier, ce qui eut pour effet de calmer un peu ses vantardises. Suivant davantage son instinct qu'un plan réfléchi, le nain se précipita brusquement vers la seule issue encore libre : les fourneaux rugissants. Il coinça sa hache de mithral dans la boucle de sa ceinture sans ralentir. Le feu ne l'avait pas blessé lorsqu'il se trouvait sur le dos du dragon enflammé et la chaleur des cendres dont il s'était enduit le visage avait laissé sa peau indemne.

Une fois encore, alors qu'il se tenait au centre de la fournaise, Bruenor resta insensible aux flammes. Il n'avait pas le temps de réfléchir à ce mystère et se contenta de supposer qu'il s'agissait là d'une propriété de l'armure magique qu'il avait revêtue quand il était entré pour la première fois dans Castelmithral.

En réalité, c'était le cimeterre perdu de Drizzt, soigneusement attaché sous le paquetage de Bruenor et qu'il avait presque oublié, qui lui avait une nouvelle fois sauvé la vie.

Le feu émit un chuintement de protestation et perdit de sa vigueur quand la lame magique s'en approcha, puis il revint à la vie en crépitant de rage quand Bruenor s'engagea dans la cheminée. Il entendit les cris incrédules des duergars derrière lui, mêlés aux ordres d'éteindre le feu. Soudain, une voix, plus forte que toutes les autres, s'éleva sur un ton de commandement :

— Enfumez-le !

Des chiffons furent trempés puis jetés dans les flammes, déclenchant ainsi d'immenses tourbillons de fumée grisâtre qui ne tardèrent pas à engloutir le nain, dont les yeux furent bientôt remplis de suie. Bien que respirant de plus en plus difficilement, il n'avait d'autre choix que de poursuivre son ascension. Il chercha à l'aveuglette des entailles où caler ses doigts boudinés et se hissa de toutes ses forces.

Il était conscient de courir à une mort certaine s'il prenait une inspiration mais il était à bout de souffle et ses poumons manifestaient leur douleur.

Il déboucha de façon inattendue sur une cavité située dans le mur, dans laquelle il manqua de tomber, pris par son élan. Étonné, il se demanda s'il s'agissait là d'un tunnel latéral avant de se rappeler que toutes les cheminées de la cité souterraine étaient connectées afin de rendre leur nettoyage plus aisé.

Bruenor s'extirpa du flot de fumée et se glissa dans ce nouveau passage. Tandis que ses poumons se remplissaient, pour sa plus grande joie, il tenta d'ôter la suie de ses yeux à l'aide de sa manche encrassée, mais ne fit qu'augmenter la douleur déjà cuisante. Il lui était impossible de discerner le sang qui coulait de ses mains mais il devinait l'étendue de ses blessures par la douleur qui le lançait jusqu'au bout des ongles.

Bien que totalement épuisé, il ne pouvait se permettre le moindre arrêt. Il se mit à ramper le long de l'étroit tunnel en espérant que le fourneau situé sous la cheminée suivante ne fonctionnerait pas.

Le sol se déroba soudain sous lui et Bruenor faillit tomber dans un autre conduit. Il remarqua qu'aucune fumée ne s'élevait et que la paroi était aussi raboteuse et donc facile à escalader que la première. Il resserra les liens de son équipement, ajusta une nouvelle fois son casque et se lança. Il chercha à tâtons une prise sans tenir compte de la douleur qui tiraillait ses doigts et ses épaules et reprit une progression constante.

Bientôt, les secondes lui semblèrent des minutes, et les minutes des heures, si bien que le nain épuisé dut se reposer autant qu'il grimpa, le souffle réduit à un lourd halètement. Lors de l'une de ces pauses, Bruenor crut entendre un mouvement au-dessus de lui. Il ne fit plus un bruit afin d'étudier le son. Il songea que ces conduits n'étaient en principe pas reliés à d'autres passages plus élevés, ni à la ville du dessus. Ils devaient mener directement à l'air libre de la surface. Bruenor s'efforça de regarder vers le haut malgré ses yeux noyés de suie. Il était certain d'avoir entendu quelque chose.

Le mystère fut soudain résolu quand une forme monstrueuse descendit le long de la cheminée et s'approcha de Bruenor, perché de façon peu assurée, et agita ses pattes velues dans sa direction. Le nain reconnut d'emblée le danger.

Une araignée géante.

Des pinces ruisselantes de venin entaillèrent l'avant-bras de Bruenor, qui ignora la douleur et les éventuelles conséquences de cette blessure pour réagir avec une fureur égale à celle déployée par le monstre. Il se hissa vers le haut du conduit et heurta de la tête le corps bulbeux de cette affreuse chose, puis poussa des pieds de toutes ses forces.

L'araignée attrapa de ses pinces mortelles une botte épaisse, tandis qu'elle frappait sa proie avec autant de pattes qu'elle le pouvait tout en conservant sa position.

Le nain désespéré ne vit qu'une seule riposte possible : déloger la bête. Il agrippa les pattes velues, se tordit pour les arracher, ou au moins leur faire lâcher prise sur la paroi. Le poison brûlait son bras, et son pied, qui avait repoussé les pinces, était foulé, probablement même cassé.

Bruenor n'avait pas le temps de penser à la douleur. Lâchant un cri de rage, il attrapa une autre patte et l'arracha.

Puis ils se retrouvèrent en chute libre.

L'araignée – chose stupide – s'enroula sur elle-même autant que possible et relâcha sa prise sur le nain. Celui-ci sentit la morsure de l'air ainsi que la proximité des parois alors qu'ils prenaient de la vitesse. Tout en espérant que la cheminée soit suffisamment droite pour leur éviter de heurter des bords acérés, il se hissa comme il put sur l'araignée, de façon à placer la masse du corps de celle-ci entre lui et l'impact à venir.

Ils se fracassèrent au sol dans un grand bruit. L'air fut expulsé des poumons de Bruenor mais l'explosion humide de l'araignée, sous lui, lui évita de sérieuses blessures. Il n'y voyait toujours rien, mais il se rendit compte qu'il devait être redescendu à hauteur de la cité souterraine. Par chance – puisqu'il n'entendait aucun cri – il s'agissait d'une partie moins fréquentée. Étourdi mais pas découragé pour autant, le nain obstiné se releva et se débarrassa du fluide de l'araignée qui recouvrait ses mains.

— Il y aura sûrement une pluie de tous les diables demain, marmonna-t-il en citant une vieille superstition naine à propos des araignées tuées.

Il se lança une nouvelle fois à l'assaut du conduit, oubliant la douleur qui irradiait dans ses mains, ses côtes et son pied, ainsi que la brûlure empoisonnée sur son avant-bras.

Il évita également de penser aux éventuelles autres araignées tapies plus haut.

Il grimpa des heures durant, plaçant avec obstination une main devant l'autre et se hissant peu à peu. Le venin insidieux de l'araignée se répandait en lui par vagues nauséeuses et minait la force de ses bras. Mais Bruenor était plus résistant que la pierre de la montagne. Peut-être mourrait-il de ses blessures, mais il était déterminé à ce que cela se produise à l'extérieur, à l'air libre, sous les étoiles ou le soleil.

Il s'échapperait de Castelmithral.

Un courant d'air froid chassa soudain son épuisement. Il leva la tête, plein d'espoir, mais ne vit rien. Peut-être faisait-il nuit dehors. Il étudia le sifflement du vent quelques instants et sut qu'il n'était plus qu'à quelques mètres de son but. Une décharge d'adrénaline le porta jusqu'à la sortie de la cheminée... devant la grille en fer qui la bloquait.

— Sois maudite, par le marteau de Moradin ! cracha-t-il.

De la paroi, il bondit vers la grille et, de ses doigts ensanglantés, en agrippa les barreaux, qui se plièrent sous son poids sans se rompre.

— Wulfgar pourrait la briser, se dit Bruenor, dans un demi-délire de fatigue, avant de crier dans l'obscurité en s'acharnant à tirer et à tordre la grille. Prête-moi ta force, mon puissant ami !

À des centaines de kilomètres de là, prisonnier de cauchemars mettant en scène son mentor perdu, Wulfgar se retourna, à l'étroit dans sa couchette. Peut-être l'esprit du jeune barbare vint-il au secours de Bruenor à ce moment crucial ou, plus probablement, l'obstination inflexible du nain se montra-t-elle plus forte que le fer. Un barreau se tordit suffisamment bas pour coulisser dans la pierre de la paroi, ce qui permit à Bruenor de le dégager.

Suspendu d'une seule main, il lâcha la tige de métal dans le vide, non sans espérer, un sourire vicieux aux lèvres, qu'un de ces sales duergars se trouve à cet instant à la base du conduit, occupé à examiner l'araignée morte et à regarder vers le haut pour trouver une explication.

Bruenor hissa la moitié supérieure de son corps par le petit trou qu'il avait créé mais n'eut pas la force de faire passer ses hanches et sa ceinture. Complètement vidé de ses forces, il se résigna à demeurer dans cette position, malgré le vide de plus de trois cents mètres dans lequel se balançaient ses jambes.

Il laissa sa tête s'affaler sur les barreaux en fer et perdit connaissance.

6

La Porte de Baldur

— Par la rambarde ! Par la rambarde ! cria une voix.

— Jetez les par-dessus bord ! ajouta une autre.

La bande de marins s'approcha plus près, brandissant des épées recourbées et des bâtons.

Entreri se tenait calmement au centre de cette agitation, avec Régis, nerveux, à ses côtés. L'assassin ne comprenait pas la raison de cet accès de colère soudain de la part de l'équipage mais il se doutait que le halfelin sournois y était d'une façon ou d'une autre pour quelque chose. Il n'avait dégainé aucune arme, sachant qu'il serait capable de tenir son sabre ou sa dague prêts quand il le voudrait, et aucun des marins, malgré leur déchaînement et leurs menaces, ne s'était encore approché à moins de trois mètres de lui.

Le capitaine du vaisseau se fraya un chemin depuis sa cabine afin d'enquêter sur ce tapage. C'était un homme courtaud à la démarche boitillante et aux cheveux noirs et raides, doté de dents d'une blancheur de nacre et dont les yeux brillaient d'un perpétuel regard de côté.

— Avec moi, Rougeœil, dit-il.

Il adressa un signe au marin à la mine sombre qui, le premier, lui avait parlé de la rumeur selon laquelle les passagers étaient infectés par une horrible maladie – et qui avait apparemment répandu cette histoire parmi les autres membres de l'équipage. Rougeœil obtempéra immédiatement et suivit son capitaine entre les hommes regroupés qui s'écartèrent à leur passage et parvint devant Entreri et Régis.

Le capitaine sortit lentement sa pipe et la bourra de tabac, sans jamais lâcher Entreri de son regard pénétrant.

—Jetez-les par-dessus bord! entendait-on crier de temps à autre, mais chaque fois, le capitaine calmait l'éclat d'un geste de la main.

Désireux de prendre la pleine mesure de ces étrangers avant d'agir, il laissa patiemment passer quelques instants, tout en allumant sa pipe avant d'en aspirer une large bouffée.

Entreri ne cilla pas une seule fois, pas plus qu'il ne détourna les yeux de ceux du marin. Il rejeta sa cape derrière les fourreaux accrochés à sa ceinture et croisa les bras, un geste calme et assuré qui plaça ses mains à peine à quelques centimètres des poignées de ses armes.

—Vous auriez dû me prévenir, messire, dit finalement le capitaine.

—Je ne comprends pas davantage vos paroles que les actes de votre équipage, répondit l'assassin d'un ton posé.

—Vraiment? lâcha la capitaine en tirant sur sa pipe.

Certains membres de l'équipage n'étaient pas aussi patients que leur commandant. Un homme, au torse imposant et aux épais bras musclés et tatoués, se lassa de cette comédie. Il se glissa audacieusement derrière Entreri, dans l'intention de le faire basculer à la mer et d'en finir une bonne fois pour toutes avec lui.

Quand le marin esquissa le geste d'agripper les épaules élancées du passager, celui-ci réagit avec une vivacité inouïe. Il se retourna et reprit sa pose, les bras croisés, si vite que les membres de l'équipage qui le regardaient clignèrent des yeux, comme éblouis, et se demandèrent s'il avait vraiment bougé.

L'homme au torse puissant tomba à genoux avant de s'écrouler au sol, le visage contre le pont. En une fraction de seconde, un talon lui avait écrasé la rotule et, encore plus insidieusement, une dague incrustée de joyaux était sortie de son étui et l'avait frappé au cœur avant de regagner sa place sur la hanche de l'assassin.

—Votre réputation vous précède, dit le capitaine sans broncher.

—J'ose espérer qu'elle est justifiée, répliqua Entreri en s'inclinant de façon sarcastique.

—En effet, convint le marin, avant de désigner l'homme à terre. Les autres peuvent-ils s'en occuper?

—Il est déjà mort, assura Entreri. Si ses amis veulent vraiment le rejoindre, laissez-les, eux aussi, faire un pas en avant.

—Ils sont effrayés. Ils ont été les témoins de tant de maladies dans les ports le long de la côte des Épées.

— Des maladies ? répéta l'assassin.

— C'est ce que prétend votre compagnon.

Un large sourire apparut sur le visage d'Entreri quand tout s'éclaira dans son esprit. Vif comme l'éclair, il déchira la cape de Régis et le saisit par le poignet, puis le souleva du sol avant de lancer au halfelin, qui le regardait avec des yeux pleins de terreur, un regard furieux qui promettait une mort lente et douloureuse. L'assassin remarqua immédiatement les cicatrices sur le bras de Régis.

— Des brûlures ? s'étonna-t-il.

— Oui, c'est comme ça que le p'tit gars a dit que ça apparaissait, cria Rougeœil, qui se cacha derrière son capitaine quand les yeux d'Entreri se posèrent sur lui. Ça brûle d'l'intérieur !

— Ça vient plus probablement d'une bougie, rétorqua Entreri. Inspectez ces blessures par vous-même, capitaine. Il n'y a là aucune maladie mais simplement la ruse désespérée d'un voleur acculé.

Il lâcha Régis, qui s'écroula sur le pont dans un grand fracas. Celui-ci demeura immobile, n'osant même plus respirer. La situation n'avait pas évolué comme il l'avait espéré.

— Jetez-les par-dessus bord ! s'exclama une voix anonyme.

— Prenons pas de risques ! ajouta une autre.

— De combien d'hommes avez-vous besoin pour manœuvrer votre navire ? demanda Entreri au capitaine. Combien pouvez-vous vous permettre de perdre ?

Ayant vu l'assassin en action et conscient de sa réputation, le marin ne songea pas une seule seconde qu'il s'agissait là d'une menace sans fondement, d'autant moins que le regard que lui lançait maintenant cet homme lui révélait sans le moindre doute qu'il serait sa première cible si l'équipage faisait un geste.

— Je vous crois sur parole, dit-il d'un ton imposant, qui réduisit au silence les grognements de ses hommes nerveux. Il n'est pas nécessaire d'examiner les blessures. Mais maladie ou pas, notre contrat ne tient plus.

Il regarda ostensiblement son marin mort.

— Je n'ai pas l'intention de nager jusqu'à Portcalim, siffla Entreri.

— C'est entendu, dit le capitaine. Nous faisons relâche à la Porte de Baldur dans deux jours. Vous y trouverez un autre vaisseau.

— Et vous me rembourserez, répliqua l'assassin. Chaque pièce d'or...

Le capitaine aspira une nouvelle longue bouffée de sa pipe. Ce n'était pas là un combat qu'il avait l'intention de mener.

— Entendu..., lâcha-t-il sans se départir de son calme.

Puis il reprit la direction de sa cabine et ordonna aux membres de son équipage de regagner leurs postes.

Il se souvenait des jours paresseux de l'été sur les rives du lac Maer Dualdon au Valbise. Combien d'heures y avait-il passées, à pêcher ces truites insaisissables, ou simplement à se prélasser sous la rare chaleur du soleil d'été du Valbise. En songeant à ses années à Dix-Cités, Régis avait du mal à croire à ce que lui avait réservé le destin.

Il pensait avoir trouvé un lieu où mener une existence confortable – encore plus avec l'aide de ce pendentif volé orné d'un rubis. Il envisageait de s'engager dans une carrière lucrative de graveur, sculptant les os couleur ivoire des poissons pour en faire de merveilleux bibelots. Hélas, ce jour funeste était survenu, où Artémis Entreri avait fait irruption à Bryn Shander, la ville que Régis en était venu à considérer comme son foyer, et l'avait jeté sur la route de l'aventure avec ses amis.

Toutefois, ni Drizzt, Bruenor, Catti-Brie ou Wulfgar n'avaient été capables de le protéger d'Entreri.

Ces souvenirs lui apportaient un peu de réconfort tandis que les éreintantes heures de solitude passaient dans la cabine où il était enfermé. Il aurait aimé s'évader définitivement dans les songes agréables de son passé mais il voyait invariablement ses pensées le ramener vers cet odieux présent et le conduire à se demander quelle allait être sa punition pour sa tromperie manquée. Entreri avait conservé son calme et avait même semblé amusé après l'incident du pont, lorsqu'il avait ramené Régis à la cabine avant de disparaître sans un mot.

Trop calme, songea le halfelin.

D'un autre côté, cela faisait partie du mythe de l'assassin. Aucun homme ne connaissait suffisamment Artémis Entreri pour le considérer comme un ami, tandis qu'aucun ennemi ne le cernait assez pour être son égal.

Régis se tapit contre le mur quand Entreri fut enfin de retour. Il s'avança jusqu'à la table de la pièce sans accorder plus qu'un regard oblique appuyé à son prisonnier, puis il s'assit, avant de passer la main dans ses cheveux noir d'encre, les yeux rivés sur l'unique bougie allumée sur la table.

— Une bougie, marmonna-t-il, amusé, avant de se tourner vers Régis en gloussant. Tu as un ou deux tours dans ton sac, halfelin. (Régis ne rit pas, conscient qu'aucune chaleur ne s'était soudain introduite dans le cœur de son ravisseur et décidé à ne pas laisser cette apparente jovialité lui faire baisser sa garde.) Une bonne ruse. Et efficace. Cela nous prendra peut-être une dizaine de jours pour trouver un embarquement vers le sud à la Porte de Baldur. Un délai supplémentaire qui permettrait à tes amis de se rapprocher. Je ne m'attendais pas à autant d'audace de ta part.

Le sourire s'effaça subitement de son visage et il prit un ton considérablement plus sévère quand il ajouta :

— Je ne pensais pas que tu serais prêt à en supporter les conséquences.

Régis leva la tête pour observer chaque mouvement de l'homme.

— Nous y voilà..., murmura-t-il dans un souffle.

— Bien sûr qu'il y a des conséquences, petit idiot ! Je rends hommage à ta tentative... et j'espère que tu m'offriras d'autres émotions au cours de ce voyage assommant ! Mais je ne peux pas oublier de te punir. Agir de la sorte ferait perdre de sa valeur à l'audace de tes ruses, et donc aux sensations fortes qu'elles procurent.

Entreri se leva et contourna la table. Régis étouffa un cri et ferma les yeux ; il ne pouvait pas s'échapper.

La dernière chose qu'il vit fut le poignard incrusté de joyaux qui tournoyait lentement dans la main de l'assassin.

Ils atteignirent la rivière Chionthar l'après-midi suivant et remontèrent les courants grâce à un bon vent qui gonflait leurs voiles. Les hauts niveaux de la ville de la Porte de Baldur apparurent à l'horizon est avant la tombée de la nuit et quand les dernières lueurs du jour disparurent du ciel, les lumières du grand port éclairèrent leur route comme un phare. La ville n'autorisant pas l'accès à ses quais après le coucher du soleil, le navire jeta l'ancre à un peu plus d'un demi-kilomètre du rivage.

Régis, qui ne parvenait pas à trouver le sommeil, entendit Entreri s'agiter bien plus tard que d'habitude cette nuit-là. Le halfelin ferma les yeux aussi fort que possible et se força à respirer profondément, en suivant un rythme lent. Il n'avait aucune idée des intentions de l'assassin mais, dans tous les cas, il ne voulait pas qu'il le soupçonne d'être encore éveillé.

Entreri ne lui laissa pas le temps de réfléchir davantage. Aussi silencieux qu'un chat – ou que la mort en personne –, il se glissa hors de la cabine. L'équipage comprenait vingt-cinq hommes, mais après cette longue journée de navigation et avec la Porte de Baldur qui attendait les premières clartés de l'aurore, ils ne seraient probablement que quatre encore debout.

L'assassin se faufila dans les quartiers des marins, se guidant grâce à la lumière d'une simple bougie fixée à la poupe du navire. Dans la cambuse, le cuisinier s'affairait déjà à préparer le petit déjeuner, constitué d'une épaisse soupe, qui chauffait dans un énorme chaudron. Occupé à chanter, ainsi qu'il en avait l'habitude lorsqu'il travaillait, il ne prêtait pas attention à son environnement proche. Cela dit, même s'il était resté silencieux et sur ses gardes, il n'aurait sans doute pas entendu les légers bruits de pas derrière lui.

Il mourut la tête dans la soupe.

Entreri retourna vers les dortoirs, où une vingtaine de marins moururent en silence. Puis il regagna le pont.

La lune brillait haut dans le ciel cette nuit-là mais l'assassin expérimenté savait profiter de la moindre parcelle d'ombre pour se dissimuler, sans compter qu'il connaissait aussi parfaitement les habitudes du guet. Il avait passé de nombreuses nuits à étudier les allées et venues des hommes de quart afin de se tenir prêt, comme toujours, au pire scénario possible. Comptant les pas des deux marins de garde sur le pont, il grimpa le long du grand mât, sa dague entre les dents.

Ses muscles fermes le propulsèrent aisément sur la vigie.

Puis il ne resta plus que deux hommes.

De retour sur le pont, Entreri se dirigea ouvertement d'un pas calme vers la rambarde.

— Un vaisseau ! s'écria-t-il, un doigt tendu dans l'obscurité. Il se rapproche !

D'instinct, les deux derniers guetteurs se précipitèrent aux côtés de l'assassin et scrutèrent les ténèbres à la recherche du danger… jusqu'à ce que la piqûre d'un poignard leur révèle leur erreur.

Il ne restait plus que le capitaine.

Entreri n'aurait rencontré aucune difficulté à crocheter la serrure qui verrouillait la porte de sa cabine avant de tuer le capitaine mais il désirait ponctuer son travail d'une fin plus dramatique ; il voulait que cet homme saisisse pleinement le funeste destin qui s'était abattu sur son vaisseau cette nuit. Il franchit la porte qui donnait sur le pont et s'empara de ses outils, ainsi que de quelques mètres de cordage fin.

Quelques minutes plus tard, de retour dans sa propre cabine, il réveilla Régis.

— Au moindre bruit, je t'arrache la langue ! le prévint-il.

Le halfelin comprit alors ce qu'il s'était passé. Si les marins avaient débarqué à la Porte de Baldur, ils auraient répandu à coup sûr la rumeur qu'un terrifiant assassin et son ami « malade » se trouvaient à bord, ce qui aurait réduit à néant la recherche d'Entreri pour embarquer sur un autre navire.

L'assassin n'avait pas permis que cela se produise, quel qu'en soit le prix, et Régis ne put s'empêcher de se sentir responsable du carnage.

Impuissant, il suivit l'assassin en silence. Lorsqu'ils traversèrent les quartiers de l'équipage, il remarqua l'absence de ronflements et le calme qui semblait régner un peu plus loin vers la cuisine. L'aube approchant, le cuisinier devait sans doute être très occupé à préparer le repas du matin. Mais aucun chant ne s'élevait derrière la porte à demi fermée de la porte de la cambuse.

Le vaisseau s'était suffisamment ravitaillé en huile à Eauprofonde pour tenir jusqu'à Portcalim et il en restait encore plusieurs barils dans la cale. Entreri ouvrit la trappe qui y menait et sortit deux lourds tonneaux. Il en éventra un et l'envoya rouler vers les dortoirs d'un coup de pied, répandant son contenu le long des coursives. Il se saisit ensuite de l'autre – tout en portant plus ou moins Régis, incapable de réagir tant il était effrayé et écœuré – et regagna le pont qu'il aspergea méthodiquement de pétrole, en décrivant au passage un arc de cercle serré autour de la porte du capitaine.

— Monte là-dedans, ordonna-t-il à Régis en désignant un canot à rames suspendu à tribord. Et porte ça.

Il tendit un petit sachet au halfelin.

Le dégoût de Régis fut à son comble quand il songea au contenu du sachet mais il s'en empara tout de même et le mit à l'abri, conscient que s'il l'égarait Entreri s'en procurerait un autre.

L'assassin bondit avec légèreté sur le pont et alluma une torche. Horrifié, Régis trembla de terreur quand il le vit, le visage sombre, lancer la torche en bas de l'échelle qui conduisait aux quartiers imbibés de pétrole. Satisfait à la vue des flammes qui se multipliaient en crépitant, Entreri se précipita de l'autre côté du pont, jusqu'à la porte de la cabine du capitaine.

—Au revoir !

Telle fut l'unique explication qu'il offrit alors qu'il donnait quelques coups sur la porte. Puis il revint en deux enjambées près du canot.

Le capitaine bondit de son lit et lutta pour recouvrer ses esprits. Un étrange calme régnait à bord, à l'exception d'un craquement révélateur et de volutes de fumée qui s'insinuaient à travers le plancher.

L'épée en main, il déverrouilla la porte et l'ouvrit. Il regarda désespérément de tous côtés et appela son équipage. Les flammes n'avaient pas encore atteint le pont mais il était évident pour lui, comme cela aurait dû l'être pour les hommes de quart, que le vaisseau brûlait. Tandis que la terrifiante vérité lui apparaissait peu à peu, il se précipita à l'extérieur, uniquement vêtu de sa tenue de nuit.

Il sentit soudain la pression d'un cordage et grimaça quand il comprit que sa cheville était prise dans un nœud coulant. Il s'écroula au sol et lâcha son épée devant lui. Il reconnut alors l'odeur du pétrole et se rendit compte des implications mortelles du fluide graisseux qui maculait sa chemise de nuit. Il tendit la main dans l'intention de récupérer son arme mais ses ongles griffèrent jusqu'au sang le pont en bois, en vain.

Une langue de flammes vint lécher le plancher…

Les sons résonnaient de façon sinistre sur l'étendue d'eau, impression renforcée par l'obscurité vide de la nuit. L'écho de l'incendie parvint aux oreilles de Régis et d'Entreri tandis que la petite embarcation, menée par l'assassin, luttait contre les courants de la Chionthar. Il domina même le chahut des tavernes alignées sur les quais de la Porte de Baldur, un demi-kilomètre plus loin.

Comme intensifiée par les cris de protestation muets de l'équipage assassiné – et par le navire lui-même –, une voix solitaire et agonisante hurla pour eux tous.

Puis il ne subsista plus que les craquements de l'incendie.

Entreri et Régis mirent pied à terre à la Porte de Baldur peu après le point du jour. Ils avaient conduit le canot dans une crique quelques centaines de mètres en aval avant de le couler. Entreri ne voulait laisser aucune preuve susceptible de les lier au désastre survenu la nuit précédente.

— Ça va te faire plaisir de rentrer chez toi, ricana-t-il tandis qu'ils avançaient le long des interminables quais de la cité basse. (Il désigna un vaisseau marchand de bonne taille amarré à l'une des jetées.) Reconnais-tu ce pavillon ?

Régis observa l'étendard qui flottait au sommet du navire, composé de lignes bleues inclinées sur fond doré, la bannière de Portcalim.

— Les marchands du Calimshan ne prennent jamais de passagers, rappela-t-il à l'assassin, espérant ainsi dissiper son outrecuidance.

— Ils feront une exception, répondit Entreri.

Il sortit le pendentif orné du rubis de sa veste de cuir et le déploya à côté de son sourire maléfique.

Une fois de plus, Régis ne trouva rien à dire. Il connaissait parfaitement le pouvoir du bijou et savait que son ravisseur ne se trompait pas.

D'un pas sûr et direct qui révélait qu'il s'était rendu de nombreuses fois déjà à la Porte de Baldur, Entreri conduisit Régis jusqu'au bureau du commandant du port, une petite baraque située près des jetées. Le halfelin le suivit sans sourciller, malgré les difficultés qu'il éprouvait à se concentrer sur les événements du moment. Il restait en effet marqué par la tragédie cauchemardesque de la nuit précédente et tentait de déterminer sa propre part de responsabilité dans la mort de ces vingt-six hommes. Il remarqua à peine le commandant du port et ne retint même pas son nom.

Au bout de quelques secondes de conversation, il prit toutefois conscience que l'homme avait succombé au sort hypnotique du pendentif. Il ne prêta plus aucune attention aux paroles échangées, écœuré par la facilité avec laquelle l'assassin avait maîtrisé les pouvoirs du bijou. Ses pensées le conduisirent de nouveau vers ses amis et son foyer, même si elles étaient désormais chargées de regrets et non plus d'espoir. Drizzt et Wulfgar avaient-ils échappé aux horreurs de

Castelmithral et étaient-ils en ce moment à sa recherche ? Voyant de quoi Entreri était capable et sachant qu'il serait bientôt de retour aux frontières du royaume d'Amas, Régis en vint presque à espérer qu'ils ne l'y suivraient pas. Combien de morts aurait-il encore sur la conscience ?

Il revint progressivement à la réalité, et écouta vaguement la conversation, en songeant qu'il y avait peut-être quelque information importante à apprendre.

— Quand lèvent-ils l'ancre ? disait Entreri.

Régis dressa l'oreille. La date était un détail important. Peut-être ses amis parviendraient-ils à le rejoindre ici, alors que mille cinq cents kilomètres les séparaient encore de la forteresse du Pacha Amas.

— Dans une dizaine de jours, répondit le commandant du port, les yeux écarquillés et rivés sur la pierre précieuse qui tournoyait devant lui.

— C'est trop long, marmonna l'assassin dans sa barbe. Je souhaite rencontrer le capitaine.

— Ça peut s'arranger.

— Cette nuit… Ici. (Le commandant du port acquiesça d'un geste, puis Entreri poursuivit, avec un sourire moqueur :) Une autre faveur, mon ami. Vous enregistrez chaque navire qui entre au port ?

— C'est mon boulot, reconnut l'homme, d'un air hébété.

— Vous gardez certainement aussi un œil sur les portes ? s'enquit Entreri en ponctuant sa question d'un clin d'œil.

— J'ai beaucoup d'amis. Rien ne se passe à la Porte de Baldur sans que j'en sois informé.

Entreri se tourna vers Régis.

— Donne-le-lui, ordonna-t-il.

Ne comprenant pas ce dont il s'agissait, Régis répondit par un regard déconcerté.

— Le sachet, précisa l'assassin, sur le même ton léger que celui qu'il employait pour berner le commandant du port.

Régis plissa les yeux et ne fit pas le moindre geste, l'acte le plus audacieux qu'il ait jamais tenté envers son ravisseur.

— Le sachet ! répéta celui-ci, soudain grave à en faire froid dans le dos. Notre cadeau pour tes amis. (Régis hésita une seconde, puis lança le sachet au commandant du port.) Surveillez chaque vaisseau et chaque cavalier arrivant à la Porte de Baldur. Recherchez une bande de voyageurs – au moins deux ; un elfe, probablement dissimulé sous une cape, accompagné d'un barbare immense aux cheveux blonds. Ne les manquez pas, mon ami. Trouvez cet aventurier qui se nomme Drizzt Do'Urden. Ce cadeau lui est destiné, à lui seul. Dites-lui que je l'attends à Portcalim… (Il lança un regard mauvais vers Régis.) Avec d'autres présents…

Le commandant du port glissa le sachet dans sa poche et assura Entreri qu'il ne faillirait pas à son devoir.

— Je dois partir, dit l'assassin en relevant son prisonnier. Nous nous retrouverons ce soir. Une heure après le coucher du soleil.

Régis savait que le Pacha Amas entretenait un réseau de correspondants à la Porte de Baldur, mais il fut stupéfait de constater à quel point l'assassin semblait savoir ce qu'il faisait. En moins d'une heure, Entreri avait sécurisé leur chambre et s'était assuré les services de deux brutes afin de surveiller le halfelin le temps qu'il règle quelques affaires.

— C'est le moment de sortir ta seconde ruse, lui dit-il sournoisement avant de le quitter.

Il jeta un regard aux deux voyous adossés contre le mur opposé de la chambre, captivés par un débat d'un niveau peu élevé au sujet des qualités réputées d'une « demoiselle » des environs.

— Tu parviendras peut-être à les duper, chuchota Entreri, pendant que Régis se détournait de lui, n'appréciant pas son sens de l'humour macabre. Mais n'oublie pas, petit voleur, qu'une fois dehors, tu te retrouveras dans les rues – dans les ombres des ruelles, où tu ne pourras compter sur aucun ami, et où je serai posté à t'attendre…

Il fit demi-tour en lâchant un ricanement sardonique et quitta les lieux.

Régis considéra ses deux gardes, dont la discussion s'échauffait. Il aurait probablement pu s'esquiver par la porte à cet instant précis.

Il se laissa tomber sur le lit en lâchant un soupir de résignation et s'allongea, mal à l'aise, la tête calée dans ses mains, dont l'une le faisait encore souffrir, lui rappelant avec insistance le prix du courage.

La Porte de Baldur était divisée en deux quartiers : la cité basse des quais et la cité haute, derrière le mur intérieur, où résidaient les citoyens les plus importants. La ville avait littéralement explosé avec la folle augmentation du commerce le long de la côte des Épées. Son vieux mur constituait une frontière fort pratique entre les marins et les aventuriers de passage qui s'y faisaient invariablement une place et les anciennes demeures du pays. « À mi-chemin de partout », avait-on coutume de dire en se référant à la distance approximativement égale qui séparait cette cité d'Eauprofonde au nord de Portcalim au sud, les deux plus grandes villes de la côte des Épées.

En regard de l'agitation constante et des troubles qui allaient de pair avec une telle description, Entreri attira peu l'attention quand il se glissa dans les artères qui conduisaient à la ville intérieure. Il disposait d'un allié, un puissant magicien nommé Obéron, également associé au Pacha Amas. Entreri savait que cet homme était avant tout fidèle à Amas ; il ne tarderait sans doute pas à contacter le maître de la guilde à Portcalim afin de lui donner des nouvelles du pendentif récupéré et de lui apprendre le retour imminent de l'assassin.

Cependant, il importait peu à celui-ci qu'Amas soit informé ou non de son arrivée. Ses objectifs se situaient derrière lui, vers Drizzt Do'Urden, et non devant lui, vers Amas. Le magicien pouvait s'avérer très utile en le renseignant sur la position de ses poursuivants.

Après une réunion qui se prolongea le reste de la journée, Entreri quitta la tour d'Obéron et reprit le chemin de la bicoque du commandant du port afin de se rendre au rendez-vous arrangé avec le capitaine du vaisseau marchand de Portcalim. Le visage de l'assassin avait retrouvé toute son assurance ; il avait remisé les malheureux incidents de la nuit précédente derrière lui et tout se déroulait de nouveau en douceur. Il tripota du doigt le rubis tout en approchant de la baraque.

Une dizaine de jours représentait un retard trop important.

Régis ne fut pas le moins du monde surpris cette nuit-là quand Entreri fit son retour dans la chambre et lui annonça qu'il avait « persuadé » le capitaine du vaisseau de Portcalim de modifier son programme.

Ils partiraient dans trois jours.

Épilogue

Sous les yeux émerveillés de l'équipage de l'*Esprit follet de la mer*, Wulfgar tirait et relâchait les cordages afin de maintenir la grand-voile gonflée malgré le faible vent de l'océan. Le navire essuyait les courants contraires de la Chionthar, et dans ces conditions, n'importe quel capitaine sensé aurait jeté l'ancre et attendu une brise plus favorable pour s'engouffrer dans la rivière. Mais Wulfgar, dirigé par un vieux loup de mer nommé Mirky, abattait un travail prodigieux. Les quais de la Porte de Baldur réservés aux particuliers étaient en vue et l'*Esprit follet de la mer*, sous les acclamations des quelques dizaines de marins spectateurs de ce monumental effort, ne tarderait plus à toucher terre.

— J'en engagerais bien une dizaine comme lui dans mon équipage, fit remarquer le capitaine Deudermont à Drizzt.

Le drow sourit, impressionné, comme toujours, par la force de son jeune ami.

— Il semble s'amuser. Je ne l'aurais jamais imaginé en marin.

— Moi non plus, reconnut Deudermont. Je comptais simplement profiter de sa force si nous avions eu à combattre des pirates, mais Wulfgar a très vite prouvé qu'il avait le pied marin.

— Il adore les défis, qui plus est, ajouta l'elfe noir. Le vaste océan ainsi que la traction de l'eau et du vent le testent d'une façon qu'il n'avait encore jamais connue.

— Il s'en sort mieux que la plupart, répondit l'expérimenté marin, le regard tourné vers l'embouchure de la rivière, où l'océan infini attendait. Toi et ton ami n'avez vécu qu'une courte traversée, lors de laquelle nous avons longé les côtes. Vous n'êtes pas encore en mesure d'apprécier l'immensité et le pouvoir du vaste océan.

Drizzt considéra Deudermont avec une admiration sincère et même une certaine envie. Cet homme fier savait tempérer son orgueil d'un bon sens pratique. Il respectait la mer et la reconnaissait plus forte que lui. Cette acceptation, cette profonde conscience de sa propre place dans le monde, lui donnait le meilleur avantage possible pour un homme de l'emporter sur l'océan sauvage. Drizzt suivit le regard nostalgique du capitaine et médita à propos de cette mystérieuse attraction qu'éprouvaient tant de marins pour cette vaste étendue d'eau.

— Un jour, peut-être, dit-il calmement après avoir réfléchi aux derniers mots de Deudermont.

Comme ils approchaient de la terre ferme, Wulfgar relâcha sa prise et s'effondra, épuisé, sur le pont. L'équipage s'activa alors frénétiquement en vue des manœuvres finales d'accostage mais chaque marin s'interrompit au moins une fois pour donner une bonne claque sur l'épaule du colosse, même si celui-ci était trop fatigué pour répondre.

— Nous resterons deux jours à quai, révéla Deudermont à Drizzt. Une escale d'une dizaine de jours était prévue mais je suis conscient de votre hâte. J'en ai discuté la nuit dernière avec l'équipage et ils ont accepté – jusqu'au dernier homme – de reprendre la mer dès que possible.

— Qu'ils en soient remerciés, tout comme vous, répondit sincèrement le drow.

C'est alors qu'un homme sec et finement vêtu se présenta sur la jetée.

— Ohé ! De l'*Esprit follet de la mer* ! Deudermont est-il au commandement ?

— C'est Pellman, le commandant du port, expliqua le capitaine à Drizzt, avant d'élever la voix. Il l'est ! Et heureux de retrouver Pellman !

— Moi de même, capitaine ! répondit Pellman. Une arrivée parfaite comme j'en ai rarement vu ! Combien de temps restes-tu à quai ?

— Deux jours. Nous repartons ensuite en mer vers le sud.

Le commandant du port resta interdit quelques secondes, comme s'il cherchait à se rappeler quelque chose. Puis, comme il le demandait à chaque navire qui avait accosté ces deux derniers jours, il posa la question qu'Entreri avait imprimée dans son esprit.

— Je suis à la recherche de deux aventuriers. Tu les as peut-être vus ? (Deudermont lança un regard à Drizzt, ayant deviné, tout comme le drow, que cette demande ne tenait pas de la simple coïncidence.) Ils se nomment Drizzt Do'Urden et Wulfgar. Ils sont peut-être accompagnés. L'un est petit et mystérieux – un genre d'elfe – et l'autre est un géant qui compte parmi les hommes les plus puissants de ce monde !

— Des ennuis ? demanda Deudermont.

— Pas vraiment. J'ai un message pour eux.

Wulfgar avait rejoint Drizzt et entendu la dernière partie de la conversation. Deudermont se tourna vers Drizzt, en quête d'instructions.

— Que décides-tu ?

Drizzt ne pensait pas qu'Entreri désirait les piéger de façon sérieuse ; il savait que l'assassin souhaitait en découdre avec eux, ou du moins avec lui, personnellement.

— Nous irons parler à cet homme, répondit-il.

— Ils sont avec moi, déclara alors Deudermont à Pellman, avant d'ajouter, non sans avoir adressé un clin d'œil au barbare. C'est Wulfgar, le « géant qui compte parmi les hommes les plus puissants de ce monde », qui s'est occupé des dernières manœuvres.

Deudermont les conduisit vers la rambarde.

— Si des ennuis se présentent, je ferai mon possible pour vous libérer, dit-il posément. Nous pouvons rester à quai pendant une vingtaine de jours si besoin est.

— Encore une fois, merci, répondit Drizzt. Orlpar d'Eauprofonde vous a certainement dit du bien de nous.

— Ne prononce pas le nom de ce chien. Il est extrêmement rare que des transactions conclues avec lui se terminent aussi bien que celle-ci ! À plus tard, donc. N'hésitez pas à dormir à bord si vous le désirez.

Drizzt et Wulfgar se dirigèrent prudemment vers le commandant du port, le barbare en tête, tandis que l'elfe noir guettait le moindre signe d'une embuscade.

— Nous sommes ceux que vous recherchez, dit Wulfgar d'un ton sévère, dominant le frêle homme de toute sa taille.

— Salutations, répondit Pellman avec un sourire désarmant, avant de plonger une main dans sa poche. J'ai rencontré un de vos associés, un homme froid accompagné d'un larbin halfelin. (Drizzt s'approcha de Wulfgar et les deux amis échangèrent un regard entendu.) Il a laissé ceci. (Pellman tendit le petit sachet au colosse.) Il m'a aussi chargé de vous dire qu'il vous attendrait à Portcalim.

Wulfgar tenait le sachet avec hésitation, comme s'il risquait de lui exploser au visage.

— Soyez remercié, dit Drizzt. Nous préciserons à notre associé que vous avez admirablement rempli votre mission.

Après un hochement de tête, Pellman s'inclina en se retournant, et reprit son service. Toutefois, il se rappela soudain qu'il avait une autre tâche à accomplir, un ordre subconscient auquel il lui était impossible de résister. Obéissant à la volonté d'Entreri, le commandant du port quitta les quais et se dirigea vers le plus haut niveau de la cité.

Vers la demeure d'Obéron.

Drizzt entraîna Wulfgar à l'écart, loin des regards. Voyant le regard du barbare pâlir, il s'empara du sachet, qu'il maintint aussi loin de lui que possible, puis il dénoua avec précaution le cordon. Après avoir adressé un haussement d'épaules à Wulfgar, qui s'était prudemment écarté d'un pas, Drizzt porta le sachet à hauteur de sa ceinture et y jeta un coup d'œil furtif.

Le barbare se rapprocha, curieux mais également inquiet d'avoir vu les épaules de son ami s'affaisser. Le drow leva vers lui un regard résigné et retourna le sachet, révélant ainsi son contenu.

Un doigt de halfelin.

Deuxième partie

Alliés

Le monde regorge de voyous. Le monde est rempli d'honnêtes gens. Je pense que ces deux affirmations sont exactes car dans chacune des personnes que j'ai rencontrées se trouve le point de départ de ces deux chemins en apparence opposés.

Certains sont bien sûr trop timorés pour devenir un jour des malfrats, tandis que d'autres ont un cœur trop généreux pour cela. De même, certains possèdent un caractère trop ombrageux pour permettre à leurs bonnes qualités de s'exprimer. Néanmoins, le maquillage émotionnel de la plupart se tient entre ces deux extrêmes, un voile gris qui peut facilement être foncé ou éclairci sous l'influence de simples relations. La race peut à l'évidence modifier cette nuance, comme je l'ai si souvent constaté depuis que ma route m'a conduit à la surface ! Un elfe se raidira nettement à l'approche d'un nain, alors qu'un nain réagira de même, et ira même jusqu'à cracher au sol, dans le cas inverse.

Ces sentiments primaires sont parfois difficiles à maîtriser et persistent parfois de façon durable. Cependant, au-delà des races ou des apparences, ainsi que d'autres aspects qu'il nous est impossible de contrôler, j'ai appris que j'étais en mesure de prendre des décisions fermes concernant mes réactions envers les autres.

La clé de tout cela est, j'en suis persuadé, le respect.

Lors de mon passage à Luskan en compagnie de Wulfgar, nous nous sommes trouvés dans une taverne bondée de brutes, des hommes qui se servaient de leurs poings et de leurs armes pour ainsi dire chaque jour. Pourtant, un autre de mes amis, le capitaine Deudermont, de l'*Esprit follet de la mer*, fréquente souvent ce genre d'établissement, tout en n'allant que rarement, très rarement, plus loin qu'une explication verbale. Pourquoi donc ? Pourquoi un homme tel que Deudermont, qui, comme le montrent ses vêtements et ses manières, est un homme relativement riche et issu d'un milieu respectable, ne se trouve-t-il pas entraîné dans des bagarres aussi souvent que les autres ? Il se déplace souvent seul, reste tranquillement au bar et, bien qu'il n'ouvre pratiquement jamais la bouche, il fait assurément partie des clients les plus fidèles.

Est-ce la peur qui conduit les querelleurs à éviter cet homme ? Craignent-ils de subir la vengeance de son équipage s'ils se frictionnent avec lui ? Ou Deudermont jouit-il d'une réputation suffisamment féroce pour effrayer tout adversaire potentiel ?

Rien de tout cela, je dirais. Le capitaine de l'*Esprit follet de la m*er est certainement un guerrier expérimenté mais ce détail ne dissuade en rien les voyous des tavernes. À l'inverse, de telles rumeurs ont plutôt tendance à encourager ces gens-là à relever le défi. D'autre part, bien que les marins de Deudermont forment une équipe redoutable à tous points de vue, des hommes plus puissants et mieux protégés que lui ont été retrouvés morts dans les caniveaux de Luskan.

Non, c'est sa capacité à montrer du respect envers chaque personne qui croise sa route qui joue en faveur du capitaine Deudermont. C'est un homme charmant, qui ne se laisse pas aveugler par son orgueil. Il fait preuve de considération dès le début d'un entretien et s'y tient tant que son interlocuteur n'agit pas de façon à ne plus la mériter. Ce genre de comportement est très différent de la manière dont la plupart des gens voient le monde. Ils insistent sur le fait que le respect doit être gagné, et pour beaucoup, je me suis rendu compte que ce n'était pas chose aisée ! Nombreux sont ceux, et j'inclus Bruenor et Wulfgar dans ce groupe, qui exigent de la part de quiconque désireux de s'attirer leur amitié de gagner leur respect dans un premier temps. Je peux comprendre leur point de vue, le mien n'en n'ayant pas été si éloigné autrefois.

Lors de ma traversée vers le sud à bord de l'*Esprit follet de la mer*, le capitaine Deudermont m'a enseigné une meilleure façon de me comporter, il m'a fait prendre conscience, sans jamais prononcer un seul mot sur le sujet, qu'exiger d'un autre qu'il gagne votre respect est un acte arrogant en lui-même, puisqu'il vous met en valeur et implique que, par sa simple nature, votre respect vaut la peine d'être gagné.

Deudermont est adepte d'une approche opposée, basée sur l'acceptation et dépourvue d'idée préconçue. La différence peut sembler infime mais elle ne l'est certainement pas. J'irais jusqu'à dire que cet homme mériterait d'être roi car il a appris le secret de la paix. Quand le capitaine Deudermont, élégamment vêtu, pénètre dans une taverne bondée de rustres brutaux parmi les plus communs, nombre d'observateurs, ainsi que la société dans son ensemble, le considéreraient comme supérieur. Pourtant, dans sa façon d'interagir avec ces gens, cet homme n'affiche pas le moindre air de supériorité. Dans ses yeux et dans son cœur, il se trouve parmi ses égaux, parmi d'autres créatures intelligentes, dont les chemins les ont menés à une situation différente – ni meilleure, ni pire – que la sienne. Quand Deudermont éprouve du respect envers ceux qui ne pensent à rien d'autre qu'à lui planter un poignard dans le cœur, il les désarme, il détruit la raison, quelle qu'elle soit, qu'ils ont trouvée pour se battre avec lui.

Cela ne se réduit pas à ces détails ; le capitaine Deudermont est capable d'agir ainsi car il peut honnêtement essayer de voir le monde à travers le regard des autres. C'est un homme d'empathie, un homme qui se passionne pour les différences entre ses semblables plutôt que de les craindre.

Comme sa vie est faste ! Comme elle est pleine d'émerveillement et riche d'expérience !

Le capitaine Deudermont m'a appris ceci, par exemple. Le respect est l'un des besoins les plus fondamentaux des créatures intelligentes, particulièrement lorsqu'il s'agit des hommes. Une insulte n'en est une que parce qu'elle s'en prend au respect, à l'estime, ainsi qu'à la plus dangereuse des qualités : l'orgueil.

C'est pourquoi désormais, quand je rencontre de nouvelles personnes, elles n'ont pas à gagner mon respect. Je le leur accorde de bon gré et avec joie, espérant qu'en agissant de la sorte j'en apprendrai encore plus à propos de ce monde merveilleux qui m'entoure et que mes expériences se multiplieront.

Il est évident que certains tiendront ce comportement pour de la faiblesse ou de la lâcheté et interpréteront mal mes intentions, qu'ils prendront pour une dérobade plutôt que pour l'acceptation de valeurs égales. Ce n'est pas la peur qui guide mes actions – j'ai vu bien trop de combats pour les craindre encore – mais l'espoir.

L'espoir que je trouverai un autre Bruenor, ou une autre Catti-Brie, car j'en suis arrivé à comprendre que je n'aurai jamais trop d'amis.

Je vous offre donc mon respect et il vous faudra en faire beaucoup pour le perdre. Malgré tout, si c'est le cas, si vous choisissez de le voir comme une faiblesse et décidez de profiter de ce que vous prenez pour un avantage sur moi, eh bien…

Peut-être vous laisserai-je alors vous entretenir avec Guenhwyvar.

Drizzt Do'Urden.

7

Émotions

La première chose qu'il remarqua fut l'absence de vent. Au cours des longues heures passées étendu sur la grille au sommet de la cheminée, il avait perçu les rafales incessantes, bien qu'à demi inconscient. Cela l'avait d'ailleurs ramené en pensée au Valbise, son foyer depuis presque deux siècles. Cependant, Bruenor n'avait éprouvé aucun réconfort à entendre le triste gémissement du vent, qui lui rappelait constamment la situation fâcheuse dans laquelle il se trouvait. Il avait même pensé que ce serait le dernier son qu'il entendrait jamais.

Mais le vent avait cessé. Seuls les craquements d'un feu tout proche brisaient le calme silence. Bruenor souleva une lourde paupière et contempla les flammes d'un air absent en essayant de déterminer où il se trouvait et dans quel état. Il avait chaud et se sentait bien installé, emmitouflé dans une épaisse couverture qui lui recouvrait les épaules. En outre, il était à l'intérieur d'un bâtiment ; les flammes brûlaient dans un âtre et non dans le creux d'un feu de camp.

Le regard de Bruenor dériva à côté du feu et se posa sur un tas de matériel soigneusement empilé.

Son équipement !

Le casque à une corne, le cimeterre de Drizzt, l'armure de mithral, ainsi que sa nouvelle hache de guerre et son bouclier éclatant. Pour sa part, il était donc étendu sous la couverture, uniquement vêtu d'une chemise de nuit en soie.

Se sentant soudain très vulnérable, il se redressa sur les coudes.

Une vague de ténèbres le submergea et balaya ses pensées dans des cercles nauséeux. Il se laissa lourdement retomber sur le dos.

La vision lui revint un moment, suffisamment longtemps pour remarquer la silhouette d'une grande et superbe femme qui s'agenouillait près de lui. Ses longs cheveux, d'une teinte argentée qui brillait à la lueur des flammes, lui caressèrent le visage.

—Du poison d'araignée, dit-elle doucement. Ç'aurait tué n'importe qui, à l'exception d'un nain.

Puis il n'y eut plus rien d'autres que les ténèbres.

Bruenor reprit conscience quelques heures plus tard, plus fort et plus vif. En tâchant de ne pas bouger ni d'attirer l'attention, il ouvrit à moitié un œil et observa l'endroit où il se trouvait, en cherchant tout d'abord son équipement. Satisfait de constater qu'il était encore là, il tourna lentement la tête.

Il était allongé dans une petite salle, qui formait apparemment la totalité de la structure, et comprenait une seule ouverture semblant donner sur l'extérieur. La femme qu'il avait aperçue plus tôt – bien qu'il ne soit pas encore tout à fait certain de ne pas avoir rêvé cette vision – se tenait près de la porte et contemplait le ciel nocturne par l'unique fenêtre de la pièce. Sa chevelure était véritablement argentée. Bruenor vit que sa teinte n'était pas un effet d'optique dû à la lueur des flammes. Elle n'était pas non plus la conséquence d'un âge avancé ; cette crinière chatoyante scintillait et éclatait de vie.

—J'vous d'mande pardon, ma dame, croassa le nain, dont la voix crissait à chaque syllabe. (La femme se retourna et le regarda avec une certaine curiosité.) Pourrais-je avoir un peu d'nourriture ?

Bruenor n'était pas du genre à perdre de vue ses priorités.

La silhouette parut flotter à travers la pièce et aida le nain à se redresser en position assise. Une nouvelle vague de ténèbres déferla sur lui, mais il parvint à s'en débarrasser.

—Seul un nain…, murmura la femme, étonnée que son invité ait surmonté l'épreuve.

—J'vous connais, ma dame, dit Bruenor en levant la tête vers elle. Mais j'n'arrive pas à retrouver votre nom dans mes pensées.

—Ce n'est pas important, lui répondit-elle. Vous avez surmonté une pénible épreuve, Bruenor Marteaudeguerre. (Le nain tendit encore plus le cou et tenta de se pencher vers sa bienfaitrice en entendant son nom, mais celle-ci le tranquillisa et poursuivit.) Je me suis occupée de vos blessures du mieux que j'ai pu, même si je craignais être arrivée trop tard pour guérir les blessures infligées par le poison de l'araignée.

Bruenor avisa le bandage qui entourait son avant-bras et vécut de nouveau en pensée les terribles instants de sa première rencontre avec l'araignée géante.

—Combien de temps ?

—Combien de temps êtes-vous resté étendu sur cette grille brisée ? Je n'en sais rien. Toutefois, cela fait plus de trois jours que vous vous reposez ici... un délai trop long au goût de votre estomac ! Je vais vous préparer un repas.

Elle s'apprêtait à se lever quand le nain la retint par le bras.

—Où sommes-nous ?

Le sourire de la femme le fit lâcher prise.

—Dans une clairière pas très éloignée de la grille. Je n'ai pas osé vous transporter trop loin.

—Votre maison ? hasarda Bruenor, qui ne comprenait pas vraiment.

—Oh, non, répondit son hôtesse en riant. Ce n'est qu'une création, temporaire qui plus est. Elle disparaîtra aux premières lueurs de l'aube si vous vous sentez en état de voyager.

L'évocation de la magie fut un déclic.

—Vous êtes la dame de Lunargent ! s'écria soudain Bruenor.

—Alustriel Maindargent, énonça la femme en s'inclinant poliment. Salutations, noble roi.

—Roi ? répéta Bruenor, révolté. Mon château est infesté par cette vermine grise !

—Nous verrons cela, dit Alustriel.

Bruenor n'entendit pas vraiment ces dernières paroles. Ses pensées n'étaient pas tournées vers Castelmithral mais vers Drizzt, Wulfgar, Régis et particulièrement Catti-Brie, la joie de sa vie.

—Mes amis..., balbutia-t-il. Savez-vous ce qu'sont devenus mes amis ?

—Soyez rassuré, lui répondit Alustriel. Ils se sont tous échappés.

—Même le drow ?

Alustriel hocha la tête.

—Le destin de Drizzt Do'Urden n'était pas de mourir dans la demeure de son ami le plus cher.

Le fait que cette femme semble connaître Drizzt réveilla un autre souvenir chez le nain.

— Vous l'avez déjà rencontré, dit-il. Sur notre route vers Castelmithral. Vous nous avez montré l'chemin. C'est pourquoi vous connaissiez mon nom.

— Et que j'ai su où vous chercher, ajouta Alustriel. Vos amis vous croient mort, pour leur plus grande peine. Je suis une magicienne quelque peu talentueuse capable d'entrer en contact avec des mondes qui offrent souvent des révélations surprenantes. Quand le spectre de Morkai, un vieil associé disparu de ce monde il y a quelques années, m'a fait part de la vision d'un nain épuisé, à demi coincé dans un trou sur un flanc de montagne, j'ai compris ce qu'il était advenu de Bruenor Marteaudeguerre. J'ai alors simplement espéré ne pas arriver trop tard.

— Bah ! J'suis en pleine forme ! lâcha Bruenor en se frappant le torse du poing.

Mais, quand il changea de position, il ressentit une vive douleur dans les fesses, qui le fit tressaillir.

— Un carreau d'arbalète, expliqua Alustriel.

Bruenor resta songeur un moment. Il ne se rappelait pas avoir été touché, bien que le souvenir de sa fuite hors de la cité naine soit pourtant parfaitement net dans son esprit. Il haussa les épaules et attribua cette blessure à l'aveuglement engendré par la rage du combat.

— Ainsi, une d'ces racailles grises m'a eu, commença-t-il.

Puis, soudain, il rougit et détourna le regard à la pensée de cette femme arrachant le carreau de son arrière-train.

Alustriel se montra compréhensive et changea de sujet.

— Dînez, puis reposez-vous, lui intima-t-elle. Vos amis sont en sécurité... pour le moment.

— Où...

Alustriel l'interrompit d'une main tendue.

— Ma connaissance de leur situation est insuffisante. Vous obtiendrez assez tôt des réponses. Je vous conduirai dans la matinée à Longueselle auprès de Catti-Brie, qui vous en apprendra plus que moi.

Bruenor aurait voulu rejoindre sur-le-champ cette jeune humaine qu'il avait extirpée de ruines après une expédition de gobelins et élevée comme sa propre fille. Il aurait voulu la serrer contre lui et la rassurer, lui dire que tout allait bien. Il se rappela alors qu'il n'avait jamais véritablement pensé la revoir, aussi pouvait-il patienter une nuit supplémentaire.

Ses craintes de passer une nuit agitée furent balayées par la sérénité d'un profond sommeil quelques minutes à peine après qu'il eut achevé son repas. Alustriel resta près de lui jusqu'à ce que des ronflements de contentement résonnent dans l'abri magique.

Satisfaite, car seul un sommeil de plomb pouvait engendrer des ronflements aussi puissants, la Dame de Lunargent s'adossa contre le mur et ferma les yeux.

Ces trois jours avaient duré une éternité.

Stupéfait, Bruenor vit la construction qui l'entourait s'évanouir avec l'arrivée des premières lueurs de l'aube, comme si les ténèbres de la nuit avaient en quelque sorte prêté cet endroit à des pierres concrètes pour former la maisonnette. Il se tourna vers Alustriel pour ajouter un commentaire mais la vit occupée à jeter un sort, face au ciel qui rosissait, les bras tendus comme si elle voulait attraper les rayons de lumière.

Elle serra les poings et les porta à sa bouche avant de murmurer un enchantement. Elle jeta ensuite la lumière capturée devant elle en criant les derniers mots de son sort :

— Chevaux de feu !

Une boule rouge vif se fracassa contre la pierre et éclata en une pluie de flammes. Puis elle prit presque instantanément la forme d'un chariot tiré par deux chevaux de feu. Leurs images ondulaient au rythme des flammes qui leur donnaient forme mais ils ne brûlaient pas le sol.

— Rassemblez vos affaires, ordonna la Dame à Bruenor. Il est temps de partir.

Le nain demeura immobile encore quelques instants. Il n'avait jamais beaucoup apprécié la magie, à l'exception de celle qui renforçait les armes et les armures, mais il n'avait toutefois jamais dénié son utilité. Il s'empara de son équipement, sans prendre la peine de revêtir son armure ou de fixer son bouclier, puis rejoignit Alustriel derrière le chariot. Il la suivit, un peu à contrecœur, quand elle grimpa dessus mais il ne se brûla pas et constata que le chariot semblait aussi dur que le bois.

Alustriel saisit une rêne de feu de sa main gracieuse et lança l'attelage. Un seul bond suffit à les propulser dans le ciel matinal, puis ils filèrent, d'abord vers l'ouest où ils contournèrent la masse de la montagne, et ensuite vers le sud.

Le nain ébahi laissa tomber son équipement à ses pieds et, le menton sur la poitrine, agrippa le rebord du chariot. Les montagnes défilaient sous lui, il remarqua les ruines de Calmepierre, l'ancien village nain, si près en contrebas et, une seconde plus tard, si loin derrière. L'attelage bondit au-dessus des vastes prairies avant de virer au ras du sol vers l'ouest et de longer la bordure nord des landes aux Trolls. Bruenor s'était suffisamment détendu pour lâcher un juron quand ils s'élevèrent en flèche au-dessus de la ville de Nesmé. Il se souvenait du traitement si peu accueillant qu'une patrouille de cette cité leur avait réservé à lui et ses amis. Ils survolèrent le réseau du fleuve Dessarin, un serpent étincelant qui se contorsionnait à travers les champs, et Bruenor aperçut un campement barbare de bonne taille loin vers le nord.

Alustriel orienta une nouvelle fois le chariot enflammé vers le sud et, à peine quelques minutes plus tard, apparut la célèbre Demeure au Lierre de la colline Harpell, à Longueselle.

De nombreux magiciens curieux s'étaient rassemblés au sommet de la colline afin d'assister à l'approche du chariot et lançaient des acclamations réservées – en s'efforçant de préserver leur air distingué – comme ils en avaient l'habitude lorsque Dame Alustriel leur faisait l'honneur de sa présence. Un visage dans la foule blêmit en reconnaissant la barbe rousse, le nez pointu et le casque à une corne de Bruenor Marteaudeguerre.

—Mais... tu... euh... mort... tombé..., bégaya Harkle Harpell, tandis que Bruenor bondissait hors du chariot.

—Ça m'fait aussi plaisir de t'revoir, répondit le nain, uniquement vêtu de sa chemise de nuit et de son casque. Il souleva son équipement et le lâcha aux pieds du magicien. Où est ma fille ?

—Oui, oui..., répondit l'homme en se tapotant nerveusement la lèvre inférieure des doigts. Ta fille... Catti-Brie... Oh ! Là-bas ! Viens ! Oui, viens par ici !

Il prit la main de Bruenor et l'entraîna vers la Demeure au Lierre.

Ils interceptèrent Catti-Brie, alors qu'elle venait à peine de se lever. Elle portait une robe pelucheuse et déambulait en traînant les pieds dans un long couloir. Les yeux de la jeune femme s'écarquillèrent quand elle vit Bruenor se précipiter vers elle. Elle lâcha la serviette qu'elle tenait en main et laissa mollement tomber ses bras le long du corps. Bruenor enfouit son visage contre le sien et lui serra si fort la taille qu'il expulsa l'air de ses poumons. Le premier choc passé, elle lui rendit son étreinte avec dix fois plus d'intensité.

— Mes prières…, balbutia-t-elle d'une voix tremblante de larmes. Par les dieux, j'te croyais mort !

Bruenor ne répondit pas, s'efforçant de retrouver son calme. Alors que ses larmes mouillaient la robe de Catti-Brie, il sentit que de nombreux Harpell l'observaient par-derrière. Gêné, il ouvrit une porte latérale et surprit un autre Harpell, torse nu.

— Excusez-moi…, commença le magicien.

Bruenor ne le laissa pas achever et l'agrippa par l'épaule avant de le pousser dans le couloir, tout en attirant Catti-Brie dans la pièce. La porte fut claquée au visage du magicien alors qu'il tentait de regagner sa chambre. En désespoir de cause, il se tourna vers ses parents rassemblés mais comprit à leurs larges sourires et leurs rires naissants qu'ils ne lui seraient d'aucun secours. Il haussa les épaules et partit s'occuper de ses affaires matinales comme si rien d'inhabituel ne s'était produit.

C'était la première fois que Catti-Brie voyait le nain, d'habitude impassible, véritablement pleurer. Bruenor s'en moquait éperdument et aurait de toute façon été incapable de se retenir.

— Mes prières, aussi…, murmura-t-il à sa fille bien-aimée, cette enfant humaine qu'il avait recueillie comme la sienne une quinzaine d'années auparavant.

— Si nous avions su…, bredouilla Catti-Brie.

Bruenor l'interrompit en posant doucement un doigt sur ses lèvres. Ce n'était pas important ; Bruenor savait que Catti-Brie et les autres ne l'auraient jamais abandonné s'ils avaient imaginé qu'il ait pu s'en sortir vivant.

— J'sais pourquoi j'ai survécu, dit-il. Aucune flamme n'a brûlé ma peau. (Il frissonna en songeant à ses semaines passées seul dans les mines de Castelmithral.) Je n'veux plus parler d'ça ! C'est derrière moi et ça doit l'rester !

Catti-Brie, au courant de l'approche des armées revendiquant la cité naine, secoua la tête mais le nain ne le remarqua pas.

— Mes amis ? s'enquit-il. J'ai vu les yeux du drow quand je suis tombé.

— Drizzt est vivant, répondit Catti-Brie, tout comme l'assassin qui poursuivait Régis. Il a atteint le rebord du gouffre quand tu es tombé et il a emmené le p'tit avec lui.

— Ventre-à-Pattes ? haleta Bruenor.

— Oui… et aussi la panthère du drow.

— Il n'est pas mort…

— Non, pas d'après moi, se hâta de préciser la jeune femme. Drizzt et Wulfgar se sont lancés à la poursuite de ce démon vers le sud, sachant que son objectif est Portcalim.

— Un long périple…, commenta Bruenor, avant de dévisager Catti-Brie, perplexe. Je t'aurais imaginée avec eux.

— J'avais à faire de mon côté, répondit-elle, la mine soudain grave. Une dette à rembourser.

Bruenor comprit instantanément.

— Castelmithral ? s'étrangla-t-il. Tu comptais y retourner pour m'venger ?

La jeune femme acquiesça sans ciller des yeux.

— T'es timbrée, ma fille ! Et le drow t'aurait laissé t'lancer seule ?

— Seule ? répéta-t-elle, songeant qu'il était temps pour le roi légitime de connaître la vérité. Non, à moins de vouloir stupidement mettre fin à mes jours. Une centaine de cousins sont en route, venant du nord et de l'ouest. Et ils sont accompagnés par de nombreux membres du peuple de Wulfgar…

— Ça ne suffira pas, répondit Bruenor. Une armée de vermines duergars a investi les lieux.

— Et huit mille de plus de la citadelle d'Adbar, par le nord et l'est, poursuivit gravement Catti-Brie sans tenir compte de l'interruption de Bruenor. Harbromme, le roi des nains d'Adbar, dit qu'il verra de nouveau le château libéré ! Les Harpell eux-mêmes ont promis leur aide.

Bruenor visualisa en pensée les armées en route – des magiciens, des barbares, ainsi qu'un mur vivant de nains –, Catti-Brie à leur tête. Un léger sourire le dérida. Il regarda sa fille avec bien plus que le respect infini qu'il avait toujours éprouvé pour elle, les yeux une fois de plus embués de larmes.

— Ils ne m'auraient pas battue, gronda la jeune femme. J'avais l'intention de sculpter ton visage dans la Salle des Rois et j'étais bien décidée à associer la gloire qui lui revenait à ton nom !

Bruenor l'attira contre lui et la serra de toutes ses forces. De tous les trésors et lauriers qu'il avait récoltés dans le passé et récolterait jamais dans l'avenir, aucun ne lui convenait mieux, ni ne le remplissait plus de joie, que d'être appelé « père ».

Solennellement, Bruenor se rendit sur le versant sud de la colline Harpell ce soir-là et regarda les dernières couleurs s'évanouir dans le ciel à l'ouest, ainsi que la plaine déserte et vallonnée au sud. Ses pensées étaient tournées vers ses amis, en particulier Régis – Ventre-à-Pattes –, le halfelin encombrant, qui avait indéniablement trouvé un petit coin douillet dans le cœur de pierre du nain.

Drizzt s'en sortirait – Drizzt s'en sortait toujours – et, avec le puissant Wulfgar comme compagnon de route, il faudrait une armée pour les abattre tous deux.

Mais Régis…

Bruenor n'aurait jamais imaginé que les manières de vivre insouciantes du halfelin, qui marchait sur les pieds des gens en haussant les épaules, mi-désolé, mi-amusé, le conduiraient en fin de compte dans une mélasse trop profonde pour que ses petites jambes puissent l'en sortir. Ventre-à-Pattes avait été fou de dérober le rubis du maître de la guilde.

Hélas, ressasser ses pensées ne dissipa en rien la tristesse du nain lorsqu'il songea aux problèmes rencontrés par son ami halfelin, ni sa colère devant sa propre incapacité à l'aider. Son statut de roi le retenait ici, il guiderait les armées rassemblées à la victoire et à la gloire, écraserait les duergars et ramènerait la prospérité à Castelmithral. Son nouveau royaume deviendrait la perle du Nord, et produirait des objets sculptés, qui rivaliseraient avec ceux des anciens temps, et circuleraient sur les routes commerciales à travers tous les Royaumes.

Tel était son rêve, le but de sa vie depuis ce jour funeste, près de deux siècles auparavant, quand le clan Marteaudeguerre avait été anéanti presque en totalité et que les rares survivants, des enfants pour la plupart, avaient été chassés de leur terre pour travailler dans les pénibles mines du Valbise.

Toute sa vie durant, Bruenor avait rêvé d'effectuer son retour là-bas, mais cela lui semblait futile maintenant que son ami était pris dans une terrible poursuite à travers les terres du Sud.

La dernière lueur déserta le ciel et les étoiles scintillantes s'éveillèrent à la vie. Bruenor songea que la nuit lui apporterait un peu de réconfort.

C'était l'heure du drow...

Il esquissa un sourire, qui se dissipa très vite, lorsqu'il considéra les ténèbres grandissantes sous un autre aspect.

— La nuit..., murmura-t-il à voix haute.

L'heure de l'assassin...

8

Une façade ordinaire

La simple construction de bois situé à l'extrémité du Cercle des Bandits semblait insignifiante, même pour ce quartier délabré de la ville tentaculaire du Sud qu'était Portcalim. Le bâtiment ne disposait que de peu de fenêtres, toutes munies de barreaux ou condamnées par des planches, et ne bénéficiait pas de la moindre terrasse ni du plus petit balcon. Dans le même ordre d'idée, aucune inscription n'identifiait la construction, pas même un numéro sur la porte qui permette de la situer. Cependant, chacun dans la cité connaissait l'endroit et savait parfaitement comment s'y rendre. Au-delà de ses portes blindées de fer, le décor changeait du tout au tout. Alors que l'extérieur ne montrait qu'une façade de bois érodé, l'intérieur révélait une myriade de couleurs étincelantes et de tapisseries, d'épais tapis en laine, ainsi que des statues en or massif. Il s'agissait là du repaire de la Guilde des Voleurs, qui rivalisait avec le palais du maître du Calimshan en personne du point de vue de sa richesse et de ses ornements.

Ce bâtiment s'élevait sur trois étages au-dessus du niveau de la rue et en comprenait deux autres, dissimulés en sous-sol. Le dernier étage était le plus raffiné, avec ses cinq pièces – une de forme octogonale au centre, entourée de quatre chambres – conçues pour satisfaire le confort et les désirs d'un seul homme : le Pacha Amas. C'était le maître de guilde, l'architecte d'un complexe réseau de voleurs, qui s'assurait d'être le premier à profiter du butin que dérobaient ses hommes.

Amas faisait les cent pas dans la pièce centrale du dernier étage, qui lui servait de salle d'audience, et s'arrêtait à chaque tour pour caresser le pelage luisant du léopard allongé près de son immense fauteuil. Une inquiétude peu commune se lisait sur le visage rondelet du maître de la guilde, qui se tripotait nerveusement les doigts quand il ne caressait pas son animal exotique.

Il portait des vêtements taillés dans une soie des plus pures, mais, en dehors de la broche qui en maintenait les pans en place, il n'arborait pas les riches parures de bijoux que l'on trouvait habituellement chez les personnes de son rang – même si ses dents luisaient d'or massif. À dire vrai, Amas ressemblait à une version en modèle réduit de l'un des quatre géants eunuques des collines alignés dans la pièce. C'était une apparence plutôt discrète pour ce maître de guilde beau parleur, qui avait forcé des sultans à s'agenouiller et dont le nom conduisait les voyous les plus endurcis des rues à se terrer dans des recoins obscurs.

Amas sursauta presque quand de lourds coups retentirent à la porte principale de la pièce, celle qui menait aux étages inférieurs. Il hésita un long moment, afin de s'assurer que l'attente mette son visiteur mal à l'aise – alors qu'en réalité il lui fallait peu de temps pour mettre en ordre ses pensées. Enfin, il fit distraitement signe à l'un de ses eunuques et se dirigea vers le trône rembourré juché sur une plate-forme, du côté opposé à la porte, et caressa une nouvelle fois la fourrure du félin.

Un combattant dégingandé fit son entrée, sa fine épée se balançant au rythme de ses pas. Il portait une cape noire qui flottait derrière lui et qu'il avait nouée autour de son cou. D'épaisses boucles de cheveux foncés lui tombaient sur les épaules. Ses vêtements, sombres et unis, étaient parés de lanières et de ceintures qui s'entrecroisaient, et sur lesquelles étaient accrochés divers objets, dont un sac, une dague coincée dans son fourreau ou encore une autre arme insolite. Ses immenses bottes de cuir, qu'il portait à la perfection, ne produisirent pas d'autre son que le léger battement de son pas agile.

— Salutations, Amas, dit-il simplement.

Amas plissa les yeux à la vue du personnage.

— Rassiter, répondit-il au rat-garou.

Rassiter s'approcha du trône et s'inclina négligemment, tout en jetant un regard peu amène au léopard allongé. Il exhiba un sourire pourri qui trahissait ses humbles origines, puis posa un pied sur le fauteuil en se penchant suffisamment pour que le maître de la guilde sente la chaleur de son souffle.

Amas s'attarda sur la botte crasseuse qui salissait son magnifique trône, puis revint à son visiteur avec un sourire que même le grossier Ratisser reconnut comme étant un peu trop désarmant. Songeant qu'il prenait peut-être un peu trop vite ses aises avec son partenaire, le rat-garou ôta son pied et recula d'un pas.

Le sourire d'Amas disparut mais il était satisfait.

— Est-ce fait ? demanda-t-il.

Rassiter tournoya sur lui-même et fut près d'éclater de rire.

— Bien sûr ! répondit-il, avant d'extraire un collier de perles de l'un de ses sacs.

Amas fronça les sourcils, exactement comme s'y était attendu le tueur aguerri.

— Devez-vous tous les tuer ? siffla le maître de la guilde.

Rassiter haussa les épaules et remisa le bijou.

— Vous avez demandé qu'elle soit écartée. Elle a été écartée.

Les mains d'Amas agrippèrent les accoudoirs de son trône.

— J'ai dit que je voulais qu'elle ne reste pas dans la rue tant que le boulot n'était pas achevé !

— Elle en savait trop, expliqua Rassiter en examinant le bout de ses ongles.

— C'était une fille de grande valeur, insista Amas, qui avait repris le contrôle de lui-même.

Peu d'hommes étaient capables de mettre le Pacha Amas en colère comme le faisait Rassiter et ils étaient encore moins nombreux à pouvoir quitter les lieux en vie après cela.

— Il vous en reste mille autres, gloussa le combattant efflanqué.

Une autre porte s'ouvrit et un homme, plus âgé, fit son entrée. Il était vêtu d'une robe pourpre, parsemée d'étoiles dorées et de quartiers de lunes brodés, tandis qu'un gros diamant maintenait son turban en place.

— Je dois voir...

Amas lui lança un regard oblique.

— Pas maintenant, LaValle.

— Mais maître...

Les yeux d'Amas se plissèrent de nouveau de façon menaçante, pour ne plus former qu'une ligne presque aussi fine que celle de ses lèvres pincées. Le vieil homme s'inclina en guise d'excuse et disparut par la porte, qu'il referma soigneusement et en silence derrière lui.

—Bien joué, dit en riant Rassiter, à la vue de cette scène.

—Vous devriez apprendre les manières de LaValle, répliqua Amas.

—Allons, Amas, nous sommes partenaires, répondit le rat-garou. (Il se dirigea vers l'une des deux fenêtres de la pièce, celle orientée au sud, en direction des quais et du vaste océan, puis il se retourna vers Amas.) La lune sera pleine cette nuit ! Vous devriez vous joindre à nous, Pacha ! Ce sera un grand festin !

Amas frissonna en songeant à la table macabre que Rassiter et ses semblables avaient l'intention de dresser. Peut-être la fille n'était-elle pas encore morte…

Il chassa ces pensées de son esprit.

—Je crains de devoir refuser l'invitation.

Rassiter comprit le dégoût d'Amas – qu'il avait volontairement provoqué. Il sautilla vers le trône, sur lequel il posa de nouveau le pied et offrit encore à Amas son odieux sourire.

—Vous ne savez pas ce que vous ratez… mais c'est à vous de choisir, comme le précise notre accord. (Il recula et s'inclina.) Et vous êtes le maître.

—Un arrangement qui vous convient bien, ainsi qu'aux vôtres, lui rappela Amas.

Rassiter tourna les paumes de ses mains vers le ciel en un geste d'assentiment, puis il les frappa l'une contre l'autre.

—Je ne peux nier que ma guilde se porte mieux depuis que vous nous avez acceptés. (Il s'inclina une nouvelle fois.) Pardonnez mon insolence, mon cher ami, j'ai du mal à contenir la joie que me procure cette chance. Et ce soir, la lune sera pleine !

Alors, partez assister à votre fête, Rassiter.

Le rat-garou s'inclina encore et lança un dernier regard au léopard avant de quitter la pièce.

Une fois la porte refermée, Amas fit courir ses doigts sur son front jusqu'aux restes élégamment emmêlés de ce qui avait autrefois été une épaisse masse de cheveux noirs. Il ne put ensuite se retenir de laisser tomber son menton dans la paume de sa main potelée et ricana en songeant à sa gêne lorsqu'il traitait avec Rassiter, le rat-garou.

Il se tourna vers la porte de son harem et se demanda s'il parviendrait à ne plus penser à son associé. Il gardait toutefois en mémoire l'intervention de LaValle. Le magicien ne l'aurait pas dérangé, encore moins en présence de Rassiter, s'il n'avait eu une information importante à lui communiquer.

Il prodigua à son animal domestique une dernière caresse sous le menton et se dirigea vers la porte sud-est de la pièce, qui conduisait aux appartements faiblement éclairés du magicien. Celui-ci, occupé à scruter sa boule de cristal, ne remarqua pas son entrée. Peu désireux de le déranger, Amas s'installa discrètement sur le siège disposé près de la petite table et patienta. Il se distrayait à observer les étranges distorsions de la barbe grise en bataille de LaValle à travers le cristal, tandis que le magicien se déplaçait autour de l'objet.

Enfin, ce dernier leva la tête. Il discerna sans difficulté les rides de tension sur le visage d'Amas, ce qui n'était pas une surprise après une visite du rat-garou.

—Ainsi, ils l'ont tuée ? demanda-t-il, bien qu'ayant déjà deviné la réponse.

—Je le méprise, répondit Amas.

LaValle l'approuva d'un hochement de tête.

—Cependant, vous ne pouvez pas rejeter le pouvoir que vous a apporté Rassiter.

Le magicien disait vrai. Cela faisait deux ans qu'Amas s'était associé avec les rats-garous et sa guilde était entre-temps devenue la plus importante de la cité. Il vivait comme un prince en se contentant de la dîme que les marchands des quais lui payaient en échange de sa protection… contre sa propre guilde. Même les capitaines de la plupart des vaisseaux marchands de passage savaient qu'il ne fallait pas éconduire le collecteur d'Amas quand il venait à leur rencontre sur les quais.

Ceux qui l'ignoraient avaient intérêt à en prendre rapidement conscience.

Non, Amas ne pouvait nier les bénéfices que lui apportait la présence à ses côtés de Rassiter et de sa bande. D'un autre côté, le maître de la guilde était loin d'apprécier ces misérables lycanthropes, humains le jour et créatures abominables, entre l'homme et le rat, la nuit. Il n'approuvait pas non plus la façon dont ils géraient leurs affaires.

—Assez parlé de lui, décréta Amas en posant les mains sur la nappe de velours noir. J'aurai sans doute déjà besoin de passer une dizaine d'heures dans le harem pour oublier sa visite ! (Son rictus montra que cette perspective ne lui déplaisait pas.) Mais que voulais-tu ?

Un large sourire se dessina sur le visage du magicien.

—J'ai parlé aujourd'hui à Obéron, de la Porte de Baldur, dit-il, non sans une certaine fierté. J'ai appris quelque chose qui pourrait vous faire oublier votre discussion avec Rassiter.

Amas attendit avec patience et permit à LaValle de profiter de ses effets dramatiques. Celui-ci était un conseiller loyal et efficace, ainsi que ce qui se rapprochait le plus d'un ami pour lui.

—Votre assassin est sur le chemin du retour ! proclama soudain LaValle.

Quelques instants furent nécessaires au maître de la guilde pour analyser les mots du magicien et en envisager les implications. Quand il comprit de quoi il s'agissait, il se redressa brutalement.

—Entreri ? balbutia-t-il, le souffle court.

LaValle acquiesça et fut près de libérer un rire sonore.

Amas se passa la main dans les cheveux. Trois ans. Entreri, le plus redoutable des assassins, revenait vers lui après trois longues années. Il regarda le magicien avec curiosité.

—Il détient le halfelin, répondit celui-ci à sa question muette.

Le visage d'Amas s'éclaira alors d'un immense sourire. Il se pencha en avant, impatient, tandis que ses dents en or brillaient dans la lueur des bougies.

LaValle était sincèrement ravi de faire plaisir à son maître, en lui apprenant une nouvelle qu'il attendait depuis si longtemps.

—Avec le rubis ! ajouta-t-il en assenant un coup de poing sur la table.

—Oui ! gronda Amas, avant d'éclater de rire.

Sa pierre précieuse, son bien le plus cher. Grâce à ses pouvoirs hypnotiques, il s'élèverait encore plus haut en termes de prospérité et de pouvoir. Il ne se contenterait pas de dominer ceux qu'il croiserait mais les rendrait, en plus, heureux de cette expérience.

—Ah ! Rassiter ! marmonna-t-il, soudain conscient de l'avantage qu'il allait prendre sur son associé. Notre relation est sur le point de changer, mon ami le rongeur.

—Aurez-vous véritablement encore besoin de lui ? demanda LaValle.

Amas haussa les épaules et se tourna vers le côté de la pièce où était suspendu un petit rideau.

Le Cercle de Taros.

LaValle blêmit en songeant à cet objet. Le Cercle de Taros était une puissante relique capable de déplacer son propriétaire, ou ses ennemis, à travers les différents plans d'existence. Toutefois, le pouvoir de cet objet avait un prix. Il était profondément ancré dans le mal et les rares fois où LaValle s'en était servi, il avait senti qu'une part de lui se vidait de sa force, comme si le Cercle de Taros tirait sa puissance en dérobant les forces vitales du magicien. LaValle haïssait Rassiter mais il espérait que le maître de la guilde trouverait une meilleure solution que le Cercle de Taros.

Il reporta son regard vers la table et vit qu'Amas le regardait.

— Dis-m'en plus ! insista ce dernier avec enthousiasme.

LaValle esquissa un geste de dépit et reposa la main sur le globe de cristal.

— Je n'ai pas réussi à les apercevoir moi-même, dit-il. Artémis Entreri a toujours été capable d'esquiver ma vision. D'après Obéron, ils ne sont plus très loin ; en mer au nord du Calimshan, s'ils n'en ont pas déjà franchi les frontières. Ils profitent d'un bon vent, maître. Une ou deux semaines, pas plus.

— Régis est avec lui ?

— Oui.

— Vivant ?

— On ne peut plus vivant.

— Bien !

Comme Amas avait hâte de retrouver ce traître de halfelin ! Vivement que ses mains bien en chair puissent serrer son petit cou ! La guilde avait connu des passages difficiles après la fuite de Régis avec le pendentif magique. En vérité, les problèmes étaient principalement survenus en raison de l'incapacité d'Amas à traiter avec autrui sans l'aide du joyau, tant il s'en servait depuis longtemps, ainsi que de la traque obsessionnelle – et coûteuse – qu'il avait menée contre le halfelin. Toutefois, aux yeux du maître de la guilde, la faute en incombait exclusivement à Régis. Il lui reprochait même l'alliance de sa guilde avec celle des rats-garous ; il n'aurait certainement pas eu besoin de Rassiter s'il était resté en possession de son pendentif.

Il savait cependant que les événements allaient évoluer de la meilleure façon possible. Une fois son bijou récupéré et les rats-garous sous sa domination, peut-être même pourrait-il songer à étendre ses pouvoirs au-delà de Portcalim, grâce à des associés envoûtés et des alliés lycanthropes qui prendraient la tête des guildes partout dans les terres du Sud.

LaValle semblait avoir retrouvé son sérieux quand Amas se retourna vers lui.

— Comment pensez-vous qu'Entreri réagira à propos de nos nouveaux associés ? demanda-t-il, la mine sombre.

— Ah ! Il n'est pas au courant, répondit Amas, prenant subitement conscience de ce détail et de ce qu'il impliquait. Il s'est absenté trop longtemps. (Il médita quelques instants, puis haussa les épaules.) Ils s'occupent du même genre d'affaires, après tout. Entreri devrait les accepter.

— Rassiter inquiète tous ceux qu'il rencontre, lui rappela le magicien. Imaginons qu'il croise Entreri ?

Amas éclata de rire à cette idée.

— Je t'assure que Rassiter ne croisera qu'une seule fois la route d'Artémis Entreri, mon ami.

— Il vous faudrait alors conclure d'autres accords avec le nouveau chef des rats-garous.

Amas lui assena une bourrade sur l'épaule et se dirigea vers la porte.

— Essaie d'en apprendre autant que possible, ordonna-t-il au magicien. Si tu parviens à les localiser dans ta boule de cristal, appelle-moi. J'ai hâte d'apercevoir de nouveau le visage de ce halfelin. J'ai tant à lui dire.

— Et vous serez… ?

— Dans le harem, répondit Amas avec un clin d'œil. Toute cette tension, tu comprends…

LaValle se laissa tomber sur sa chaise après le départ de son maître et réfléchit encore au retour de son principal rival. Il avait beaucoup gagné depuis qu'Entreri était parti, jusqu'à s'installer dans cette pièce, au troisième étage, en tant que conseiller principal d'Amas.

Dans cette pièce… Le domaine d'Entreri…

D'un autre côté, le magicien n'avait jamais rencontré de problème avec l'assassin. Ils s'étaient considérés comme des associés en bons termes, voire des amis, et s'étaient aidés mutuellement à plusieurs reprises dans le passé. LaValle ne comptait plus le nombre de fois où il avait indiqué à Entreri la route la plus rapide vers une cible.

Il restait cette fâcheuse affaire à propos de Mancas Tiveros, un autre magicien. « Mancas le Puissant », comme l'appelaient les mages de Portcalim, s'était plaint de LaValle quand ce dernier et lui-même s'étaient disputés au sujet de la paternité d'un sort. Tous deux avaient prétendu être à l'origine de sa découverte et nombreux étaient ceux qui s'attendaient à ce qu'une guerre de magie éclate. Inexplicablement, Mancas était soudain parti, laissant derrière lui un message selon lequel il renonçait à ses prétentions et reconnaissait que LaValle avait dit vrai. Mancas n'avait plus jamais été revu à Portcalim ou ailleurs.

— Ah ! Enfin..., soupira LaValle en se tournant vers son globe de cristal.

Artémis Entreri avait aussi son utilité...

La porte de la pièce s'ouvrit et Amas glissa la tête par l'entrebâillement.

— Envoie un message à la Guilde des Charpentiers, dit-il au magicien. Dis-leur que nous allons avoir besoin de plusieurs ouvriers talentueux.

LaValle secoua la tête, incrédule.

— On ne va pas détruire le harem ou la salle du trésor, insista Amas, feignant l'exaspération devant la lenteur avec laquelle son assistant suivait son raisonnement. Et il est hors de question que je cède ma chambre ! (LaValle fronça les sourcils quand il commença à comprendre.) Je n'ai pas non plus l'intention de dire à Artémis Entreri qu'il lui est impossible de récupérer ses appartements. Pas après une mission si parfaitement remplie !

— Je comprends, répondit le magicien, d'un air abattu, qui s'imaginait déjà relégué une fois encore aux niveaux inférieurs.

— Une sixième pièce doit donc être aménagée, dit en riant Amas, que son petit jeu amusait follement. Entre celle d'Entreri et le harem. (Il adressa un nouveau clin d'œil à son assistant méritant.) Tu pourras la concevoir toi-même, mon cher LaValle. Et ne regarde pas à la dépense !

Le maître ferma la porte et disparut.

Le magicien essuya les larmes qui lui venaient aux yeux. Amas le surprenait sans arrêt mais ne le décevait jamais.

— Vous êtes un maître généreux, mon Pacha Amas, murmura-t-il dans le vide.

Le Pacha Amas était également un magistral meneur d'hommes ; LaValle se tourna en effet aussitôt vers sa boule de cristal, les dents serrées tant il était déterminé. Il trouverait Entreri et le halfelin. Il ne décevrait pas le Pacha Amas.

9

Énigmes de feu

À présent poussé par les courants de la Chionthar et par le vent, selon un angle suffisamment orienté au nord pour que ses voiles puissent en profiter, l'*Esprit follet de la mer* s'éloignait de la Porte de Baldur à une vitesse considérable en projetant de l'écume blanche, bien que le navire aille dans la même direction que le courant.

— Nous atteindrons la côte des Épées en milieu d'après-midi, déclara Deudermont à Drizzt et Wulfgar. Nous délaisserons ensuite le rivage, que nous perdrons de vue jusqu'au Canal d'Asavir. Puis, nous prendrons vers le sud autour de la bordure du monde et enfin, nous nous dirigerons vers l'est vers Portcalim.

» Portcalim…

Il répéta le mot, en désignant le nouveau pavillon qui s'élevait au sommet du mât et sur lequel figuraient des lignes bleues inclinées sur fond doré.

Drizzt considéra Deudermont d'un air soupçonneux, conscient qu'il ne s'agissait pas là d'une pratique commune à bord d'un navire.

— Nous hissons le pavillon d'Eauprofonde au nord de la Porte de Baldur, expliqua le capitaine. Et celui de Portcalim au sud.

— Est-ce admissible ?

— Ça l'est pour ceux qui en connaissent le prix, s'amusa Deudermont. Eauprofonde et Portcalim sont deux cités rivales opiniâtres lorsqu'il s'agit de leurs querelles. Elles souhaitent toutes deux commercer l'une avec l'autre – elles ne peuvent qu'en tirer profit – mais n'autorisent pas systématiquement les navires arborant l'autre étendard à accoster sur leurs quais.

— Quel orgueil stupide, remarqua Wulfgar, à qui ce détail rappelait douloureusement des traditions similaires, encore pratiquées à peine quelques années auparavant par les membres de son propre clan.

— C'est de la politique, laissa tomber Deudermont avec un haussement d'épaules. Les seigneurs de ces deux villes soutiennent en secret le commerce et une bonne dizaine de vaisseaux ont compris comment faire perdurer leurs affaires. L'*Esprit follet de la mer* dispose de deux ports d'attache et tout le monde profite de cet arrangement.

— Deux marchés pour le capitaine Deudermont, nota Drizzt avec un air narquois. Pratique…

— Ça tient aussi du bon sens marin, poursuivit Deudermont, toujours largement souriant. Les pirates qui infestent les eaux au nord de la Porte de Baldur respectent la bannière d'Eauprofonde avant toutes les autres, tandis que ceux du sud prennent garde de ne pas déclencher la colère de Portcalim et de son impressionnante flotte. À hauteur du Canal d'Asavir, ces bandits ont l'occasion d'attaquer de nombreux navires au fond de ces détroits et ils préfèrent s'en prendre à des étendards moins imposants.

— Personne ne vous cause jamais de problème ? ne put s'empêcher de demander Wulfgar, d'une voix hésitante et presque sarcastique, même s'il n'avait pas encore décidé s'il approuvait ou non cette pratique.

— Jamais ? reprit en écho le capitaine. Non, « jamais » serait exagéré, mais disons rarement. En ces occasions, nous hissons nos voiles et prenons la fuite. Peu de navires sont capables de rattraper l'*Esprit follet de la mer* quand le vent gonfle ses voiles.

— Et s'ils vous rattrapent tout de même ? demanda Wulfgar.

— Alors vous auriez tous deux l'occasion de mériter votre place, dit Deudermont en éclatant de rire. J'imagine que les armes que vous portez calmeraient les ardeurs des pirates.

Wulfgar brandit *Crocs de l'égide* devant lui.

— J'espère avoir suffisamment pris l'habitude du tangage d'un tel vaisseau pour être en mesure de mener ce genre de combat, dit-il. Un balancement un peu plus prononcé pourrait m'envoyer par-dessus bord !

— Dans ce cas, nage jusqu'au vaisseau pirate et coule-le ! lui suggéra Drizzt.

Depuis une pièce plongée dans les ténèbres de sa tour de la Porte de Baldur, le magicien Obéron regarda l'*Esprit follet de la mer* prendre le large. Il sonda encore plus profondément dans sa boule de cristal et discerna l'elfe et l'immense barbare, près du capitaine du vaisseau, sur le pont. Il devinait qu'ils n'étaient pas originaires de cette région. D'après ses vêtements et son teint, le barbare semblait davantage provenir de l'une de ces tribus lointaines du Nord, au-delà même de Luskan et aux alentours des montagnes de l'Épine dorsale du Monde, dans cette étendue de terre désolée appelée le Valbise. Comme il se trouvait loin de son foyer ! Comme il était inhabituel de voir un tel homme en pleine mer !

— Quel rôle jouent donc ces deux-là dans le retour du joyau du Pacha Amas ? se demanda à voix haute Obéron, véritablement intrigué.

Entreri s'était-il rendu si loin, jusqu'à cette bande de toundra, à la recherche du halfelin ? Ces deux-là le poursuivaient-ils vers le sud ?

Après tout, cela ne concernait pas le magicien. Obéron était simplement soulagé qu'Entreri ait demandé le remboursement de sa dette par un service aussi facile. L'assassin avait tué pour lui – plus d'une fois – plusieurs années auparavant, et bien qu'Entreri ne l'ait jamais mentionné lors de ses nombreuses visites à la tour d'Obéron, celui-ci avait toujours senti qu'il était au pouvoir de l'assassin comme s'il lui avait passé une lourde chaîne autour du cou. Heureusement, la nuit prochaine, la dette qui traînait depuis trop longtemps serait effacée dans le souffle d'un simple signal.

La curiosité d'Obéron le conduisit à observer un peu plus longtemps la course de l'*Esprit follet de la mer*. Il se concentra sur l'elfe – Drizzt Do'Urden, comme Pellman, le commandant du port, l'avait appelé. Aux yeux expérimentés du magicien, quelque chose sonnait faux dans ce personnage. Il ne s'agissait pas du fait qu'il ne se trouvait pas dans son élément, comme c'était le cas du barbare. C'était plutôt quelque chose dans sa manière de se comporter ou de regarder autour de lui avec ces yeux uniques de couleur lavande.

Ces yeux ne semblaient pas correspondre à l'apparence globale de cet elfe, Drizzt Do'Urden.

Peut-être un enchantement…, songea Obéron. Un déguisement magique. Le magicien curieux aurait voulu disposer de plus d'informations à transmettre au Pacha Amas. Il envisagea la possibilité de se matérialiser sur le quai où avait fait escale ce navire, afin d'enquêter à son sujet, mais il n'avait pas préparé les sorts nécessaires à une telle prouesse. Il se rappela en outre une nouvelle fois que ces histoires ne le concernaient pas.

Il ne voulait pas non plus contrevenir aux ordres d'Artémis Entreri.

Cette même nuit, Obéron s'envola de sa tour et s'éleva dans le ciel nocturne, sa baguette magique en main. Parvenu à une centaine de mètres au-dessus de la cité, il lâcha une rafale de boules de feu selon un enchaînement précis.

Alors qu'il arpentait le pont d'un vaisseau de Portcalim nommé le *Danseur du diable*, Artémis Entreri aperçut le signal.

— Par la mer…, murmura-t-il en décryptant la séquence des explosions. (Il se tourna vers le halfelin, qui se tenait à côté de lui.) Tes amis nous poursuivent par la mer. Ils sont à moins d'une dizaine de jours derrière nous ! Ils n'ont pas traîné.

Régis ne sauta pas de joie en apprenant la nouvelle. Le changement climatique était maintenant très net, chaque jour et chaque nuit. Ils avaient laissé l'hiver loin derrière eux, tandis que les vents chauds des Royaumes du Sud s'étaient tant bien que mal engouffrés dans l'esprit du halfelin. Le voyage vers Portcalim ne serait plus interrompu par aucune escale et aucun vaisseau – même s'il se trouvait à moins d'une dizaine de jours de leur navire – ne pouvait espérer rattraper le rapide *Danseur du diable*.

Régis luttait contre un dilemme intérieur et essayait d'accepter le caractère inéluctable de sa rencontre prochaine avec son ancien maître de guilde.

Le Pacha Amas n'était pas du genre à pardonner. Régis l'avait vu de ses propres yeux administrer de sévères punitions aux voleurs qui osaient prendre d'autres membres de la guilde comme cibles. Lui-même avait encore été plus loin que cela ; il s'en était pris au maître en personne ! Et l'objet qu'il avait dérobé, le pendentif et son rubis magique, était celui auquel Amas tenait le plus. Abattu et désespéré, il baissa la tête et regagna sa cabine d'un pas traînant.

L'humeur maussade de son prisonnier n'apaisait pas le fourmillement que ressentait Entreri le long de sa colonne vertébrale. Amas récupérerait le joyau et le halfelin, puis l'assassin serait bien payé pour ce service. Cela dit, dans son esprit, l'or d'Amas ne constituait pas la véritable récompense de ses efforts.

Entreri voulait Drizzt Do'Urden.

Drizzt et Wulfgar virent également le feu d'artifice qui éclata au-dessus de la Porte de Baldur cette nuit-là. Déjà en pleine mer, mais encore à plus de deux cents kilomètres au nord du *Danseur du diable*, ils durent se contenter de deviner ce que signifiait ce déploiement de flammes.

— Un magicien, intervint Deudermont en les rejoignant, avant d'imaginer une explication distrayante. Peut-être livre-t-il un combat contre quelque gigantesque monstre des airs ? Un dragon ou une autre créature du ciel ?

Drizzt plissa les yeux pour étudier plus attentivement les éclats de feu mais il ne décela aucune forme sombre en mouvement autour de ceux-ci, ni le moindre indice qu'ils aient été dirigés vers une cible précise. Néanmoins, il était possible que l'*Esprit follet de la mer* soit trop éloigné pour discerner de tels détails.

— Ce n'est pas un combat… mais un signal, lâcha Wulfgar en repérant une séquence d'explosions qui se répétait. Trois, puis une. Trois, puis une. Ça semble tout de même beaucoup de travail pour un simple signal. Un cavalier muni d'un message ne serait-il pas plus efficace ?

— Sauf si ce message est destiné à un navire, suggéra Deudermont.

Drizzt avait déjà envisagé cette éventualité et nourrissait plus que de simples soupçons à l'encontre de la source et de l'objectif de ce phénomène.

Deudermont étudia encore quelques instants le feu d'artifice.

— Peut-être est-ce un signal, convint-il, après avoir reconnu la séquence finement observée par Wulfgar. De nombreux vaisseaux entrent et quittent la Porte de Baldur chaque jour. Un magicien salue sans doute ses amis ou leur dit au revoir d'une façon grandiose.

— Ou bien il transmet des informations, ajouta Drizzt en se tournant vers Wulfgar.

Ce dernier comprit à quoi songeait le drow, lequel déduisit au grognement que poussa le barbare qu'il partageait les mêmes soupçons.

— Pour nous, ce n'est rien de plus qu'un spectacle, dit Deudermont en leur souhaitant une bonne nuit d'une tape sur l'épaule. Un divertissement dont nous pouvons profiter.

Drizzt et Wulfgar échangèrent un regard, doutant sérieusement de l'hypothèse du capitaine.

— Quel jeu Artémis Entreri joue-t-il ? demanda pour la forme et à haute voix Amas.

Obéron, le magicien dans la boule de cristal, haussa les épaules.

— Je n'ai jamais prétendu comprendre les motivations d'Artémis Entreri. (Amas approuva d'un hochement de tête puis se remit à faire les cent pas derrière la chaise de LaValle.) Je pense malgré tout que ces deux-là n'ont pas grand-chose à voir avec votre pendentif.

— Sans doute s'agit-il d'une vengeance personnelle qu'Entreri a récoltée lors de ses périples, concéda Amas.

— Des amis du halfelin ? suggéra le magicien. Mais alors, pourquoi Entreri les conduirait-il dans la bonne direction ?

— Quels qu'ils soient, ils ne peuvent apporter que des problèmes, intervint LaValle, assis entre le maître de la guilde et le dispositif d'espionnage.

— Peut-être Entreri compte-t-il leur tendre un piège ? dit Amas, s'adressant toujours à Obéron. Cela expliquerait qu'il ait eu besoin de votre signal.

— Il a ordonné au commandant du port de leur dire qu'il les retrouverait à Portcalim, lui rappela Obéron.

— Pour les duper ! dit LaValle. Pour les persuader que leur route serait paisible jusqu'à leur arrivée dans le port du sud.

— Ce n'est pas le genre d'Artémis Entreri d'agir ainsi, dit Obéron, dont Amas partageait l'opinion. Je n'ai jamais vu cet assassin se servir de ruses aussi grossières pour remporter une victoire. Son plus grand plaisir est d'affronter face à face son adversaire et de l'écraser.

Les deux magiciens et le maître de la guilde, qui avait survécu et prospéré grâce à sa capacité à réagir efficacement devant de tels mystères, évaluèrent la situation chacun de leur côté en silence. Amas ne se souciait que de récupérer son précieux joyau, grâce auquel il pourrait multiplier ses pouvoirs par dix, et peut-être même s'attirer les faveurs du pacha régnant du Calimshan en personne.

— Je n'aime pas ça, dit-il enfin. Je ne veux pas que le retour du halfelin et de mon pendentif créent des complications.

Il s'interrompit pour méditer sur les conséquences de la voie qu'il s'apprêtait à suivre, puis se pencha par-dessus le dos de LaValle pour s'approcher de l'image d'Obéron.

— Êtes-vous toujours en relation avec Pinochet ? demanda-t-il d'un air entendu.

Obéron devina où le maître de la guilde voulait en venir.

— Ce pirate n'oublie pas ses amis, répondit-il sur le même ton. Pinochet me contacte chaque fois que sa route le mène à la Porte de Baldur. Il me demande également de vos nouvelles et espère que tout va pour le mieux pour son vieil ami.

— Il se trouve dans les îles en ce moment ?

— Le commerce d'hiver se déplace vers le sud depuis Eauprofonde, répondit le magicien en lâchant un petit rire. Où d'autre pourrait se trouver un pirate efficace ?

— Bien, marmonna Amas.

— Dois-je lui demander de s'occuper des poursuivants d'Entreri ? proposa Obéron avec enthousiasme, ravi de prendre part au complot et de rendre service au maître de la guilde.

— Trois vaisseaux… Aucune chance, répondit Amas. Rien n'empêchera le retour du halfelin. Nous avons tant de choses à nous dire.

Obéron médita un moment le plan.

— Quel dommage, fit-il finalement remarquer. L'*Esprit follet de la mer* était un magnifique vaisseau.

Amas accentua la phrase d'un seul mot, qui rendit parfaitement clair le fait qu'il ne tolérerait aucune erreur.

— Était.

10

Le poids des responsabilités d'un roi

Les chevilles entravées par des chaînes, le halfelin était suspendu à l'envers au-dessus d'un chaudron rempli d'un liquide bouillant. Ce n'était pas de l'eau mais quelque chose de plus sombre. Vaguement teinté de rouge, apparemment.

Du sang, peut-être…

La manivelle grinça et le halfelin descendit de quelques centimètres supplémentaires. Son visage était déformé et sa bouche grande ouverte, comme s'il hurlait.

Aucun son ne se faisait toutefois entendre, à l'exception des grincements de la manivelle et du rire cruel du bourreau invisible.

Le décor brumeux oscilla et la manivelle apparut, lentement actionnée par une main unique qui ne semblait rattachée à aucun corps.

Une pause survint dans la descente.

Puis la gorge diabolique libéra une dernière fois son rire. La main s'agita soudain et fit tourner la manivelle.

Un cri perçant retentit. Un cri d'agonie… Un cri de mort…

La sueur piqua les yeux de Bruenor avant qu'il les ouvre totalement. Il essuya l'humidité qui recouvrait son visage et secoua la tête afin de s'ôter de l'esprit ces terrifiantes images puis concentra ses pensées sur son environnement.

Il se trouvait à la Demeure au Lierre, dans un lit confortable, lui-même disposé dans une chambre tout aussi confortable. Les bougies qu'il avait récemment installées se consumaient lentement mais ne lui avaient été d'aucune aide ; cette nuit avait ressemblé aux précédentes : un nouveau cauchemar.

Bruenor roula sur le côté et se redressa en position assise sur le bord du lit. Tout était en place. L'armure de mithral et le bouclier doré étaient posés sur une chaise à côté de l'unique table de la pièce. La hache dont il s'était servi pour se frayer un chemin hors du repaire des duergars était appuyée contre le mur, non loin du cimeterre de Drizzt, tandis que deux couvre-chefs avaient été placés sur le meuble ; le casque, cabossé, à une corne, qu'avait porté le nain lors de ses aventures au cours des deux derniers siècles, ainsi que la couronne royale de Castelmithral, parée d'une rangée d'un millier de pierres précieuses étincelantes.

Cependant, aux yeux de Bruenor, tout n'était pas en place. Il jeta un regard en direction de la fenêtre et vit les ténèbres de la nuit. Il ne discerna rien de plus que le reflet de la pièce éclairée par les bougies, la couronne et l'armure du roi de Castelmithral.

Cette dernière semaine avait été chargée pour Bruenor. Les journées avaient été marquées par l'agitation du moment, les discussions au sujet des armées en marche depuis la citadelle d'Adbar et du Valbise, en vue de reconquérir Castelmithral. Les épaules du nain le lançaient, tant il avait reçu de bourrades de la part des Harpell et des autres visiteurs du manoir, tous impatients de le féliciter d'avance pour son prochain retour sur le trône.

Pourtant, Bruenor avait traversé ces derniers jours d'un air absent, jouant le rôle qu'on lui avait imposé sans qu'il l'apprécie réellement. Il était temps de se préparer aux aventures dont il avait tant de fois rêvé depuis son exil, près de deux siècles plus tôt. Le père de son père avait été roi de Castelmithral, comme son père avant lui, et ainsi de suite jusqu'à la naissance du clan Marteaudeguerre. Le droit d'aînesse de Bruenor exigeait qu'il mène les armées, reprenne Castelmithral, et s'assoie sur le trône auquel il était destiné depuis sa naissance.

Toutefois, c'était précisément dans les tunnels de l'ancien bastion nain que Bruenor Marteaudeguerre avait pris conscience de ce qui comptait véritablement pour lui. Lors de la dernière décennie, quatre compagnons très particuliers étaient entrés dans sa vie, et aucun d'eux n'était un nain. L'amitié que ces cinq-là avaient forgée était plus grande qu'un royaume nain et plus précieuse pour Bruenor que tout le mithral du monde. L'accomplissement de ses rêves de conquête lui semblait dénué de sens désormais.

Les heures de la nuit tenaient désormais son cœur et son esprit en haleine. Les cauchemars, jamais les mêmes mais s'achevant tous sur la même épouvantable conclusion, ne s'effaçaient pas à la lueur du jour.

— Encore un autre ? dit une voix douce depuis la porte.

Bruenor regarda par-dessus son épaule et vit Catti-Brie qui l'observait. Il savait qu'il n'avait pas à répondre. Il baissa la tête et se frotta les yeux.

— Toujours à propos de Régis ? demanda la jeune femme en s'approchant.

Bruenor entendit la porte se refermer dans un chuintement.

— Ventre-à-Pattes, corrigea Bruenor à voix basse. (Il s'était servi du surnom dont il avait affublé le halfelin qui était son meilleur ami depuis près d'une décennie, avant de remonter ses jambes sur le lit.) Je devrais être avec lui ! Ou au moins avec le drow et Wulfgar, à sa recherche !

— Ton royaume t'attend, lui rappela Catti-Brie, désirant davantage dissiper sa culpabilité que changer son opinion à propos de l'endroit où il aurait dû se trouver – d'autant plus qu'elle partageait la même. Tes cousins du Valbise seront ici dans un mois et les armées d'Adbar dans deux.

— Oui, mais nous n'pourrons pas nous diriger vers l'castel avant la fin de l'hiver.

Catti-Brie regarda autour d'elle afin de trouver un sujet susceptible de dévier le cours de cette conversation angoissante.

— T'la porteras bien, dit-elle avec chaleur en désignant la couronne ornée de joyaux.

— Laquelle ? rétorqua Bruenor d'un ton coupant.

Catti-Brie avisa le casque couvert de bosses, si pitoyable à côté de la couronne majestueuse, et faillit rire. Mais quand elle se tourna vers le nain, elle vit qu'il regardait le casque d'un air grave, et elle comprit qu'il ne plaisantait pas. C'est à cet instant que Catti-Brie se rendit compte que son père attachait infiniment plus d'importance à son casque qu'à la couronne qu'il était destiné à porter.

— Ils sont à mi-chemin de Portcalim, dit-elle éprouvant de la compassion pour les désirs du nain. Peut-être encore plus près du but.

— Oui, et peu d'navires quitteront Eauprofonde avec l'hiver qui approche, grommela Bruenor, la mine sombre.

Il n'avait fait que répéter l'argument que sa fille avait invoqué lors de sa seconde matinée à la Demeure au Lierre, lorsqu'il avait évoqué pour la première fois son envie de rejoindre ses amis.

— Nous avons un million de choses à préparer, insista Catti-Brie, qui persistait à prendre un ton enthousiaste. L'hiver passera vite et nous aurons récupéré le castel à temps pour le retour de Drizzt, Wulfgar et Régis.

Le visage de Bruenor ne se radoucit pas. Ses yeux n'avaient pas quitté le casque abîmé mais son esprit vagabondait au-delà de sa vision, dans le décor fatidique du Défilé de Garumn. Il avait au moins fait la paix avec Régis avant qu'ils soient séparés...

Les souvenirs de Bruenor s'évanouirent brusquement, puis il lança un regard ironique à sa fille.

— Tu penses qu'ils pourraient être revenus pour la bataille ?

Catti-Brie haussa les épaules. Cette question l'étonna. Elle devinait que son père pensait à autre chose que le simple fait de se battre aux côtés de Drizzt et Wulfgar pour la conquête de Castelmithral.

— Oui, s'ils reprennent aussitôt le chemin du retour, dit-elle. Ils sont capables de franchir une grande distance sur les terres du Sud, même en hiver.

Bruenor bondit de son lit et se précipita vers la porte, en se saisissant au passage du casque à une corne, qu'il enfila sans s'arrêter.

— Au milieu de la nuit ? dit Catti-Brie, abasourdie.

Elle se lança aussitôt à sa poursuite dans le couloir.

Bruenor ne ralentit pas une seule fois. Il se rendit directement à la porte de la chambre de Harkle Harpell et y frappa suffisamment fort pour réveiller tous les occupants de cette aile du manoir.

— Harkle ! rugit-il.

Catti-Brie savait qu'il était inutile d'espérer le calmer, aussi se contenta-t-elle d'adresser des mimiques d'excuse à chaque tête curieuse qui surgissait dans le couloir pour jeter un coup d'œil.

Enfin, Harkle, une bougie à la main et uniquement vêtu d'une chemise de nuit et d'un bonnet surmonté d'un pompon, ouvrit la porte.

Bruenor se glissa dans sa chambre, Catti-Brie sur ses talons.

— Peux-tu me faire un chariot ? demanda le nain.

— Un quoi ? lâcha Harkle en bâillant et en essayant en vain de sortir de son sommeil. Un chariot ?

— Un chariot ! s'écria Bruenor. De feu ! Comme celui avec lequel Dame Alustriel m'a déposé ici ! un chariot de feu !

— Eh bien..., bégaya Harkle. Je n'ai jamais...

— Peux-tu le faire ? trépigna Bruenor, qui n'avait pas la patience à cet instant d'écouter un discours confus.

— Oui... euh... Peut-être, déclara le magicien avec autant d'assurance qu'il le pouvait. À vrai dire, ce sort est la spécialité d'Alustriel. Personne n'a jamais...

Il s'interrompit, conscient du regard désappointé que lui lançait Bruenor. Le nain se tenait droit, un talon dénudé planté dans le sol, ses bras noueux croisés sur le torse et les doigts boudinés d'une de ses mains tapotant impatiemment le biceps opposé.

— Je m'entretiendrai avec la dame dans la matinée, lui promit Harkle. Je suis certain que...

— Alustriel est encore ici ? le coupa Bruenor.

— Eh bien, oui, elle est restée pour quelques...

— Où est-elle ?

— Dans le manoir.

— Quelle chambre ?

— Je te conduirai à elle demain mat..., commença Harkle.

Bruenor agrippa la chemise de nuit du magicien et le tira au niveau de ses yeux. Le nain s'avéra le plus fort, puisque son nez, long et pointu, aplatit celui de Harkle contre l'une de ses joues. Les yeux de Bruenor ne cillèrent pas et il répéta lentement sa question en détachant distinctement chaque mot, de façon à exiger une réponse.

— Quelle chambre ?

— Porte verte, derrière la rampe de l'escalier, déglutit Harkle.

Bruenor lança au magicien un clin d'œil amical et le relâcha. Puis, il se tourna sur sa droite vers Catti-Brie et répondit à son sourire amusé par un énergique hochement de la tête avant de filer dans le couloir.

— Oh ! Il ne devrait pas déranger Dame Alustriel à cette heure tardive ! protesta Harkle.

Catti-Brie ne put s'empêcher de rire.

— Arrêtez-le vous-même, alors !

Harkle prêta l'oreille aux lourds bruits de pas du nain qui résonnaient dans le manoir ; les pieds nus de celui-ci s'abattaient sur le plancher comme des pierres.

— Non, répondit le magicien en déclinant sa proposition, lui aussi tout sourire. Je crois que je vais éviter.

Même brusquement réveillée au beau milieu de la nuit, Dame Alustriel n'en était pas moins magnifique, avec sa crinière argentée mystérieusement reliée à la douce lueur de la nuit. Bruenor se calma quand il la vit en se rappelant soudain le rang de la dame, et les manières qui lui étaient dues.

— Euh... J'vous d'mande pardon, ma Dame..., balbutia-t-il, soudain gêné par son comportement.

— Il est tard, bon roi Bruenor, lui répondit poliment Alustriel, avec un sourire amusé à la vue du nain uniquement vêtu de sa chemise de nuit et de son casque brisé. Quelle raison vous a donc conduit à ma porte à cette heure ?

— Avec tous ces événements, je n'savais même pas que vous étiez restée à Longueselle, expliqua le nain.

— Je serais venue vous voir avant de partir, dit Alustriel toujours aussi aimablement. Il n'était pas nécessaire de perturber votre sommeil – ni le mien.

— J'n'avais pas en tête des adieux. J'ai une faveur à vous demander.

— C'est urgent ?

Bruenor hocha énergiquement la tête.

— Un service que j'aurais dû vous demander dès notre arrivée ici.

Alustriel l'invita à entrer dans sa chambre et referma la porte derrière eux, comprenant qu'il s'agissait d'une affaire sérieuse pour le nain.

— J'ai besoin d'un autre de ces chariots, dit Bruenor. Pour me conduire vers le sud.

— Vous comptez rattraper vos amis et les aider dans la recherche du halfelin, déduisit la Dame de Lunargent.

— Oui, je sais qu'ma place est là-bas.

— Mais je ne peux pas vous accompagner. J'ai un royaume à gouverner ; il ne serait pas convenable de ma part de voyager vers d'autres royaumes sans avoir prévenu quiconque.

— Je n'comptais pas vous demander de venir.

— Qui dirigerait l'attelage, dans ce cas ? Vous n'avez aucune expérience d'une telle magie.

Bruenor resta songeur durant quelques instants.

— Harkle m'y conduira ! lâcha-t-il.

Alustriel ne put dissimuler un sourire ironique en songeant aux risques de catastrophe. Harkle, comme beaucoup de Harpell, avait tendance à se blesser lorsqu'il jetait des sorts. Sachant pourtant qu'il lui serait impossible de faire changer le nain d'avis, la dame estima que son devoir était de lui exposer les points faibles de son plan.

— Portcalim se trouve très loin d'ici, lui dit-elle. Vous rendre là-bas grâce au chariot sera rapide mais le retour pourrait prendre des mois. Le véritable roi de Castelmithral ne devrait-il pas mener les armées rassemblées pour la conquête de son trône ?

— Il le fera… si c'est possible. Mais ma place est auprès de mes amis. Je leur dois au moins ça !

— Vous prenez un risque considérable.

— Pas plus que celui qu'ils ont pris pour moi… et à de nombreuses reprises.

Alustriel ouvrit la porte.

— Très bien, dit-elle. Je respecte votre décision. Vous serez un grand roi, Bruenor Marteaudeguerre. (Pour une des rares fois de sa vie, Bruenor rougit.) Maintenant, allez vous reposer, je vais essayer d'en apprendre plus cette nuit. Retrouvez-moi sur le versant sud de la colline Harpell avant le point du jour.

Bruenor acquiesça avec enthousiasme et retourna dans sa chambre. Et pour la première fois depuis son retour à Longueselle, il dormit en paix.

Les lueurs précédant l'aurore éclaircissaient le ciel quand Bruenor et Harkle retrouvèrent Alustriel à l'endroit convenu. Harkle avait accepté avec plaisir de se joindre au voyage ; il avait toujours rêvé de conduire l'un des célèbres chariots de Dame Alustriel. Il ne semblait pas à sa place à côté du nain chargé de son équipement de combat ; il portait sa robe de magicien – rentrée dans des cuissardes en cuir – et un curieux casque en argent orné d'ailes en fourrure duveteuse et d'une visière qui ne cessait de lui retomber devant les yeux.

Alustriel ne s'était pas recouchée cette nuit-là. Elle avait consulté la boule de cristal que les Harpell avaient mise à sa disposition, sondant les différents plans d'existence en quête d'indices sur l'endroit où se trouvaient les amis de Bruenor. Elle en avait beaucoup appris durant ce court laps de temps et avait même établi une connexion avec Morkai, le magicien mort, dans le monde des esprits, pour recueillir d'autres informations.

Ce qu'elle avait appris la troublait considérablement.

Elle tenait pour l'instant en main les composants magiques et attendait l'arrivée de l'aube, calmement tournée vers l'est. Quand les premiers rayons du soleil apparurent à l'horizon, elle s'en empara d'un geste ample et exécuta le sort. Quelques minutes plus tard, un chariot de flammes et deux chevaux embrasés se matérialisèrent sur la colline, suspendus de façon magique à quelques centimètres du sol. Les langues de feu émirent quelques fines colonnes de fumées qui s'élevèrent de l'herbe humide de rosée.

— En route pour Portcalim ! s'exclama Harkle en se précipitant vers l'attelage enchanté.

— Non, le reprit Alustriel, à qui Bruenor adressa un regard perplexe. Vos amis ne sont pas encore parvenus à l'empire des Sables. Ils sont en mer et affronteront aujourd'hui même un danger redoutable. Suivez donc la direction du sud-ouest, vers la mer, puis obliquez plein sud quand la côte sera en vue. (Elle tendit un médaillon en forme de cœur à Bruenor, que celui-ci ouvrit et dans lequel il découvrit le portrait de Drizzt Do'Urden.)

» Ce médaillon se réchauffera lorsque vous approcherez du vaisseau sur lequel se trouvent vos amis. Je l'ai créé il y a quelques semaines, afin d'être prévenue si votre groupe s'approchait de Lunargent, lors de votre retour de Castelmithral. (Elle esquiva le regard de Bruenor, consciente de la myriade de questions qui devaient traverser l'esprit du nain, avant d'ajouter, d'un ton calme, presque gênée :) J'aimerais qu'il me soit rendu.

Bruenor garda pour lui ses remarques narquoises. Il était au fait du lien grandissant qui existait entre Dame Alustriel et Drizzt. Il devenait de plus en plus évident jour après jour.

— Vous le retrouverez, promit-il en s'emparant de l'objet, qu'il serra dans son poing, avant de rejoindre Harkle.

— Ne vous attardez pas, leur intima Alustriel. Ils auront besoin de vous dès aujourd'hui !

— Attendez ! cria une voix sur la colline.

Tous trois se retournèrent et virent Catti-Brie, équipée pour l'expédition, avec *Taulmaril*, l'arc magique d'Anariel qu'elle avait récupéré dans les ruines de Castelmithral, accroché à son épaule. Elle courut jusqu'au chariot.

—Tu n'pensais pas partir comme ça ? dit-elle à Bruenor.

Celui-ci fut incapable de la regarder dans les yeux. Il avait en effet prévu de s'en aller sans un adieu à sa fille.

—Bah ! lâcha-t-il. Tu aurais tout fait pour m'en empêcher !

—Jamais d'la vie ! gronda Catti-Brie. J'pense que tu agis comme il faut. Mais tu agirais encore mieux si tu m'laissais une place ! (Bruenor secoua catégoriquement la tête.) J'en ai autant l'droit qu'toi !

—Bah ! ronchonna le nain. Drizzt et Ventre-à-Pattes sont mes meilleurs amis !

—Les miens aussi !

—Wulfgar est comme un fils pour moi ! répliqua Bruenor, pensant avoir ainsi remporté la partie.

—Il sera un peu plus que cela pour moi, insista Catti-Brie, s'il revient du Sud ! (La jeune femme n'eut pas besoin de rappeler à son père que c'était elle qui l'avait présenté à Drizzt, tant elle avait réduit à rien ses arguments.) Pousse-toi, Bruenor Marteaudeguerre, et fais place ! Je suis autant concernée qu'toi et j'ai bien l'intention d'venir !

—Qui s'occupera des armées ? objecta Bruenor.

—Les Harpell s'en chargeront. Ils ne se mettront pas en route vers le château avant notre retour, en tout cas pas avant le printemps.

—Mais si vous partez tous les deux et qu'aucun de vous ne revient..., intervint Harkle, avant de s'interrompre quelques secondes. Vous êtes les seuls à connaître le chemin.

Bruenor remarqua l'air penaud de sa fille et comprit à quel point elle désirait l'accompagner dans sa quête. Il savait également qu'elle en avait le droit, étant donné que cette poursuite dans le sud lui tenait autant à cœur que lui. Il réfléchit un moment, puis bascula soudain dans le camp de Catti-Brie.

—La Dame sait comment s'y rendre, dit-il en désignant Alustriel.

Celle-ci hocha la tête.

—C'est vrai. Je serais ravie d'indiquer la route aux armées mais le chariot ne peut transporter que deux passagers.

Le soupir que poussa Bruenor fut aussi pesant que celui de Catti-Brie. Ne pouvant rien faire, il se tourna vers elle.

— Il vaut mieux que tu restes, lui dit-il avec douceur. Je te les ramènerai.

Cependant, la jeune femme n'avait pas l'intention d'abandonner la partie aussi facilement.

— Quand les combats éclateront, ce qui se produira certainement, préféreras-tu avoir Harkle et ses sorts à tes côtés, ou bien moi et mon arc ?

Bruenor jeta un simple regard sur Harkle et entrevit immédiatement la logique du raisonnement de sa fille. Le magicien se tenait sur le chariot, rênes en main, et tentait désespérément d'empêcher la visière de son casque de retomber sur son front. Finalement, Harkle renonça et prit le parti de suffisamment pencher la tête en arrière pour voir devant lui sous la visière.

— Eh ! Tu en as perdu un morceau, lui dit Bruenor. C'est pour ça qu'elle ne tient pas !

Harkle se retourna et vit le nain désigner quelque chose au sol, à l'arrière du chariot. Il s'approcha tant bien que mal de lui et se baissa en essayant d'apercevoir ce dont parlait le nain.

Alors qu'il se penchait, le poids de son casque en argent – qui, en réalité, appartenait à un cousin dont le crâne était bien plus volumineux que le sien – le fit basculer en avant. Il s'étala de tout son long, la tête dans l'herbe. Dans le même temps, Bruenor hissa Catti-Brie dans le chariot, à côté de lui.

— Oh ! Quelle guigne ! gémit Harkle. J'aurais tant aimé partir !

— La Dame t'en fabriquera un autre, dit Bruenor pour le rassurer, tout en regardant Alustriel.

— Demain matin, concéda celle-ci, amusée par la scène, avant de revenir à Bruenor. Parviendrez-vous à diriger le chariot ?

— Aussi bien que lui, à mon avis ! déclara le nain en s'emparant des rênes flamboyantes. Accroche-toi, ma fille. Nous avons la moitié du monde à traverser !

Il fit claquer les rênes et l'attelage s'éleva dans le ciel matinal en dessinant un trait de feu dans la brume bleu-gris de l'aube.

Ils furent entraînés dans le vent quand ils mirent le cap vers l'ouest, alors que le chariot était la proie de violentes embardées d'un côté à l'autre et de haut en bas. Bruenor luttait avec toute son énergie afin de maintenir sa trajectoire, tandis que Catti-Brie consacrait la sienne à s'accrocher. Les côtés tremblaient et l'arrière plongeait et bondissait, si bien qu'ils effectuèrent même un tonneau, qui heureusement se déroula si vite que ni l'un ni l'autre n'eurent le temps d'être précipités dans le vide !

Quelques minutes plus tard, un nuage orageux isolé se présenta devant eux. Bruenor le vit mais Catti-Brie hurla tout de même pour le prévenir car le nain ne maîtrisait pas encore suffisamment les subtilités de conduite du chariot pour être en mesure d'infléchir leur route. Ils s'enfoncèrent donc dans les ténèbres, en laissant dans leur sillage une traînée de vapeur sifflante, puis ils surgirent en flèche au sommet du nuage.

C'est alors que Bruenor, le visage brillant d'humidité, prit la mesure des rênes. Il ajusta la trajectoire du chariot et se plaça de façon à avoir le soleil levant derrière son épaule droite. Catti-Brie, elle aussi, trouva son équilibre, bien que toujours fermement accrochée au rebord du chariot d'une main et à la lourde cape du nain de l'autre.

Le dragon d'argent roula paresseusement sur le dos et se laissa glisser dans les courants aériens, ses quatre pattes écartées et ses yeux endormis à demi fermés. Ce brave dragon adorait planer de bon matin et laisser le remue-ménage du monde loin en dessous de lui, profitant ainsi des rayons purs du soleil au-dessus des nuages.

Les yeux de cette merveilleuse créature s'écarquillèrent soudain quand elle vit un trait flamboyant en provenance de l'est se précipiter droit sur elle. Prenant ces flammes pour les signes avant-coureurs d'un maléfique dragon rouge, l'animal argenté plongea en piqué dans un nuage où il se stabilisa en vue de surprendre son agresseur. La fureur déserta toutefois son esprit quand il identifia l'étrange appareil ; un chariot de feu, duquel ne dépassaient que le curieux casque à une corne du cocher, qui semblait s'accrocher à l'avant de l'attelage, ainsi qu'une jeune humaine, derrière lui, dont les boucles auburn voletaient par-dessus les épaules.

Sa gigantesque gueule béante, le dragon d'argent regarda le chariot passer. Peu de chose piquait la curiosité de cette ancienne créature, qui avait déjà vécu tant d'années, mais elle envisagea sérieusement de suivre ce phénomène inhabituel.

La brise fraîche qui souffla à cet instant balaya cette idée de l'esprit du dragon.

— Ah ! Les peuples de la surface..., marmonna-t-il en roulant une nouvelle fois sur le dos, tout en secouant la tête d'incrédulité.

Catti-Brie et Bruenor n'aperçurent jamais le dragon. Leurs regards étaient rivés devant eux, où la mer immense se profilait déjà à l'horizon ouest, recouverte d'une épaisse brume matinale. Une demi-heure plus tard, les hautes tours d'Eauprofonde en vue au nord, ils quittèrent la côte des Épées et s'engagèrent au-dessus de l'eau. Bruenor, qui maîtrisait de mieux en mieux les rênes, orienta le chariot vers le sud et le fit descendre un peu plus bas.

Trop bas.

Tandis qu'ils plongeaient dans un voile gris de brouillard, ils entendirent le clapotement des vagues sous eux, puis le sifflement de la vapeur quand les embruns heurtèrent le chariot enflammé.

— Remonte ! cria Catti-Brie. T'es trop bas !

— Il faut voler bas ! haleta le nain, qui luttait avec les rênes.

Il tentait de masquer son incompétence mais prit bientôt conscience qu'ils se trouvaient en effet beaucoup trop près de la surface. Il se démena de toutes ses forces et réussit à relever le chariot de quelques dizaines de centimètres et à l'y maintenir.

— Voilà, se vanta-t-il. J'ai réussi à le faire filer droit et à basse altitude. (Il jeta un regard à sa fille par-dessus son épaule, avant d'insister devant son expression dubitative.) Il faut voler bas. Nous devons voir ce fichu navire pour le trouver !

Catti-Brie n'ajouta rien mais secoua la tête.

C'est alors qu'ils aperçurent un vaisseau. Pas *le* vaisseau mais tout de même un bâtiment, à peine une trentaine de mètres devant eux.

Catti-Brie hurla – Bruenor aussi – et le nain se jeta en arrière avec les rênes et relança le chariot vers le haut selon un angle aussi abrupt que possible. Le pont du navire défila en dessous d'eux... mais ses mâts s'élevaient encore plus haut !

Si les fantômes de tous les marins ayant trouvé la mort en mer avaient soudain surgi de leur tombe aquatique et voulu assouvir leur vengeance sur ce vaisseau, le visage de la vigie n'aurait pas manifesté une plus grande expression de terreur. Peut-être cet homme sauta-t-il de son perchoir ou, plus vraisemblablement, perdit-il l'équilibre, mais le résultat fut le même ; il évita le pont et plongea sans se blesser dans l'eau une seconde avant que le chariot frôle son poste de guet et brûle le haut du grand mât.

Catti-Brie et Bruenor reprirent leurs esprits et se retournèrent pour voir le mât, qui brûlait comme une bougie solitaire dans la brume.

— T'es trop bas, répéta Catti-Brie.

11

Vents chauds

Bercé par la chaleur tranquille des Royaumes du Sud, l'*Esprit follet de la mer* voguait paisiblement sous un magnifique ciel bleu. Un bon vent gonflait ses voiles et, seulement six jours après le départ de la Porte de Baldur, la pointe ouest de la péninsule du Thétyr était déjà en vue – un trajet qui prenait d'ordinaire plus d'une dizaine de jours.

Cependant, l'appel d'un magicien voyageait encore plus vite.

Le capitaine Deudermont guida l'*Esprit follet de la mer* au milieu du canal d'Asavir, prenant garde de maintenir une distance de sécurité par rapport aux anses abritées de la péninsule – des criques où se tapissaient souvent des pirates dans l'attente du passage de vaisseaux marchands – et de laisser une bonne étendue d'eau entre son bâtiment et les îles à l'ouest : les îles Nélanthères, les tristement célèbres Îles pirates. Le capitaine se sentait suffisamment en sécurité sur cette voie maritime très fréquentée, avec l'étendard de Portcalim qui flottait sur le navire et les voiles d'autres vaisseaux marchands si souvent visibles à l'horizon, devant comme derrière l'*Esprit follet de la mer*.

Se servant d'une ruse typique de marchand, Deudermont rapprocha son bâtiment d'un autre, dont il suivit la trajectoire en restant dans son sillage. Moins manœuvrable et plus lent que l'*Esprit follet de la mer*, ce navire, qui arborait le pavillon de Murann, une cité de faible importance située sur la côte des Épées, ferait une proie plus facile pour d'éventuels pirates croisant dans le secteur.

À près de trente mètres de hauteur, Wulfgar, de quart à la vigie, bénéficiait d'une vue parfaite sur le pont du vaisseau qui les précédait. Grâce à sa force et à son agilité, le barbare s'était rapidement transformé en marin accompli, effectuant sa part de corvées avec enthousiasme aux côtés de l'équipage. Bien que la place y soit réduite pour un homme de sa corpulence, son poste préféré restait la vigie, où il se sentait en paix, dans la brise chaude et la solitude. Adossé au mât, une main sur le front en guise de visière afin de s'abriter des rayons du soleil, il observait les activités de l'équipage du navire qu'ils suivaient.

Il entendit soudain l'homme de guet crier quelque chose en direction du pont. Il ne comprit pas ses paroles mais il vit les marins s'agiter frénétiquement, la plupart se précipitant à la proue pour scruter l'horizon. Wulfgar se dressa de toute sa taille et se pencha, les yeux rivés vers le sud.

— Que peuvent-ils ressentir, à nous voir les suivre de la sorte ? demanda Drizzt, assis près de Deudermont sur la passerelle de commandement. Comprennent-ils qu'ils nous servent de chair à canon ?

Tandis que Wulfgar nouait des relations en travaillant avec l'équipage, une solide amitié s'était forgée entre Drizzt et le capitaine. Pleinement conscient de la valeur des opinions de l'elfe, le marin partageait avec joie ses connaissances de commandant et de marin avec Drizzt.

— Ils savent pourquoi nous les suivons, répondit Deudermont. Leur capitaine, si c'est un marin expérimenté, agirait de la même façon si nos positions étaient inversées. D'un autre côté, nous leur procurons également une certaine sécurité. Le simple fait d'avoir un vaisseau de Portcalim en vue dissuadera la plupart des pirates d'attaquer.

— Peut-être espèrent-ils aussi que nous leur viendrions en aide si une telle attaque se produisait ?

Deudermont savait que Drizzt se demandait si l'*Esprit follet de la mer* se porterait effectivement au secours de l'autre bâtiment. Il comprenait que ce drow ait un sens aigu de l'honneur, et lui-même, dont la morale était similaire, l'admirait pour cela. Néanmoins, ses responsabilités en tant que capitaine de vaisseau étaient trop complexes pour s'imaginer dans une situation aussi hypothétique.

— Peut-être…, répondit-il.

Drizzt n'insista pas, satisfait de constater que Deudermont maintenait un certain équilibre entre la morale et le devoir.

— Des voiles au sud ! intervint la voix de Wulfgar d'en haut.

De nombreux membres d'équipage se ruèrent au bastingage.

Les yeux de Deudermont se portèrent sur l'horizon, puis se posèrent de nouveau sur le barbare.

— Deux vaisseaux ! répondit celui-ci. Ils filent vers le nord à la même vitesse, à grande distance l'un de l'autre.

— Bâbord et tribord ?

Wulfgar observa attentivement les trajectoires et leurs points de convergence, puis confirma les soupçons du capitaine.

— Nous passerons entre eux !

— Des pirates ? demanda Drizzt, qui connaissait déjà la réponse.

— On dirait bien, répondit Deudermont, tandis que les voiles lointaines apparaissaient aux hommes postés sur le pont.

— Je ne vois pas de pavillon, dit un marin resté près de la passerelle.

Drizzt désigna le vaisseau marchand qui les précédait.

— Sont-ils la cible ?

Le capitaine hocha la tête, avec gravité.

— On dirait bien, répéta-t-il.

— Rapprochons-nous d'eux, dans ce cas. Deux contre deux me semble un combat plus équitable.

Deudermont plongea son regard dans les yeux lavande du drow et reçut de plein fouet la soudaine lueur qui y brillait. Comment ce marin pouvait-il faire comprendre à cet honorable guerrier leur rôle dans ce scénario ? Le pavillon de Portcalim flottait sur l'*Esprit follet de la mer* tandis que celui de Murann était déployé sur l'autre navire. Ces deux cités étaient tout sauf alliées.

— Cette rencontre ne se soldera peut-être pas par un affrontement, dit-il à Drizzt. Le bâtiment de Murann devrait avoir la sagesse de se rendre sans combattre.

L'elfe noir commença à comprendre le raisonnement du capitaine.

— Ainsi, le fait d'arborer la bannière de Portcalim comporte des responsabilités autant que des avantages ?

Deudermont haussa les épaules, en signe d'impuissance.

— Pense aux guildes de voleurs des villes que tu as connues, expliqua-t-il. Il en va de même pour les pirates ; ils sont une nuisance inévitable. Si nous nous lancions dans la bagarre, nous chasserions ce qu'il peut rester de modération chez les pirates et nous ne ferions alors que provoquer plus de dommages que nécessaire.

— Et nous ferions du même coup des cibles de tous les autres vaisseaux de Portcalim voguant dans le Canal, ajouta Drizzt.

Il ne regardait plus le capitaine mais le spectacle qui se déroulait devant ses yeux, dans lesquels ne brillait plus aucune lueur.

Encouragé par les principes de l'elfe, qui ne tolérerait pas une telle complaisance envers les bandits, Deudermont posa une main sur l'épaule de celui-ci.

— Si un affrontement éclate, dit-il en attirant le regard du drow sur son visage, l'*Esprit follet de la mer* se joindra à la bataille.

Drizzt se retourna vers l'horizon et serra la main du marin. Ses yeux brillèrent de nouveau avec ardeur tandis que le capitaine ordonnait à ses hommes de se tenir prêts.

Celui-ci ne s'attendait pas vraiment à un combat. Il avait été témoin de dizaines d'abordages semblables et en temps normal, lorsque les pirates étaient largement supérieurs en nombre à leurs victimes potentielles, le pillage s'accomplissait sans effusion de sang. Toutefois, grâce à ses innombrables années d'expérience en mer, il se rendit compte qu'il se passait quelque chose d'étrange cette fois. Les vaisseaux pirates poursuivaient leur trajectoire au large du bâtiment de Murann, trop loin pour l'aborder. Dans un premier temps, Deudermont pensa qu'ils avaient l'intention de frapper à distance – l'un des agresseurs disposait d'une catapulte installée sur son pont arrière – afin de paralyser leur victime, même si cela ne paraissait pas nécessaire.

Puis soudain, il entrevit la vérité. Les pirates ne s'intéressaient absolument pas au navire de Murann. Leur cible était l'*Esprit follet de la mer.*

Depuis son poste surélevé, Wulfgar comprit aussi qu'ils évitaient le premier vaisseau.

— Aux armes ! hurla-t-il à l'équipage. Ils fondent sur nous !

— Tu vas sans doute l'avoir, ton combat, dit Deudermont à Drizzt. Apparemment, l'étendard de Portcalim ne nous protégera pas cette fois.

Pour les yeux de l'elfe, habitués à la nuit, les bâtiments lointains n'étaient que de petits points sur l'étendue d'eau scintillante mais il comprit parfaitement ce qui se préparait. Il avait tout de même du mal à cerner la logique du choix des pirates et il avait l'étrange sentiment que lui et Wulfgar n'étaient pas étrangers aux événements qui se déroulaient.

— Pourquoi nous ? demanda-t-il à Deudermont, qui haussa les épaules.

— Peut-être ont-ils eu vent d'une rumeur selon laquelle un vaisseau de Portcalim était chargé de marchandises de valeur.

La vision des boules de feu explosant dans le ciel nocturne de la Porte de Baldur surgit dans l'esprit de Drizzt. *Un signal ?* se demanda-t-il une nouvelle fois. Bien qu'incapable de trouver une explication globale à tout cela, ses soupçons le conduisaient immanquablement à la théorie selon laquelle le barbare et lui-même constituaient les raisons de ce choix.

— Allons-nous combattre ? demanda-t-il à Deudermont, avant de se rendre compte que celui-ci dressait déjà des plans.

— Tribord, toute ! dit le capitaine à l'homme de barre. Fais-nous passer à l'ouest des Îles pirates. Voyons si ces chiens ont le cran de passer entre les récifs.

Il ordonna d'un geste à un autre marin de grimper à la vigie, désireux d'employer la force de Wulfgar à des tâches plus importantes sur le pont.

L'*Esprit follet de la mer* mordit les vagues et s'inclina bas en virant sec sur sa droite. Le vaisseau pirate le plus à l'est, à présent le plus éloigné, modifia sa trajectoire afin de viser directement sa proie, tandis que l'autre, le plus important des deux, maintenait son cap, chaque seconde rapprochant l'*Esprit follet de la mer* du jet de sa catapulte.

Deudermont désigna la plus vaste des îles qui se dessinaient à l'ouest.

— Rase-la de près, dit-il à l'homme de barre. Mais attention à l'unique récif ! La marée est basse, il devrait être visible.

Wulfgar sauta sur le pont et rejoignit le capitaine.

— À ce cordage, lui ordonna ce dernier. Tu auras le mât principal. Si je te dis de tirer, tire de toutes tes forces ! Nous n'aurons pas de seconde chance.

Wulfgar s'empara de la lourde corde avec un grognement déterminé et l'enroula fermement autour de ses poignets et de ses mains.

— Feu dans le ciel ! hurla un marin en pointant le sud du doigt, dans la direction du plus grand des navires pirates.

Un projectile enflammé traversa les airs et plongea sans faire de dégâts dans l'océan avec un sifflement de protestation, à plusieurs mètres de l'*Esprit follet de la mer*.

— Un tir d'essai pour évaluer la distance qui nous sépare, expliqua Deudermont. (Il estima la distance de son côté et imagina de combien de mètres les pirates se seraient rapprochés avant que l'*Esprit follet de la mer* passe de l'autre côté de l'île.) Nous leur échapperons si nous parvenons à emprunter le passage entre le récif et l'île.

Sur ces derniers mots, il hocha la tête, indiquant ainsi son optimisme quant à leurs chances de réussite.

Cependant, alors que le drow et le capitaine commençaient à peine à se rassurer avec ce plan de fuite, les mâts d'un troisième navire apparurent à l'ouest, sortant du passage précis que Deudermont espérait atteindre. Ce vaisseau avait abaissé ses voiles et se tenait prêt à l'abordage.

Deudermont en resta bouche bée.

— Ils nous attendaient..., dit-il à Drizzt. (Il se tourna vers lui, désespéré, tout en essayant de comprendre les raisons d'un comportement aussi inhabituel.) Ils nous attendaient...

» Nous ne transportons pourtant aucune marchandise de valeur. Pourquoi des pirates lanceraient-ils trois vaisseaux à l'abordage d'un seul navire ?

Drizzt connaissait la réponse.

Le voyage s'effectuait plus facilement désormais pour Bruenor et Catti-Brie. Le nain s'était confortablement installé, les rênes en main, aux commandes du chariot et la brume matinale s'était dissipée. Ils filaient vers le sud, le long de la côte des Épées, amusés par les vaisseaux qu'ils survolaient et par la stupéfaction des marins qui levaient les yeux vers le ciel.

En peu de temps, ils parvinrent à l'estuaire de la rivière Chionthar, l'entrée de la Porte de Baldur. Bruenor prit le temps de réfléchir à une idée qui venait de lui traverser l'esprit, et fit virer le chariot, qui s'éloigna des terres.

— La Dame nous a demandé de longer la côte, dit Catti-Brie quand elle eut pris conscience du changement de direction.

Bruenor brandit le médaillon magique d'Alustriel, qu'il portait autour du cou, et haussa les épaules.

— Il n'est pas d'accord, répondit-il.

Une seconde salve de projectiles enflammés s'abîma dans les eaux, mais cette fois à une distance dangereusement proche de l'*Esprit follet de la mer*.

— Nous pouvons lui échapper, dit Drizzt à Deudermont, en désignant le troisième vaisseau qui n'avait toujours pas hissé ses voiles.

L'expérimenté capitaine décela le défaut de ce raisonnement. Le but principal du bâtiment surgi de l'île était de bloquer l'entrée du passage. L'*Esprit follet de la mer* pouvait en effet lui échapper mais Deudermont devrait alors le mener à l'extérieur des dangereux récifs et revenir dans les eaux libres. Il se trouverait alors largement à portée de tir de la catapulte.

Deudermont regarda par-dessus son épaule. Le vaisseau pirate restant, celui situé le plus à l'est, fendait les eaux encore plus vite que l'*Esprit follet de la mer*, ses voiles gonflées de vent. Si un projectile enflammé atteignait son navire et que ses voiles subissaient le moindre dommage, il serait rapidement rattrapé.

C'est alors qu'un second problème attira l'attention du capitaine. Un éclair foudroya le pont de son bâtiment, tranchant quelques cordages et faisant voler en éclats des morceaux du grand mât. La structure oscilla en grognant sous la traction des voiles gonflées. Wulfgar se campa sur ses deux jambes et tira sur sa corde de toute sa puissance.

— Retiens-le ! l'encouragea Deudermont. Maintiens-le droit et ferme !

— Ils ont un magicien à bord, fit remarquer Drizzt, qui s'était rendu compte que l'éclair avait été lancé du vaisseau qui les devançait.

— C'est ce que je craignais, répondit amèrement le capitaine.

Le feu qui brûlait dans les yeux de l'elfe lui révéla que ce dernier avait déjà décidé quel serait son premier objectif dans la bataille. En dépit de leur infériorité manifeste, le capitaine éprouva un élan de pitié envers le magicien.

Une expression matoise se dessina sur son visage, à la vue de Drizzt qui venait de lui inspirer un plan d'action désespéré.

— Porte-nous sur son tribord ! ordonna-t-il à l'homme de barre. Suffisamment près pour pouvoir leur cracher dessus !

— Mais..., capitaine ! protesta le marin. Ça nous conduit droit sur le récif !

— Exactement ce qu'espèrent ces chiens, répliqua Deudermont. Laissons-les croire que nous ne connaissons pas ces eaux, laissons-les penser que ces rochers se chargeront de leur boulot à leur place !

Drizzt se sentit réconforté par l'assurance qui émanait du ton du capitaine. Le vieux marin rusé avait quelque chose en tête.

— Prêt ? demanda celui-ci à Wulfgar.

Le barbare hocha la tête.

— Quand je te le dirai, tire, mon gars, comme si ta vie en dépendait !

Près du capitaine, Drizzt lâcha calmement une remarque.

— C'est le cas.

Depuis la passerelle de son vaisseau de commandement, celui qui voguait à toute allure à l'est, Pinochet le pirate observait, vaguement inquiet, l'*Esprit follet de la mer* qui manœuvrait. Il connaissait suffisamment la réputation de Deudermont pour savoir que ce dernier n'était pas stupide au point de précipiter son navire sur un récif au milieu d'une journée lumineuse et à marée basse. Deudermont avait l'intention de se battre.

Pinochet avisa le vaisseau le plus volumineux et évalua sa position par rapport à leur cible. La catapulte pourrait tirer deux fois, peut-être trois, avant que leur proie se colle au bâtiment qui les bloquait dans le passage. Le propre vaisseau de Pinochet se trouvait encore à plusieurs minutes du feu de l'action et le pirate s'interrogeait sur l'étendue des pertes que Deudermont infligerait à ses alliés avant qu'il soit en mesure de les aider.

Il ôta toutefois assez vite de son esprit les pensées relatives au coût de cette mission. Il rendait un service personnel au maître de guilde de la plus importante bande de voleurs de tout Portcalim.

Quel qu'en soit le prix, la récompense du Pacha Amas le dépasserait à coup sûr de beaucoup !

Catti-Brie observait avec attention chaque nouveau vaisseau qui se présentait mais Bruenor, certain que le médaillon magique le menait au drow, n'y prêtait pas attention. Il claquait sans cesse les rênes afin de faire accélérer les chevaux de feu. De façon étrange – peut-être était-ce une autre propriété de cet objet –, le nain sentait que Drizzt rencontrait des problèmes et qu'il était vital qu'ils se hâtent.

Il tendit soudain un de ses doigts boudinés devant lui.

— Là-bas ! s'écria-t-il quand l'*Esprit follet de la mer* apparut.

Catti-Brie ne lui posa aucune question et entrevit rapidement les événements dramatiques qui se déroulaient en contrebas.

Une autre boule de feu fendit les airs et toucha sa cible à hauteur de la poupe, heureusement trop légèrement pour causer de véritables dommages.

Catti-Brie et Bruenor virent que l'on s'activait pour retendre la catapulte et la préparer à un nouveau lancer ; ils virent aussi l'équipage de brutes du vaisseau posté dans le passage, qui, les épées en main, attendaient l'*Esprit follet de la mer* ; ils virent enfin le troisième bâtiment pirate, qui se précipitait par-derrière, refermant ainsi le piège.

Bruenor fit virer le chariot vers le sud, en direction du plus massif des vaisseaux.

— D'abord la catapulte, hurla-t-il de rage.

Pinochet, comme la plupart des marins des deux vaisseaux pirates de l'arrière, regarda l'appareil tracer un trait dans le ciel, vers le nord, tandis que le capitaine et l'équipage de l'*Esprit follet de la mer*, ainsi que les hommes de l'autre vaisseau, étaient bien trop occupés à faire face à une situation des plus critiques pour s'inquiéter de ce qu'il se passait derrière eux. Drizzt s'attarda tout de même sur le chariot et remarqua un reflet étincelant qui aurait pu être la corne unique d'un casque abîmé, dépassant à peine des flammes, ainsi qu'une forme juste derrière, dont les cheveux flottants lui semblèrent plus que familiers.

Mais peut-être ne s'agissait-il là que d'un effet de lumière associé aux éternels espoirs de l'elfe. Le chariot s'éloigna, masse indistincte et flamboyante, et Drizzt l'oublia, n'ayant pour l'heure pas le temps d'y penser.

Les marins de l'*Esprit follet de la mer* s'étaient regroupés sur le pont avant et faisaient pleuvoir leurs carreaux d'arbalète sur leur agresseur, espérant plus que tout occuper suffisamment le magicien en défense, pour l'empêcher de les attaquer de nouveau.

Un second éclair explosa, mais l'*Esprit follet de la mer* oscillait violemment sur les vagues engendrées par les récifs, si bien que le tir du sorcier ne provoqua qu'un trou peu important dans la grand-voile.

Tendu et prêt à lancer son ordre, Deudermont lança un regard plein d'espoir à Wulfgar.

C'est à cet instant qu'ils se retrouvèrent à côté des pirates, à une quinzaine de mètres à peine de l'autre navire, et suivant apparemment une trajectoire mortelle en direction du récif.

— Tire ! hurla Deudermont.

Wulfgar obtempéra, chaque muscle de son corps massif rougissant sous l'afflux brutal du sang et de l'adrénaline.

Le grand mât protesta en grognant, le bois craqua et craqua encore et les voiles gonflées se défendirent tandis que le barbare, le cordage entouré autour de son épaule, avançait. L'*Esprit follet de la mer* pivota dans l'eau, la proue dressée sur une vague, et fit une embardée vers le vaisseau pirate. Bien que déjà témoins de la puissance de Wulfgar sur la rivière Chionthar, les membres de l'équipage de Deudermont s'accrochèrent désespérément à la rambarde, frappés de terreur.

Les pirates, abasourdis et n'ayant pas une seconde imaginé qu'un bâtiment toutes voiles hissées était capable de prendre un virage aussi serré, n'eurent pas la moindre réaction. Blêmes de stupéfaction, ils virent la proue de l'*Esprit follet de la mer* heurter violemment leur flanc bâbord et les deux vaisseaux s'imbriquer en une étreinte mortelle.

— À l'abordage ! cria Deudermont.

Des grappins volèrent dans les airs et assurèrent encore plus la prise de l'*Esprit follet de la mer*, alors que des planches étaient mises en place et attachées.

Wulfgar se précipita et tira *Crocs de l'égide* de son dos. Quant à Drizzt, il dégaina ses cimeterres mais n'effectua pas de mouvement immédiat et prit le temps d'observer le pont du vaisseau ennemi. Il repéra assez rapidement un homme, non pas vêtu comme un magicien, mais désarmé, autant que Drizzt pouvait en juger.

Cet homme s'agitait comme s'il jetait des sorts et des étincelles révélatrices de magie apparurent soudain autour de lui.

Le drow fut cependant plus rapide. Il fit appel à ses aptitudes innées et entoura la silhouette du magicien de flammes pourpres inoffensives. L'enveloppe corporelle de l'homme disparut alors à la vue, car son sort d'invisibilité venait de faire effet.

Mais le contour de feu resta en place.

— Un magicien, Wulfgar ! cria Drizzt.

Le barbare se précipita vers la rambarde et observa le vaisseau ennemi, sur lequel il discerna en un clin d'œil le halo coloré.

Quand il se rendit compte de sa fâcheuse posture, le magicien plongea derrière une rangée de tonneaux.

Wulfgar n'hésita pas ; il projeta *Crocs de l'égide* d'un tir violent et tournoyant. Le puissant marteau de guerre défonça d'abord les barils, qu'il réduisit en miettes, puis atteignit sa cible de l'autre côté.

L'arme s'abattit une seconde fois sur le corps brisé du magicien, toujours visible grâce aux contours du feu magique de Drizzt, et l'envoya par-dessus le bastingage – pourtant éloigné – du navire.

Drizzt et Wulfgar échangèrent un hochement de tête satisfait. Deudermont se donna une claque pour s'assurer qu'il ne rêvait pas.

Peut-être avaient-ils une chance…

Les pirates à bord des deux vaisseaux postés à l'arrière interrompirent leurs tâches pour observer le chariot volant. Tandis que Bruenor décrivait des cercles autour du bâtiment équipé de la catapulte afin de surgir par derrière, Catti-Brie tira fermement sur la corde de *Taulmaril*.

— Pense à tes amis, l'encouragea Bruenor quand il la vit hésiter.

Cela ne faisait qu'une dizaine de jours qu'elle avait inutilement tué un être humain, un acte dont elle avait du mal à se remettre. À présent qu'ils se rapprochaient de leur cible par les airs, elle était en mesure de faire pleuvoir la mort sur les marins exposés.

Elle expira profondément afin de se calmer et visa l'un des hommes, qui restait debout, bouche bée, sans se rendre compte qu'il allait mourir.

Il existait un autre moyen.

Du coin de l'œil, Catti-Brie avisa une meilleure cible. Elle orienta son arc vers l'arrière du bâtiment et décocha une flèche argentée. Elle se planta dans le bras de la catapulte, avec un craquement de bois, et son énergie magique engendra un trou noir.

— Goûte à mes flammes ! hurla Bruenor en guidant le chariot vers le bas.

Le nain enragé mena ses chevaux de feu droit sur la grand-voile et ne laissa que des lambeaux dans son sillage.

Catti-Brie visait parfaitement ; ses flèches d'argent se plantaient les unes après les autres sur la catapulte. Alors que le chariot effectuait un second passage, les artilleurs du bord tentèrent de répondre avec une boule de feu mais le bras de la catapulte avait été trop endommagé pour conserver la moindre puissance. Le projectile s'éleva faiblement dans les airs, à peine à quelques mètres…

… et retomba sur le pont de son propre vaisseau !

— Un autre passage, gronda Bruenor.

En jetant un regard par-dessus son épaule, il constata que le feu gagnait à présent le mât et le pont.

De son côté, Catti-Brie avait les yeux rivés vers l'avant, où l'*Esprit follet de la mer* venait juste de percuter un autre navire, alors que le dernier bâtiment pirate ne tarderait plus à se joindre au combat.

— Pas le temps ! hurla-t-elle. Ils vont avoir besoin d'nous là-bas !

Le fracas de l'acier contre l'acier résonna tandis que l'équipage de l'*Esprit follet de la mer* arrimait les deux vaisseaux. Ayant vu Wulfgar lancer son marteau de guerre, un marin ennemi bondit sur le pont et se rua sur le barbare désarmé, l'épée brandie en avant et persuadé de le vaincre facilement.

Wulfgar esquiva aisément le coup d'un pas de côté. Il attrapa ensuite le pirate par le poignet et plaqua son autre main sur l'entrejambe de son agresseur. Il modifia légèrement la trajectoire de celui-ci sans en freiner la vitesse et le projeta dans les airs par-dessus la rambarde de l'*Esprit follet de la mer*. Deux autres pirates, qui avaient dans un premier temps eu la même idée que leur malheureux camarade, s'interrompirent net dans leur élan et se tournèrent vers d'autres adversaires, mieux armés mais moins dangereux.

Crocs de l'égide revint par magie dans la main de Wulfgar, qui l'attendait, et ce fut à son tour de se ruer à l'assaut.

Trois hommes de l'équipage de Deudermont furent terrassés sur les planches alors qu'ils tentaient de passer sur l'autre navire et les pirates se précipitèrent par l'ouverture afin d'envahir le pont de l'*Esprit follet de la mer*.

Drizzt Do'Urden contint cette marée humaine. Cimeterres en main – *Scintillante* brillant d'une lueur bleue de fureur –, l'elfe bondit avec légèreté sur les planches d'abordage.

Voyant qu'un seul ennemi, pas très épais, leur barrait le passage, les pirates se lancèrent, sûrs de le renverser facilement.

Ils freinèrent considérablement quand le premier rang d'entre eux, composé de trois hommes, trébucha sur des lames qui tournoyaient à une allure ahurissante et s'appliquaient à trancher les gorges et les ventres.

Deudermont et l'homme de barre, qui s'étaient précipités à l'aide de l'elfe, ralentirent et admirèrent le spectacle. *Scintillante* et sa compagne s'élevaient et replongeaient à une vitesse aveuglante et avec une précision mortelle. Un autre pirate tomba, puis un de ses camarades perdit son épée et se jeta à l'eau pour échapper au terrifiant guerrier elfe.

Les cinq derniers pirates se figèrent soudain, comme paralysés, bouches ouvertes en un cri de terreur silencieux.

Deudermont et l'homme de barre eurent un mouvement de recul sous le coup de la surprise et de l'incompréhension lorsque le masque magique de Drizzt lui joua un tour, sans qu'il s'en aperçoive. Il avait glissé de son visage, révélant ainsi la véritable nature de l'elfe à ceux qui l'entouraient.

—Même si tu enflammes ses voiles, le vaisseau rejoindra la bataille, fit remarquer Catti-Brie, à qui la faible distance entre le dernier navire pirate et la mêlée à l'entrée du passage n'avait pas échappé.

—Ses voiles ? répliqua Bruenor en riant. J'espère bien ne pas m'contenter d'ça !

Catti-Brie recula d'un pas, comprenant où voulait en venir le nain.

— T'es cinglé ! lâcha-t-elle quand il fit descendre le chariot au niveau du pont.

— Bah ! Je vais arrêter ces chiens ! Accroche-toi, fillette !

— Sûrement pas !

Elle donna une petite tape sur le casque de Bruenor et opta pour une autre solution en se laissant tomber dans l'eau depuis l'arrière du chariot.

— Brave fille ! gloussa le nain en la voyant refaire surface, saine et sauve, dans une grande gerbe d'eau.

Il reporta ensuite son attention sur les pirates. Les membres de l'équipage postés à l'arrière du bâtiment l'avaient vu arriver et plongèrent de tous côtés afin de se protéger.

À l'avant, Pinochet regardait vers la poupe, intrigué par cette soudaine agitation lorsque Bruenor s'écrasa sur le vaisseau.

— Moradin !

Le cri de guerre du nain résonna jusqu'aux ponts de l'*Esprit follet de la mer* et du troisième navire, couvrant le vacarme de la bataille. Les pirates et les marins engagés dans le combat se tournèrent à l'unisson vers le vaisseau de commandement de Pinochet où l'explosion venait de se produire, tandis que l'équipage du bâtiment attaqué répondait à Bruenor par un cri de terreur.

Wulfgar dressa la tête en entendant l'invocation du dieu nain, qui lui rappela un ami cher qui avait l'habitude de hurler de tels noms au visage de ses ennemis.

Drizzt se contenta de sourire.

Quand le chariot s'écrasa sur le pont, Bruenor se jeta en arrière tandis que le sort d'Alustriel volait en éclats, réduisant l'engin à une boule de feu destructrice. Les flammes dévorèrent le pont, léchèrent les mâts et gagnèrent la bordure des voiles.

Bruenor se releva, sa hache en mithral d'une main et son bouclier doré étincelant de l'autre, mais personne ne vint le défier.

Les pirates qui avaient échappé aux ravages du premier assaut ne songeaient plus qu'à s'enfuir.

Il cracha dans leur direction et haussa les épaules. Puis, à la plus grande stupéfaction des rares marins qui assistèrent à la scène, le nain fou marcha droit dans les flammes, afin de vérifier si aucun pirate encore posté à l'avant ne voulait jouer.

Pinochet comprit immédiatement que son vaisseau était perdu. Il se consola en songeant que ce n'était ni la première, ni probablement la dernière fois, puis il incita d'un geste son officier le plus proche à l'aider à détacher un petit canot à rames. Deux de ses hommes avaient eu la même idée et dénouaient déjà les attaches de l'embarcation quand Pinochet s'en approcha.

Dans cette tourmente, on pensait à soi avant tout, aussi le capitaine frappa-t-il l'un des pirates dans le dos et chassa-t-il le second.

Pas le moins du monde inquiété par les flammes, Bruenor émergea du feu à l'avant du vaisseau, qu'il découvrit déserté presque en totalité. Il sourit joyeusement quand il vit le canot et le commandant pirate atteindre la surface de l'eau. L'autre pirate était penché par-dessus le bastingage et dénouait le dernier des cordages.

Quand ce dernier passa une jambe par-dessus la rambarde, Bruenor l'aida d'un coup de pied dans les fesses et le fit basculer à la mer.

— Retourne-toi, tu veux ? gronda le nain après avoir, à son tour, lourdement atterri dans l'embarcation de sauvetage. Je dois récupérer une jeune fille dans l'eau ! (Pinochet ôta lentement son épée de son fourreau et regarda par-dessus son épaule.) Vas-tu te décider ?

Le pirate se retourna brusquement et agressa violemment Bruenor.

— Tu aurais pu me répondre, railla celui-ci en parant le coup de son bouclier avant de contrer l'attaque en frappant son ennemi aux genoux.

De toutes les catastrophes que subirent les pirates ce jour-là, aucune ne les terrifia davantage que le moment où Wulfgar se lança à l'assaut. Nul besoin de planche d'abordage pour le puissant barbare, qui franchit d'un bond le fossé entre les vaisseaux. Il pénétra dans les rangs des pirates et décima de nombreux malfrats à violents coups de marteau de guerre.

Depuis la planche centrale, Drizzt contemplait le spectacle. Le drow ne s'était pas rendu compte que son masque avait glissé, et n'aurait de toute façon pas eu le temps de le réajuster. Décidé à rejoindre son ami, il se rua sur les cinq derniers pirates encore sur la passerelle de fortune. Ils s'écartèrent volontairement, préférant les eaux en contrebas aux lames mortelles d'un elfe noir.

Les deux héros, les deux amis, furent alors réunis et firent des ravages sur le pont ennemi. Deudermont et ses hommes, eux-mêmes des combattants expérimentés, eurent tôt fait de débarrasser l'*Esprit follet de la mer* des pirates et de remporter chaque combat livré sur les planches d'abordage. Quand ils comprirent que la victoire était proche, ils patientèrent près de la rambarde du bâtiment pirate et conduisirent la masse grandissante de prisonniers volontaires à l'arrière de leur navire, tandis que Drizzt et Wulfgar achevaient leur tâche.

—Tu vas mourir, chien barbu! rugit Pinochet en donnant des coups d'épée.

Bruenor, qui s'efforçait surtout de conserver son équilibre sur le canot oscillant, laissait son adversaire prendre l'initiative, attendant des moments plus propices pour porter ses propres coups.

L'un d'entre eux se présenta de façon inattendue quand le pirate que le nain avait expulsé du vaisseau en flammes s'approcha de l'embarcation qui dérivait. Bruenor le vit arriver du coin de l'œil.

Le marin s'accrocha au rebord du canot et se hissa… pour essuyer un coup sur le sommet du crâne de la hache en mithral de Bruenor.

Il s'effondra dans l'eau, qui prit une teinte écarlate.

—Un d'tes amis? ricana Bruenor.

Comme l'avait espéré le nain, la fureur de Pinochet augmenta. Il manqua un coup, porté avec une telle violence qu'il fut déséquilibré vers la droite de Bruenor. En modifiant la répartition de son poids afin d'augmenter l'inclinaison du canot, Bruenor accompagna le mouvement du pirate, puis lui assena un coup de bouclier dans le dos.

— Si tu tiens à la vie, lâche ton épée ! cria-t-il ensuite, tandis que Pinochet flottait à la surface, quelques mètres plus loin.

Le nain était non seulement conscient de l'importance du personnage, mais préférait en outre laisser quelqu'un d'autre ramer à sa place.

N'ayant pas le choix, Pinochet obtempéra et nagea vers le canot. Bruenor le hissa à bord et le lâcha lourdement entre les avirons.

— Tourne-toi ! rugit le nain. Et souque ferme !

— Le masque est tombé, murmura Wulfgar à Drizzt quand ils eurent achevé leur travail.

Le drow se glissa derrière un mât et remit son déguisement magique en place.

— Penses-tu qu'ils l'ont vu ? demanda-t-il quand il fut de retour près du barbare.

Alors qu'il parlait, il remarqua que les marins de l'*Esprit follet de la mer*, regroupés sur le pont du vaisseau pirate, le regardaient d'un air soupçonneux, leurs armes à la main.

— Ils t'ont vu, répondit Wulfgar, avant de désigner les planches d'abordage. Viens. Ils devront bien l'accepter !

Drizzt n'en était pas si certain. Il se rappela que, à d'autres occasions, il avait porté secours à des victimes, qui s'étaient ensuite retournées contre lui quand elles avaient vu la véritable couleur de sa peau sous sa capuche.

Tel était le prix à payer pour avoir abandonné les siens et rejoint le monde de la surface.

Drizzt empoigna Wulfgar par une épaule et l'entraîna résolument vers l'*Esprit follet de la mer*. Il se retourna vers son jeune ami, à qui il adressa un clin d'œil, puis il ôta son masque. Il rengaina ses cimeterres et fit volte-face pour affronter l'équipage.

— Laisse-les faire la connaissance de Drizzt Do'Urden, grommela à voix basse Wulfgar derrière lui, offrant à son ami toute la force dont il aurait besoin.

12

Camarades

Bruenor découvrit Catti-Brie, derrière le vaisseau ravagé de Pinochet. Le pirate ne prêta aucune attention à la jeune femme. Loin de là, l'équipage de son dernier navire, le bâtiment massif équipé d'artillerie, avait maîtrisé les incendies et s'éloignait aussi vite qu'il en était capable.

— J'pensais qu'tu m'avais oubliée ! dit Catti-Brie quand le canot s'approcha d'elle.

— Tu aurais dû rester près d'moi, lui répondit le nain en riant.

— Je ne suis pas aussi à l'aise avec le feu que toi, répliqua la jeune femme, avec une certaine défiance.

Bruenor haussa les épaules.

— C'est comme ça depuis le castel. Peut-être à cause de l'armure du père de mon père.

Catti-Brie agrippa le rebord du canot, qui avait ralenti son allure, et commença à se hisser. Elle se figea soudain, traversée par un éclair de compréhension, quand elle remarqua le cimeterre accroché dans le dos de son père.

— T'as la lame du drow ! dit-elle. C'est ça qui t'a protégé !

Elle se souvenait de l'histoire que lui avait racontée Drizzt à propos de son combat contre un démon enflammé. La magie du cimeterre forgé dans la glace avait sauvé l'elfe ce jour-là.

— Bonne lame ! marmonna Bruenor en en considérant la poignée par-dessus son épaule. L'elfe devrait lui trouver un nom.

— Le canot ne supportera pas le poids de trois personnes, intervint Pinochet.

— Eh bien, nage alors ! lui cracha Bruenor, le regard furieux.

Le visage de l'homme se tordit et il tenta de se dresser de façon menaçante.

Bruenor comprit qu'il avait raillé le fier pirate une fois de trop. Avant que celui-ci soit debout, le nain lui décocha un coup de tête dans la poitrine, qui le fit basculer par-dessus bord. Sans perdre une seconde, il attrapa le poignet de sa fille et la fit grimper à côté de lui.

— Surveille-le avec ton arc, fillette, dit-il suffisamment fort pour que Pinochet l'entende, et il lui lança une corde. Tue-le s'il ne s'accroche pas !

Catti-Brie engagea une flèche d'argent dans *Taulmaril* et visa le pirate, jouant le jeu même si elle n'avait aucune intention d'achever cet homme sans défense.

— On surnomme mon arc le « Cherchecœur », prévint-elle. Tu serais bien avisé de nager.

Le fier pirate attacha la corde autour de lui et se mit nager.

— Aucun drow ne remontera sur ce vaisseau ! gronda l'un des marins de Deudermont à Drizzt.

L'homme reçut une claque sur l'arrière du crâne pour ses paroles et s'écarta, l'air penaud, quand Deudermont monta sur la planche d'abordage. Le capitaine examina l'expression de ses hommes, alors qu'ils surveillaient le drow qui avait été leur compagnon durant ces dernières semaines.

— Qu'allez-vous faire de lui ? osa demander un marin.

— Nous avons des hommes à l'eau, répondit Deudermont en éludant la question. Récupérez-les et attachez les pirates. (Il attendit quelques instants que son équipage se disperse mais chacun demeura immobile, subjugué par l'apparition de l'elfe noir.) Et détachez ces vaisseaux l'un de l'autre !

Deudermont se retourna et fit face à Drizzt et Wulfgar, qui ne se tenaient plus qu'à quelques dizaines de centimètres de la planche.

— Isolons-nous dans ma cabine, dit-il calmement. Nous devons discuter.

Les deux amis ne répondirent pas et suivirent le capitaine en silence sous les regards furieux, effrayés et outragés des marins.

Le capitaine s'arrêta au milieu du pont et se mêla à quelques membres de son équipage qui regardaient vers le sud, à côté du navire en flammes de Pinochet, un petit canot à rames qui se dirigeait vers eux.

— C'est le conducteur du chariot enflammé qui a traversé le ciel, expliqua l'un des hommes.

— Il a détruit ce vaisseau ! s'exclama un autre, le doigt pointé sur l'épave du bâtiment de commandement de Pinochet, qui gîtait désormais sévèrement et ne tarderait plus à sombrer. Et il a fait fuir le troisième !

— Un ami, alors, à n'en pas douter ! répondit le capitaine.

— Un de nos amis, en réalité, intervint Drizzt, vers qui tous les regards convergèrent.

Wulfgar lui-même considéra son compagnon avec curiosité. Il avait entendu le cri adressé à Moradin mais n'avait pas osé espérer qu'il s'agisse de Bruenor Marteaudeguerre se précipitant à leur secours.

— Un nain à la barbe rousse, si je ne m'abuse, poursuivit l'elfe. Accompagné par une jeune femme.

Wulfgar en resta bouche bée.

— Bruenor ? parvint-il à murmurer. Catti-Brie ?

Drizzt haussa les épaules.

— C'est mon avis.

— Nous le saurons bien assez tôt, leur assura Deudermont.

Il ordonna à ses hommes de conduire les occupants du canot à sa cabine dès leur arrivée à bord, puis il entraîna Drizzt et Wulfgar plus loin, conscient que la présence du drow sur le pont risquait de distraire l'équipage de ses tâches. Or, cette fois, avec la collision entre les deux navires, de nombreux dégâts devaient être réparés.

— Qu'avez-vous l'intention de faire de nous ? demanda Wulfgar quand Deudermont eut refermé la porte. Nous avons combattu pour…

Le capitaine interrompit les récriminations à venir d'un sourire rassurant.

— C'est certain, reconnut-il. Si seulement je pouvais disposer de marins de votre valeur lors de chacun de mes voyages vers le sud… Les pirates fuiraient à tous les coups quand ils apercevraient l'*Esprit follet de la mer* à l'horizon !

Wulfgar se détendit et abandonna son attitude défensive.

— Je ne me suis pas dissimulé dans l'intention de nuire, dit Drizzt, la mine sombre. Seule mon apparence était un mensonge. Il demeure vrai que je cherche à atteindre le Sud pour sauver un ami.

Deudermont hocha la tête mais, avant qu'il puisse répondre, on frappa à la porte et un marin s'introduisit dans la cabine.

— J'vous d'mande pardon, commença-t-il.

— Qu'y a-t-il ? demanda le capitaine.

— Nous vous suivrons jusqu'en enfer, capitaine, vous l'savez, bégaya le marin. Mais nous pensons qu'il faut que vous sachiez ce qu'on pense de l'elfe.

Deudermont étudia l'homme, puis Drizzt, l'espace de quelques instants. Il avait toujours été fier de son équipage ; la plupart de ses hommes naviguaient ensemble depuis des années. Cependant, il s'interrogeait sérieusement sur la façon dont ils allaient résoudre ce problème.

— Continue, l'encouragea-t-il, gardant malgré tout obstinément confiance en ses hommes.

— Eh bien… Nous savons que c'est un drow… et nous savons aussi ce que ça signifie. (Il s'interrompit et mesura avec soin les mots qui allaient suivre, tandis que Drizzt retenait son souffle, ayant déjà vécu ce genre de situation auparavant.) Ces deux gaillards nous ont tirés d'un sacré pétrin ! (Il avait lâché cette phrase comme une rafale.) On ne s'en s'rait pas sortis sans eux !

— Vous souhaitez donc qu'ils restent à bord ? demanda Deudermont.

Un sourire se dessina sur son visage ; son équipage avait encore prouvé sa valeur.

— Oui ! répondit vivement le marin. Tous, jusqu'au dernier ! Nous sommes fiers de les avoir avec nous !

Un autre marin, celui qui avait défié Drizzt sur la planche à peine quelques minutes plus tôt, passa la tête par l'encadrement de la porte.

— J'étais terrorisé, tout simplement…, s'excusa-t-il.

Stupéfait, l'elfe n'avait pas encore repris son souffle. Il hocha la tête pour signifier qu'il acceptait les excuses.

— On s'retrouve sur le pont, alors, dit le marin, avant de disparaître par la porte.

— On pensait juste qu'il fallait vous le dire, ajouta son camarade avant de partir à son tour.

— C'est un excellent équipage, dit Deudermont à Drizzt et Wulfgar quand la porte fut refermée.

Le barbare se sentit toutefois obligé de poser une autre question :

— Et quelle est votre opinion ?

— Je juge un homme – ou un elfe – sur sa personnalité et non sur son apparence, déclara le capitaine. À propos d'apparence, ne remets pas ton masque, Drizzt Do'Urden, tu as bien plus d'allure sans ça !

— Peu nombreux sont ceux qui partagent votre avis, répondit Drizzt.

— Pas sur l'*Esprit follet de la mer* ! À présent, la bataille est gagnée mais il reste beaucoup à faire. J'imagine que ta force sera utile à la proue, jeune barbare. Il nous faut libérer ces vaisseaux l'un de l'autre et filer d'ici avant que le troisième navire pirate revienne avec du renfort ! (Il se tourna vers Drizzt avec un sourire narquois.) Je suppose que personne ne saurait mieux que toi tenir en respect une flopée de prisonniers.

Drizzt ôta le masque et le remisa dans son sac.

— Ma couleur de peau me procure certains avantages, reconnut-il en libérant sa chevelure blanche.

Accompagné de Wulfgar, il fit demi-tour et s'apprêtait à quitter la pièce quand la porte s'ouvrit à la volée devant eux.

— Jolie lame, l'elfe ! déclara Bruenor Marteaudeguerre, au milieu d'une flaque d'eau de mer avant de lancer son cimeterre magique à Drizzt. Trouve-lui donc un nom. Une lame pareille a besoin d'un nom. Idéale pour un cuisinier pour faire rôtir un cochon !

— Ou pour un nain pourchassant des dragons, ajouta le drow.

Tenant l'arme avec déférence, il se souvint de la première fois qu'il l'avait vue, abandonnée parmi les dragons morts. Il lui offrit ensuite un nouveau refuge en la faisant glisser dans le fourreau qui contenait déjà son épée ordinaire, certain qu'elle ferait une compagne idéale pour *Scintillante*.

Bruenor s'avança vers son ami et lui saisit fermement le poignet.

— Quand j'ai vu tes yeux rivés sur moi dans le défilé…, dit-il lentement, luttant contre l'émotion qui menaçait de lui faire perdre la voix. J'ai alors été certain que mes autres amis seraient sauvés !

— Ce n'est pourtant pas le cas, répondit Drizzt. Régis court un grand danger.

Bruenor cligna de l'œil.

— Nous allons le retrouver, l'elfe ! Ce n'est pas un assassin puant qui aura raison de Ventre-à-Pattes !

Il serra une dernière fois le bras du drow, puis se tourna vers Wulfgar, le garçon qu'il avait transformé en homme.

Wulfgar voulut parler mais ses mots ne purent franchir sa gorge serrée. Contrairement à Drizzt, le barbare n'avait jamais imaginé un seul instant que Bruenor puisse être encore en vie. Voir son mentor disparu, ce nain qui était devenu un père pour lui, ainsi ressuscité devant lui, était simplement trop inouï pour qu'il l'assimile. Il agrippa Bruenor par les épaules alors que celui-ci allait s'exprimer, le souleva de terre et l'étreignit de toute sa force d'ours.

Le nain dut se tortiller plusieurs secondes avant de pouvoir se libérer quelque peu et de nouveau respirer.

— Si tu avais serré le dragon comme ça, je n'aurais pas eu à le chevaucher dans le défilé ! dit Bruenor en toussant.

Catti-Brie fit alors son entrée, avec ses cheveux auburn complètement trempés, tombant sur son cou et ses épaules. Elle était suivie par Pinochet, ruisselant et affichant un air abattu.

Les yeux de la jeune femme croisèrent ceux de Drizzt et il s'abandonna à un instant d'émotion muette qui allait bien au-delà d'une simple amitié.

— Nous nous retrouvons enfin, murmura-t-elle. Comme il est bon de contempler de nouveau Drizzt Do'Urden. Mon cœur ne t'a jamais oublié.

Drizzt lui répondit par un sourire puis détourna d'elle son regard lavande.

— En un sens, je me doutais que tu nous rejoindrais avant la fin de notre quête, dit-il. Célébrons donc nos retrouvailles, et bienvenue à toi.

Le regard de Catti-Brie passa du drow à Wulfgar. Elle avait été séparée à deux reprises de cet homme et chaque fois, quand ils s'étaient retrouvés, elle s'était rappelé à quel point elle l'aimait.

Wulfgar la regarda également ; des gouttelettes d'eau étincelaient sur son visage, et pourtant, elles semblaient bien pâles, comparées à son sourire éclatant. Sans la quitter des yeux, le barbare reposa Bruenor sur le plancher.

Seule la gêne relative à leur jeune amour les retint de s'embrasser à cet instant, sous le regard de Drizzt et de Bruenor.

— Capitaine Deudermont, déclara l'elfe. Je vous présente Bruenor Marteaudeguerre et Catti-Brie, deux amis chers ainsi que de valeureux alliés.

— Nous avons un cadeau pour vous, gloussa le nain. Voyant que nous n'avions pas d'monnaie pour payer notre place… (Bruenor se dirigea vers Pinochet, qu'il empoigna par une manche et le projeta au centre du groupe.) Le capitaine du vaisseau que j'ai brûlé, j'crois bien.

— Soyez tous les deux les bienvenus, répondit Deudermont. Je vous assure que vous avez largement payé votre place.

Il s'avança et se posta face à Pinochet, soupçonnant qu'il s'agissait d'un homme important.

— Savez-vous qui je suis ? déclara le pirate, vexé mais pensant qu'à présent il allait pouvoir négocier avec un interlocuteur plus raisonnable que ce nain revêche.

— Vous êtes un pirate, répondit Deudermont, impassible.

Le prisonnier redressa la tête et observa le capitaine, le visage barré d'un sourire narquois.

— Peut-être avez-vous entendu parler de Pinochet ?

Deudermont avait pensé, et craint, d'avoir reconnu l'homme quand il était entré dans la cabine. Le capitaine de l'*Esprit follet de la mer* avait en effet entendu parler de Pinochet – tous les marchands de la côte des Épées avaient entendu parler de Pinochet…

— J'exige que vous me libériez, ainsi que mes hommes ! fulmina le pirate.

— Tout de suite, répondit Deudermont.

Drizzt, Bruenor, Wulfgar et Catti-Brie, qui n'étaient pas au fait de l'immense influence des pirates, regardèrent le capitaine, incrédules.

— Je vous avertis que les conséquences de vos actes seront terribles ! poursuivit Pinochet, dominant soudain la confrontation. Je ne suis pas homme à pardonner, et mes alliés non plus.

Drizzt, dont le peuple avait l'habitude de modifier les lois pour qu'elles conviennent aux personnes de haut rang, comprit en un clin d'œil le dilemme du capitaine.

— Détachez-le, dit-il, ses deux cimeterres en main, *Scintillante* brillant dangereusement. Détachez-le et donnez-lui une épée. Je ne suis moi non plus pas homme à pardonner.

Voyant le regard horrifié que le pirate lança au drow, Bruenor ne tarda pas à s'en mêler.

— Ouais, capitaine ! Libérez ce chien ! grogna-t-il. Je n'lui ai laissé la tête sur les épaules que pour vous offrir un cadeau vivant. Si vous ne voulez pas de lui…

Bruenor sortit sa hache de sa ceinture et la fit négligemment tournoyer au bout de son bras.

Wulfgar ne fut pas en reste.

—À mains nues en haut du mât! rugit-il en contractant tant ses muscles qu'on aurait cru qu'ils allaient exploser. Le pirate et moi! Que le vainqueur connaisse la gloire de la victoire et laisse chuter le vaincu jusqu'à ce que mort s'ensuive!

Pinochet considéra les trois guerriers surexcités, et se retourna vers Deudermont en implorant presque son aide.

—Ah! Vous manquez tous d'originalité, intervint Catti-Brie, qui avait son mot à dire. Où s'rait le plaisir si l'un d'vous découpait ce pirate en rondelles? Donnez-lui l'canot et laissez-le partir. (Son visage taquin devint soudain sinistre et elle lança un regard noir à Pinochet.) Donnez-lui un canot et laissez-le tenter d'éviter mes flèches d'argent!

—Très bien, capitaine Pinochet, dit Deudermont, qui avait du mal à conserver son sérieux. Je ne voudrais pas provoquer la colère des pirates. Vous êtes libre de partir quand vous le souhaiterez. (Pinochet se retourna et se trouva face à face avec Deudermont.) Ou alors... Vous et votre équipage restez dans mes cales, sous ma protection personnelle, jusqu'à ce que nous touchions terre.

—N'êtes-vous donc pas capable de contrôler votre équipage? cracha le pirate.

—Ces quatre-là n'en font pas partie. S'ils décident de vous tuer, je dois vous dire que je ne pourrai pas faire grand-chose pour les en empêcher.

—Laisser nos ennemis en vie ne fait pas partie des coutumes de mon peuple! intervint Drizzt d'un ton si dur qu'il provoqua même des frissons dans le dos de ses plus proches amis. Cependant, j'ai besoin de vous, capitaine Deudermont, ainsi que de votre vaisseau. (Il rengaina ses lames d'un geste vif.) Je laisserai le pirate en vie en échange de notre passage jusqu'à Portcalim, comme nous l'avions convenu ensemble.

—La cale, capitaine Pinochet? demanda Deudermont, tout en faisant signe à deux de ses hommes d'accompagner le prisonnier.

Les yeux de Pinochet se posèrent de nouveau sur Drizzt.

—Si jamais tu repasses par ici..., commença le pirate obstiné d'un ton sinistre.

Bruenor le gratifia d'un coup de pieds dans les fesses, avant de rugir:

— Remue encore une fois la langue, chien, et j'te la couperai, ça c'est sûr !

Pinochet quitta la cabine dans le calme, entouré des deux marins.

Plus tard ce jour-là, tandis que l'équipage de l'*Esprit follet de la mer* poursuivait ses réparations, les amis réunis se retirèrent dans la cabine de Drizzt pour entendre le récit des aventures de Bruenor à Castelmithral. Les étoiles scintillèrent dans le ciel du soir sans que le nain interrompe son récit, évoquant les richesses qu'il avait vues, les anciens lieux sacrés qu'il avait traversés sur sa terre, les nombreuses échauffourées avec les patrouilles duergars, ainsi que son évasion finale, quand il avait osé traverser l'immense cité souterraine.

Assise en face de Bruenor, Catti-Brie le regardait à travers la flamme ondulante de l'unique bougie allumée sur la table. Penchée en avant sur sa chaise, et bien qu'ayant déjà entendu l'histoire, elle restait captivée par ce conteur hors pair. Wulfgar, les bras confortablement calés autour des épaules de la jeune femme, avait placé sa chaise juste derrière la sienne.

Drizzt se tenait près de la fenêtre et contemplait le ciel splendide. Tout cela lui rappelait le bon vieux temps, comme s'ils avaient emporté avec eux un morceau du Valbise. Il ne comptait plus les nuits où les compagnons s'étaient réunis pour échanger des récits de leurs aventures passées ou simplement pour profiter ensemble d'une soirée paisible. Bien entendu, un cinquième membre prenait alors part à ces rassemblements, racontant toujours une histoire extravagante qui l'emportait sur les autres.

Drizzt considéra ses amis, puis reporta son attention sur le ciel nocturne, pensant – avec espoir – au jour où tous les cinq seraient réunis.

Les trois compagnons assis à la table sursautèrent quand on frappa à la porte, tant ils étaient absorbés – même Bruenor – par le récit du nain. Drizzt ouvrit la porte et Deudermont entra.

— Bonsoir, dit-il poliment. Navré de vous interrompre mais j'ai des nouvelles.

— J'arrivais au meilleur moment ! maugréa Bruenor. Enfin, ce n'sera que meilleur avec un peu d'attente !

— J'ai encore parlé avec Pinochet, dit le capitaine. C'est un éminent personnage de cette région et il n'est pas normal qu'il ait mobilisé trois navires pour nous arrêter. Il cherchait quelque chose.

— Nous, ajouta Drizzt.

— Il n'a rien admis de façon claire mais je pense que c'est en effet le cas. Je vous en prie, comprenez que je ne peux pas le pousser à bout.

— Bah ! J'vais l'faire aboyer, ce chien ! lâcha Bruenor.

— Inutile, dit l'elfe. Les pirates ne pouvaient en avoir qu'après nous.

— Comment ont-ils su que vous étiez à bord ? demanda Deudermont.

— Les boules de feu au-dessus de la Porte de Baldur, déduisit Wulfgar.

Le capitaine hocha la tête en se souvenant du spectacle.

— Il semblerait que vous vous soyez attiré de puissants ennemis.

— L'homme que nous poursuivons savait que nous passerions par la Porte de Baldur, expliqua Drizzt. Il nous y a même laissé un message. Il n'était pas difficile pour quelqu'un comme Artémis Entreri de s'arranger pour mettre au point un signal le prévenant du moment où nous repartions ainsi que du navire sur lequel nous embarquerions.

— Ou d'organiser ce guet-apens, compléta Wulfgar.

— On dirait bien…, conclut le capitaine.

Le drow resta silencieux mais il avait une opinion différente. Pourquoi Entreri les aurait-il guidés jusqu'ici, s'il s'agissait simplement de les faire tuer par des pirates ? Quelqu'un d'autre avait dû intervenir, il en était persuadé, et il était évident que ce ne pouvait être que le Pacha Amas en personne.

— Nous devons aussi discuter d'autres problèmes, poursuivit Deudermont. L'*Esprit follet de la mer* est en état de naviguer mais nous avons subi de sérieux dommages, tout comme le vaisseau pirate que nous avons capturé.

— Avez-vous l'intention de repartir avec les deux navires ? demanda Wulfgar.

— Oui. Nous relâcherons Pinochet et ses hommes quand nous parviendrons à destination. Ils reprendront alors leur vaisseau.

— Ces pirates ne le méritent pas, grogna Bruenor.

— Cela ralentira-t-il notre voyage ? s'enquit Drizzt, s'inquiétant surtout de leur mission.

— En effet, avoua le capitaine. J'espère nous conduire au royaume du Calimshan, à Memnon, au-delà de la frontière avec le Téthyr. Notre pavillon nous aidera dans le royaume du désert, où nous pourrons faire escale et effectuer des réparations.

— Combien de temps ?

Deudermont haussa les épaules.

— Une dizaine de jours, peut-être plus longtemps. Nous ne le saurons pas avant d'avoir précisément évalué les dommages. Une dizaine de jours supplémentaires nous sera nécessaire pour contourner la pointe jusqu'à Portcalim.

Les quatre compagnons échangèrent des regards découragés et inquiets. Combien de jours Régis avait-il encore à vivre ? Le halfelin survivrait-il à ce retard ?

— Il existe une autre option, reprit le capitaine. Le voyage de Memnon à Portcalim par voie maritime, en doublant la cité de Teshburl avant de s'engager sur la mer Étincelante, prend beaucoup plus de temps que la route directe par le continent. Des convois quittent Portcalim presque quotidiennement et ce voyage, bien que pénible lors de la traversée du désert Calim, ne dure que quelques jours.

— Nous ne disposons que de peu d'or pour payer notre place, dit Catti-Brie.

Deudermont balaya ce détail.

— Cela ne vous coûtera pas très cher. La première caravane venue en partance pour le désert sera ravie de vous compter parmi ses sentinelles, sans compter que vous avez largement mérité une récompense de ma part pour vous aider à y parvenir. (Il secoua une bourse de pièces d'or attachée à sa ceinture.) Ou alors, si tel est votre choix, vous pouvez rester à bord de l'*Esprit follet de la mer* aussi longtemps que vous le désirez.

— Combien de temps faut-il pour atteindre Memnon ? demanda Drizzt.

— Tout dépend du vent que nos voiles supporteront. Cinq jours, peut-être une dizaine.

— Parlez-nous du désert Calim, dit Wulfgar. Qu'est-ce qu'un désert ?

— Une terre désolée, répondit Deudermont d'un air grave, ne tenant pas à minimiser le défi que devrait relever le groupe s'il choisissait cette voie. Une étendue vide sur laquelle soufflent des vents brûlants et piquants. Les monstres font subir leur loi aux hommes et plus d'un voyageur malheureux a rampé jusqu'à sa mort avant d'être dévoré par les vautours.

La sombre description du capitaine n'eut pas le moindre effet sur les quatre amis. La température mise à part, cela ressemblait à leur région d'origine.

13

L'heure d'assumer les conséquences de ses actes

Les quais s'étendaient à perte de vue dans toutes les directions, tandis que les eaux bleu pâle de la mer Étincelante étaient mouchetées des voiles de milliers de vaisseaux, auxquels il faudrait des heures pour atteindre l'immense cité qui se dressait devant eux, et ce quelle que soit l'entrée choisie.

Portcalim, la plus grande ville de tous les Royaumes, était une agglomération tentaculaire de baraques, de temples massifs et de hautes tours surgies de plaines sur lesquelles s'entassaient des maisons basses en bois. Telle était la pierre angulaire de la côte sud ; un vaste marché bien plus étendu qu'Eauprofonde.

Entreri conduisit Régis sur les quais et dans la cité. Le halfelin ne résistait pas, tant il était submergé par les émotions violentes que les parfums incroyables, les spectacles et les bruits de la ville lui procuraient. La terreur qu'il ressentait à l'idée d'affronter le Pacha Amas s'était même évanouie dans déferlement de souvenirs que lui provoquait son retour dans son ancienne cité.

Il y avait passé toute son enfance d'orphelin abandonné, dérobant de la nourriture dans les rues et dormant pelotonné près des feux de détritus que les autres clochards faisaient flamber dans les ruelles lors des nuits froides. Régis disposait toutefois d'un avantage par rapport aux autres vagabonds de Portcalim. Dès son plus jeune âge, il avait bénéficié d'un charme indéniable, ainsi que d'une certaine chance qui semblait le faire retomber sur ses pieds à tous les coups. Les membres de la bande de va-nu-pieds dont il avait fait partie avaient simplement secoué la tête avec un air entendu le jour où leur camarade halfelin avait été recueilli par l'une des nombreuses maisons closes de la cité.

Les « dames » avaient fait preuve de beaucoup de gentillesse à l'égard de Régis et l'avaient laissé s'occuper de menues tâches ménagères et de la cuisine ; tout cela en échange d'un train de vie somptueux que ses anciens amis ne pouvaient qu'envier. Conscientes du potentiel charismatique du halfelin, les dames le présentèrent même à celui qui deviendrait son mentor et qui le formerait jusqu'à en faire l'un des plus efficaces voleurs que la ville ait jamais connus : le Pacha Amas.

Ce nom revint à l'esprit de Régis comme une gifle en plein visage et lui rappela la terrible réalité à laquelle il était désormais confronté. Il avait autrefois été le pickpocket favori d'Amas, faisant la joie et la fierté du maître de guilde, ce qui ne lui rendrait aujourd'hui les choses que plus difficiles. Amas ne lui pardonnerait jamais sa trahison.

Un souvenir encore plus vivace coupa littéralement les jambes de Régis quand Entreri l'entraîna dans le quartier du Cercle des Bandits. Face à lui, au bout de l'impasse, se dressait un bâtiment en bois massif doté d'une porte tout à fait ordinaire. Mais Régis connaissait les splendeurs cachées derrière la modeste façade.

Ainsi que les horreurs…

Entreri l'agrippa par le col et le tira sans ralentir son allure.

— Maintenant, Drizzt, maintenant ! murmura le halfelin, espérant que ses amis soient tapis non loin de lui, prêts à tenter un sauvetage désespéré de dernière minute.

Il savait que ses prières ne seraient pas exaucées cette fois. Il s'était finalement attiré des ennuis si considérables qu'il ne s'en sortirait pas.

Deux gardes déguisés en mendiants s'avancèrent quand les deux nouveaux venus s'approchèrent de la porte. Entreri ne dit pas un mot mais leur lança un regard meurtrier.

Apparemment, les deux hommes reconnurent l'assassin. L'un d'eux buta sur son propre pied et trébucha en s'écartant, tandis que l'autre se précipitait à la porte, sur laquelle il frappa bruyamment. Un judas s'ouvrit et le garde chuchota quelque chose au portier qui se trouvait à l'intérieur. Une fraction de seconde plus tard, la porte s'ouvrit en grand.

Se retrouver face aux voleurs de la guilde fut insupportable au halfelin. Sombrant dans les ténèbres, il s'évanouit dans les bras de son ravisseur. Sans montrer la moindre émotion ou surprise, Entreri hissa son prisonnier sur une épaule et le porta comme un sac à l'intérieur du repaire des brigands, vers l'escalier situé derrière la porte.

Deux autres gardes se présentèrent pour l'escorter mais il les repoussa et passa devant. Cela faisait trois longues années qu'Amas l'avait envoyé sur les routes à la poursuite de Régis mais l'assassin connaissait le chemin. Il traversa plusieurs pièces, descendit d'un étage, puis s'engagea sur un long escalier en colimaçon. Il se retrouva rapidement au niveau de la ruelle et poursuivit son ascension vers les plus hautes pièces du bâtiment.

Régis reprit conscience, encore étourdi. Il jeta des regards affolés autour de lui quand sa vision se fit plus nette et qu'il se rappela où il se trouvait. Entreri le maintenait par les chevilles et la tête du halfelin se balançait dans le dos de l'assassin, sa main à quelques centimètres à peine de la dague incrustée de joyaux. Hélas, même s'il était parvenu à s'emparer de l'arme en un éclair, Régis savait qu'il n'avait aucune chance de s'échapper – pas avec Entreri, les deux gardes armés qui les suivaient, sans compter les regards curieux braqués sur eux derrière chaque embrasure de porte.

La rumeur de leur retour au sein de la guilde avait précédé l'arrivée d'Entreri.

Régis coinça son menton contre le flanc de l'assassin et parvint à regarder vers l'avant. Ils atteignirent un palier, sur lequel quatre gardes s'écartèrent sans un mot, dégageant l'entrée d'un bref couloir qui se terminait sur une porte décorée, blindée de fer.

La porte du Pacha Amas.

Régis plongea de nouveau dans les ténèbres.

Quand il entra dans la pièce, Entreri trouva exactement ce à quoi il s'attendait. Amas était confortablement installé sur son trône, LaValle à côté de lui et son léopard préféré à ses pieds. Aucun d'eux ne broncha en voyant apparaître ces deux associés, partis depuis si longtemps.

L'assassin et le maître de guilde se regardèrent longuement en silence. N'ayant pas imaginé un accueil aussi cérémonieux, Entreri observa attentivement l'homme qui se tenait devant lui.

Quelque chose n'allait pas.

Il fit glisser Régis de son épaule et le brandit devant lui, toujours à l'envers, comme s'il exhibait un trophée. Convaincu que le halfelin avait pour le moment perdu connaissance, il relâcha son étreinte et laissa son prisonnier s'effondrer lourdement au sol.

Cela fit glousser Amas.

— Trois longues années..., dit-il, brisant ainsi la tension.

Entreri acquiesça.

— Je vous avais averti que cette chasse prendrait du temps. Ce petit voleur a couru aux quatre coins du monde.

— Mais pas assez loin pour vous échapper, pas vrai ? ajouta Amas, légèrement ironique. Vous avez parfaitement rempli votre mission, comme toujours, maître Entreri. Vous obtiendrez la récompense promise.

Amas se rassit sur son trône et reprit son air distant, puis il se passa un doigt sur les lèvres tout en regardant Entreri avec suspicion.

Ce dernier ne comprenait pas pourquoi il subissait ce traitement après tant d'années difficiles passées à remplir avec succès sa mission.

Régis avait échappé au maître de guilde durant plus de cinq ans avant que celui-ci envoie Entreri à sa poursuite. Sachant cela, l'assassin ne pensait pas que trois années constituaient une si longue période pour retrouver le fugitif.

En outre, il n'avait pas l'intention de se prêter au jeu des devinettes.

— S'il y a un problème, expliquez-vous, dit-il sans ménagement.

— Il y avait un problème, répondit mystérieusement Amas, en accentuant l'imparfait qu'il avait employé dans sa phrase.

Entreri recula d'un pas hésitant, désormais tout à fait perplexe – pour l'une des très rares fois de sa vie.

Régis s'agita à cet instant et parvint à se redresser en position assise, mais les deux hommes, lancés dans leur conversation, n'y prirent pas garde.

— Vous avez été suivi, expliqua Amas, qui ne voyait pas l'intérêt de taquiner trop longtemps le tueur. Des amis du halfelin ?

Régis dressa l'oreille.

Entreri prit le temps de réfléchir à sa réponse. Devinant où voulait en venir Amas, il lui fut facile d'imaginer qu'Obéron avait sans doute informé le maître de guilde de bien plus de choses que de son simple retour avec Régis. Il songea qu'il lui faudrait rendre visite au magicien lors de son prochain passage à la Porte de Baldur, afin de lui expliquer les limites à ne pas franchir en matière d'espionnage et de loyauté. Personne ne se mettait deux fois en travers du chemin d'Artémis Entreri.

— Cela n'a pas d'importance, dit Amas, ne voyant venir aucune réponse. Ils ne nous gêneront plus.

Régis se sentit mal. Ici, c'étaient les terres du Sud, le territoire du Pacha Amas. Si celui-ci avait eu vent que ses amis étaient lancés à sa recherche, il avait certainement pu aussi les éliminer.

Entreri le comprit également. Il dut lutter pour conserver son calme alors qu'une rage bouillonnante grandissait en lui.

— Je m'occupe de mes propres affaires, gronda-t-il sur un ton qui confirma au maître de guilde qu'il s'était en effet livré à un petit jeu d'ordre personnel avec ses poursuivants.

— Et moi des miennes ! répliqua Amas en se dressant sur son trône. J'ignore de quelle manière cet elfe et ce barbare sont liés à vous, Entreri, mais ils n'ont rien à voir avec mon pendentif ! (Il reprit rapidement le contrôle de lui-même et se rassit, conscient que cette entrevue était devenue trop dangereuse pour être poursuivie.) Je ne pouvais pas prendre le risque.

Les muscles crispés de l'assassin se détendirent. Il ne souhaitait pas entrer en conflit avec Amas et il ne pouvait pas changer le passé.

— Comment ? demanda-t-il.

— Des pirates, répondit Amas. Pinochet me devait un service.

— Est-ce confirmé ?

— Quelle importance pour vous ? Vous êtes ici. Le halfelin aussi.

Il s'interrompit soudain quand il se rendit compte qu'il n'avait pas encore aperçu le rubis.

Ce fut alors à son tour d'avoir des sueurs froides et des inquiétudes.

— Est-ce confirmé ? répéta Entreri, sans faire le moindre geste en direction du bijou magique qui pendait, invisible, autour de son cou.

— Pas encore, balbutia Amas. Mais ils sont à trois vaisseaux contre un. Aucun doute n'est possible.

Entreri dissimula son sourire. Il connaissait suffisamment le puissant drow et le barbare, qui l'était tout autant, pour les supposer vivants tant que leurs corps n'auraient pas été exposés devant lui.

— Eh bien si, le doute est possible, murmura-t-il dans sa barbe en ôtant le joyau de son cou pour le tendre au maître de guilde.

Amas s'en empara de ses mains tremblantes et sut immédiatement, en sentant les vibrations familières, qu'il s'agissait de la pierre précieuse authentique. Quel pouvoir il allait désormais exercer ! Avec ce rubis magique en main, Entreri revenu à ses côtés et les rats-garous de Rassiter sous ses ordres, il serait impossible de l'arrêter !

LaValle posa une main apaisante sur l'épaule du maître de guilde. Ce dernier, qui rayonnait en songeant à son immense pouvoir à venir, leva la tête vers lui.

— Vous recevrez la récompense promise, répéta Amas à Entreri dès qu'il eut repris son souffle. Et bien plus encore !

Entreri s'inclina.

— Saluons nos retrouvailles, alors, Pacha Amas, répondit-il. Qu'il est bon d'être de retour chez soi.

— Concernant l'elfe et le barbare..., dit Amas, soudain saisi une seconde fois par la pensée qu'il ne fallait jamais se fier à l'assassin.

Entreri l'arrêta, les mains tendues, paumes ouvertes.

— Une tombe aquatique leur convient aussi bien que les égouts de Portcalim, dit-il. Ne nous soucions plus de ce qui est derrière nous.

Le visage d'Amas afficha un large sourire.

— Entendu, saluons donc nos retrouvailles. En particulier quand tant d'affaires agréables nous attendent.

Il lança alors un regard noir à Régis, mais le halfelin, assis par terre la tête basse à côté d'Entreri, ne le remarqua pas.

Il essayait encore de digérer la nouvelle concernant ses amis. À cet instant, il ne s'inquiétait pas de savoir dans quelle mesure leurs morts pourraient affecter son propre avenir – ou plutôt son manque d'avenir. Il ne pensait qu'à leur disparition. D'abord Bruenor à Castelmithral, puis Drizzt et Wulfgar, et peut-être aussi Catti-Brie. En comparaison, les menaces du Pacha Amas semblaient bien creuses. Quelles tortures pourrait-il lui faire endurer qui le fassent plus souffrir que la perte de ses amis ?

— J'ai passé de nombreuses nuits blanches, à me lamenter sur la déception que tu m'avais causée, dit Amas à Régis. Et encore plus à me demander comment j'allais te la faire payer !

La porte s'ouvrit et interrompit le raisonnement du maître de guilde, qui n'eut pas à lever la tête pour deviner qui avait osé entrer sans autorisation. Un seul homme dans la guilde possédait des nerfs assez solides pour agir de la sorte.

Rassiter se glissa dans la pièce et décrivit un cercle serré au point d'en être gênant autour des nouveaux venus.

— Salutations, Amas, dit-il avec désinvolture, les yeux rivés sur le regard sévère de l'assassin.

Amas ne répondit rien mais se cala le menton dans la main, et observa. Il avait souvent imaginé cette rencontre.

Rassiter mesurait trente centimètres de plus qu'Entreri, détail qui ne faisait qu'accentuer l'attitude déjà habituellement effrontée du rat-garou. À l'image de tant de brutes stupides, il confondait souvent la force et la taille. Regarder de haut cet homme, qui était une véritable légende dans les rues de Portcalim – et par conséquent son rival –, lui fit penser qu'il avait d'ores et déjà gagné la partie.

— Ainsi, tu es donc le grand Artémis Entreri, dit-il avec un mépris évident dans la voix.

Entreri ne cilla pas. Ses yeux exprimaient son envie de meurtre tandis qu'il suivait du regard Rassiter, qui ne cessait de lui tourner autour. Régis lui-même fut sidéré par l'audace de l'étranger. Personne ne frôlait Entreri avec une telle décontraction.

— Salutations, dit enfin le rat-garou, satisfait de son examen, avant de s'incliner profondément. Je suis Rassiter, le plus proche conseiller du Pacha Amas et le contrôleur des quais.

Entreri ne répondait toujours pas. Il se tourna vers Amas, en quête d'une explication.

Le maître de guilde répondit à son regard curieux par un sourire narquois, les paumes tournées vers le haut en un geste d'impuissance.

Rassiter poussa la familiarité encore plus loin.

— Toi et moi, chuchota-t-il plus ou moins à Entreri, nous accomplirons de grandes choses.

Il esquissa le geste de poser la main sur l'épaule de l'assassin mais celui-ci le repoussa de son regard glacial, si meurtrier que l'impudent Rassiter lui-même commença à comprendre le danger de son attitude.

— Tu pourrais te rendre compte que j'ai beaucoup à t'offrir, dit ce dernier en reculant prudemment d'un pas. (Ne voyant aucune réponse venir, il se tourna vers Amas en exhibant son sourire jaune.) Souhaitez-vous que je m'occupe du petit voleur ?

— Il est à moi, Rassiter ! répliqua Amas d'un ton ferme. Je vous interdis de le toucher avec vos sales pattes poilues !

Entreri saisit l'allusion.

— Bien entendu, répondit le rat-garou. J'ai à faire. Je dois vous quitter.

Il s'inclina brièvement, fit demi-tour pour s'en aller et croisa une dernière fois le regard glacial d'Entreri, qu'il fut incapable de soutenir – le sien n'avait pas une telle intensité.

Il secoua la tête avec incrédulité au passage, convaincu qu'Entreri n'avait toujours pas cillé.

— Vous étiez parti et mon pendentif avait disparu, expliqua Amas quand la porte se fut de nouveau refermée. Rassiter m'a aidé à maintenir, et même à accroître la puissance de la guilde.

— C'est un rat-garou, lâcha Entreri, comme si ce fait constituait à lui seul un argument sans réplique.

— C'est le chef de leur guilde. Ils sont loyaux et faciles à contrôler. (Il brandit le pendentif orné de son rubis.) Ce sera encore plus facile à partir de maintenant.

Entreri admettait difficilement la situation, même à la lumière de la futile tentative d'explication d'Amas. Il souhaitait prendre le temps de réfléchir à ce nouvel aspect, pour comprendre à quel point les choses avaient changé au quartier général de la guilde.

— Mes appartements ? demanda-t-il.

LaValle s'agita, mal à l'aise, et baissa les yeux vers Amas.

— Je m'en sers, bégaya le magicien. Mais d'autres pièces vont être aménagées pour moi. (Il désigna la porte, nouvellement percée entre le harem et l'ancien domaine d'Entreri.) Ils devraient avoir terminé d'un jour à l'autre. Je peux vous rendre votre espace en quelques minutes.

— Inutile, répondit Entreri, qui préférait cette organisation à l'ancienne. (Il désirait de toute façon s'écarter d'Amas pour un temps, afin de mieux évaluer la situation et planifier ses actes à venir.) Je trouverai une pièce plus bas, où je comprendrai peut-être mieux les nouvelles façons d'agir de la guilde.

LaValle se détendit et lâcha un soupir peu discret.

— Que dois-je faire de celui-là ? demanda Entreri après avoir agrippé Régis par le col.

Amas croisa les bras et redressa la tête.

— J'ai imaginé des millions de tortures à la hauteur de ton crime, dit-il à Régis. J'ai tant d'idées, à vrai dire, que je ne sais pas comment te faire payer convenablement ta trahison. (Il tourna le regard vers Entreri et libéra un petit rire.) Peu importe, je trouverai bien. Enfermez-le dans les Neuf Cellules.

Régis se sentit une nouvelle fois faiblir quand il entendit prononcer le nom du terrible donjon. Cet endroit, la prison favorite d'Amas, était une salle de torture habituellement réservée aux voleurs coupables de meurtres sur d'autres membres de la guilde. Entreri sourit en voyant le halfelin aussi terrifié à la simple évocation du lieu. Il le souleva aisément du sol et l'emmena hors de la pièce.

— Cela ne s'est pas bien passé, commenta LaValle après le départ d'Entreri.

— C'était splendide ! rétorqua Amas, qui ne partageait pas cet avis. Je n'ai jamais vu Rassiter aussi perturbé et le voir ainsi m'a procuré bien plus de plaisir que je l'aurais jamais supposé !

— Entreri le tuera s'il ne prend pas garde, fit remarquer le magicien d'un ton grave.

Amas parut amusé par cette idée.

— Il nous faut alors apprendre qui serait susceptible de lui succéder. N'aie crainte, mon ami. Rassiter est un champion de la survie. Il a passé toute sa vie dans les rues et sait quand se réfugier dans la sécurité des ombres. Il apprendra vite où se trouve sa place aux côtés d'Entreri et il lui vouera bientôt le respect qui lui est dû.

LaValle ne songeait pas à la sécurité de Rassiter – il avait souvent lui-même imaginé se débarrasser du rat-garou. Il s'inquiétait principalement d'un profond désaccord potentiel au sein de la guilde.

— Et si Rassiter oriente le pouvoir de ses alliés contre Entreri ? demanda-t-il, la voix encore plus sinistre. La guerre de rue qui s'ensuivrait diviserait la guilde en deux.

Amas rejeta cette éventualité d'un geste de la main.

— Rassiter lui-même n'est pas aussi stupide, répondit-il en tripotant le pendentif, la police d'assurance dont il pourrait justement avoir besoin.

LaValle se détendit, rassuré par la sérénité de son maître et la capacité de celui-ci à gérer cette situation délicate. Il se rendit compte que, comme toujours, Amas avait raison. Entreri avait troublé le rat-garou d'un simple regard, ce qui profiterait à toutes les parties concernées. Désormais, peut-être Rassiter se comporterait-il vis-à-vis de la guilde d'une façon plus appropriée à son rang. En ajoutant à cela le fait que l'assassin serait bientôt logé à ce même étage, peut-être les intrusions de cet immonde rat-garou se produiraient-elles moins fréquemment.

Oui, c'était bon de voir Entreri de retour.

Les Neuf Cellules étaient ainsi nommées en raison de leur disposition ; neuf cavités creusées dans le sol, trois de côté sur trois de long, au centre d'une pièce. Seul le compartiment central restait inoccupé, les huit autres renfermaient les trésors les plus précieux du Pacha Amas : d'impressionnants fauves de chasse provenant des quatre coins du Royaume.

Entreri confia Régis au geôlier, un géant masqué, puis recula pour contempler le spectacle. L'homme attacha autour du halfelin l'extrémité d'une épaisse corde, qui montait jusqu'à une poulie fixée au plafond, située juste au-dessus de la cage centrale, puis redescendait jusqu'à une manivelle sur le côté.

— Détache-la quand tu seras à l'intérieur, grogna le colosse à Régis en le poussant vers l'avant. Choisis ton chemin.

Le prisonnier fit quelques pas prudents vers les cellules extérieures. Elles mesuraient toutes environ trois mètres de côté et comprenaient des cavités creusées dans les murs, où les animaux pouvaient se reposer. Toutefois, aucune de ces bêtes n'en profitait pour le moment et toutes semblaient aussi affamées.

Elles étaient tout le temps affamées.

Régis choisit le passage situé entre un lion blanc et un tigre massif, pensant que ces deux géants seraient les moins susceptibles d'escalader les sept mètres de paroi et de lui planter une griffe dans la cheville par en dessous. Il avança un pied sur le mur, large d'à peine une dizaine de centimètres, qui séparait les fosses puis hésita, terrifié.

Le geôlier tira un coup sec sur la corde, ce qui manqua de peu de faire basculer le halfelin dans la prison du lion. Il reprit sa marche à contrecœur et se concentra sur sa progression tout en essayant d'ignorer les grondements et les griffes en contrebas. Il était presque parvenu à la cellule centrale quand le tigre se jeta de tout son poids contre le mur, lui assenant ainsi une violente secousse. Régis perdit l'équilibre et bascula.

Le geôlier actionna la manivelle, rattrapa le prisonnier à mi-hauteur de la paroi et le hissa juste hors d'atteinte du félin bondissant. Lancé contre le mur opposé, Régis s'y écrasa la poitrine mais ne ressentit pas la moindre douleur sur le moment, tant sa situation était critique. Il escalada la paroi, se rétablit à son sommet, puis parvint au-dessus de la cellule centrale, dans laquelle le gardien le fit descendre.

Il posa le pied au sol avec hésitation et s'agrippa à la corde, comme si elle représentait son seul secours, refusant de croire qu'il devait rester dans cet endroit de cauchemar.

— Détache-la ! ordonna le geôlier.

Régis comprit au ton employé que désobéir ne lui apporterait que des souffrances inimaginables. Il libéra donc la corde.

— Dors bien, ajouta son tortionnaire en riant, tandis qu'il tirait la corde, désormais hors de portée du prisonnier. L'homme encapuchonné quitta les lieux, accompagné d'Entreri et non sans avoir éteint la totalité des torches de la pièce, puis il claqua la porte en fer derrière lui, laissant Régis seul dans l'obscurité en compagnie de huit fauves affamés.

Les murs qui séparaient les cellules des animaux étaient pleins et les empêchaient de se blesser les uns les autres mais la cage centrale était entourée de barreaux suffisamment espacés pour permettre aux animaux d'y passer une patte. Cet antre de torture était circulaire, ce qui offrait la même facilité d'accès au prisonnier à chacune des huit bêtes.

Régis n'osait pas bouger. La corde l'avait exactement placé au centre de sa prison, le seul point précis où il ne pouvait être touché par les fauves. Il observait leurs yeux, qui brillaient méchamment dans la faible luminosité. Il entendait de temps à autre le raclement d'une griffe qui se déployait et sentait même parfois le bruissement de l'air déplacé quand l'un d'entre eux parvenait à insérer suffisamment sa patte entre les barreaux pour porter un coup proche.

Chaque fois qu'une énorme patte s'abattait sur le sol près de lui, Régis devait se souvenir de ne pas bondir en arrière, où l'attendait un autre animal.

Cinq minutes passèrent, qui semblèrent durer des heures, et il frissonna à l'idée du nombre de jour où Amas le garderait ici. Il songea même qu'il vaudrait peut-être mieux en finir tout de suite, un sentiment qui venait à l'esprit de la plupart de ceux qui étaient placés dans cet endroit.

Un nouveau coup d'œil aux fauves lui fit repousser cette éventualité. Même s'il restait persuadé qu'une mort rapide infligée par les griffes d'un tigre serait préférable au sort qui lui était sans aucun doute réservé, il n'aurait jamais trouvé le courage de passer à l'action. C'était un survivant – il l'avait toujours été – et il ne pouvait donc nier le caractère obstiné de sa personnalité qui refusait de renoncer, malgré l'avenir sombre qui l'attendait.

Désormais aussi immobile qu'une statue, il se contraignit à n'évoquer que des souvenirs de son passé récent, les dix années passées à l'extérieur de Portcalim. Il avait vécu de nombreuses aventures et couru de nombreux dangers lors de ses pérégrinations. Il rejoua encore et encore dans son esprit ces combats et ces évasions, tentant de retrouver la sensation d'excitation pure qu'il avait alors ressentie ; des pensées d'action destinées à le maintenir éveillé.

Car, s'il se laissait submerger par la fatigue et s'effondrait sur le sol, un de ses membres pourrait se retrouver trop près de l'un des fauves.

Plus d'un prisonnier avait été happé par un pied et tiré sur le côté avant d'être écharpé.

Quant à ceux qui survivaient aux Neuf Cellules, ils n'oubliaient jamais les regards voraces de ces seize yeux brillants.

14

La danse des serpents

La chance était du côté de l'*Esprit follet de la mer* et du vaisseau capturé ; la mer était calme et le vent soufflait régulièrement mais avec douceur. Le trajet autour de la péninsule du Téthyr s'avéra fastidieux et considérablement trop lent pour les quatre compagnons angoissés ; dès que l'un des navires semblait en meilleur état, un nouveau problème surgissait sur l'autre.

Au sud de la péninsule, Deudermont engagea ses vaisseaux dans la Course, une vaste étendue d'eau ainsi nommée en raison du spectacle fréquent de navires marchands tentant d'échapper aux pirates lancés à leur poursuite. Néanmoins, le capitaine et son équipage n'eurent pas à essuyer d'autres attaques pirates, pas même de la part du troisième bâtiment de Pinochet, dont les voiles ne réapparurent pas.

— Notre voyage touche à sa fin, déclara Deudermont aux quatre compagnons quand la côte des Collines Pourpres fut en vue tôt le troisième matin. Le Calimshan se trouve derrière ces collines.

Drizzt se pencha par-dessus la rambarde avant et contempla les eaux bleu pâle de cette mer du Sud tout en se demandant encore s'ils retrouveraient Régis à temps.

— Une colonie de ton peuple vit plus loin à l'intérieur des terres, lui dit Deudermont, le tirant de ses pensées. Dans un endroit sombre appelé la forêt de Mir. (Le capitaine ne put réprimer un frisson.) Les drows n'étant pas appréciés dans cette région, je te conseille de porter ton masque.

Sans y réfléchir, Drizzt appliqua le masque magique sur son visage et prit instantanément les traits d'un elfe de la surface. Cela dérangea moins le drow que ses trois amis, qui le considérèrent avec une certaine condescendance. Puis ils se rappelèrent que Drizzt n'agissait que comme il le devait, paré de l'habituel stoïcisme qui avait guidé sa vie depuis le jour où il avait rejeté les siens.

Cette nouvelle identité ne lui convenait pas, aux yeux de Wulfgar et de Catti-Brie. Quant à Bruenor, il cracha dans l'eau, dégoûté par un monde incapable de juger au-delà des apparences.

En début d'après-midi, une centaine de voiles parsemaient l'horizon sud et un immense espace de quais était apparu sur la côte, devant la cité, composée de baraques en argile et de tentes très colorées, qui s'étendait face à eux. Toutefois, malgré la taille considérable des quais de Memnon, le nombre de vaisseaux pêcheurs ou marchands, sans compter les bâtiments de guerre de la marine du Calimshan, sans cesse grandissante, était tel que tous ne pouvaient y accéder. L'*Esprit follet de la mer* et le navire capturé furent contraints de mouiller l'ancre en mer et d'attendre que des places se libèrent – une attente, comme le précisa bientôt le commandant du port à Deudermont, qui pouvait durer une dizaine de jours.

— Nous recevrons sous peu la visite de la marine du Calimshan, expliqua le capitaine alors que l'embarcation du commandant du port s'éloignait. Ils vont inspecter le vaisseau pirate et interroger Pinochet.

— Ils vont s'occuper de ce chien ? demanda Bruenor.

Deudermont secoua la tête.

— C'est peu probable. Pinochet et ses hommes sont mes prisonniers et donc mon problème. Le Calimshan souhaite mettre fin aux activités de piraterie et agit de façon courageuse pour parvenir à cet objectif mais je doute qu'ils aillent jusqu'à se mettre à dos quelqu'un d'aussi puissant que Pinochet.

— Que va-t-il devenir, alors ? grogna le nain, qui essayait de comprendre où se trouvait le courage dans ce double langage politique.

— Il reprendra la mer pour s'attaquer à un autre navire un autre jour, répondit le capitaine.

— Et il préviendra ce rat, Entreri, que nous lui avons glissé sous le nez !

Drizzt, à qui la position délicate de Deudermont n'avait pas échappé, se montra raisonnable :

— Combien de temps nous accorderez-vous ?

— Pinochet ne pourra pas récupérer son vaisseau avant une dizaine de jours, répondit le capitaine, avant d'ajouter, avec un sourire rusé : Je me suis déjà rendu compte qu'il n'était plus en état de naviguer. Je devrais donc pouvoir transformer cette durée en une vingtaine de jours. Quand ce pirate se retrouvera à la barre de son vaisseau, vous aurez vous-même prévenu Entreri de votre fuite.

Wulfgar ne comprenait toujours pas.

— Qu'avez-vous gagné ? demanda-t-il. Vous avez vaincu les pirates et pourtant, les voilà libres de reprendre le large, la vengeance en tête. Ils s'en prendront à l'*Esprit follet de la mer* lors de votre prochain passage. Feront-ils preuve d'autant de clémence s'ils remportent le prochain affrontement ?

— Nous jouons un jeu étrange, convint Deudermont, un sourire impuissant sur les lèvres. En vérité, j'ai renforcé mon statut sur les mers en épargnant Pinochet et ses hommes. En échange de sa liberté, le capitaine pirate devra jurer de renoncer à toute idée de vengeance. Aucun de ses associés n'importunera plus jamais l'*Esprit follet de la mer*, et ce groupe englobe la plupart des pirates qui écument le Canal d'Asavir !

— Vous allez faire confiance à ce chien ? persista Bruenor.

— Ils ont un certain sens de l'honneur, à leur façon. Les codes ont été élaborés par les pirates en personne et ils s'y soumettent encore ; les enfreindre reviendrait à déclencher une guerre ouverte avec les Royaumes du Sud.

Bruenor cracha de nouveau dans la mer. La situation était partout la même, dans chaque cité ou royaume et même sur les océans : les organisations de bandits étaient tolérées avec certaines limites de conduite. Bruenor ne partageait pas ce point de vue. Au temps de Castelmithral, son clan avait fabriqué spécialement une armoire, dans laquelle se trouvait une étagère conçue pour renfermer les mains tranchées, qu'on avait surprises dans d'autres poches que celles de leurs propriétaires.

— C'est donc réglé, conclut Drizzt, voyant qu'il était temps de changer de sujet. Notre voyage en mer touche à sa fin.

Deudermont, qui s'attendait à cette déclaration, lui lança une bourse remplie d'or.

— Un choix bien sage, dit-il. Vous atteindrez Portcalim dans une dizaine de jours, peut-être plus, avant que l'*Esprit follet de la mer* y parvienne. N'hésitez pas à nous retrouver quand vous aurez réglé vos affaires. Nous repartirons pour Eauprofonde avant la fonte des dernières neiges au Nord. J'estime que vous avez d'ores et déjà mérité votre place.

— Nous serons repartis bien avant, répondit Bruenor. Merci quand même pour votre offre !

Wulfgar avança d'un pas et agrippa le poignet du capitaine.

— C'était un plaisir de servir et de combattre à vos côtés, dit-il. J'attends avec impatience notre prochaine rencontre.

— Comme nous tous, ajouta Drizzt, avant de brandir la bourse. Et ceci sera remboursé.

Deudermont repoussa cette idée d'un geste.

— Ce n'est rien, marmonna-t-il.

Conscient de la hâte des compagnons, il ordonna à deux de ses hommes de mettre un canot à la mer.

— Adieu ! cria-t-il tandis que le groupe s'éloignait de l'*Esprit follet de la mer*. Retrouvez-moi à Portcalim !

De tous les endroits que les compagnons avaient visités et de toutes les terres qu'ils avaient traversées ou sur lesquelles ils avaient combattu, aucun ne leur sembla aussi étranger que Memnon, au royaume du Calimshan. Drizzt lui-même, pourtant originaire de l'étrange monde des elfes drows, regardait avec stupéfaction autour de lui tandis qu'il se frayait un chemin à travers les avenues et les places de la cité. Ils étaient entourés et portés par une étrange musique, aiguë et mélancolique, dont les harmonies évoquaient souvent des gémissements de douleur.

Les gens allaient et venaient en masse de tous côtés. La plupart portaient des robes couleur sable, mais quelques-uns étaient vêtus de façon plus brillante. Tous avaient la tête recouverte, par un turban ou un chapeau muni d'un voile. Les compagnons étaient incapables d'estimer la taille de la population de cette ville, qui semblait s'étendre à l'infini, et doutaient que quiconque ait jamais pris la peine d'en établir le compte. Ils imaginèrent que si tous les peuples des cités disséminées le long des étendues nord de la côte des Épées, Eauprofonde incluse, se réfugiaient dans un unique campement, ce dernier ressemblerait à Memnon.

Un curieux mélange d'odeurs flottait dans l'air chaud de Memnon : à la puanteur des égouts qui coulaient sous un marché aux parfums, se mêlaient la sueur âcre et le souffle malodorant de la foule empressée. Des cabanes étaient dressées de façon anarchique, semblait-il, ce qui ne donnait à la cité ni agencement, ni structure. Les rues s'étendaient jusqu'à être bloquées par des constructions, même si les quatre compagnons avaient rapidement compris que les rues elles-mêmes servaient de foyer à de nombreuses personnes.

Au centre de cette agitation se trouvaient les marchands. Alignés dans chaque artère, ils vendaient des armes, de la nourriture, du tabac exotique – et même des esclaves – et exposaient sans vergogne leurs marchandises de façon à attirer la foule. Près d'un coin de rue, des clients potentiels essayaient une grande arbalète en tirant sur des esclaves vivants prévus à cet effet. Un peu plus loin, une femme, dont on voyait davantage la peau que les vêtements – lesquels ne consistaient qu'en voiles transparents – se contorsionnait en dansant à l'unisson avec un serpent gigantesque, n'hésitant pas à s'envelopper des anneaux de l'énorme reptile puis à les ôter de nouveau de façon suggestive.

Les yeux écarquillés et la bouche grande ouverte, Wulfgar s'arrêta, fasciné par cette étrange et séduisante danse, ce qui lui valut une claque de la part de Catti-Brie sur l'arrière du crâne et déclencha des gloussements amusés chez ses deux autres compagnons.

— Mon foyer ne m'a jamais autant manqué, soupira le barbare, sincèrement accablé.

— Ce n'est qu'une nouvelle aventure, rien de plus, lui rappela Drizzt. Tu ne découvriras jamais autant de choses que sur une terre qui ne ressemble pas à la tienne.

— C'est vrai, ajouta Catti-Brie. Il me semble tout de même que ces gens font de la décadence un mode de vie.

— Ils vivent suivant des règles différentes, répondit l'elfe. Peut-être seraient-ils aussi choqués par les habitudes du Nord.

Les autres ne trouvèrent rien à répondre à cela et Bruenor, jamais surpris mais toujours ébahi par les excentriques coutumes humaines, hocha simplement la tête, faisant tressauter sa barbe rousse.

Équipés pour l'aventure, les amis ne constituaient pas une nouveauté dans la cité, loin de là. Cependant, en tant qu'étrangers, ils attiraient une foule, principalement composée d'enfants nus à la peau hâlée réclamant des pièces. Les marchands gardaient également un œil sur le groupe – les étrangers étaient généralement source de richesses –, notamment un regard particulièrement avide, qui se posa fermement sur eux.

— Alors, alors ? demanda le marchand au regard de fouine à son compagnon bossu.

— De la magie, de la magie partout, mon maître, zézaya fiévreusement le petit gobelin, alors qu'il absorbait les sensations que sa baguette magique lui transmettait. (Il remisa son instrument avant de poursuivre.) Des armes parmi les plus puissantes – les épées de l'elfe, les deux, la hache du nain, l'arc de la fille, et surtout le marteau du grand type !

Il envisagea de mentionner les réactions étranges que sa baguette lui avait communiquées au sujet du visage de l'elfe, mais il décida de ne pas rendre encore plus nerveux que nécessaire son maître, toujours très enclin à perdre son sang-froid.

— Ha ha ha ha ha ! caqueta le marchand en faisant frétiller ses doigts.

Il s'avança à la rencontre des étrangers.

Bruenor, qui marchait en tête du groupe, s'arrêta net à la vue de cet homme maigre et nerveux, vêtu d'une robe à rayures jaunes et rouges et d'un turban rose vif orné d'un énorme diamant.

— Ha ha ha ha ha ! Salutations ! déclama-t-il à leur intention, ses doigts martelant sa poitrine et son sourire, tendu d'une oreille à l'autre, dévoilant des dents en or et d'autres en ivoire. Moi Sali Dalib ! Oui ! C'est moi ! Vous achetez, je vends ! Bonne affaire, bonne affaire !

Ses mots avaient jailli trop vite pour être correctement organisés. Les compagnons se consultèrent du regard avant de hausser les épaules et s'apprêter à poursuivre leur chemin.

— Ha ha ha ha ha ! insista le marchand, qui les suivait de près. Ce que vous voulez, Sali Dalib l'a ! Beaucoup ! Fumette, amourette et lisette !

— De l'herbe, des femmes et des livres dans toutes les langues du monde, traduisit le petit gobelin qui zozotait. Mon maître est un marchand de tout et de rien !

— Le meilleur des meilleurs ! affirma Sali Dalib. Ce que vous voulez…

— Sali Dalib l'a, enchaîna Bruenor à sa place.

Le nain lança un regard à Drizzt, persuadé qu'ils pensaient tous les deux la même chose : le mieux était de quitter Memnon au plus tôt et un marchand bizarre en valait bien un autre.

— Des chevaux, dit-il au commerçant.

— Nous souhaitons nous rendre à Portcalim, expliqua le drow.

— Des chevaux ? Des chevaux ? Ha ha ha ha ha ! répondit Sali Dalib sans manquer une seule exclamation. Pas pour long voyage, non ! Trop chaud, trop sec. Chameaux, c'est mieux !

— Des chameaux... Les chevaux du désert, expliqua le gobelin, en voyant les expressions ahuries des étrangers. (Il désigna du doigt un grand dromadaire, mené dans la rue par son maître, vêtu d'une robe sombre.) Bien mieux pour traverser le désert.

— Des chameaux, donc, grogna Bruenor en considérant avec une légère crainte la bête massive. Ou ce qu'il faudra !

Sali Dalib se frotta les mains avec empressement.

— Ce que vous voulez...

Bruenor leva la main pour arrêter le marchand survolté.

— On a compris, on a compris.

Sali Dalib renvoya son assistant après lui avoir discrètement donné des instructions, puis il guida les compagnons à travers le dédale de Memnon à toute allure, même s'il donnait l'impression de traîner les pieds et ne jamais les soulever du sol. Il gardait les mains devant lui et ne cessait d'agiter les doigts ou de les tapoter les uns contre les autres. Il semblait toutefois suffisamment inoffensif pour que les compagnons en soient amusés plutôt qu'inquiets.

Sali Dalib s'arrêta net devant une vaste tente dressée à l'extrémité ouest de la cité, un quartier pauvre, même au vu des standards de pauvreté de Memnon. Le marchand trouva ce qu'il cherchait à l'arrière de la tente.

— Des chameaux ! proclama-t-il avec fierté.

— Combien pour quatre ? lâcha Bruenor, qui avait hâte d'en finir avec les négociations et de reprendre la route.

Sali Dalib parut ne pas comprendre.

— Le prix ? demanda le nain.

— Le prix ?

— Il attend une offre, fit remarquer Catti-Brie.

Drizzt l'avait également compris. À Menzoberranzan, la cité des drows, les marchands employaient la même technique. En laissant l'acheteur – en particulier un client peu familier de la marchandise à vendre – proposer un prix en premier, ils obtenaient souvent plusieurs fois la valeur du bien. Si l'offre s'avérait trop basse, ils pouvaient toujours s'en tenir à la valeur réelle du marché.

— Cinq cents pièces d'or pour les quatre, proposa Drizzt, pour qui ces animaux valaient au moins le double de ce montant.

Les doigts de Sali Dalib reprirent leur danse et une étincelle apparut dans ses yeux gris pâle. L'elfe s'attendait à une vive contestation, suivie d'une contre-proposition extravagante, mais le marchand se calma soudain et leur offrit son sourire d'or et d'ivoire.

— Marché conclu ! répondit-il.

Drizzt ravala ses mots et la réponse qu'il avait prévue finit en murmure sans signification. Il jeta un regard étonné à l'homme, puis se retourna pour sortir le nombre de pièces d'or convenu de la bourse que Deudermont lui avait donnée.

— Cinquante de plus si vous nous introduisez au sein d'une caravane en partance pour Portcalim, ajouta Bruenor.

Sali Dalib prit un air songeur, en martelant sa barbichette de ses doigts.

— Une part en ce moment même, répondit-il. Vous la rattraperez facilement. Vous devriez. Dernière pour Portcalim avant dix jours.

— Au sud ! s'écria alors joyeusement le nain.

— Sud ? Ha ha ha ha ha ! Pas sud ! Sud attire les voleurs !

— Portcalim est au sud, répliqua Bruenor d'un ton soupçonneux. La route aussi, j'imagine.

— Route de Portcalim est au sud, convint le marchand. Mais ceux qui sont rusés partent par ouest, la meilleure des routes.

Drizzt lui tendit une bourse remplie d'or.

— Comment rattraper le convoi ?

— Vers l'ouest, répondit Sali Dalib, en empochant la bourse sans même en vérifier le contenu. Parti depuis seulement une heure. Facile à retrouver ! Suivez poteaux indicateurs à l'horizon. Pas de problème.

— Nous aurons besoin de vivres, intervint Catti-Brie.

— Caravane bien pourvue. Meilleur endroit pour acheter. Partez maintenant. Rattrapez-les avant qu'ils tournent vers le sud sur la route du Commerce !

Il les aida à choisir leurs montures ; un grand dromadaire pour Wulfgar, un chameau à deux bosses pour Drizzt et deux plus petits animaux pour Catti-Brie et Bruenor.

Quand ils furent installés, il leur adressa une dernière fois la parole.

—N'oubliez pas, bons amis, ce que vous voulez...

—Sali Dalib l'a ! répondirent-ils d'une seule voix.

Après un ultime sourire éclatant, le marchand se glissa sous la tente.

—Je pensais qu'il allait marchander, dit Catti-Brie, tandis qu'ils progressaient avec hésitation sur les chameaux aux pattes raides en direction des premiers poteaux indicateurs. Il aurait pu obtenir plus pour ces bêtes.

—Volées, bien sûr ! dit Bruenor en riant, tant cela lui semblait évident.

Drizzt, quant à lui, n'en était pas si certain.

—Un marchand tel que lui aurait cherché à tirer le meilleur prix, même pour des biens volés, dit-il. D'après mes connaissances des règles du marchandage, il aurait également dû recompter l'or.

—Bah ! lâcha le nain, qui luttait pour faire avancer sa monture droit devant lui. Tu lui as probablement donné plus qu'la valeur de ces bêtes.

—Quoi, alors ? demanda Catti-Brie, plus convaincue par le raisonnement de Drizzt.

—Où ? répondit Wulfgar, apportant question et réponse dans le même temps. Il a envoyé son gobelin porter un message quelque part.

—Une embuscade, dit Catti-Brie.

Drizzt et Wulfgar acquiescèrent.

—Ça en a tout l'air, convint le barbare.

Bruenor considéra cette éventualité et la rejeta d'un grognement.

—Bah ! Il n'avait pas assez de cervelle pour en organiser une.

—Cela ne le rend que plus dangereux, nota Drizzt, en jetant un dernier regard sur Memnon.

—Demi-tour ? demanda le nain, pas assez vite cependant pour effacer l'inquiétude réelle que ressentait apparemment l'elfe.

—Si nos soupçons se révèlent sans fondement et que nous manquons la caravane..., leur rappela Wulfgar d'un ton sinistre.

—Régis peut-il attendre ? ajouta Catti-Brie.

Bruenor et Drizzt échangèrent un regard.

— En avant, dit l'elfe après un moment. Nous verrons bien ce que nous découvrirons.

— Tu ne découvriras jamais autant de choses que sur une terre qui ne ressemble pas à la tienne, lâcha Wulfgar, faisant écho à la pensée énoncée par Drizzt le matin même.

Leurs soupçons ne diminuèrent pas après être passés devant le premier panneau de signalisation. Une grande planche clouée au poteau indiquait le nom de la route en une vingtaine de langues, qui toutes la recommandaient comme « la meilleure des routes ».

Une fois encore, les amis évaluèrent les choix qui s'offraient à eux et, de nouveau, ils se trouvèrent coincés par le manque de temps. Ils décidèrent de poursuivre une heure supplémentaire. S'ils ne découvraient pas trace du convoi d'ici là, ils retourneraient à Memnon et « discuteraient » du problème avec Sali Dalib.

Le poteau suivant comportait les mêmes indications, tout comme un autre un peu plus loin. Quand ils eurent dépassé le cinquième, ils transpiraient tant que leurs vêtements étaient trempés et leurs yeux les piquaient. Quant à la ville, elle n'était plus en vue, perdue quelque part dans la chaleur poussiéreuse des hautes dunes. Ce voyage n'était pas rendu plus agréable par les montures. Les chameaux avaient mauvais caractère, qu'aggravait encore le fait qu'ils soient guidés par des cavaliers inexpérimentés. Celui de Wulfgar, en particulier, tenait ce dernier en piètre estime et, à l'image de ses congénères, préférait choisir son propre chemin. Le barbare devait sans cesse contraindre l'animal en le pressant de ses mains et jambes puissantes. À deux reprises, le dromadaire tourna la tête en arrière et envoya un crachat au visage de Wulfgar.

Celui-ci les accepta sans sourciller mais se laissa plus d'une fois aller à rêver d'aplatir la bosse de sa monture avec son marteau.

— Stop ! intima Drizzt alors qu'ils s'engageaient dans une cuvette située entre deux dunes.

Il tendit le bras et attira l'attention de tous vers le ciel, où plusieurs rapaces volaient paresseusement en cercle.

— Il y a de la charogne là-bas, remarqua Bruenor.

— Ou il va bientôt y en avoir, répliqua Drizzt, l'air sombre.

Tandis qu'il parlait, la ligne de crête des dunes les entourant, qui l'instant précédent ne laissait voir que le brun passé et voilé du sable chaud, s'agita soudain et des silhouettes de cavaliers surgirent.

Ils brandissaient des épées recourbées qui brillaient sous les rayons du soleil.

— Une embuscade, laissa mollement tomber Wulfgar.

Pas si surpris que cela, Bruenor regarda autour de lui afin d'évaluer rapidement leurs chances.

— Cinq contre un, murmura-t-il à Drizzt.

— Comme toujours, apparemment, répondit l'elfe, qui fit lentement glisser son arc de son épaule, avant de le bander.

Les cavaliers restaient pour le moment sur leurs positions surveillant leurs proies.

— Tu penses qu'ils voudront discuter ? demanda Bruenor s'efforçant d'apporter une pointe d'humour à la situation désespérée. (Aucun des trois autres n'esquissa de sourire.) Non…

Le chef des nouveaux venus aboya un ordre qui déclencha une charge tonitruante.

— Maudit soit ce foutu monde ! maugréa Catti-Brie tout en décrochant *Taulmaril* de son épaule et se laissant glisser de sa monture. Tout le monde veut se battre !

» Venez donc ! Mais rendons ce combat plus équitable !

Elle décocha de son arc magique des flèches d'argent qui, l'une après l'autre, filèrent vers le sommet des dunes en direction de la horde, désarçonnant à tour de rôle les cavaliers.

Bruenor resta quelques instants interdit à contempler sa fille, dont le visage était si sévère et sauvage.

— Ma fille a raison ! s'exclama-t-il enfin en descendant de son chameau. On n'peut pas se battre sur un d'ces trucs !!

Dès qu'il eut touché le sol, le nain saisit son sac et en sortit deux fioles d'huile.

Wulfgar imita son mentor et s'abrita derrière le flanc de son dromadaire. Hélas, l'animal au mauvais caractère se révéla le premier ennemi du barbare ; il se retourna et planta ses dents plates dans l'avant-bras de son cavalier.

L'arc de Drizzt se mêla à *Taulmaril* dans un concerto mortel. Toutefois, quand les ennemis se furent rapprochés, le drow opta pour une stratégie différente. Comptant sur la terreur qu'inspiraient ceux de sa race, il ôta son masque et rejeta en arrière la capuche de sa cape, puis il se dressa sur son chameau, en posant un pied sur chaque bosse. Les cavaliers qui s'approchaient de Drizzt s'arrêtèrent net devant la troublante apparition d'un drow.

Sur les trois autres côtés, les agresseurs n'avaient pas ralenti et surpassaient toujours en nombre les assiégés.

Wulfgar regarda sans y croire son dromadaire, puis lui assena un violent coup de poing entre les deux yeux. Étourdi, l'animal lâcha prise et tourna la tête.

Le barbare n'en avait pourtant pas terminé avec cette bête perfide. Remarquant trois cavaliers qui fondaient sur lui, il décida de se servir d'un de ses ennemis contre les autres. Il se plaça sous sa monture et la souleva du sol. Il sentit ses muscles trembler quand il projeta l'animal sur les hommes lancés en pleine charge. Il parvint de justesse à éviter la chute du groupe, composé des chevaux, des cavaliers, du dromadaire et du sable.

Il se retrouva alors avec *Crocs de l'égide* en main et bondit dans la mêlée, décimant les bandits avant qu'ils se rendent compte de ce qui les frappait.

Deux cavaliers parvinrent à se faufiler entre les chameaux pour atteindre Bruenor mais ce fut Drizzt, dressé seul devant eux, qui frappa le premier. Grâce à ses facultés magiques, il fit apparaître une sphère de ténèbres devant les bandits qui, lancés à fond de train, furent incapables de s'arrêter à temps et plongèrent dedans tête baissée.

Cela offrit à Bruenor le temps nécessaire ; il fit jaillir une étincelle de son briquet sur les mèches de tissu qu'il avait insérées dans les fioles d'huile, puis lança les grenades enflammées à l'intérieur du globe sombre.

La lueur éclatante des explosions qui se produisirent resta invisible à l'extérieur de la sphère de Drizzt. Néanmoins, d'après les hurlements qui en jaillirent, Bruenor sut qu'il avait touché ses cibles.

— Merci, l'elfe ! cria-t-il. Ravi d'êtr' avec toi de nouveau !

— Derrière toi ! lâcha le drow en guise de réponse.

En effet, pendant que le nain parlait, un troisième cavalier avait contourné le globe et se ruait désormais sur lui. Instinctivement, il se roula en boule et se protégea de son bouclier doré. Le cheval piétina Bruenor avant de trébucher dans le sable mou, éjectant du même coup son cavalier.

Le robuste nain se releva aussitôt et secoua la tête pour chasser le sable de ses oreilles. Il souffrirait certainement de cet assaut un peu plus tard, quand l'adrénaline du combat aurait disparu, mais pour l'heure, il ne ressentait que de la rage. Il chargea l'inconnu – qui s'était également relevé –, sa hache en mithral brandie au-dessus de la tête.

Au moment où il s'apprêtait à frapper son adversaire, un trait argenté siffla par-dessus son épaule et tua net le bandit. Emporté par son élan, il ne put arrêter son coup, qui passa nettement au-dessus du corps qui s'était affaissé et qui gisait maintenant face contre terre.

— La prochaine fois, préviens-moi, fillette ! rugit Bruenor à Catti-Brie en crachant du sable à chaque mot.

Mais Catti-Brie affrontait déjà ses propres adversaires. Tandis qu'elle décochait sa flèche, elle entendit un cheval lancé au galop dans son dos et se baissa immédiatement après son tir. Une épée courbe fendit l'air et frôla sa tête, écorchant au passage son oreille, puis le cavalier poursuivit sa course.

Elle songea dans un premier temps à tirer une nouvelle flèche sur l'homme mais, alors qu'elle était penchée, elle vit un autre bandit qui se précipitait sur elle par-derrière. Il était muni d'une lance tenue à bout de bras et d'un bouclier massif pour lui ouvrir le passage.

Catti-Brie et *Taulmaril* se montrèrent plus rapides. En une fraction de seconde, une autre flèche fut insérée dans l'arc magique, puis décochée. Elle transperça le bouclier ennemi et le bandit impuissant, qui fut désarçonné et envoyé au royaume des morts.

Le cheval dépourvu de cavalier ralentit son allure. La jeune femme s'empara de ses rênes alors qu'il trottait et se hissa sur sa selle afin de se lancer à la poursuite de celui qui l'avait blessée.

Debout sur son chameau et dominant ses ennemis de toute sa hauteur, Drizzt parait avec adresse les coups des cavaliers qui l'approchaient, tout en maniant ses deux cimeterres magiques en une danse mortelle. Plus d'une fois, les agresseurs pensèrent pouvoir abattre l'elfe dressé. Mais ils s'apercevaient que leurs épées ou leurs lances ne rencontraient que l'air, puis découvraient que *Scintillante* ou l'autre lame magique se frayaient un chemin en droite ligne vers leurs gorges tandis qu'ils s'apprêtaient à prendre la fuite au galop.

Deux d'entre eux surgirent en même temps sur un côté et dans le dos de Drizzt. D'un bond, l'agile drow se retourna, se maintenant toujours en parfait équilibre sur son perchoir. En l'espace de quelques secondes, les deux hommes se retrouvèrent sur la défensive.

Après avoir achevé le dernier des trois bandits qu'il avait mis à terre, Wulfgar sortit de la mêlée et se trouva nez à nez avec son stupide dromadaire obstiné. Il frappa de nouveau, cette fois avec *Crocs de l'égide*, ce stupide animal, qui s'effondra à côté des trois corps.

Ce combat indéniablement terminé, la première chose que remarqua le barbare fut Drizzt. Il s'émerveilla devant le splendide ballet que décrivaient les lames du drow, qui s'abattaient pour dévier une épée courbe ou pour déséquilibrer l'un des deux assaillants. Ce n'était qu'une question de secondes avant que l'elfe noir triomphe de ses adversaires.

Wulfgar regarda ensuite derrière Drizzt, et aperçut un autre cavalier qui approchait tranquillement, sa lance orientée de façon à surprendre le drow dans le dos.

—Drizzt! hurla le barbare en lançant *Crocs de l'égide* en direction de son ami.

Quand il entendit ce cri, Drizzt pensa que Wulfgar était en difficulté. Cependant, quand il se tourna vers lui et qu'il vit le marteau de guerre tournoyer vers ses genoux, il comprit aussitôt. Sans hésiter, il bondit par-dessus les deux hommes en effectuant un saut périlleux.

Le troisième bandit, muni de sa lance, n'eut pas le temps de se plaindre de voir sa proie lui échapper; le puissant marteau de guerre survola les bosses du chameau et le frappa en plein visage.

Le saut de Drizzt profita aussi au combat qu'il menait face aux deux autres puisqu'ils furent totalement pris au dépourvu. Lors de la fraction de seconde durant laquelle ils hésitèrent, le drow, bien que dans les airs et à l'envers, frappa durement en abattant ses deux lames vers le bas.

Scintillante s'enfonça profondément dans une poitrine, tandis que l'autre bandit parvenait à éviter le second cimeterre, qui le frôla toutefois suffisamment pour que Drizzt le heurte sous le bras avec sa poignée. Les deux cavaliers tombèrent au sol avec l'elfe noir, qui fut le seul à atterrir sur ses pieds. Ses lames se croisèrent à deux reprises avant de plonger et de mettre un terme définitif à cette lutte.

Voyant le géant barbare désarmé, un autre membre de la horde se précipita sur lui au galop. Wulfgar le vit arriver et se mit en position afin de porter un coup désespéré. Alors que le cheval chargeait, il feignit de s'élancer sur sa droite, du côté opposé du bras avec lequel l'homme portait son épée, exactement comme ce dernier s'y attendait, mais au dernier moment, il modifia sa trajectoire et se jeta droit sur l'animal lancé.

Il encaissa le choc de l'impact, puis entoura le cou de la bête de ses bras et ses membres antérieurs de ses jambes. Pris par l'inertie du cheval, il roula en arrière et fit trébucher la monture. Il tira alors de toutes ses forces et la fit basculer, ainsi que son cavalier, par-dessus lui.

Ce dernier n'eut pas l'occasion de réagir, si ce n'est le hurlement qu'il parvint à pousser avant d'être écrasé dans sa chute par le cheval. Quand l'animal roula un peu plus loin, du fait de son élan, le bandit réapparut, enterré la tête en bas jusqu'à la taille et les jambes pendant lamentablement sur le côté.

Les bottes et la barbe couvertes de sable, Bruenor cherchait avec enthousiasme quelqu'un contre qui se battre. Entre ces montures de haute taille, le nain avait été oublié par la plupart des bandits. Et maintenant, ils étaient presque tous morts !

Il se précipita hors de la protection des chameaux et frappa sa hache sur son bouclier afin d'attirer l'attention. Il avisa à cet instant un bandit qui tentait de fuir ce carnage.

— Hé ! aboya Bruenor. Ta mère est une sacrée catin !

Persuadé de l'emporter sur le nain, l'homme ne pouvait manquer de répondre à cette insulte. Il se lança à son assaut, l'épée dirigée vers le bas.

Bruenor leva son bouclier doré pour bloquer le coup, puis fit quelques pas pour contourner le cheval. Le cavalier se retourna et retrouva le nain de l'autre côté mais ce dernier profita de sa taille. Il dut à peine se pencher pour passer sous le ventre de la monture et réapparaître du côté de la première attaque, d'où il assena un coup de hache sur la hanche de l'homme désorienté. Tandis que celui-ci vacillait sous la douleur, Bruenor leva le bras auquel était fixé son bouclier et attrapa le turban et les cheveux de son adversaire de ses doigts boudinés. Après l'avoir désarçonné, il acheva l'infortuné d'un coup de hache dans le cou, non sans un grognement de satisfaction.

— Trop facile ! ricana-t-il en laissant retomber le corps au sol.

Il chercha une autre proie mais la bataille était terminée. Il ne restait plus un seul bandit dans la cuvette. Wulfgar, *Crocs de l'égide* de nouveau en main, et Drizzt semblaient indemnes.

— Où est ma fille ? s'écria Bruenor.

Drizzt le calma d'un regard, avant de désigner du doigt le sommet d'une dune. Catti-Brie s'y trouvait, juchée sur le cheval dont elle s'était emparée, *Taulmaril* bandé entre ses mains, alors qu'elle scrutait le désert.

Plusieurs cavaliers fuyaient au grand galop et un autre gisait de l'autre côté de la dune. Elle visa l'un des fuyards, puis se rendit compte que le combat était terminé derrière elle.

— Ça suffit, murmura-t-elle.

Elle dévia son arc de quelques centimètres et envoya sa flèche au-dessus de l'épaule de sa cible.

Assez de tuerie pour aujourd'hui, songea-t-elle.

Elle considéra le spectacle atroce de cette scène de guerre puis aperçut les rapaces affamés qui patientaient en décrivant des cercles dans le ciel. Elle remisa *Taulmaril* sur le côté et la mine grave de son visage disparut.

15

Le guide

— Regarde le plaisir qu'elle promet, dit le maître de guilde d'un ton taquin.

Il laissa errer sa main sur la pointe acérée d'une unique pique plantée dans un bloc de bois disposé sur la petite table du centre de la pièce.

Régis tordit délibérément les lèvres en un sourire stupide, comme s'il suivait la logique évidente des paroles d'Amas.

— Il te suffit d'y poser la paume de ta main, poursuivit celui-ci, tentant d'amadouer le halfelin. Tu connaîtras alors la joie et feras de nouveau partie de notre famille.

Régis chercha vainement une façon de se sortir de ce piège. Il lui était déjà arrivé auparavant de se servir du stratagème du mensonge dans le mensonge, en faisant semblant de subir l'influence magique d'un sortilège. Son numéro avait fonctionné à la perfection et convaincu un magicien maléfique de sa loyauté. Il s'était ensuite retourné contre ce dernier, au moment crucial, pour aider ses amis.

Pour l'heure, Régis s'étonnait lui-même; il ne subissait pas l'attirance hypnotique et pesante du rubis. Cependant, il était perdu: une personne véritablement soumise à la pierre précieuse aurait accepté avec joie d'empaler sa main sur le pic pointu.

Il leva sa main au-dessus de sa tête et ferma les yeux, tout en s'appliquant à conserver un visage blême afin de laisser croire qu'il était envoûté. Il abattit soudain le bras, dans l'intention de suivre la suggestion d'Amas.

Au dernier moment, sa main fit un écart et frappa la table sans dommage.

Amas rugit de rage, ayant depuis le début soupçonné Régis d'avoir d'une façon ou d'une autre échappé à l'influence de pendentif. Il agrippa le halfelin par le poignet et écrasa sa main sur la pique, sans cesser de la remuer tandis qu'elle s'enfonçait. Le hurlement de Régis décupla quand Amas arracha la main de l'instrument pointu.

Le maître de guilde relâcha ensuite son prisonnier et lui assena une gifle en plein visage tandis que Régis portait sa main blessée contre sa poitrine.

— Chien décevant ! cria Amas, rendu plus furieux par la défaillance du pendentif que par la supercherie du halfelin. (Il s'apprêtait à lui donner une autre gifle, mais se calma et décida de retourner la volonté obstinée de Régis contre lui.) Quel dommage, reprit-il de sa voix doucereuse. Si le rubis était parvenu à te contrôler, j'aurais pu te trouver une place dans la guilde. Tu mérites évidemment de mourir, petit voleur, mais je n'ai pas oublié ce que tu m'as apporté dans le passé. Tu étais le meilleur voleur de Portcalim, un statut que j'aurais pu t'offrir de nouveau.

— Dans ce cas, je ne regrette pas que la pierre n'ait pas fonctionné, osa répliquer Régis, qui devinait qu'Amas s'amusait avec lui. Aucune douleur ne surpassera le dégoût que je ressentirais à jouer les larbins du Pacha Amas !

Amas répondit en frappant si violemment le halfelin, qu'il l'éjecta de sa chaise et l'envoya au sol. Régis se pelotonna sur lui-même et tenta de contenir le sang qui coulait de sa main et de son nez.

Amas se laissa retomber contre le dossier de son fauteuil, les mains derrière la tête, puis il avisa le pendentif, posé devant lui sur la table. Il ne l'avait déçu qu'une seule fois auparavant, quand il l'avait essayé sur une volonté qui ne voulait pas se laisser prendre. Par chance, Artémis Entreri ne s'était pas rendu compte de cette tentative ce jour-là et Amas avait été suffisamment sage pour ne plus effectuer d'autre essai sur l'assassin.

Il laissa glisser son regard sur Régis, qui avait perdu connaissance sous l'effet de la douleur. Il devait admettre être impressionné par le petit halfelin. Même si ce dernier s'était familiarisé avec le joyau, ce qui l'avait avantagé dans sa lutte, seule une volonté de fer était en mesure de résister à son attraction.

— Ça ne t'aidera pas pour autant, murmura-t-il à la forme inconsciente. Il changea de position sur son fauteuil, ferma les yeux, et imagina une nouvelle torture pour Régis.

Le bras recouvert d'une manche de robe brune se glissa sous le rabat de la tente, en tenant par la cheville le corps inerte du nain à la barbe rousse. Les doigts de Sali Dalib reprirent leur danse habituelle et son sourire d'or et d'ivoire s'élargit tant qu'il parut prêt d'emporter ses oreilles. Son petit assistant gobelin ne cessait de sauter à côté de lui en poussant des cris aigus :

— Magie ! Magie ! Magie !

Bruenor ouvrit un œil et leva un bras afin de dégager sa longue barbe de son visage.

— Ça t'plaît, c'que tu vois ? dit-il, narquois.

Le sourire de Sali Dalib s'évanouit et ses doigts s'immobilisèrent, croisés les uns sur les autres.

L'homme qui tenait Bruenor – Wulfgar, qui avait revêtu la robe d'un bandi – pénétra dans la tente, suivi de Catti-Brie.

— C'donc vous qui avez mis les bandits sur notr' piste ! gronda la jeune femme.

Choqué, Sali Dalib émit un charabia incompréhensible et fit demi-tour pour s'enfuir… et se trouva face à un trou parfaitement découpé à l'arrière de sa tente, au centre duquel se tenait Drizzt Do'Urden, appuyé sur l'un de ses cimeterres, tandis que l'autre reposait négligemment sur son épaule. En outre, pour accentuer la terreur du marchand, Drizzt avait une nouvelle fois ôté son masque magique.

— Hum… La meilleure des routes ? bégaya Sali Dalib.

— Meilleure pour toi et tes amis ! gronda Bruenor.

— Enfin, c'est ce qu'ils croyaient, se hâta de préciser Catti-Brie.

Sali Dalib afficha un sourire penaud. Néanmoins, il s'était retrouvé une centaine de fois en mauvaise posture et était toujours parvenu à s'en sortir. Il leva les mains vers le ciel, comme pour reconnaître sa défaite, puis, d'un geste vif, sortit de l'une des nombreuses poches de sa robe de petits globes en céramique, qu'il projeta violemment à ses pieds. Des explosions multicolores libérèrent une épaisse fumée aveuglante, tandis que le marchand fuyait vers le côté de la tente.

Instinctivement, Wulfgar lâcha Bruenor et bondit en avant mais ses mains ne saisirent que du vide. Le nain heurta le sol la tête la première et roula jusqu'à se stabiliser en position assise, son casque à une corne penché sur le côté de la tête. Alors que la fumée se dissipait, le barbare, quelque peu gêné, considéra Bruenor, qui secouait la tête de dépit.

— Je sens qu'cette aventure va être longue…

Seul Drizzt, en permanence sur ses gardes, n'avait pas été pris au dépourvu. Il s'était protégé les yeux des explosions, et avait aperçu la silhouette embrumée du marchand s'élancer vers la gauche. Il aurait pu le rattraper avant qu'il se faufile par un rabat caché de la tente si l'assistant de Sali Dalib n'avait trébuché sur son chemin. Ralentissant à peine, Drizzt donna un coup de la poignée de *Scintillante* sur le petit front du gobelin, qui sombra aussitôt dans l'inconscience. Il replaça ensuite son masque sur son visage et se lança dans les rues de Memnon.

Catti-Brie se précipita derrière Drizzt et Bruenor se releva d'un bond.

— Faut l'rattraper, mon garçon ! cria-t-il à Wulfgar.

La chasse était ouverte.

Drizzt vit le marchand se mêler à la foule des rues. La robe criarde de celui-ci se fondait parfaitement dans la myriade de couleurs de la cité, aussi l'elfe ajouta-t-il sa touche personnelle. Comme il l'avait fait contre le magicien invisible sur le pont du vaisseau pirate, il envoya une lueur pourpre de flammes autour de Sali Dalib.

Drizzt accéléra le rythme, se faufilant entre les badauds avec une facilité ahurissante sans perdre des yeux la ligne violette ondulante devant lui.

Bruenor se déplaçait avec moins de grâce. Après avoir doublé Catti-Brie, il plongea la tête la première dans la forêt de jambes et de pieds martelant le sol, et se servit de son bouclier pour repousser ceux qui lui barraient le chemin. Derrière lui, Wulfgar ouvrait un passage encore plus large, si bien que Catti-Brie n'eut aucune difficulté à les suivre.

Ils progressèrent ainsi sur une dizaine de carrefours avant de déboucher sur un marché en plein air, où Wulfgar renversa involontairement une charrette de gros melons jaunes. Des cris de protestation jaillissaient sur leur passage mais ils gardaient les yeux tournés vers l'avant, chacun suivant celui qui le précédait et tâchant d'éviter de se perdre dans cette agitation inouïe.

Sali Dalib comprit immédiatement que ce contour de flammes le faisait trop remarquer pour espérer s'échapper dans les rues. Pour ne rien arranger, les doigts pointés et les yeux de centaines de badauds se tournaient vers lui à chaque carrefour, ce qui constituait autant de panneaux indicateurs pour ses poursuivants. Il se saisit alors de la seule chance qui s'offrait à lui ; il traversa une rue et se précipita sur les portes d'un imposant bâtiment en pierre.

Drizzt se retourna afin de s'assurer que ses amis le suivaient, puis se rua à son tour sur les portes, avant de déraper et de s'immobiliser sur le marbre glissant d'un établissement de bains publics. Deux gigantesques eunuques s'avancèrent pour bloquer l'elfe habillé ; toutefois, comme le marchand peu de temps avant lui, le vif Drizzt reprit trop vite sa course pour être arrêté. Il courut, autant qu'il patina, dans un petit couloir d'entrée qui débouchait sur la pièce principale, dans laquelle se trouvait un vaste bassin sur lequel flottait une vapeur opaque, exhalant un mélange de sueur et de savons parfumés. Drizzt croisait des corps nus à chaque pas, aussi devait-il prendre garde à l'endroit où il plaçait les mains quand il se glissait entre les baigneurs.

Bruenor évita de peu la chute quand il fit son entrée dans la pièce glissante. Les eunuques, qui s'étaient déjà déplacés, se dressèrent devant lui.

— Pas de vêtements ! exigea l'un d'entre eux.

N'ayant pas de temps à perdre en vaines discussions, le nain écrasa de sa lourde botte le pied nu de l'un des géants, puis agit de même avec l'autre pour faire bonne mesure. Wulfgar survint alors et percuta le second eunuque, qui fut projeté sur le côté.

Penché en avant pour courir plus vite, le barbare n'avait aucune chance de s'arrêter ou de tourner sur ce sol glissant. Il heurta brutalement Bruenor, qui s'était retourné et s'apprêtait à se diriger vers le bassin, et tous deux s'écroulèrent au sol, entraînés dans une glissade qu'ils furent incapables de freiner.

Ils percutèrent le rebord du bassin et basculèrent dans l'eau. Wulfgar se releva, immergé jusqu'à la taille, entre deux superbes femmes nues qui gloussaient.

Le barbare balbutia des excuses, la langue curieusement coincée dans sa bouche. Soudain, une gifle reçue à l'arrière du crâne lui fit reprendre ses esprits.

— T'es ici pour trouver l'marchand, tu t'rappelles ? lui dit Catti-Brie.

— C'est ce que je fais ! lui assura Wulfgar.

— Dans ce cas, cherche celui qui est entouré de pourpre !

Les yeux libérés de la crainte d'une autre claque, Wulfgar remarqua le casque à une corne qui dépassait de l'eau à côté de lui.

Il plongea vivement la main et attrapa Bruenor par la peau du cou et le hissa hors du bassin. Le nain mécontent apparut les bras croisés et secoua une nouvelle fois la tête, d'incrédulité.

Drizzt sortit par la porte arrière de l'établissement et se retrouva dans une ruelle déserte, le premier endroit non surpeuplé qu'il voyait depuis son arrivée à Memnon. Désirant mettre toutes les chances de son côté, il escalada la façade du bâtiment et trottina sur le toit.

Sali Dalib avait ralenti son allure, persuadé d'avoir échappé à ses poursuivants. Le feu violet du drow avait disparu, ce qui réconfortait encore plus le marchand. Il se fraya un chemin dans le dédale des ruelles secondaires, où il n'y avait aucun des habituels clochards ivres, affalés contre les murs, susceptibles de renseigner ses poursuivants. Il progressa ainsi sur une centaine de mètres, en changeant fréquemment de direction, puis d'encore autant, avant d'emprunter une ruelle dont il savait qu'elle débouchait sur le plus vaste marché de Memnon, où n'importe qui pouvait se rendre invisible en un clin d'œil.

Pourtant, alors que Sali Dalib approchait de l'extrémité de la ruelle, une silhouette elfique atterrit soudain devant lui et deux cimeterres furent dégainés en une fraction de seconde. Les deux armes se croisèrent devant le marchand stupéfait, puis vinrent se poser sur ses clavicules, avant de dessiner des lignes de chaque côté de son cou.

Quand les quatre compagnons regagnèrent la tente du prisonnier, ils furent soulagés de trouver le petit gobelin gisant à l'endroit où Drizzt l'avait assommé. Sans la moindre douceur, Bruenor souleva la malheureuse créature et l'attacha dos à dos contre son maître. Wulfgar tenta de l'aider mais ne réussit qu'à enrouler la corde autour de l'avant-bras du nain. Celui-ci se libéra d'un geste et repoussa le barbare.

— J'aurais dû rester à Castelmithral ! grogna-t-il. J'étais plus en sécurité avec les gris qu'derrière toi et la fillette !

Wulfgar et Catti-Brie se tournèrent vers Drizzt, en quête de soutien, mais le drow se contenta de sourire et se déplaça vers le côté de la tente.

— Ha ha ha ha ha ! gloussa nerveusement Sali Dalib. Pas de problème. Marché conclu ? Beaucoup de choses pour vous ! Ce que vous voulez...

— La ferme ! le coupa Bruenor. (Le nain adressa un clin d'œil à Drizzt, signifiant qu'il avait l'intention de jouer le rôle du méchant dans cette entrevue.) Je n'veux rien de quelqu'un qui m'a roulé ! Mon cœur crie vengeance ! (Il se tourna vers ses amis.) Vous avez tous vu sa tête quand il m'a cru mort. C'est sûrement lui qui a dit aux bandits où nous étions.

— Sali Dalib jamais..., bégaya le marchand.

— J'ai dit : la ferme ! lui hurla Bruenor en plein visage.

Le nain positionna sa hache au-dessus de son épaule, comme s'il s'apprêtait à frapper.

Le marchand regarda Drizzt, perplexe, car celui-ci avait remis son masque en place et ressemblait de nouveau à un elfe de la surface. Il devinait laquelle de ces deux facettes constituait la véritable identité de Drizzt. Supposant que la peau sombre convenait mieux à cet elfe terrifiant, il ne songea même pas à le supplier.

— Attends, une seconde, intervint soudain Catti-Brie, une main sur la poignée de l'arme de Bruenor. Il y a peut-être une façon pour ce chien d'sauver son cou.

— Bah ! À quoi pourrait-il nous servir ? répliqua le nain, qui lança au passage un clin d'œil à sa fille pour la féliciter du rôle qu'elle jouait à la perfection.

— Il nous conduira à Portcalim, répondit la jeune femme. (Elle jeta un regard d'acier à Sali Dalib, l'avertissant qu'il ne devait s'attendre à aucune pitié de sa part.) Cette fois, il nous mènera certainement sur la véritable meilleure des routes.

— Oui ! Oui ! Ha ha ha ha ha ! laissa échapper le prisonnier. Sali Dalib vous montre le chemin !

— Nous montre ? aboya Wulfgar, pour ne pas être en reste. Tu vas nous guider jusqu'à Portcalim !

— Très long..., grogna le marchand. Cinq jours, au moins... Sali Dalib ne peut pas... (Bruenor leva sa hache.) Oui, oui ! Bien sûr ! Sali Dalib vous conduit là-bas. Vous mène à la porte... vous accompagne au-delà de la porte. (Il s'était hâté de se corriger.) Sali Dalib trouve même de l'eau. Nous devons rattraper la caravane.

— Pas de caravane, l'interrompit Drizzt, qui surprit du même coup ses amis. Nous voyagerons seuls.

— Dangereux, répondit Sali Dalib. Très, très dangereux. Le désert Calim rempli de monstres. Dragons et bandits.

— Pas de caravane, répéta le drow sur un ton que personne n'osa contredire. Détachez-les, qu'ils se préparent.

Bruenor acquiesça et approcha son visage à quelques centimètres de celui du prisonnier.

— J'ai bien l'intention d'les surveiller moi-même, dit-il à Drizzt, même si ses paroles s'adressaient plus à Sali Dalib et au petit gobelin. À la première entourloupe, j'les découpe en morceaux !

Moins d'une heure plus tard, cinq chameaux quittaient la bordure sud de Memnon et s'enfonçaient dans le désert Calim, munis de cruches en céramique remplies d'eau qui s'entrechoquaient sur leurs flancs. Drizzt et Bruenor ouvraient la marche, suivant les poteaux indicateurs désignant la route du Commerce. Le drow portait son masque mais s'abritait autant que possible sous sa capuche, tant la lueur éclatante du soleil réfléchie par le sable blanc brûlait ses yeux, autrefois accoutumés aux ténèbres absolues du monde souterrain.

Sali Dalib suivait, son assistant assis devant lui sur le même chameau, puis venaient Wulfgar et Catti-Brie. Cette dernière gardait *Taulmaril* sur ses genoux, une flèche d'argent encochée, comme pour rappeler sa position au marchand sournois.

La chaleur augmenta au-delà de tout ce qu'avaient connu les compagnons, à l'exception de Drizzt, qui avait vécu dans les entrailles mêmes du monde. Pas un nuage n'atténuait les violents rayons du soleil et pas la moindre brise ne se levait qui leur offrirait un peu de fraîcheur. Sali Dalib, plus habitué à la chaleur, était conscient que le manque de vent était en réalité une chance, le souffle du désert se traduisant par du sable volant et aveuglant, l'assassin le plus redoutable du Calim.

La nuit fut plus agréable ; la température avait nettement chuté et la pleine lune transformait les crêtes infinies des dunes en un paysage de rêve argenté qui évoquait les vagues déferlantes d'un océan. Le groupe dressa un campement pour quelques heures et se relaya pour surveiller les guides réticents.

Catti-Brie se réveilla peu après minuit. Elle s'assit et s'étira, pensant que c'était à son tour de monter la garde. Elle vit Drizzt, debout près du feu et occupé à contempler le ciel étoilé.

N'était-ce pas lui qui avait déjà pris le premier tour de garde ? se demanda-t-elle.

Elle évalua la position de la lune afin de s'assurer de l'heure. Il n'y avait aucun doute ; la nuit était bien avancée.

— Des ennuis ? demanda-t-elle doucement en le rejoignant. (Le ronflement sonore de Bruenor répondit à la place de Drizzt.) Je peux t'remplacer. Même un elfe drow doit dormir.

— Je parviens à me reposer sous ma capuche, quand le soleil est haut dans le ciel, répondit-il en plongeant ses yeux lavande dans le regard inquiet de Catti-Brie.

— Puis-je me joindre à toi, alors ? La nuit est si belle...

Drizzt sourit et releva la tête vers les étoiles, vers le charme du ciel nocturne, non sans une nostalgie mystique au fond du cœur, plus profonde qu'aucun elfe de la surface n'en avait jamais connu.

Catti-Brie glissa ses doigts fins dans la main de l'elfe et resta à côté de lui, silencieuse, peu désireuse de déranger davantage son plaisir, et partageant bien plus que de simples mots avec le plus cher de ses amis.

La chaleur fut plus intense le lendemain, et pire encore les jours suivants. Néanmoins, les chameaux poursuivaient leur chemin sans effort, tandis que les quatre compagnons, qui avaient survécu à tant d'épreuves, considéraient cette marche harassante comme un simple obstacle supplémentaire à franchir durant le voyage qu'ils devaient accomplir.

Ils ne virent aucun autre signe de vie et en furent ravis, n'importe quel être vivant dans cette région désolée ne pouvant se révéler qu'hostile. La chaleur était un ennemi bien suffisant et ils avaient la sensation que leur peau se desséchait jusqu'à craquer.

Quand l'un d'entre eux était sur le point de renoncer, ne supportant plus le soleil implacable, le sable brûlant ou la chaleur, il ou elle pensait simplement à Régis.

Quelles affreuses tortures le halfelin endurait-il à cet instant de la part de son ancien maître ?

Épilogue

Caché dans l'ombre d'une porte, Entreri vit le Pacha Amas s'engager dans les escaliers qui conduisaient à la sortie du bâtiment de la guilde. Cela faisait moins de une heure qu'Amas avait récupéré son rubis et il s'apprêtait déjà à s'en servir. Entreri devait le reconnaître : le maître de guilde ne tergiversait jamais.

Il attendit que celui-ci soit parti pour regagner à pas furtifs le dernier étage. Les gardes postés devant l'ultime porte ne firent pas le moindre geste pour l'arrêter, bien qu'Entreri n'ait aucun souvenir d'eux datant de son ancien passage au sein de la guilde. Prudent, Amas avait sans doute fait passer le mot concernant le rang d'Entreri parmi les voleurs, lui accordant ainsi tous les privilèges dont il avait autrefois bénéficié.

Pas de tergiversation.

Entreri s'approcha de la porte de son ancien appartement, où LaValle résidait désormais, et frappa discrètement contre le battant.

— Entrez, entrez, l'invita le magicien, peu surpris du retour de l'assassin.

— C'est bon d'être de retour, dit ce dernier.

— Comme il est bon de vous voir de nouveau parmi nous, répondit LaValle avec sincérité. Les choses ont bien changé depuis votre départ, elles ont même empiré ces derniers mois.

Entreri comprit où voulait en venir le magicien.

— Rassiter ?

LaValle esquissa une grimace.

— Conservez le dos contre un mur quand il traîne dans les parages. (Il fut saisi d'un frisson mais se reprit rapidement.)

Cependant, avec votre retour aux côtés d'Amas, Rassiter apprendra où se trouve sa place.

— Peut-être, même si je ne suis pas certain qu'Amas soit aussi ravi de me revoir.

— Vous le connaissez, gloussa le magicien. Il pense toujours en tant que maître de guilde ! Il souhaitait lui-même organiser votre entrevue avec lui afin d'asseoir son autorité. Cet incident est déjà derrière nous. (Le regard d'Entreri donna à LaValle le sentiment qu'il n'en était pas aussi sûr.) Amas l'oubliera.

— Mes poursuivants ne devraient pas être aussi facilement oubliés, répondit l'assassin.

— Amas a chargé Pinochet de mener cette tâche à bien. Ce pirate n'a jamais connu l'échec.

— Ce pirate n'a jamais affronté de si redoutables adversaires, contra Entreri, avant de poser les yeux sur la boule de cristal, au centre de la table. Il nous faut en être certains.

LaValle réfléchit quelques instants, puis hocha la tête, ayant de toute façon eu l'intention de s'en servir.

— Regardez le globe, dit-il. Je vais essayer d'y faire apparaître des images de Pinochet.

La boule de cristal resta sombre durant quelques instants, puis se remplit de fumée. LaValle n'avait pas souvent traité avec Pinochet mais il le connaissait suffisamment pour provoquer une simple vision. Quelques secondes plus tard, l'image d'un vaisseau amarré apparut – pas un bâtiment pirate mais un navire marchand. Entreri songea aussitôt à un imprévu.

La boule de cristal sonda ensuite plus profondément, à travers la coque du vaisseau, et les soupçons de l'assassin furent confirmés ; dans un coin isolé de la cale le fier capitaine était assis, les coudes sur les genoux et la tête dans les mains, enchaîné à la paroi.

Abasourdi, LaValle se tourna vers Entreri, qui était trop absorbé par l'image pour lui offrir la moindre explication. Un de ses rares sourires venait d'apparaître sur son visage.

Le magicien jeta un sort qui augmenta le pouvoir de la boule de cristal et murmura :

— Pinochet… (Le pirate redressa la tête et regarda autour de lui.) Où êtes-vous ?

— Obéron ? C'est vous, magicien ?

— Non. Je suis LaValle, le sorcier d'Amas à Portcalim. Où êtes-vous ?

— Memnon. Pouvez-vous me sortir de là ?

— Que sont devenus l'elfe et le barbare ? demanda Entreri à LaValle.

— Je les tenais ! siffla Pinochet, qui avait entendu la question. Ils étaient piégés dans un canal sans aucune chance de s'échapper ! Mais un nain a surgi, aux commandes d'un chariot de feu, accompagné d'une femme munie d'un arc... un arc mortel.

Il s'interrompit, luttant contre l'écœurement qui le gagnait en repensant à cette rencontre.

— Résultat ? le pressa LaValle, stupéfait par ces révélations.

— Un vaisseau s'est enfui, un autre – le mien – a sombré, et le troisième a été capturé, grogna le pirate. (Il grimaça avant de redemander, plus énergiquement :) Pouvez-vous me sortir de là ?

LaValle adressa un regard impuissant à Entreri, qui se tenait désormais au-dessus de la boule de cristal et ne perdait pas un mot.

— Où sont-ils ? gronda-t-il, toute patience envolée.

— Partis... Partis avec la fille et le nain dans Memnon.

— Depuis combien de temps ?

— Trois jours.

L'assassin fit signe au magicien qu'il en avait assez entendu.

— Je vais demander au Pacha Amas d'envoyer des ordres à Memnon, assura celui-ci au pirate. Vous serez libéré.

Pinochet retomba dans son attitude de découragement initiale. Bien sûr qu'il serait libéré, cela avait déjà été arrangé. Il avait en réalité vaguement espéré que LaValle le sortirait par magie de l'*Esprit follet de la mer*, ce qui l'aurait libéré des engagements que Deudermont le forcerait à tenir quand il le relâcherait.

— Trois jours, dit LaValle à Entreri, tandis que la boule de cristal s'assombrissait. Il est possible qu'ils se trouvent à mi-chemin à cette heure.

Entreri parut amusé par cette idée.

— Le Pacha Amas ne doit rien savoir de tout ça, lâcha-t-il soudain.

Le magicien se laissa aller, le dos contre sa chaise.

— Il doit être prévenu.

— Non ! Ce ne sont pas ses affaires.

— La guilde pourrait être en danger.

— Vous ne me pensez pas capable de régler ça ? demanda Entreri à voix basse et sur un ton sévère. (LaValle sentit les yeux durs de l'assassin posés sur lui, comme s'il était brusquement devenu un obstacle à surmonter, puis ce dernier adoucit son regard et sourit.) Vous connaissez le faible du Pacha Amas pour les fauves. Donnez-lui ceci et dites-lui que vous l'avez façonnée pour lui.

Sur ces derniers mots, Entreri sortit de sa poche un petit objet noir, qu'il jeta sur la table du magicien. Celui-ci s'en empara et ses yeux s'écarquillèrent quand il comprit de quoi il s'agissait.

Guenhwyvar.

Sur un plan lointain, le grand félin frémit quand le magicien effleura la statuette et se il demanda si son maître allait enfin l'invoquer à ses côtés.

Cependant, après un moment, la sensation s'atténua et l'animal reprit sa position de repos.

Tant de temps avait passé.

— Cet objet renferme une entité, balbutia le magicien, à qui la force de la statuette d'onyx n'avait pas échappé.

— Une puissante entité, confirma Entreri. Quand vous aurez appris à la contrôler, vous aurez offert un nouvel allié à la guilde.

— Comment vous remercier…, commença LaValle, avant de s'interrompre ; le prix de la panthère venait d'être fixé. Pourquoi ennuyer Amas avec des détails qui ne le concernent pas ?

Il accompagna ses derniers mots d'un rire et recouvrit la boule de cristal d'une étoffe.

Entreri se dirigea vers la porte, assenant une bourrade sur l'épaule du magicien au passage. Trois années n'avaient en rien altéré la bonne entente qui unissait les deux hommes.

Drizzt et ses amis approchant, Entreri avait toutefois des affaires plus urgentes à régler. Il lui fallait rendre visite à Régis aux Neuf Cellules.

L'assassin avait besoin d'un autre cadeau.

Troisième partie

Empires déserts

C'est comme regarder dans un miroir qui réfléchirait le monde en négatif, transformant les cheveux blancs en cheveux noirs, la peau noire en peau blanche et les yeux clairs en regard sombre. Un miroir suffisamment élaboré pour remplacer un sourire par un froncement de sourcils, une expression amicale par un perpétuel air renfrogné.

C'est ainsi que je vois Artémis Entreri, ce guerrier capable d'imiter chacun de mes gestes avec la même précision et la même grâce, ce guerrier que je considère comme mon égal en tout point, à l'exception d'un seul.

Comme il fut difficile pour moi de l'affronter dans les profondeurs de Castelmithral, chacun luttant pour sa vie ! D'une façon étrange, lors de ce combat, ce ne furent pas les considérations morales qui me perturbèrent le plus. Ce ne fut pas davantage la conviction qu'Entreri aurait dû mourir, et que moi-même, si je n'avais pas été si lâche, j'aurais dû le tuer à ce moment, même si ce geste devait me coûter la vie alors que je tentais de m'échapper de ces entrailles inhospitalières. Non, rien de tout cela.

Ce qui me rendit la tâche si ardue fut le fait de regarder cet homme, cet assassin humain, et de savoir, sans le moindre doute, que j'aurais très bien pu me contempler moi-même.

Serais-je devenu un tel être si je n'avais pas rencontré Zaknafein lors de mes premières années à Menzoberranzan ? Si je n'avais pas découvert l'exemple qui me confirmait tant que les habitudes drows, morales comme pratiques, n'étaient pas convenables ? Serais-je devenu ce tueur au cœur de pierre si j'avais suivi Briza, ma sœur maléfique, en lieu et place de la plus douce Vierna ?

Je crains que oui, malgré tout ce que je sais être authentique au plus profond de mon cœur. J'aurais été submergé par la situation qui m'entourait, j'aurais succombé au désespoir au point qu'il n'aurait subsisté que peu de compassion et de justice en moi. Je serais devenu un assassin, fidèle à mon propre code éthique, mais avec des principes pervertis de façon si horrible que je n'aurais plus compris la nature de mes actes, que je n'aurais plus été capable de justifier que par le cynisme le plus absolu.

J'ai vu tout cela quand j'ai regardé Entreri. J'ai également profondément remercié Mailikki pour toutes ces personnes rencontrées au cours de ma vie, pour Zaknafein, pour Belwar Dissengulp et pour Montolio, qui m'ont aidé à rester sur le droit chemin. Si je voyais en Entreri ce que j'aurais pu devenir, je devais alors reconnaître que celui-ci aurait de son côté pu évoluer jusqu'à me ressembler, connaître la compassion et le partage, avoir des amis, de bons amis, et découvrir l'amour.

Je pense souvent à lui, tout comme, c'est certain, il pense souvent à moi. Tandis que son obsession est basée sur l'orgueil, sur le défi de me vaincre au combat, la mienne est faite de curiosité, de ma recherche de réponses en moi-même en observant les actes de celui que j'aurais pu devenir.

Est-ce que je le hais ?

Eh bien non, si étrange que cela puisse paraître. L'absence de haine n'a aucun rapport avec le respect que j'éprouve pour ses prouesses de combattant, car ce respect bien délimité n'a lieu d'être que sur le champ de bataille. Non, je ne déteste pas Artémis Entreri parce que je le plains, les événements l'ayant conduit à prendre de mauvaises décisions. Il y a une force authentique en lui. Il y a également, ou il y avait, un certain potentiel pour faire le bien dans un monde qui a tant besoin de héros. En effet, malgré ses méfaits, j'ai fini par comprendre qu'il agit en respectant strictement un certain code. Dans sa propre vision altérée du monde, je pense qu'Entreri est sincèrement persuadé de ne jamais avoir tué quelqu'un qui ne le méritait pas. Il a détenu Catti-Brie sans la violer.

Quant à son comportement vis-à-vis de Régis... Eh bien, Régis, en réalité, était un voleur, et bien qu'il s'en soit pris à un autre voleur, son crime n'était pas excusable. À Luskan, comme dans la plupart des cités des Royaumes, les voleurs perdent leurs mains, voire pire. Un chasseur de primes chargé de récupérer un objet volé, ainsi que la personne qui l'a dérobé, se trouve assurément du bon côté de la loi s'il tue ce voleur ou quiconque l'entrave dans sa tâche.

À Portcalim, Artémis Entreri œuvre parmi les voleurs et les malfrats, à la limite de la civilisation. C'est ainsi qu'il fréquente la mort, comme le faisait Zaknafein dans les ruelles de Menzoberranzan. Il existe une différence – c'est certain ! – entre eux deux et je ne veux en aucune façon excuser Entreri pour ses crimes. Je ne le considérerai pas non plus comme un simple monstre assassin comme l'était, par exemple, Errtu.

Non, il y avait autrefois du potentiel en lui, je le sais, et même si j'ai peur qu'il se soit largement éloigné de cette route, quand je regarde Artémis Entreri, je me vois moi-même, je vois la capacité d'aimer, ainsi que celle de perdre tout cela et de devenir froid.

Si froid.

Peut-être nous rencontrerons-nous de nouveau et combattrons-nous. Si je le tue, je ne verserai pas une larme sur lui. Pas pour ce qu'il est, en tout cas, mais il est possible que je pleure la personne que ce merveilleux guerrier aurait pu devenir.

Si je le tue, c'est moi-même que je pleurerai.

Drizzt Do'Urden

16

La cité la plus immonde

Entreri se faufilait entre les ombres des bas-fonds de Portcalim aussi silencieusement qu'une chouette glissant dans la pénombre de la forêt. Il se sentait chez lui, ici. C'était l'endroit qu'il connaissait le mieux, et les habitants des rues de la cité n'oublieraient jamais le jour où Artémis Entreri avait de nouveau marché à côté d'eux – ou derrière eux…

Il ne pouvait réprimer un léger sourire quand des murmures étouffés s'élevaient dans son sillage – les voyous les plus expérimentés apprenaient aux nouveaux venus que le roi était de retour. Entreri ne laissait jamais sa réputation légendaire – même si elle était amplement méritée – interférer avec l'état d'alerte permanent grâce auquel il était resté en vie durant toutes ces années. Dans les rues, une réputation de pouvoir ne servait qu'à désigner un homme comme cible à d'ambitieux seconds couteaux en quête de renommée.

Par conséquent, sa première tâche en ville, en dehors de ses obligations vis-à-vis du Pacha Amas, était de rétablir le réseau d'informateurs et d'associés qui lui permettraient de conserver sa position. Il avait déjà une importante mission à confier à l'un d'entre eux, avec Drizzt et son équipe approchant à grands pas, et il savait à qui s'adresser.

— J'ai appris votre retour, grinça un petit être qui ressemblait à un garçonnet quand Entreri se pencha et entra dans sa demeure. Comme la plupart d'entre nous, je suppose…

Entreri accepta le compliment d'un hochement de tête.

— Quoi de neuf, mon ami halfelin ?

— Presque rien… et beaucoup de choses à la fois, répondit Dondon.

Il se dirigea vers la table située dans le coin le plus sombre de son petit logement, la pièce latérale d'une auberge bon marché, le *Serpent Ondulant*, qui donnait sur la ruelle.

— Les règles des rues ne changent pas, contrairement aux joueurs, poursuivit-il. Son regard glissa sur la lampe éteinte disposée sur la table pour se river sur les yeux de l'assassin. (Afin de s'assurer que celui-ci avait bien saisi son propos, il insista :) Artémis Entreri était parti, après tout, et la suite royale était libre.

Entreri acquiesça, ce qui détendit le halfelin, qui lâcha un soupir peu discret.

— Amas contrôle toujours les marchands et les quais, dit l'assassin. Qui règne sur les rues ?

— Toujours Amas. Du moins en théorie. Il a placé un autre agent à votre poste. Une horde complète d'agents. (Dondon s'interrompit et réfléchit. Une fois encore, il devait soupeser avec soin chacun de ses mots avant de s'exprimer.) Peut-être serait-il plus exact de dire qu'Amas ne contrôle pas les rues mais plutôt qu'il les fait toujours contrôler.

Entreri sut, avant même de le demander, où le petit halfelin voulait en venir.

— Rassiter, lâcha-t-il d'une voix glaciale.

— Il y a beaucoup à dire sur ce type et sa bande, gloussa Dondon en se retournant vers la lampe pour essayer de l'allumer.

— Amas lâche la bride aux rats-garous et les malfrats de la cité prennent garde de ne pas entraver la guilde.

— Rassiter et les siens sont impitoyables…

— Et seront impitoyablement abattus.

Devant la froideur du ton d'Entreri, Dondon quitta des yeux la lanterne et, pour la première fois, il reconnut véritablement l'ancien Artémis Entreri, cet humain combattant des rues qui avait bâti son empire des ombres ruelle après ruelle. Le halfelin ne put retenir un frisson, qui parcourut sa colonne vertébrale, puis il fit quelques pas, peu à l'aise.

Conscient de l'effet qu'il venait de produire, Entreri changea aussitôt de sujet.

— Assez parlé de ça, dit-il. Ça ne te concerne pas, petit. J'ai un boulot pour toi qui correspond mieux à tes talents.

Après avoir enfin réussi à allumer la mèche de la lanterne, Dondon approcha une chaise, impatient de satisfaire son ancien chef.

Ils discutèrent durant plus de une heure, jusqu'à ce que la lampe constitue le dernier rempart contre l'obscurité grandissante de la nuit. Puis Entreri prit congé et passa par la fenêtre avant d'atterrir dans la ruelle. Il ne pensait pas Rassiter assez stupide pour s'en prendre à lui avant de l'avoir pleinement évalué ou avant même d'avoir simplement commencé à envisager l'envergure de son adversaire.

Une fois encore, Entreri ne plaçait pas Rassiter très haut sur une échelle d'intelligence.

Peut-être était-ce pourtant l'assassin qui ne comprenait pas réellement son adversaire, ni à quel point ce dernier et ses laquais minables étaient parvenus à dominer les rues ces trois dernières années. Moins de cinq minutes après le départ d'Entreri, la porte du domicile de Dondon s'ouvrit de nouveau.

Et Rassiter fit son entrée.

— Que voulait-il ? demanda le combattant prétentieux en s'installant confortablement sur la chaise près de la table.

Gêné, Dondon s'écarta et remarqua deux hommes du rat-garou postés dans l'entrée. Après plus d'un an, le halfelin ne se sentait toujours pas à l'aise avec Rassiter.

— Presse-toi, j'attends, insista ce dernier, avant de répéter sa question sur un ton plus sévère. Que voulait-il ?

S'il était une chose au monde que Dondon voulait éviter à tout prix, c'était bien de se trouver pris dans un feu croisé entre les rats-garous et l'assassin. Hélas pour lui, il n'avait guère d'autre choix que de répondre à Rassiter. Si Entreri venait à apprendre son double jeu, le halfelin savait qu'il n'aurait plus que quelques jours à vivre.

D'un autre côté, s'il ne se livrait pas au rat-garou, sa mort n'en serait pas moins certaine, et d'une façon moins expéditive.

Aucun autre choix ne s'offrant à lui, il soupira et raconta tout, au détail près, à Rassiter.

Celui-ci ne donna aucun contrordre aux instructions d'Entreri. Il avait l'intention de laisser Dondon jouer son rôle exactement comme l'assassin l'avait imaginé. Apparemment, le rat-garou pensait pouvoir retourner la situation à son avantage. Il resta assis en silence un long moment, à gratter son menton glabre tout en savourant à l'avance une victoire facile, tandis que ses dents cassées luisaient d'un jaune encore plus intense à la lueur de la lanterne.

— Nous accompagneras-tu cette nuit ? demanda-t-il au halfelin, satisfait d'avoir réglé la question de l'assassin. La lune sera brillante et la fourrure va bien pousser juste là, n'est-ce pas ?

Il pinça l'une des joues enfantines de Dondon, qui se dégagea.

— Pas cette nuit, dit-il, un peu trop brusquement.

Rassiter redressa la tête et étudia le halfelin avec curiosité. Il l'avait toujours suspecté de ne pas être à l'aise avec sa nouvelle forme. Peut-être sa résistance était-elle liée au retour de son ancien chef ?

— Prenez-vous-en à lui et vous mourrez, reprit Dondon, ce qui provoqua un regard encore plus intrigué de la part du rat-garou, qu'ignora le halfelin. Vous n'avez pas encore compris à qui vous avez affaire. Il ne faut pas plaisanter avec Artémis Entreri, pas si on possède un peu de sagesse. Il sait tout. Si un demi-rat comme moi est surpris à courir avec votre bande, je le paierai de ma vie et vos plans tomberont à l'eau.

Il se leva et, malgré la répulsion que lui inspirait le personnage, approcha son visage grave, à quelques centimètres du nez de Rassiter.

— Je le paierai de ma vie, répéta-t-il. Au minimum.

Rassiter bondit vivement de la chaise, qu'il envoya valser à l'autre bout de la pièce. Il avait trop entendu parler d'Artémis Entreri en une seule journée à son goût. Partout où il se rendait, des lèvres tremblantes prononçaient le nom de l'assassin.

Ne savent-ils donc pas que c'est Rassiter qu'ils doivent craindre ? se dit-il une fois de plus alors que, furieux, il se dirigeait vers la porte.

Il ressentit à cet instant une démangeaison caractéristique sur le menton, suivie d'une sensation de fourmillements qui gagna tout son corps. Dondon recula et détourna le regard, toujours mal à l'aise devant ce spectacle.

Rassiter envoya valser ses bottes et desserra sa chemise et son pantalon. Sa fourrure était désormais bien visible, jaillissant de sa peau en touffes hirsutes. Complètement pris par la fièvre, il s'adossa contre le mur, tandis que sa peau était parcourue de boursouflures et de gonflements, particulièrement sur le visage. Il poussa un cri de triomphe lorsque son museau s'allongea, malgré la souffrance de sa transformation, toujours aussi intense la millième fois que la première.

Il se tenait là, devant Dondon, sur ses deux jambes, comme un homme, mais était désormais pourvu de moustaches et de fourrure, ainsi que d'une longue queue rose, qui sortait de l'arrière de son pantalon.

— Tu viens avec moi ? demanda-t-il au halfelin.

Masquant sa répulsion, celui-ci se hâta de décliner la proposition. En voyant l'homme-rat, il se demanda comment il avait pu lui permettre de le mordre, l'infectant ainsi de son cauchemar lycanthropique. « *Ça te donnera du pouvoir !* » avait promis Rassiter.

Mais à quel prix ? songea Dondon. *Avoir l'allure et l'odeur d'un rat ? Ce n'est pas une bénédiction mais une maladie.*

Devinant le dégoût du halfelin, Rassiter plissa son museau de rat et émit un sifflement menaçant avant de se retourner vers la porte.

Il lança un dernier regard à Dondon avant de s'en aller.

— Ne te mêle pas de ça ! lui rappela-t-il. Agis comme on te l'a ordonné et cache-toi !

— Ne vous en faites pas pour ça, murmura Dondon tandis que la porte claquait.

L'atmosphère typique de Portcalim, qui évoquait leur foyer à tant de Calishites, parut nauséabonde aux étrangers provenant du Nord. Bien que véritablement épuisés à la sortie du désert Calim quand leur périple de cinq jours toucha à sa fin, Drizzt, Wulfgar, Bruenor et Catti-Brie furent tentés par l'envie de faire demi-tour et retourner dans les sables quand ils aperçurent Portcalim.

Il s'agissait d'une Memnon à une plus grande échelle et dont la séparation des richesses était si flagrante que cette cité représentait pour les quatre compagnons la corruption ultime. Des demeures sophistiquées parsemaient le paysage de la ville comme autant de monuments dédiés à l'excès et à la fortune. À côté de ces palais s'accumulaient, rue après rue, des baraques délabrées faites de terre qui s'effritait ou d'étoffes trouées. Il était impossible de deviner combien d'habitants grouillaient en cet endroit – certainement plus qu'à Eauprofonde et Memnon réunies ! – et les compagnons surent du premier coup d'œil qu'à Portcalim, comme à Memnon, personne ne s'était jamais donné la peine d'en faire le compte.

Sali Dalib descendit de sa monture et suggéra aux autres de l'imiter, puis il les guida sur la pente de la dernière colline, jusqu'à la ville non fortifiée. Ils ne furent pas davantage séduits par Portcalim de plus près ; des enfants nus, le ventre hypertrophié en raison du manque de nourriture, s'éparpillaient de tous côtés ou bien étaient simplement piétinés quand des charrettes dorées tirées par des esclaves dévalaient les rues. Pis encore, les côtés de ces avenues, des fossés pour la plupart, servaient d'égout à ciel ouvert dans les sections les plus pauvres de la ville. On y jetait les corps des malheureux qui s'écroulaient dans la rue à la fin de leur misérable vie.

— Ventre-à-Pattes n'a jamais parlé d'ces horreurs quand il nous parlait de sa cité ! grogna Bruenor en se couvrant le visage de sa cape afin de se protéger de l'abominable puanteur. Ça m'dépasse qu'il ait parlé de cet endroit avec nostalgie !

— La plus grande ville du monde, ça ! déclama Sali Dalib, les bras levés pour accentuer son éloge.

Wulfgar, Bruenor et Catti-Brie lui lancèrent des regards incrédules. Des masses d'êtres humains mendiant et mourant de faim ne correspondaient pas à leur idée de grandeur. Drizzt, quant à lui, ne tint pas compte des paroles du marchand, tant il était occupé à comparer Portcalim à une autre ville qu'il avait connue : Menzoberranzan. Il existait réellement des similitudes, la mort n'étant pas moins ordinaire à Menzoberranzan, mais Portcalim lui semblait pire encore que la cité drow, où même le plus faible des elfes noirs avait les moyens de se protéger, grâce à des liens familiaux très forts et ses formidables capacités innées. Quant aux pitoyables miséreux de Portcalim, et plus encore leurs enfants, ils paraissaient véritablement sans défense et désespérés.

À Menzoberranzan, les elfes situés le plus bas sur l'échelle des pouvoirs pouvaient se battre et se frayer un chemin jusqu'à une meilleure position, tandis que pour la majorité de la foule de Portcalim il n'y aurait que la pauvreté et une sordide existence au jour le jour qui s'achèverait sur les piles de cadavres picorés par les charognards dans les fossés.

— Conduis-nous au quartier général de la guilde du Pacha Amas, dit Drizzt sans plus attendre, pressé d'en finir avec ses affaires et de repartir de Portcalim. Tu pourras ensuite t'en aller.

Sali Dalib avait pâli en entendant la demande.

— Le Pacha Amas ? bégaya-t-il. Qui est-ce ?

— Bah ! grogna Bruenor, qui se rapprocha dangereusement du marchand. Il le connaît.

— Sûr ! ajouta Catti-Brie. Et il en a peur.

— Sali Dalib ne…

Scintillante surgit alors de son fourreau et se plaça juste sous le menton du marchand, le réduisant instantanément au silence. Drizzt laissa légèrement glisser son masque afin de rappeler à Sali Dalib qui il était réellement. Une fois encore, son comportement menaçant étonna ses compagnons.

— Je pense à mon ami, torturé alors que nous prenons du retard, dit l'elfe noir d'une voix calme et basse, en regardant distraitement la cité de ses yeux lavande, avant de hausser le ton. Torturé pendant que tu nous fais prendre du retard ! Conduis-nous au quartier général de la guilde et tu pourras t'en aller !

— Amas ? Oh ! Amas ! dit soudain le marchand avec un large sourire. Sali Dalib connaît cet homme, oui, oui ! Tout le monde connaît Amas. Oui, oui ! Je vous mène là-bas et je m'en vais.

Drizzt rajusta son masque mais conserva son air dur.

— Si toi ou ton petit compagnon tentez de fuir, je vous pourchasse et je vous tue, promit-il si calmement que le marchand et son assistant le crurent aussitôt.

Les trois amis du drow échangèrent des haussements d'épaules perplexes et des regards inquiets. S'ils étaient certains de connaître Drizzt jusqu'au fond de son âme, il avait employé un ton si dur qu'eux-mêmes se demandèrent jusqu'à quel point cette promesse était une menace sans fondement.

Il leur fallut plus de une heure pour se frayer un chemin à travers le dédale qu'était Portcalim, à la plus grande consternation des compagnons, qui ne souhaitaient qu'une chose ; quitter ces rues et cette puanteur fétide. Enfin, à leur grand soulagement, Sali Dalib tourna une dernière fois au coin d'une rue et s'engagea dans le Cercle des Bandits. Il désigna du doigt le bâtiment banal en bois situé au bout de l'impasse : le quartier général de la guilde du Pacha Amas.

— L'Amas est là-dedans, dit leur guide. Maintenant, Sali Dalib prend ses chameaux et retourne à Memnon.

Les compagnons n'étaient pas si pressés de se débarrasser du marchand rusé.

— J'ai dans l'idée que Sali Dalib va plutôt aller vendre quelques informations à propos d'quatre individus à Amas, gronda Bruenor.

— Eh bien, nous avons une façon d'empêcher ça, intervint Catti-Brie.

Après avoir lancé un clin d'œil entendu à Drizzt, elle s'approcha du marchand, à la fois effrayé et interloqué, tout en fouillant dans son paquetage.

Son air se fit soudain plus sévère, si méchamment intense que Sali Dalib recula quand elle avança la main vers son front.

— Bouge pas ! lui lança-t-elle si durement qu'il ne put que lui obéir.

Elle sortit de son sac une poudre, dont la consistance rappelait celle de la farine, et traça un cimeterre sur le front de Sali Dalib, tout en récitant une formule qui sonna comme une mélopée ésotérique. Le marchand voulut protester mais fut incapable de remuer la langue tant il était terrifié.

— Maintenant, sur le petit, poursuivit Catti-Brie en se tournant vers l'assistant de Sali Dalib.

Le gobelin émit un petit cri aigu et tenta de s'enfuir mais Wulfgar l'en empêcha et, d'une main, le maintint devant Catti-Brie, serrant de plus en plus fort jusqu'à ce qu'il cesse de gigoter.

Après avoir renouvelé son cérémonial, Catti-Brie s'adressa de nouveau à Drizzt.

— Ils sont désormais liés à ton esprit. Les sens-tu ?

Le drow, qui avait saisi qu'il s'agissait d'une mascarade, hocha la tête, la mine sombre, et dégaina ses deux cimeterres.

Sali Dalib devint blême et manqua s'effondrer. Il fut uniquement retenu au dernier moment par Bruenor, qui s'était approché afin de profiter de la mise en scène de sa fille.

— Laissons-les partir, maintenant, dit Catti-Brie à Wulfgar et Bruenor, avant de se tourner vers Sali Dalib et le gobelin. Le drow ressent votre présence, dorénavant. Il saura si vous êtes près de lui ou si vous êtes partis. Si vous restez en ville, si vous pensez vous rendre chez Amas, il le saura. Il suivra votre trace et vous pourchassera… (Elle s'interrompit un moment afin que les deux misérables comprennent parfaitement l'horreur qui les menaçait.) Et il vous tuera très lentement.

— Prenez donc vos chevaux pleins d'bosses et partez ! rugit Bruenor. Si j'revois encore vos faces puantes, le drow n'aura plus qu'à frapper !

Avant même que le nain eût terminé, Sali Dalib et le gobelin avaient rassemblé leurs bêtes et s'étaient mis en route vers la partie nord de la cité, tournant le dos au Cercle des Bandits.

— Ces deux-là n'tarderont pas à retrouver le désert ! lâcha Bruenor en riant quand ils furent partis. Jolie ruse, ma fille !

Drizzt pointa du doigt l'enseigne d'une auberge, le *Chameau qui crache*, à mi-chemin de l'extrémité de la rue.

— Trouvez-nous des chambres, dit-il à ses amis. Je me charge de les suivre pour m'assurer qu'ils quittent bien la ville.

— Tu perds ton temps, estima Bruenor. La fillette les a fait partir au galop, ou alors j'suis un gnome barbu !

Mais l'elfe noir s'était déjà enfoncé à pas de loup dans le labyrinthe des rues de Portcalim.

Pris au dépourvu par ce tour qui ne ressemblait pas à Catti-Brie et pas encore véritablement certain de ce qui venait de se produire, Wulfgar observa avec attention la jeune femme, le regard inquiet. Attitude qui n'échappa pas à Bruenor.

— Prends note, mon garçon, persifla celui-ci. Cette fille possède sûrement un vilain sort dont tu ne voudrais surtout pas être la victime !

Jouant le jeu, pour la plus grande joie de son père, Catti-Brie regarda le grand barbare et plissa les yeux, ce qui fit prudemment reculer ce dernier d'un pas.

— De la magie de sorcière..., siffla-t-elle. Grâce à elle, je saurai lire dans tes yeux si ton cœur penche pour une autre femme !

Elle se retourna lentement et ne le lâcha du regard qu'après avoir effectué trois pas en direction de l'auberge indiquée par Drizzt.

Bruenor leva un bras et donna une claque dans le dos de Wulfgar, qui n'avait toujours pas quitté la jeune femme des yeux.

— Brave fille, lui fit-il remarquer. Il faut juste faire attention à n'pas la mettre en colère !

Le barbare se ressaisit et se força à rire, tout en se rappelant que la « magie » de Catti-Brie n'avait été qu'une supercherie destinée à effrayer le marchand.

Néanmoins, il ne parvint pas à se débarrasser du regard qu'elle avait pris pour jouer la comédie, ni de son intensité, tandis qu'il pénétrait dans le Cercle des Bandits. Un frisson et un picotement agréable se propagèrent en même temps dans son dos.

La moitié du soleil se trouvait déjà sous l'horizon quand Drizzt fut de retour au Cercle des Bandits. Il avait suivi Sali Dalib et son assistant loin dans le désert Calim, en dépit du pas frénétique du marchand qui indiquait que celui-ci n'avait pas l'intention de retourner à Portcalim. Drizzt n'avait pas voulu prendre de risque ; ils étaient si près de délivrer Régis et de retrouver Entreri.

Masqué en elfe de la surface – il se rendait peu à peu compte comme il lui était facile désormais de se déguiser –, Drizzt entra au *Chameau qui crache* et se dirigea vers le bureau de l'aubergiste. Il se trouva alors devant un homme incroyablement maigre à la peau parcheminée qui gardait en permanence le dos collé contre le mur et agitait nerveusement la tête en tous sens.

— Trois amis, dit le drow d'un ton bourru. Un nain, une femme et un géant aux cheveux d'or.

— Au premier étage, lui répondit l'homme. À gauche. Deux pièces d'or si vous comptez passer la nuit.

Il tendit sa main osseuse.

— Le nain vous a déjà payé, répliqua durement Drizzt en s'éloignant.

— Pour lui, la fille et le grand..., commença l'aubergiste en retenant l'elfe par l'épaule, avant d'être cloué net par la lueur dans les yeux lavande de celui-ci. Il a payé... Je m'en souviens... Il a payé.

Drizzt le quitta sans un mot de plus.

Il trouva les deux chambres, face à face au bout du couloir. Il avait l'intention de rejoindre directement Wulfgar et Bruenor et de se reposer un peu, espérant ainsi sortir dans les rues quand la nuit serait totalement tombée et Entreri vraisemblablement dans les parages. Cependant, il découvrit Catti-Brie, sur le seuil de la porte de sa chambre, qui apparemment l'attendait. Elle l'invita d'un geste à entrer et referma la porte derrière lui.

Drizzt s'installa au bord de l'une des deux chaises disposées au centre de la pièce et tapa nerveusement le sol du pied.

Catti-Brie l'examinait tout en se dirigeant vers l'autre chaise. Bien que connaissant l'elfe depuis des années, elle ne l'avait jamais vu aussi agité.

— On dirait que tu vas toi-même te découper en morceaux, dit-elle.

Drizzt lui répondit par un regard froid, qu'elle chassa d'un rire.

— C'est moi que tu vas frapper, alors ? (Cette remarque incita le drow à s'asseoir correctement sur la chaise.) Et ôte ce masque stupide. (Il porta la main à son masque mais hésita.) Enlève-le !

Il obtempéra sans même s'en rendre compte.

— Tu avais un air si grave, dans la rue, avant de partir, dit Catti-Brie d'une voix radoucie.

— Il nous fallait être certains de leur départ, répondit froidement Drizzt. Je ne fais pas confiance à Sali Dalib.

— Moi non plus, mais tu as toujours cette mine sinistre, d'après ce que je vois.

— C'est pourtant toi qui t'es servie de magie de sorcière, rétorqua le drow, sur la défensive. C'est donc Catti-Brie qui s'est montrée sinistre.

La jeune femme haussa les épaules.

— C'était nécessaire. J'ai oublié cette comédie une fois le marchand parti. Mais toi, tu sembles te préparer pour un combat.

Elle avait prononcé ces derniers mots d'un air entendu, penchée vers son ami et une main réconfortante posée sur son genou.

Drizzt eut dans un premier temps le réflexe de se dégager mais il se rendit compte de la pertinence de son observation et se força à se détendre sous le toucher amical de la jeune femme. Toutefois, incapable d'adoucir la fermeté de son visage, il regarda ailleurs.

— Que va-t-il se passer ? murmura Catti-Brie.

Drizzt se retourna vers elle et se souvint des nombreux moments partagés ensemble au Valbise. L'inquiétude sincère qu'elle ressentait pour lui lui rappela la première fois qu'ils s'étaient rencontrés, quand le sourire de cette fillette – elle n'était alors qu'une fillette – avait suscité chez le drow, éloigné des siens et découragé, un regain d'espoir de vivre parmi les habitants de la surface.

Catti-Brie le connaissait mieux que quiconque, savait ce qui lui tenait à cœur et rendait son existence stoïque supportable. Elle seule était au fait des peurs tapies sous sa peau noire, de l'inquiétude que masquait le talent de son bras armé.

— Entreri, répondit-il dans un souffle.

— Tu comptes le tuer ?

— Je le dois.

Catti-Brie se redressa afin de méditer ces paroles.

— Si tu veux tuer Entreri pour libérer Régis et l'empêcher de s'en prendre à d'autres, alors mon cœur pense que c'est une bonne chose, dit-elle après un moment, avant de se pencher de nouveau et d'approcher son visage de celui de Drizzt. Mais si tu veux le tuer dans la seule intention de faire tes preuves ou parce que tu n'admets pas ce qu'il est, alors mon cœur saigne.

Ces paroles eurent sur Drizzt le même effet que si elle l'avait giflé. Il se redressa et leva la tête, les traits déformés par la colère et l'indignation. Il laissa Catti-Brie poursuivre et dut bientôt reconnaître la pertinence des remarques de la perspicace jeune femme.

— Le monde est mal fait, c'est évident, mon ami, comme il est certain que du point de vue du cœur, tu as été blessé. Mais est-ce dans l'intention de calmer ta propre colère que tu cours après l'assassin ? Tuer Entreri guérira-t-il ton mal ? (Drizzt ne répondit rien mais son visage reprit son air sombre.) Regarde-toi dans le miroir, Drizzt Do'Urden. Sans le masque. Tuer Entreri ne changera pas la couleur de sa peau… ni la tienne.

De nouveau, l'elfe éprouva la sensation de recevoir une gifle, qui cette fois lui permit d'entrevoir un indéniable halo de vérité. Il se laissa retomber contre le dossier de sa chaise et regarda Catti-Brie comme il ne l'avait encore jamais fait auparavant. Où était passée la petite fille de Bruenor ? Devant lui se tenait une femme, superbe et sensible, capable de lui mettre l'âme à nu en quelques mots. Il est vrai qu'ils avaient partagé beaucoup de choses ; néanmoins comment pouvait-elle si bien le connaître ? Et pourquoi en avait-elle pris le temps ?

— Tes amis sont plus sincères que tu le seras jamais, et ce n'est pas à cause de la façon dont tu manies l'épée, reprit Catti-Brie. D'autres aimeraient en être si seulement ils parvenaient à franchir la portée de ton bras… si seulement tu apprenais à regarder.

Ces mots firent réfléchir Drizzt. Il se rappela l'*Esprit follet de la mer*, le capitaine Deudermont et son équipage, qui l'avaient soutenu même après avoir découvert sa véritable nature.

— Et si seulement tu apprenais à aimer…, poursuivit Catti-Brie, d'une voix à peine perceptible. Tu as laissé passer tant de choses, Drizzt Do'Urden…

Drizzt la considéra attentivement et soupesa la lueur qui brillait dans ses grands yeux sombres, tentant de comprendre où elle voulait en venir et quel message personnel elle lui adressait.

La porte s'ouvrit soudain dans un grand fracas et Wulfgar surgit dans la chambre, un grand sourire sur le visage et l'enthousiasme de l'aventure luisant au fond de ses yeux bleu pâle.

— Content de te voir de retour ! dit-il à Drizzt, avant de se placer derrière Catti-Brie et de laisser négligemment tomber un bras autour des épaules de la jeune femme. La nuit est là et une lune brillante est apparue à l'est. L'heure de la chasse a sonné !

Catti-Brie posa une main sur le bras de Wulfgar et le gratifia d'un sourire aimant. Drizzt était heureux de savoir qu'ils s'étaient trouvés l'un l'autre. Ils s'épanouiraient ensemble, mèneraient une vie heureuse, pleine de joie et d'enfants qui ferait sans le moindre doute l'envie de toutes les terres du Nord.

La jeune femme reposa son regard sur lui.

— Réfléchis à ceci, mon ami, dit-elle posément. Te sens-tu davantage pris au piège par la façon dont le monde te voit que par celle dont tu crois que le monde te regarde ?

Les muscles du drow se détendirent. Si les observations de Catti-Brie s'avéraient justes, alors une intense réflexion l'attendait.

— L'heure de la chasse a sonné ! s'écria Catti-Brie, satisfaite d'avoir exprimé son point de vue.

Elle se leva et se dirigea vers la porte en compagnie du barbare. Elle tourna la tête par-dessus son épaule afin de croiser une dernière fois le regard de Drizzt. L'expression de son visage suggéra alors à l'elfe qu'il aurait peut-être dû lui en demander plus à l'époque du Valbise, quand Wulfgar n'était pas encore entré dans sa vie.

Drizzt soupira quand ils quittèrent la pièce et saisit instinctivement son masque.

Instinctivement ? songea-t-il.

Il lâcha brusquement l'objet et se laissa retomber sur la chaise, où il s'oublia dans ses pensées, les mains derrière la tête. Il inspecta la chambre du regard sans trouver ce qu'il cherchait. Il n'y avait pas de miroir ici.

17

Une fidélité inconcevable

LaValle conserva sa main dans la poche un long moment, afin d'attiser la curiosité d'Amas. Ils se trouvaient seuls en compagnie des eunuques, qui ne comptaient pas, dans la pièce centrale du dernier étage. Le magicien avait promis à son maître un présent qui surpasserait le retour du joyau et Amas savait que son conseiller ne lui avait pas fait cette promesse à la légère. Il n'était pas prudent de décevoir le maître de guilde.

LaValle était confiant concernant son cadeau et ne nourrissait aucune inquiétude quant à sa valeur annoncée. Il le sortit enfin et le présenta à Amas, non sans un large sourire.

Amas en perdit le souffle et ses mains devinrent moites quand il s'empara de la statuette.

— Magnifique ! marmonna-t-il, subjugué. Je n'ai jamais contemplé une telle œuvre d'art, si détaillée. On se laisserait presque aller à la caresser !

— C'est prévu, murmura le magicien à mi-voix.

Il ne voulait cependant pas dévoiler toutes les propriétés de son cadeau d'un coup.

— Je suis ravi qu'elle vous plaise, dit-il finalement.

— Où l'as-tu dénichée ?

— Aucune importance, éluda-t-il, avec un mouvement de gêne. C'est pour vous, maître, offert avec ma plus grande loyauté. (Il se hâta ensuite de poursuivre la conversation afin d'empêcher Amas d'insister.) La maîtrise avec laquelle cet objet a été façonné ne représente qu'une fraction de sa valeur.

Cette remarque lui valut un regard intrigué de la part de son maître.

—Vous avez déjà entendu parler de telles figurines, poursuivit-il, ravi de stupéfier bientôt une nouvelle fois le maître de guilde. Elles sont capables de devenir des compagnons magiques pour leurs propriétaires.

Les mains d'Amas se mirent réellement à trembler à cette idée.

—Ceci..., bégaya-t-il, surexcité. Ceci peut donner vie à une panthère ?

Le sourire entendu de LaValle répondit à sa question.

—Comment ? Quand puis-je...

—Quand vous le désirerez.

—Devons-nous préparer une cage ?

—Inutile.

—Au moins le temps que la panthère comprenne qui est son maître...

—Vous possédez la figurine, coupa LaValle. La créature que vous allez invoquer vous sera entièrement dévouée. Elle suivra le moindre de vos ordres exactement selon vos désirs.

Amas appliqua la statuette contre son torse. Il avait du mal à croire à sa chance. Les grands félins constituaient sa première et sa plus intense passion. En posséder un doué d'une telle obéissance, véritable extension de sa propre volonté, le transporta de joie d'une façon qu'il n'avait encore jamais connue.

—Maintenant, dit-il. Je veux appeler cette panthère maintenant. Dis-moi la formule.

LaValle saisit la statuette et la déposa sur le sol, puis murmura un mot à l'oreille d'Amas, prenant garde à ne pas invoquer lui-même Guenhwyvar et ainsi gâcher cet instant.

—Guenhwyvar, appela Amas d'une voix feutrée.

Rien ne se produisit dans un premier temps mais les deux hommes sentirent le lien s'établir jusqu'à l'entité lointaine.

—Viens à moi, Guenhwyvar ! ordonna Amas.

Le son de sa voix roula à travers le tunnel qui faisait office de porte entre les différents plans d'existence et parvint sur le plan Astral, où résidait la panthère. Guenhwyvar prit conscience de l'invocation, puis se mit en route.

—Guenhwyvar, répéta la voix.

Le félin ne reconnaissait pas la voix. Il y avait de nombreuses semaines que son maître l'avait appelée pour la dernière fois sur le plan matériel. La panthère avait profité d'un repos bien mérité et nécessaire mais dont la durée avait fini par l'inquiéter. En entendant cette voix inconnue l'appeler, Guenhwyvar comprit que quelque chose avait définitivement changé.

Avec hésitation, mais incapable de résister à l'invocation, elle se mit en marche dans le couloir.

Médusés, Amas et LaValle virent une fumée grise apparaître et se répandre sur le sol autour de la figurine. Elle décrivit paresseusement quelques volutes avant d'adopter sa forme définitive et devenir Guenhwyvar. La panthère ne bougeait pas, cherchant à reconnaître l'endroit où elle se trouvait.

— Que dois-je faire ? demanda Amas à LaValle.

L'animal se raidit au son de cette voix – la voix de son maître.

— Ce qui vous plaît, répondit le magicien. Elle peut s'asseoir près de vous, chasser pour vous, marcher sur vos talons… tuer pour vous.

Quelques idées germèrent dans l'esprit du maître de guilde après avoir entendu ces derniers mots.

— Quelles sont ses limites ?

LaValle haussa les épaules.

— Ce genre de magie s'estompe en général avec le temps… mais vous pouvez l'invoquer de nouveau une fois qu'elle s'est reposée. (Il s'était hâté de donner cette précision, voyant le visage défait de son maître.) Elle ne peut pas être tuée ; un tel acte ne la ferait que retourner dans son plan d'existence. Cela dit, la statuette peut être brisée.

Le regard d'Amas se rembrunit une nouvelle fois. Cet objet lui était déjà devenu trop précieux pour qu'il puisse en envisager la perte.

— Je vous assure que détruire cette figurine ne serait pas une tâche aisée, continua LaValle. Sa magie est extrêmement puissante. Le forgeron le plus fort de tous les Royaumes serait incapable de l'égratigner avec son marteau le plus lourd !

Satisfait, Amas tendit la main vers l'animal.

— Viens là, ordonna-t-il.

Guenhwyvar obéit et coucha ses oreilles quand son maître caressa doucement son pelage noir.

— J'ai une mission pour elle ! déclara soudain Amas en se tournant vers son conseiller, le regard pétillant. Une mission mémorable et merveilleuse ! La première mission de Guenhwyvar.

Les yeux de LaValle se mirent à briller quand il vit le plaisir qui se dessinait sur le visage d'Amas.

— Va me chercher Régis, ordonna Amas au magicien. Que la première victime de Guenhwyvar soit le halfelin que je méprise le plus au monde !

Épuisé par son supplice dans les Neuf Cellules et par les tortures variées infligées par Amas, Régis fut facilement jeté à terre devant le trône du maître de guilde. Le halfelin lutta pour se relever, déterminé à encaisser la torture à venir avec dignité, même si elle devait le conduire à la mort.

Amas ordonna d'un geste à ses gardes de quitter la pièce.

— Ton séjour parmi nous se déroule-t-il bien ? s'amusa-t-il.

Régis repoussa une mèche de cheveux qui lui tombait sur le visage.

— Ça peut aller... mais les voisins sont bruyants ; ils grognent et ronronnent toute la nuit.

— Silence ! aboya Amas, avant de se tourner vers LaValle, debout à côté de l'immense fauteuil, et de lâcher un gloussement assassin. Il va bientôt perdre son sens de l'humour.

La peur n'avait plus prise sur Régis, qui s'était résigné.

— Vous avez gagné, dit-il calmement, espérant ainsi ôter un peu de son plaisir à Amas. J'ai volé votre pendentif et j'ai été rattrapé. Si vous pensez que ce crime mérite la mort, alors tuez-moi.

— Oh ! Mais j'y compte bien ! siffla Amas. C'est ce que j'avais prévu dès le départ, seulement je n'avais pas encore défini la méthode appropriée.

Régis eut un mouvement de recul. Peut-être n'était-il pas aussi calme qu'il l'espérait.

— Guenhwyvar, appela Amas.

— Guenhwyvar ? fit en écho Régis dans un souffle.

— Viens, ma petite.

La mâchoire du halfelin tomba presque jusqu'à sa poitrine quand le félin magique se glissa par la porte entrebâillée qui menait aux appartements de LaValle.

—Où… Où l'avez-vous obtenue ? bégaya-t-il.

—Magnifique, non ? Mais ne t'inquiète pas, petit voleur, tu auras l'occasion de l'admirer de près. (Il se tourna vers le félin et se mit à lui parler d'une voix roucoulante.) Guenhwyvar, ma chère Guenhwyvar… Ce petit voleur a causé des ennuis à ton maître. Tue-le, ma belle, mais tue-le lentement. Je veux entendre ses cris.

Régis regarda les grands yeux de la panthère.

—Tout doux, Guenhwyvar, dit-il tandis que l'animal s'avançait vers lui d'une démarche lente et hésitante.

Le halfelin était sincèrement navré de voir cette extraordinaire bête sous les ordres d'un personnage aussi abjecte qu'Amas. Guenhwyvar appartenait à Drizzt.

Hélas, Régis n'avait pas le temps de réfléchir aux implications de cette apparition. Son propre avenir était devenu son souci majeur.

—C'est lui ! cria Régis à Guenhwyvar en pointant Amas du doigt. C'est le chef de l'être maléfique qui nous a enlevés et éloignés de ton véritable maître qui, lui, cherche à te retrouver !

—Parfait ! lâcha Amas en riant, persuadé que Régis s'accrochait à un mensonge désespéré afin de perturber l'animal. Ce spectacle va peut-être se révéler à la hauteur de la souffrance que j'ai endurée à cause de toi, Régis le voleur !

LaValle se sentit soudain mal à l'aise, ayant compris que le prisonnier ne mentait pas.

—Maintenant, ma belle ! ordonna Amas. Fais-le souffrir !

Guenhwyvar gronda sourdement, les yeux plissés.

—Guenhwyvar, répéta Régis en reculant d'un pas. Guenhwyvar, tu me connais !

La panthère ne donnait pas le moindre sentiment de reconnaître le halfelin. Poussée par la voix de son maître, elle se ramassa sur elle-même, prête à bondir, et avança de quelques centimètres vers Régis.

—Guenhwyvar ! cria Régis, tout en tâtant le mur à la recherche d'une échappatoire.

—C'est bien son nom, confirma Amas en éclatant de rire et sans se rendre compte que le halfelin connaissait réellement l'animal.

Adieu, Régis. Console-toi en songeant que je me souviendrai de ce moment pour le restant de mes jours !

La panthère aplatit ses oreilles et s'abaissa encore plus bas, donnant de petits coups avec ses pattes arrière afin de parfaire son équilibre. Régis se précipita soudain vers la porte, bien que conscient qu'elle devait être verrouillée, et Guenhwyvar bondit, avec une vitesse et une précision inouïes. Le halfelin se rendit à peine compte que le fauve était sur lui.

L'extase d'Amas ne dura guère. Il sauta de son fauteuil, espérant bénéficier d'une meilleure vue de l'action, alors que Guenhwyvar recouvrait entièrement Régis. Puis le félin disparut en s'évanouissant peu à peu.

Le halfelin, lui non plus, n'était plus là.

— Quoi ? hurla Amas. C'est tout ? Pas de sang ? (Il se retourna vers LaValle.) Est-ce ainsi que cette créature tue ?

L'expression horrifiée qui déformait le visage du magicien fut une révélation pour Amas, qui comprit soudain que Régis avait dit vrai.

— Elle l'a emporté ! rugit le maître de guilde, avant de contourner son fauteuil et de se ruer sur son conseiller, en approchant son visage à quelques centimètres du sien. Où ? Dis-le-moi !

LaValle tremblait tant qu'il était sur le point de s'effondrer.

— C'est impossible..., haleta-t-il. La panthère doit obéir à son maître... à son possesseur.

— Régis la connaissait ! hurla Amas.

— Une fidélité inconcevable..., répondit le magicien, totalement sidéré.

Amas retrouva son calme et s'installa sur son trône.

— Où l'as-tu trouvée ? demanda-t-il.

— Entreri, répondit LaValle, qui n'osa pas hésiter.

Amas se gratta le menton.

— Entreri..., répéta-t-il.

Les pièces du puzzle commençaient à s'assembler. Amas connaissait suffisamment l'assassin pour savoir que celui-ci n'aurait pas cédé un objet d'une telle valeur sans contrepartie.

— Elle appartenait à l'un des amis du halfelin, déduisit-il en se rappelant que Régis avait évoqué le véritable maître de la panthère.

— Je ne le lui ai pas demandé, reconnut LaValle.

— Tu n'avais pas à le demander ! répliqua Amas. Elle appartenait à l'un des amis du halfelin… peut-être à l'un de ceux dont a parlé Obéron… Oui… Entreri te l'a donnée en échange de… (Il lança un regard mauvais à son conseiller avant de poursuivre d'un ton narquois :) Où se trouve Pinochet, le pirate ?

LaValle fut près de perdre connaissance, pris dans une toile qui lui promettait la mort, quoi qu'il fasse.

— Assez parlé, reprit le maître de guilde, qui avait tout compris à la vue de la mine blafarde du magicien. Ah ! Entreri… Tu me provoques des maux de crâne, et pourtant tu me sers convenablement. Quant à toi… (Il se tourna vers LaValle.) Où sont-ils partis ?

Le magicien secoua la tête.

— Dans le plan d'existence de la panthère, lâcha-t-il. C'est la seule possibilité.

— Le félin peut-il revenir dans notre monde ?

— Uniquement s'il est invoqué par le possesseur de la statuette.

Amas désigna la figurine qui reposait sur le sol, en face de la porte.

— Fais revenir cette bête ! ordonna-t-il. (LaValle se précipita vers la statuette.) Non, attends ! Je vais d'abord faire construire une cage. Guenhwyvar sera à moi avec le temps ; elle apprendra la discipline.

LaValle ramassa la panthère miniature, ne sachant plus vraiment que faire. Amas l'agrippa quand il repassa devant le trône.

— Mais le halfelin, gronda le maître de guilde en appuyant son nez contre celui de son conseiller. Si tu tiens à la vie, magicien, fais revenir ce halfelin ici !

Amas repoussa LaValle en arrière et se dirigea vers la porte qui conduisait vers les étages inférieurs. Il lui faudrait interroger quelques indicateurs des rues afin de savoir ce que préparait Artémis Entreri et en apprendre plus au sujet des amis du halfelin, notamment s'ils étaient encore en vie ou bien s'ils avaient péri dans le Canal d'Asavir.

S'il s'était agi de quelqu'un d'autre qu'Entreri, Amas se serait servi de son pendentif, mais cette option n'était pas envisageable avec ce dangereux assassin.

Amas grognait tout seul quand il sortit de ses appartements. Il avait espéré que, avec le retour d'Entreri, il n'aurait plus jamais à s'engager dans cette voie, mais avec LaValle qui de toute évidence s'était fait manipuler par l'assassin, la seule solution qui restait au maître de guilde était Rassiter.

—Souhaitez-vous qu'il soit écarté ? demanda le rat-garou, à qui les préparatifs de cette mission plaisaient au moins autant que toutes celles qu'Amas lui avait confiées dans le passé.

—Ne vous réjouissez pas trop vite, rétorqua le maître de guilde. Entreri ne vous concerne pas, Rassiter, il est hors de portée de votre pouvoir.

—Vous sous-estimez la force de ma guilde.

—Vous sous-estimez le réseau de l'assassin – qui comprend probablement nombre de ceux que vous appelez à l'occasion vos compagnons. Je ne veux pas de guerre au sein de ma guilde.

—Quoi alors ? lâcha le rat-garou, clairement déçu.

Le ton hostile de Rassiter incita Amas à tripoter le rubis accroché autour de son cou. Il se savait en mesure d'envoûter le rat-garou mais préférait s'en abstenir. Les individus ensorcelés se révélaient toujours moins efficaces que ceux qui agissaient de leur propre volonté. Si les amis de Régis avaient vraiment échappé à Pinochet, Rassiter et sa bande devraient être au meilleur de leurs capacités pour les abattre.

—Entreri a peut-être été suivi jusqu'à Portcalim, expliqua-t-il. Par des amis du halfelin, que je considère comme un danger pour notre guilde.

Rassiter se pencha en avant, feignant la surprise. Bien entendu, Dondon l'avait déjà mis au courant de l'arrivée de ces gens du Nord.

—Ils arriveront bientôt en ville, poursuivit Amas. Il ne vous reste que peu de temps.

Ils sont déjà là, répondit Rassiter en pensée, en tentant de cacher son sourire.

—Voulez-vous qu'ils soient capturés ?

—Éliminés, rectifia Amas. Ce groupe est trop puissant. Ne prenons aucun risque.

—Éliminés, répéta le rat-garou. C'est ce que je préfère…

Amas ne put réprimer un frisson.

—Informez-moi quand la mission sera accomplie, dit-il en se dirigeant vers la porte.

Rassiter libéra un rire silencieux dans le dos de son maître.

—Ah! Amas…, murmura-t-il quand celui-ci fut parti. Comme tu en sais peu sur l'étendue de mon influence.

Le rat-garou se frotta d'avance les mains. La nuit était bien entamée et les gens du Nord sortiraient bientôt dans les rues – où Dondon les trouverait.

18

Double jeu

Caché dans son coin préféré du Cercle des Bandits, en face du *Chameau qui crache*, Dondon regarda l'elfe, le dernier des quatre, pénétrer dans l'auberge pour y rejoindre ses amis. Il sortit ensuite de sa poche un petit miroir afin de contrôler son déguisement. La saleté et les détails étaient bien en place : des vêtements bien trop larges, comme ceux qu'aurait chapardés un orphelin des rues à un ivrogne inconscient dans une ruelle, tandis que ses cheveux étaient judicieusement ébouriffés et emmêlés, comme s'ils n'avaient pas été peignés depuis des années.

Dondon contempla avec convoitise la lune et se tâta le menton des doigts. *Toujours pas de poil mais ça fourmille*, songea-t-il. Il prit une profonde inspiration, puis une autre, luttant contre son impatience lycanthropique. Dans l'année qui avait suivi le jour où il avait rejoint les rangs de Rassiter, il avait plutôt bien appris à contrôler ces envies violentes mais il espérait régler son affaire au plus vite cette nuit-là. La lune était particulièrement brillante.

Des habitants du quartier lui firent des clins d'œil approbateurs quand ils passèrent devant lui, en voyant que le maître artiste en escroquerie était une nouvelle fois sur la piste d'une proie. Avec sa réputation, Dondon était depuis longtemps devenu inoffensif pour les habitués des rues de Portcalim mais ces gens savaient qu'il valait mieux ne pas dénoncer le halfelin aux étrangers. Dondon parvenant toujours à s'entourer des voyous les plus durs de la ville, révéler sa couverture à une victime potentielle aurait été considéré un véritable crime !

Peu de temps après, le halfelin s'adossa contre le coin d'un bâtiment et observa les quatre compagnons sortir du *Chameau qui crache.*

Pour Drizzt et ses amis, la nuit de Portcalim semblait aussi peu naturelle que tout ce qu'ils avaient vu durant la journée. Contrairement aux cités du Nord, où les activités nocturnes se restreignaient essentiellement à quelques tavernes, l'agitation des rues de Portcalim redoublait après le coucher du soleil. Les pauvres bougres eux-mêmes adoptaient une démarche différente et paraissaient soudain mystérieux et sinistres.

Le seul endroit qui n'était pas envahi par la foule était la zone qui faisait face à la structure sans enseigne au bout du cercle : le quartier général de la guilde. Comme durant la journée, des clochards étaient assis contre les murs du bâtiment, de part et d'autre de son unique porte, mais deux gardes supplémentaires avaient désormais pris position un peu plus loin, de chaque côté.

— Si Régis est là-dedans, nous devons trouver un moyen d'y entrer, dit Catti-Brie.

— Il y est, ça ne fait aucun doute, répondit Drizzt. Nos recherches devraient d'abord se concentrer sur Entreri.

— Nous sommes venus pour libérer Régis, lui rappela la jeune femme en lui lançant un regard déçu.

Elle fut toutefois satisfaite quand l'elfe s'expliqua :

— La route qui mène à Régis passe par l'assassin. Entreri l'a également compris. Tu as entendu ses paroles au gouffre du Défilé de Garumn. Il ne nous laissera pas trouver Régis sans avoir affaire à lui.

Catti-Brie ne put réfuter la logique du drow. Lorsque Entreri avait enlevé Régis à Castelmithral, il s'était donné la peine d'appâter Drizzt, comme si la capture du halfelin n'était qu'un simple élément du jeu qui l'opposait à l'elfe.

— Par où commencer ? râla Bruenor, frustré.

Il s'était attendu à trouver la rue plus calme, ce qui leur aurait permis de mieux évaluer la tâche à laquelle ils s'attelaient. Il avait même espéré qu'ils pourraient régler cette histoire cette nuit même.

— Commençons par l'endroit où nous sommes, répondit Drizzt, à la stupéfaction du nain. Apprends à respirer les odeurs de la rue. Observe les mouvements des passants et écoute-les. Prépare ton esprit à ce qui doit survenir.

— Une minute, l'elfe ! gronda Bruenor. Mon cœur me dit que Ventre-à-Pattes est sur le point de recevoir des coups de fouet dans le dos alors que nous restons ici à humer cette rue puante !

— Nous n'avons pas besoin de chercher Entreri, intervint Wulfgar, qui suivait le raisonnement de Drizzt. Il nous trouvera.

Presque à l'unisson, comme si la remarque du barbare leur avait rappelé le danger de leur environnement, tous les quatre tournèrent le regard vers l'extérieur de leur petit groupe et observèrent l'agitation de la rue autour d'eux. Des yeux sombres les guettaient depuis chaque coin de rue, chaque personne qui passait près d'eux leur lançait un regard de côté. Les étrangers n'étaient pas inhabituels à Portcalim – c'était un port de commerce, après tout – mais ces quatre-là auraient détonné dans les rues de n'importe quelle cité des Royaumes. Conscient de leur vulnérabilité, Drizzt décida qu'ils devaient se mettre en mouvement. Il se mit à marcher dans le Cercle des Bandits et fit signe aux autres de le suivre.

Avant que Wulfgar, derrière ses amis, ait eu le temps d'effectuer un pas, une voix enfantine l'interpella depuis les ombres du *Chameau qui crache.*

— Hé ! Intéressé par un coup ?

Wulfgar, qui ne comprenait pas, s'approcha légèrement et scruta l'obscurité. Dondon se tenait là, sous ses airs de jeune humain débraillé.

— Qu'est-ce qu'il y a ? demanda Bruenor en rejoignant Wulfgar.

Celui-ci désigna le coin du doigt.

— Qu'est-ce qu'il y a ? répéta le nain, qui distinguait maintenant vaguement la minuscule silhouette.

— Intéressés par un coup ? dit Dondon en sortant de l'ombre.

— Bah ! laissa tomber Bruenor avec un geste de la main. Juste un gamin. Va-t'en, petit, on n'a pas le temps de jouer !

Il agrippa le bras de Wulfgar et se retourna.

— Je peux vous proposer quelque chose ! insista Dondon.

Bruenor continua à marcher, le barbare à ses côtés, mais Drizzt s'était arrêté, en constatant le retard de ses compagnons, et il avait entendu les derniers mots du garçon.

— Juste un gamin ! expliqua le nain quand le drow s'approcha.

— Un gamin des rues, corrigea Drizzt en contournant ses deux amis. Avec des yeux et des oreilles qui ne ratent pas grand-chose.

Tout en se rapprochant du bâtiment afin de rester hors de vue des bandes trop curieuses, il s'adressa à Dondon.

— Que peux-tu nous proposer ? murmura-t-il.

— Il y a beaucoup de choses à voler, répondit le halfelin après avoir haussé les épaules. Tout un groupe de marchands est arrivé aujourd'hui. Que cherchez-vous ?

Bruenor, Wulfgar et Catti-Brie se placèrent en position défensive autour de Drizzt et du garçon, les yeux tournés vers l'extérieur, même s'ils ne manquaient rien de cette conversation soudain intéressante.

L'elfe s'accroupit et désigna du regard la construction qui s'élevait à l'extrémité du Cercle.

— La maison d'Amas, commenta le halfelin avec désinvolture. La plus solide de Portcalim.

— Mais elle a une faiblesse, enchaîna Drizzt.

— Comme toutes les autres, répondit posément Dondon, qui jouait à la perfection son rôle de survivant des rues effronté.

— Y es-tu déjà entré ?

— Peut-être…

— As-tu déjà contemplé une centaine de pièces d'or ?

Dondon laissa ses yeux s'illuminer et se mit à sautiller ostensiblement d'un pied sur l'autre.

— Conduisons-le à nos chambres, dit alors Catti-Brie. On attire trop les regards ici.

Dondon, qui accepta sans se faire prier, lança toutefois à Drizzt une mise en garde, sous la forme d'un regard glacial, avant de proclamer :

— Je sais compter jusqu'à cent !

Quand ils eurent regagné l'une de leurs chambres, Drizzt et Bruenor dispensèrent au halfelin un flot régulier de pièces, tandis que celui-ci leur exposait comment pénétrer dans le bâtiment par une entrée secrète située à l'arrière.

— Même les voleurs ne la connaissent pas ! se vanta Dondon.

Les compagnons se rapprochèrent encore, avides de détails.

Dondon rendait cette opération si facile.

Trop facile.

Drizzt se leva et se retourna afin de dissimuler un petit rire à leur informateur. Ne venaient-ils pas juste d'envisager qu'Entreri prendrait contact avec eux ? À peine quelques minutes avant que ce gamin qui savait tant de choses apparaisse fort à propos pour les guider…

— Wulfgar, ôte-lui ses bottes, dit l'elfe.

Ses trois amis se tournèrent vers lui, étonnés, tandis que Dondon se tortillait sur sa chaise.

— Ses bottes, répéta Drizzt en se retournant, un doigt pointé sur les pieds du garçon.

Bruenor, qui était depuis longtemps l'ami d'un halfelin, comprit où l'elfe voulait en venir et n'attendit pas que Wulfgar se décide. Il s'empara de la botte gauche de Dondon et l'ôta, dévoilant ainsi une épaisse fourrure – le pied d'un halfelin.

Se sachant découvert, Dondon haussa les épaules et se laissa retomber sur sa chaise. Cette entrevue se déroulait exactement selon les prédictions d'Entreri.

— Il a dit qu'il voulait nous proposer quelque chose, rappela Catti-Brie. De nous jeter dans la gueule du loup, peut-être ?

— Qui t'a envoyé ? gronda Bruenor.

— Entreri, répondit Wulfgar à la place du halfelin. Il travaille pour Entreri et a été envoyé ici pour nous faire tomber dans un piège.

Le barbare se pencha vers Dondon, masquant la lumière des bougies de son impressionnante carrure.

Bruenor le poussa sur le côté et prit sa place. Avec ses allures d'adolescent, Wulfgar n'en imposait pas autant que ce combattant nain au nez pointu, à la barbe rousse et aux yeux flamboyants, coiffé de son casque abîmé.

— Alors, espèce de petit cafard, gronda-t-il au visage de Dondon. C'est ta langue puante qui est en jeu ! Remue-la dans le mauvais sens et j'te la coupe !

Le halfelin blêmit – encore une fois, à la perfection – et se mit nettement à trembler.

— Du calme, dit Catti-Brie à son père, jouant cette fois un rôle plus conciliant. Tu as suffisamment effrayé ce petit.

Bruenor la repoussa, lui adressant au passage un clin d'œil discret.

— Effrayé ? riposta le nain, avant de s'emparer de sa hache et de la positionner sur son épaule. J'ai bien l'intention d'aller plus loin qu'ça !

— Attendez ! Attendez ! supplia Dondon en se pelotonnant sur lui-même comme seul un halfelin en était capable. Je n'ai fait que ce que l'assassin m'a ordonné, et ce pour quoi il m'a payé.

— Tu connais Entreri ? s'enquit Wulfgar.

— Tout le monde connaît Entreri. Et à Portcalim, tout le monde obéit à Entreri !

— Oublie-le ! rugit Bruenor. Ma hache l'empêchera de t'faire du mal.

— Vous pensez pouvoir tuer Entreri ? dit Dondon, qui avait pourtant parfaitement compris les paroles du nain.

— Entreri ne pourra pas s'en prendre à un cadavre, expliqua Bruenor d'une voix glaciale. Ma hache trouvera avant lui le chemin de ta tête !

— C'est vous qu'il veut, dit Dondon à Drizzt, tentant ainsi d'apaiser les esprits.

L'elfe hocha la tête mais conserva le silence. Quelque chose ne cadrait pas dans cette curieuse rencontre. Ne voyant pas d'aide venir de la part de l'elfe, Dondon se tourna vers Bruenor.

— Je ne suis dans aucun camp, poursuivit-il d'un ton suppliant. Je me contente d'essayer de survivre.

— Et pour survivre maintenant, tu vas nous indiquer comment entrer, répliqua le nain. En sécurité.

— Cet endroit est une forteresse, lâcha le halfelin. Aucun passage n'est sûr. (Bruenor s'approcha, menaçant.) Mais si je devais essayer, je tenterais ma chance par les égouts.

Bruenor se tourna vers ses amis.

— Ça me semble correct, dit Wulfgar.

Drizzt observa encore le petit être un long moment, en quête d'un indice dans ses yeux perçants.

— C'est correct, dit-il enfin.

Il a donc sauvé sa tête mais qu'allons-nous faire de lui ? dit Catti-Brie. Le prendre avec nous ?

— Ouais ! dit Bruenor avec un sourire mauvais. C'est lui qui ouvrira la marche !

— Non, trancha Drizzt, à la surprise de ses compagnons. Le halfelin nous a répondu. Laissez-le partir.

— Pour qu'il file tout raconter à Entreri ? s'étonna Wulfgar.

— Entreri ne comprendrait pas, répondit le drow. Pas plus qu'il ne pardonnerait...

Sur ces mots, il regarda Dondon dans les yeux, sans lui laisser penser qu'il avait deviné son petit jeu dans sa comédie.

— Mon cœur me dit qu'il faut l'emmener, insista Bruenor.

— Laissez-le partir, répondit Drizzt, imperturbable. Faites-moi confiance.

Bruenor grogna et reposa sa hache sur le côté, puis se dirigea vers la porte ouverte tout en ronchonnant. Wulfgar et Catti-Brie échangèrent des regards inquiets mais s'écartèrent.

Dondon n'hésita pas mais Bruenor se dressa devant lui sur le pas de la porte, toujours aussi menaçant.

— Si j'revois ta bobine, ou n'importe quel autre déguisement qui pourrait te cacher, je te coupe en deux !

Le halfelin se faufila dans le couloir sans jamais quitter le dangereux nain des yeux, puis il prit ses jambes à son cou. Ce faisant, il secoua la tête, stupéfait de constater à quel point Entreri avait parfaitement imaginé la rencontre et à quel point il connaissait ces quatre compagnons, en particulier le drow.

Devinant quelle vérité se cachait derrière cette entrevue, Drizzt doutait que les dernières menaces de Bruenor aient beaucoup effrayé le halfelin rusé. Celui-ci les avait bravés en usant de deux mensonges successifs sans afficher la moindre faiblesse.

Cependant, l'elfe opina du chef en voyant Bruenor, qui rageait toujours, faire son retour dans la chambre. Il savait que ces menaces, à défaut d'autre chose, avaient au moins eu le mérite de rassurer le nain lui-même.

Sur la suggestion de Drizzt, ils s'installèrent tous pour dormir un peu. Avec le vacarme qui régnait dans les rues, il leur aurait été impossible de se glisser discrètement dans une grille d'égout. La foule se disperserait probablement avec la fin de la nuit, tandis que les dangereux malfrats nocturnes seraient remplacés par les clochards du jour.

Seul Drizzt ne trouva pas le sommeil. Il resta adossé à la porte de la chambre, à guetter les bruits d'une éventuelle approche et se laissa aller à méditer, bercé par la respiration régulière de ses compagnons. Il baissa les yeux sur le masque, pendu autour de son cou. Ce mensonge si simple pouvait lui permettre de parcourir librement le monde.

Ne finirait-il pas toutefois par être victime de sa propre supercherie ? Quelle liberté trouverait-il en reniant sa véritable nature ?

Il posa les yeux sur Catti-Brie, paisiblement endormie sur son lit et sourit. Il y avait décidément de la sagesse dans l'innocence, une pointe de vérité dans l'idéalisme des perceptions réelles.

Il ne pouvait pas la décevoir.

Il sentit qu'au-dehors les ténèbres s'obscurcissaient encore ; la lune s'était couchée. Il s'approcha de la fenêtre et jeta un regard dans la rue. Les noctambules continuaient leurs allées et venues, mais ils étaient moins nombreux désormais, la nuit touchait à sa fin. Drizzt éveilla ses compagnons, convaincu qu'ils ne pouvaient se permettre d'attendre plus longtemps. Après s'être étirés et avoir chassé leur fatigue, ils vérifièrent leurs équipements et descendirent dans la rue.

Les bouches d'égout en fer alignées le long du Cercle des Bandits semblaient plus conçues pour bloquer les immondices sous terre que pour évacuer les ruissellements soudains lors des rares mais violents orages qui s'abattaient parfois sur la ville. Les compagnons choisirent une grille située dans la ruelle à l'arrière de l'auberge, hors de vue du passage principal mais suffisamment proche du bâtiment de la guilde pour leur permettre de s'orienter en sous-sol sans trop de problèmes.

— Mon garçon peut la soulever, déclara Bruenor en poussant Wulfgar vers la grille.

Le barbare se pencha et attrapa les barreaux de fer.

— Pas encore, murmura Drizzt, qui tentait de repérer d'éventuels regards indiscrets.

Il fit signe à Catti-Brie de se poster à l'extrémité de la ruelle la plus proche du Cercle des Bandits, puis il courut surveiller le côté le plus sombre. Quand il fut satisfait, n'ayant rien constaté d'anormal, il adressa un geste à Bruenor, qui se tourna ensuite vers sa fille, laquelle hocha la tête.

— Soulève ce truc, mon gars ! dit le nain. Et en silence !

Wulfgar agrippa fermement les barreaux et emplit ses poumons d'air afin d'être mieux campé sur ses jambes. Ses énormes bras rougirent sous l'afflux sanguin quand il se mit à tirer, tandis qu'il laissait échapper un grognement. Malgré cela, la grille résista.

Incrédule, Wulfgar regarda Bruenor, puis redoubla d'efforts, le visage désormais écarlate. La grille grinça, comme pour protester, mais ne se souleva que de quelques centimètres du sol.

— Il y a sûrement quelque chose qui la retient en bas, dit Bruenor, avant de se pencher pour l'examiner.

Le bruit d'un claquement de chaîne fut le seul signal que perçut le nain quand la grille céda, faisant basculer Wulfgar en arrière. La masse métallique heurta le front de Bruenor, dont le casque vola dans les airs et le nain se retrouva sur les fesses. Quant à Wulfgar, qui tenait toujours la grille dans les mains, il s'écrasa lourdement et avec fracas contre le mur de l'auberge.

— Fichue tête de pioche ! commença à grogner Bruenor.

Drizzt et Catti-Brie accoururent rapidement à leur aide, et leur rappelèrent de faire preuve de plus de discrétion.

— Pourquoi attacher une bouche d'égout ? s'interrogea la jeune femme.

— Et de l'intérieur, ajouta Wulfgar en s'époussetant. On dirait que quelque chose là-dedans veut se préserver de la ville.

— Nous le saurons bien assez tôt, fit remarquer Drizzt. Préparez une torche, je vous appellerai si la voie est libre.

Il se baissa près du trou et glissa ses jambes dans l'ouverture. La lueur d'impatience qui s'était allumée dans les yeux du drow n'échappa pas à Catti-Brie, qui le regarda, quelque peu inquiète.

— Pour Régis, la rassura Drizzt. Et seulement pour Régis.

Puis il disparut dans les ténèbres, aussi sombres que les tunnels sans lumière de son pays.

Les trois autres entendirent un léger bruit d'éclaboussures quand il toucha terre, puis le calme revint.

De longues minutes angoissantes passèrent.

— Allume la torche, murmura Bruenor à Wulfgar.

Celui-ci fut retenu par le bras de Catti-Brie.

— Aie confiance, dit-elle à Bruenor.

— C'est trop long, marmonna le nain. Trop calme.

La jeune femme retint encore le bras de Wulfgar une seconde supplémentaire, puis soudain la voix douce de Drizzt monta jusqu'à eux.

— C'est bon, dit-il. Venez vite.

Bruenor prit la torche des mains de son fils.

— Descends en dernier et replace la grille derrière toi, lui dit-il. Inutile d'indiquer au monde entier par où nous sommes partis !

La première chose que remarquèrent les compagnons, une fois la torche descendue, fut la chaîne qui avait retenu la grille. Presque neuve, c'était évident, elle était reliée à un anneau scellé à la paroi du souterrain.

— J'pense qu'on n'est pas tout seuls, chuchota Bruenor.

Drizzt, qui partageait l'inquiétude du nain, regarda autour de lui. Il ôta le masque de son visage et redevint un drow, dans un environnement de drow.

— Je passe devant, dit-il. Je vais me poster à la limite de l'éclairage, tenez-vous prêts à réagir, quoi qu'il se passe.

Il s'éloigna en silence de quelques pas le long du ruisseau d'eau trouble qui s'écoulait lentement au centre du tunnel.

Bruenor lui emboîta le pas, la torche en main, suivi de Catti-Brie, puis de Wulfgar. Ce dernier devait se pencher pour ne pas heurter de la tête le plafond visqueux. Des rats couinaient en fuyant cette étrange lueur, tandis que des créatures plus sombres se réfugiaient en silence sous l'eau. Le souterrain changeait fréquemment de direction et un nombre incroyable de passages s'ouvraient sur ses côtés, à des intervalles d'à peine quelques mètres. Le bruit d'un ruissellement d'eau ne faisait que perturber davantage le petit groupe, qui le suivit un moment, jusqu'à l'entendre plus fort d'un côté, puis enfin de l'autre.

Bruenor tenta de ne pas se laisser troubler par cet environnement. Il ignora la gadoue et la puanteur fétide pour se concentrer sur la silhouette confuse qui filait devant lui, parfois dans la lueur de la torche, parfois plus loin. En débouchant sur une intersection multiple qui donnait accès à de nombreux tunnels, il aperçut soudain une forme vague sur le côté.

Alors qu'il tournait pour la suivre, il se rendit compte que Drizzt avait dû poursuivre tout droit.

Prêt ! cria-t-il en lançant la torche vers un endroit sec sur le côté, avant de brandir sa hache et son bouclier.

Sa vigilance les sauva tous car, à peine une seconde plus tard, ce ne fut pas une, mais deux silhouettes vêtues de capes qui surgirent du tunnel latéral, avec leurs épées levées et leurs dents acérées qui brillaient sous des moustaches frétillantes.

Ils avaient taille humaine, portaient des vêtements humains et maniaient des épées. Dans leur autre forme, ils étaient en effet des êtres humains, pas forcément mauvais, mais lors des nuits de pleine lune, ils adoptaient leur face la plus sombre, leur côté lycanthrope. Ils se déplaçaient comme des hommes mais étaient pourvus de tous les attributs des rats d'égouts : museau allongé, fourrure brune hérissée et queue rose.

Quand elle les vit par-dessus le casque de Bruenor, Catti-Brie porta le premier coup. L'éclat argenté de sa flèche mortelle illumina le tunnel latéral comme la foudre et révéla ainsi de nombreuses autres silhouettes qui se dirigeaient vers eux.

Un bruit de pas dans l'eau derrière lui fit se retourner Wulfgar, qui se retrouva face à une armée d'hommes-rats. Il plongea les chevilles dans la boue comme il put et se campa sur ses jambes, *Crocs de l'égide* prêt à frapper.

— Ils nous attendaient, l'elfe ! hurla Bruenor.

Drizzt en était déjà arrivé à cette conclusion. Au premier cri du nain, il s'était écarté de la lueur de la torche pour tirer avantage de l'obscurité. Après un coude, il avait aperçu deux silhouettes et avait deviné leur sinistre nature avant même que l'éclat de *Scintillante* dévoile leurs fronts broussailleux.

Toutefois, les rats-garous ne s'attendaient certainement pas à ce qu'ils trouvèrent prêt à se battre, devant eux. Peut-être parce qu'ils pensaient leurs ennemis regroupés autour de la torche, mais ce fut plus probablement la peau noire de l'elfe noir qui les fit sursauter.

Drizzt ne manqua pas de profiter de cet effet de surprise et les trancha en deux d'un seul coup avant même qu'ils aient retrouvé leurs esprits. Il plongea ensuite dans les ténèbres, à la recherche d'un chemin lui permettant de surprendre les agresseurs.

Wulfgar tenait ses assaillants à distance à grands coups de *Crocs de l'égide*. Le marteau projetait sur le côté tout rat-garou qui s'aventurait un peu trop près, et faisait voler des paquets de boue sur les parois du souterrain à la fin de chaque coup. Toutefois, même si les créatures prenaient la mesure de la force du puissant barbare et que leurs attaques perdaient en intensité, Wulfgar ne pouvait obtenir mieux qu'un match nul, une impasse qui ne se prolongerait qu'aussi longtemps qu'il aurait de l'énergie dans ses bras massifs.

Derrière lui, Catti-Brie et son père s'en sortaient mieux. L'arc magique de la jeune femme – qui décochait des flèches par-dessus la tête du nain – décimait les rangs des rats-garous qui approchaient, tandis que les quelques rescapés qui parvenaient jusqu'à Bruenor, déséquilibrés, à force d'esquiver les traits mortels, s'avéraient des proies faciles pour le nain.

Les chances restaient cependant nettement en défaveur des compagnons, qui savaient que la moindre erreur leur coûterait cher.

Les rats-garous, sifflant et crachant, s'écartèrent de Wulfgar, qui avança, conscient que c'était à lui de provoquer un affrontement plus décisif.

Les hommes-rats s'éparpillèrent alors brusquement et s'enfoncèrent dans le tunnel. À la lisière de la lueur de la torche, Wulfgar vit l'un d'entre eux ajuster une lourde arbalète et tirer.

Instinctivement, le colosse se plaqua contre la paroi et se montra suffisamment vif pour s'écarter à temps de la trajectoire du carreau. Hélas, derrière lui, Catti-Brie, tournée de l'autre côté, ne le vit jamais arriver.

Elle sentit soudain une douleur brûlante exploser en elle, puis la chaleur de son sang, qui coulait sur le côté de sa tête. Les ténèbres envahirent son champ de vision, elle s'effondra contre le mur.

Drizzt se faufilait dans les étroits boyaux aussi silencieusement que la mort. Il avait rengainé *Scintillante*, craignant d'être trahi par sa lueur, et ouvrait la route avec son autre lame magique. Bien qu'arpentant un véritable labyrinthe, il se sentait capable de retrouver le chemin qui conduisait à ses amis. L'extrémité de chaque tunnel qu'il empruntait était éclairée par des torches, portées par d'autres rats-garous qui se précipitaient sur les lieux du combat.

L'obscurité était certes suffisamment profonde pour permettre au drow de demeurer caché mais Drizzt éprouvait la désagréable impression que ses mouvements étaient épiés, voire anticipés. Des dizaines de passages s'offraient à lui mais ses options se réduisaient au fur et à mesure que des rats-garous apparaissaient à chaque virage. Le circuit qui le menait à ses amis s'allongeait à chaque pas mais il se rendit rapidement compte qu'il n'avait plus d'autre choix que d'avancer devant lui. Des rats-garous se pressaient dans le tunnel principal, derrière lui, et suivaient sa trace.

Il s'arrêta dans l'ombre d'un recoin obscur et inspecta les alentours. Tout en évaluant la distance qu'il avait parcourue, il remarqua que la lueur des torches dansait désormais dans les passages qu'il avait laissés derrière lui. Apparemment, les rats-garous n'étaient pas aussi nombreux qu'il l'avait imaginé dans un premier temps ; ceux qui apparaissaient à chaque nouvel embranchement étaient sans doute les mêmes que ceux aperçus dans les tunnels précédents. Ils couraient dans des couloirs parallèles à celui de Drizzt et parvenaient à l'entrée de chaque passage au moment où l'elfe en sortait.

Néanmoins, la prise de conscience du nombre de créatures n'apporta guère de réconfort à Drizzt. Il n'avait désormais plus de doute ; on le forçait à suivre un certain chemin.

Wulfgar se retourna et vit son amour tombé à terre, sa Catti-Brie, mais les rats-garous se précipitèrent aussitôt sur lui. Le barbare fut alors la proie d'une fureur violente. Il fonça dans les rangs de ses adversaires, les frappa, les écrasa, brisant les os à coups de marteau ou tordant le cou de sa main libre à quiconque passait à sa portée. Les rats-garous parvinrent à lui assener quelques coups tout en reculant mais les quelques écorchures et blessures légères qu'ils lui occasionnèrent n'apaisèrent en rien la rage du barbare.

Il avança en marchant sur des créatures, écrasant ses talons sur les corps agonisants, tandis que d'autres prenaient la fuite, terrorisés.

Un peu plus loin, celui qui était muni de l'arbalète luttait pour recharger son arme, tâche rendue d'autant plus difficile qu'il ne parvenait pas à quitter des yeux le barbare qui approchait et qu'il se savait la cible de la colère du géant.

Les rangs des rats-garous à présent disparus devant lui, Bruenor eut plus le temps de s'occuper de Catti-Brie. Il se pencha vers la jeune femme, le visage couleur de cendre quand il souleva son épaisse crinière auburn, rendue encore plus épaisse par la présence du sang.

Il se hâta d'examiner la blessure et découvrit, soulagé, que sa fille ne semblait pas gravement touchée. Le carreau l'avait bien entaillée mais il l'avait seulement frôlée.

— Ça va, dit Catti-Brie en essayant de se relever.

Bruenor la maintint allongée.

— Doucement, murmura-t-il.

— Le combat n'est pas terminé, répondit-elle, tentant toujours de ramener ses pieds sous elle.

Bruenor lui fit observer l'autre côté du tunnel, où se trouvait Wulfgar, entourés de corps empilés.

— Voilà notre chance, gloussa le nain. Laissons-le croire que tu es touchée.

Catti-Brie se mordit la lèvre, stupéfaite par ce spectacle. Une dizaine d'hommes-rats avait été abattus et pourtant Wulfgar continuait à frapper, son marteau déchiquetant les malheureux qui ne parvenaient pas à s'écarter.

C'est alors qu'un bruit fit tourner la tête à Catti-Brie. L'arc de la jeune femme ne les menaçant plus, les rats-garous revenaient à la charge.

— Je m'en occupe ! lui dit Bruenor. Reste allongée !

— Si tu as des problèmes...

— Si j'ai besoin de toi, rejoins-moi, acquiesça Bruenor. Mais pour le moment, reste allongée ! Donne à Wulfgar une raison de se battre !

Drizzt tenta de revenir sur ses pas mais les hommes-rats eurent tôt fait de bloquer tous les tunnels. Il ne lui resta bientôt plus qu'une seule possibilité ; un passage, large et sec, allant dans la direction opposée à celle qu'il souhaitait suivre.

Les créatures se rapprochaient rapidement et, dans le couloir principal, il devrait les affronter sur plusieurs côtés à la fois. Il se glissa dans le passage et se plaqua contre la paroi.

Deux hommes-rats se présentèrent à l'entrée du tunnel et scrutèrent l'obscurité avant d'en appeler un troisième, muni d'une torche. Ils ne virent pas la lueur jaunâtre et vacillante d'une flamme mais un trait bleuté, soudain apparu quand *Scintillante* fut dégainée. Drizzt fondit sur eux avant qu'ils aient la possibilité de se défendre avec leurs armes ; il enfonça l'une de ses épées dans la poitrine de l'un et trancha le cou de l'autre d'un grand coup tournoyant de sa seconde lame.

La lueur de la torche les éclaira quand ils s'effondrèrent et révéla le drow, avec ses deux lames maculées de sang. Les rats-garous les plus proches se mirent à hurler, certains lâchèrent même leur arme avant de s'enfuir en courant, mais d'autres survinrent, bloquant toutes les entrées des tunnels de la zone, si bien que leur simple surnombre donna rapidement confiance aux hommes-rats. Lentement et en échangeant des regards à chaque pas afin de s'encourager, ils s'approchèrent de Drizzt.

Le drow envisagea de se ruer sur l'un des groupes, espérant se sortir de ce piège en renversant leurs lignes, mais les rats-garous se tenaient au moins sur deux rangées à chaque passage, voire sur trois ou quatre par endroits. Malgré son talent et son agilité, Drizzt ne pouvait espérer les transpercer suffisamment rapidement pour éviter des attaques dans le dos.

Il se tourna vers le couloir latéral et invoqua une sphère de ténèbres à son entrée, puis il se précipita au-delà du globe et se positionna juste derrière, prêt à accueillir l'ennemi.

Les hommes-rats accélérèrent l'allure quand ils virent leur proie retourner dans le tunnel, puis ils s'arrêtèrent net quand ils se retrouvèrent plongés à l'intérieur de la sphère. Dans un premier temps, ils pensèrent que leurs torches s'étaient éteintes mais l'obscurité était si profonde qu'ils comprirent assez vite qu'il s'agissait d'un sort lancé par le drow. Ils se regroupèrent dans le tunnel principal, puis s'engagèrent de nouveau dans le boyau, avec plus de précautions cette fois.

Drizzt lui-même, malgré ses yeux conçus pour la nuit, ne discernait rien dans les ténèbres de son sort. Une fois placé de l'autre côté, il fit tinter légèrement son épée, puis recommença, guidant ainsi les deux hommes-rats en tête, vers lui. Ils n'étaient pas encore totalement sortis du globe quand l'elfe noir les frappa. Il fit voler leurs armes puis inversa son angle de frappe avant de plonger profondément ses cimeterres dans leurs corps. Leurs cris de douleur firent refluer leurs congénères dans le couloir principal, ce qui offrit à Drizzt un nouveau répit pour évaluer sa situation.

L'être qui maniait l'arbalète sut que son heure était venue quand ses deux derniers compagnons le repoussèrent sur le côté en fuyant désespérément le géant enragé. Il plaça enfin le carreau en position et apprêta son arme.

Mais Wulfgar était trop près. Le barbare attrapa l'arbalète quand celle-ci se dressa et l'arracha des mains du rat-garou avec une telle rage qu'elle se brisa quand elle s'écrasa contre le mur. La créature songea à s'enfuir mais la violence dans les yeux de Wulfgar la cloua sur place et elle regarda, horrifiée, le barbare agripper *Crocs de l'égide* à deux mains.

Le coup partit à une vitesse inimaginable. L'homme-rat n'eut pas le temps de saisir ne serait-ce que le départ du coup mortel. Il sentit seulement une explosion soudaine au sommet de son crâne.

Le sol se précipita vers lui... Il mourut avant même de s'effondrer dans la boue. Wulfgar, les yeux cernés de larmes, s'acharna violemment à coups de marteau sur la misérable créature jusqu'à ce que son corps ne soit plus qu'une masse de chair informe.

Maculé de sang et de gadoue, il finit par s'adosser contre la paroi. Alors qu'il laissait sa colère dévorante refluer, il entendit les échos du combat dans son dos et se retourna. Il découvrit Bruenor qui repoussait deux rats-garous, derrière lesquels venaient plusieurs autres créatures.

Près du nain, Catti-Brie était étendue contre le mur. Cette vision ranima la flamme de Wulfgar.

— Tempus ! hurla-t-il à son Seigneur des Batailles, avant de se précipiter.

Les rats-garous qui faisaient face à Bruenor trébuchèrent les uns sur les autres en tentant de s'enfuir et offrirent au nain l'occasion d'en abattre deux de plus – ce qu'il fit avec joie. Les autres s'éparpillèrent dans le dédale des tunnels.

Wulfgar voulait les poursuivre, les traquer jusqu'au dernier afin d'assouvir sa vengeance, mais Catti-Brie se redressa et l'arrêta. Elle bondit et se pelotonna contre son torse, ce qui le fit vaciller de surprise, puis elle passa ses bras autour de son cou et l'embrassa avec plus de passion que tout ce qu'il avait jamais imaginé.

Abasourdi, il l'écarta de lui et la contempla un moment, bégayant quelques paroles confuses, jusqu'à ce qu'un sourire joyeux s'épanouisse sur son visage et chasse toutes les autres émotions. Puis il l'étreignit de nouveau dans un nouveau baiser.

— L'elfe ! intervint Bruenor en les séparant.

Il ramassa la torche, maintenant à demi recouverte de boue et qui ne brûlait plus que faiblement, puis s'engagea devant les deux autres dans le tunnel.

Ils n'osèrent pénétrer dans aucun des nombreux passages latéraux, de peur de s'égarer. Le couloir principal restait le chemin le plus rapide, où qu'il les conduise, et ils espéraient simplement entrevoir une lueur ou percevoir un bruit qui les mènerait à Drizzt.

Au lieu de cela, ils parvinrent à une porte.

— Le bâtiment de la guilde ? murmura Catti-Brie.

— Quoi d'autre ? répondit Wulfgar. Seul un repaire de voleurs disposerait d'une ouverture donnant sur les égouts.

Au-dessus de la porte, à l'abri d'un renfoncement secret, Entreri observait les trois compagnons avec curiosité. Il avait deviné que quelque chose se tramait quand les rats-garous s'étaient rassemblés dans les égouts, un peu plus tôt cette nuit-là. Il avait espéré qu'ils se mettraient en route vers la ville mais il était rapidement devenu évident qu'ils avaient l'intention de rester là.

Puis ces trois-là s'étaient présentés devant la porte sans le drow.

Le menton calé dans la paume de la main, Entreri réfléchissait à ce qu'il allait faire.

Bruenor examina avec soin le battant, sur lequel était clouée une petite boîte en bois, à hauteur d'œil humain. N'ayant pas le temps de jouer aux devinettes, le nain leva hardiment un bras et arracha la boîte, puis regarda à l'intérieur.

Son visage se déforma de perplexité quand il vit ce qu'elle contenait. Il haussa les épaules et la tendit à Wulfgar et Catti-Brie.

Le barbare ne se montra pas si étonné. Il avait déjà aperçu un tel objet auparavant, sur les quais de la Porte de Baldur. Un nouveau présent de la part d'Artémis Entreri – un autre doigt de halfelin…

— Assassin ! rugit-il, avant d'assener un violent coup d'épaule contre la porte.

Celle-ci sauta de ses gonds et Wulfgar, pris par son élan, chancela quelques pas devant lui tout en poussant le battant arraché. Avant même de s'en être débarrassé, il entendit un fracas derrière lui et comprit à quel point il s'était comporté de façon stupide. Il s'était jeté la tête la première dans le piège d'Entreri.

Une herse s'était abattue en travers de l'ouverture et le séparait désormais de Bruenor et Catti-Brie.

Les rats-garous s'engouffrèrent de nouveau dans la sphère de ténèbres de Drizzt, le bout de leurs longues lances pointé vers l'avant. S'il parvint à abattre les premiers assaillants, le drow fut submergé par le nombre des créatures qui leur succédèrent. Il céda volontairement du terrain, tout en parant leurs assauts grâce à ses épées. Il profita tout de même de quelques ouvertures et se montra assez vif pour atteindre ses cibles.

Soudain, une odeur singulière se propagea et couvrit la puanteur des égouts, une senteur sirupeuse qui raviva de lointains souvenirs à l'elfe noir. Les hommes-rats accentuèrent leur pression, comme si cette odeur stimulait leur désir de se battre.

Puis Drizzt se rappela. À Menzoberranzan, la ville où il était né, certains elfes drows avaient domestiqué des créatures qui exhalaient une odeur semblable. Ces bêtes monstrueuses, appelées rossolis, masses informes dotées d'excroissances gluantes, engloutissaient et dissolvaient purement et simplement tout ce qui les approchait.

Drizzt luttait désormais pied à pied. Il avait bien été poussé vers cet endroit, pour y affronter une mort affreuse ou peut-être pour y être capturé, car le rossolis dévorait ses victimes si lentement que certaines substances étaient capables de lui faire lâcher prise.

Il entendit un bruissement et jeta un coup d'œil par-dessus son épaule. Le rossolis se trouvait à peine trois mètres plus loin et étirait déjà une centaine de tentacules collants.

Les cimeterres de Drizzt fendaient l'air et plongeaient, tournoyaient et tranchaient, en une danse plus magnifique que celles jamais effectuées. Un rat-garou fut touché une quinzaine de fois avant de se rendre compte que le premier coup l'avait atteint.

Hélas, les hommes-rats étaient simplement trop nombreux pour que Drizzt puisse résister, sans compter que la vue du rossolis les encourageait.

Il sentit le chatouillement des excroissances agitées, à quelques centimètres de son dos. Il n'avait maintenant plus la place de manœuvrer ; les lances allaient sans aucun doute le jeter vers le monstre.

Il sourit et l'éclat brûlant de ses yeux s'intensifia.

— Est-ce ainsi que cela va s'achever ? murmura-t-il à voix haute.

L'éclat de rire qu'il libéra soudain fit sursauter les rats-garous.

Scintillante lui ouvrant la voie, Drizzt fit demi-tour et plongea au cœur du rossolis.

19

Ruses et pièges

Wulfgar se trouvait dans une pièce carrée dépourvue de meubles et dont les parois étaient en pierre taillée. Deux torches brûlaient dans des appliques fixées aux murs et révélaient une autre porte, du côté opposé à la herse. Il laissa tomber le battant arraché et se tourna vers ses amis.

— Couvre-moi, dit-il à Catti-Brie.

La jeune femme avait déjà anticipé sa demande et braqué son arc en direction de la deuxième ouverture.

Wulfgar se frotta les mains avant d'essayer de soulever la herse. Il s'agissait d'un objet très massif mais il ne l'imaginait pas au-delà de ses forces. Il agrippa la grille en fer, puis recula, consterné, sans même avoir effectué une tentative.

Les barreaux avaient été graissés.

— Un piège d'Entreri, ou j'suis un gnome barbu, grogna Bruenor. Tu es tombé en plein dedans, mon garçon.

— Comment allons-nous le libérer ? s'inquiéta Catti-Brie.

Wulfgar avisa par-dessus son épaule la porte fermée. Il savait qu'ils ne pourraient rien faire en restant ici et il craignait que le bruit de la chute de la herse ait attiré l'attention – ce qui ne pouvait signifier que du danger pour ses amis.

— Tu n'imagines quand même pas aller plus loin ? reprit la jeune femme.

— Ai-je le choix ? répondit Wulfgar. Peut-être y a-t-il une manivelle plus loin.

— Plutôt un assassin… mais tu dois essayer, convint Bruenor.

Catti-Brie banda son arc tandis que le barbare se dirigeait vers la porte. Il en actionna la poignée mais rien ne se produisit. Après avoir jeté un regard à ses amis et haussé les épaules, il se retourna et donna un coup de pied de son épaisse botte. La porte en bois vola en éclats et révéla une autre pièce, plongée dans l'obscurité.

— Prends une torche, lui enjoignit Bruenor.

Wulfgar hésita. Quelque chose n'allait pas, une odeur, peut-être. Son sixième sens, l'instinct du guerrier, lui chuchotait qu'il ne trouverait pas cette seconde pièce aussi vide que la première mais, n'ayant nulle part ailleurs où aller, il s'approcha de l'une des torches.

Absorbés par cette pièce, Bruenor et Catti-Brie ne remarquèrent pas la silhouette sombre qui se laissa tomber depuis le renfoncement dissimulé au-dessus du mur, non loin du tunnel. Entreri les considéra durant un moment. Il pouvait facilement les abattre, peut-être même en silence, mais il fit demi-tour et disparut dans les ténèbres.

Il avait déjà choisi sa cible.

Rassiter se pencha sur les deux cadavres étendus à l'entrée du passage latéral. À mi-chemin de leur transformation de rat en être humain, ils étaient morts dans une atroce agonie que seul un lycanthrope était capable d'imaginer. De la même façon que les autres, un peu plus loin dans le tunnel principal, ils avaient été frappés et découpés avec une extrême précision. Si l'accumulation de corps n'indiquait pas assez clairement la direction à suivre, la sphère de ténèbres suspendue dans le couloir latéral le criait. Rassiter déduisit que son piège avait apparemment fonctionné, malgré le prix élevé qu'il avait fallu consentir.

Il se colla le long du mur et se glissa dans le passage, manquant de trébucher sur les autres cadavres de ses camarades de guilde, puis parvint de l'autre côté.

Le rat-garou secoua la tête d'incrédulité en progressant dans le tunnel, alors qu'il marchait sur un nouveau corps à chaque pas. Combien de ses agents cette fine lame avait-elle tués ?

— Un drow ! s'exclama-t-il en comprenant soudain, tandis qu'il abordait le dernier coude.

Les corps de ses congénères étaient empilés là mais Rassiter regarda plus loin. Il acceptait bien volontiers un tel sacrifice pour la prise qui s'offrait à sa vue; il tenait désormais un guerrier sombre, il avait fait un elfe drow prisonnier! Il gagnerait ainsi les faveurs du Pacha Amas et s'élèverait au-dessus d'Entreri une bonne fois pour toutes.

Au fond du passage, Drizzt reposait en silence sur le rossolis, enveloppé de mille excroissances. Il tenait toujours ses deux cimeterres en main mais ses bras pendaient mollement sur les côtés, tandis que sa tête était affaissée et ses yeux lavande fermés.

Le rat-garou avança avec précautions dans le couloir, espérant que le drow n'était pas encore mort. Il examina sa gourde, remplie de vinaigre, et espéra en avoir apporté suffisamment pour défaire l'étreinte du rossolis et libérer le drow. Rassiter voulait absolument son trophée vivant.

Amas n'en apprécierait que davantage son cadeau.

Le rat-garou tendit le bras et tapota l'elfe avec son épée mais recula soudain quand une dague surgit et le frappa douloureusement au bras. Il se retourna et vit Artémis Entreri, son sabre brandi et une lueur meurtrière dans ses yeux sombres.

Rassiter se trouva pris à son propre piège; il n'existait aucune autre sortie dans ce couloir. Il s'adossa à la paroi et, agrippant son bras ensanglanté, avança à petits pas vers l'entrée du passage.

Entreri suivit la progression de l'homme-rat sans sourciller.

—Amas ne te le pardonnera jamais, l'avertit Rassiter.

—Amas ne le saura jamais, siffla l'assassin en retour.

Terrifié, Rassiter se mit à courir, s'attendant à prendre un coup d'épée dans le flanc quand il passa devant Entreri. Celui-ci ne se souciait guère du rat-garou; son regard avait glissé jusqu'au fond du tunnel, où gisait le spectre de Drizzt Do'Urden, impuissant et vaincu.

Il récupéra sa dague incrustée de joyaux, hésitant sur la conduite à tenir; devait-il libérer le drow ou le laisser mourir lentement entre les griffes du rossolis?

—C'est donc ainsi que tu vas mourir..., murmura-t-il finalement en essuyant la matière gluante de son poignard.

Une torche brandie devant lui, Wulfgar pénétra avec précautions dans la deuxième pièce. Comme la première, elle était carrée et dépourvue de meubles, à l'exception d'un côté, masqué par un énorme paravent qui montait jusqu'au plafond. Le barbare comprit que le danger était tapi derrière cet écran, qui faisait partie du piège tendu par Entreri et dans lequel il s'était précipité.

Il n'avait toutefois pas le temps de se réprimander pour son manque de lucidité. Il se positionna au centre de la pièce, toujours en vue de ses amis, et déposa la torche à ses pieds avant de saisir à deux mains *Crocs de l'égide*.

Mais quand la chose bondit, il demeura complètement abasourdi…

Huit têtes en forme de serpent s'entremêlaient en une danse captivante, telles les aiguilles d'une femme tricotant avec frénésie un simple vêtement. Cette comparaison ne fit pas rire Wulfgar sur le moment, chaque bouche étant remplie de nombreux rangs de dents acérées comme des rasoirs.

Catti-Brie et Bruenor comprirent que leur ami rencontrait des problèmes quand ils le virent reculer d'un pas. Ils s'attendaient à voir Entreri, ou une horde de soldats, se ruer sur lui. C'est alors que l'hydre apparut dans leur champ de vision.

— Wulfgar ! hurla Catti-Brie, consternée, avant de lâcher une flèche.

Le trait argenté troua profondément un cou reptilien, faisant rugir l'hydre de douleur, qui tourna une tête pour considérer ces agresseurs postés sur le côté.

Sept autres têtes se précipitèrent sur Wulfgar…

— Tu me déçois, drow, poursuivit Entreri. Je te croyais mon égal, ou presque. Quand je pense à la peine que je me suis donnée et les risques que j'ai pris pour te guider jusqu'ici afin que nous puissions déterminer laquelle de nos vies était un mensonge ! Et te prouver que ces émotions auxquelles tu t'accroches tant n'ont pas leur place dans le cœur d'un véritable guerrier…

» À présent je constate que j'ai gaspillé mes efforts. La question est déjà réglée, si toutefois elle s'est un jour posée. Jamais je ne serais tombé dans un tel piège !

Drizzt entrevit Entreri d'un œil à moitié ouvert, puis redressa la tête et croisa son regard.

— Moi non plus, dit-il en se débarrassant des excroissances du rossolis mort. Moi non plus...

La blessure du monstre fut visible quand Drizzt se dégagea. D'une seule frappe, le drow avait tué le rossolis.

Un sourire naquit sur le visage d'Entreri.

— Bien joué ! s'écria-t-il en apprêtant ses lames. Magnifique !

— Où est le halfelin ? gronda Drizzt.

— Ceci ne concerne pas le halfelin, ni ta stupide alliée, la panthère. (L'elfe contint en un instant la vague de colère qui déformait ses traits.) Oh ! Ils sont encore en vie... Enfin, peut-être...

Entreri raillait ainsi son ennemi dans l'intention de provoquer sa colère et ainsi le perturber. En effet, si une rage débridée était souvent une aide lorsqu'il s'agissait de combattre des ennemis moins puissants, lors d'un affrontement à armes égales contre un adversaire maniant redoutablement bien l'épée, les coups portés se devaient d'être mesurés et les défenses non relâchées.

Drizzt s'élança, ses deux lames en avant. Entreri les dévia avec son sabre et contra d'un coup de dague.

D'une pirouette, Drizzt évita le danger et acheva son tour sur lui-même en frappant avec *Scintillante*. Entreri para ce coup de son sabre et les deux armes se retrouvèrent bloquées, poignée contre poignée, les combattants tout proches l'un de l'autre.

— As-tu reçu mon cadeau à la Porte de Baldur ? glousssa l'assassin.

L'elfe ne broncha pas. Il ne pensait plus à Régis ni à Guenhwyvar pour le moment ; son seul objectif était Entreri.

Uniquement Artémis Entreri.

Celui-ci insista.

— Un masque ? questionna-t-il avec un sourire narquois. Enfile-le donc, drow ! Fais semblant d'être ce que tu n'es pas !

Drizzt se dégagea soudain, repoussant du même coup son adversaire en arrière.

L'assassin se laissa faire, tout aussi ravi de poursuivre le combat à distance, mais quand il tenta d'attaquer de nouveau, son pied se prit dans un creux glissant au sol et lui fit poser un genou à terre.

L'elfe bondit sur lui en un éclair, ses deux cimeterres sifflant. Les mains d'Entreri réagirent aussi vite, dague et sabre tournoyant afin de dévier et de parer. Sa tête et ses épaules se baissaient furieusement et d'une façon remarquable, si bien qu'il parvint à se rétablir sur ses pieds.

Drizzt comprit qu'il avait perdu son avantage. Pis, l'assaut l'avait laissé en mauvaise position, avec une épaule trop proche de la paroi. Tandis qu'Entreri se relevait, il fit un bond en arrière.

— Tu pensais m'avoir si facilement ? lui demanda l'assassin alors qu'ils se mettaient de nouveau en garde. Penses-tu que j'aie attendu ce combat depuis si longtemps pour mourir au cours de ses premiers assauts ?

— Je ne pense à rien concernant Artémis Entreri, répliqua Drizzt. Tu m'es étranger, assassin. Je ne prétends pas comprendre tes motivations, pas plus que je ne désire les connaître.

— Mes motivations ? Je suis un combattant – purement un combattant. Je ne mélange pas la vocation de ma vie avec les mensonges que sont la douceur et l'amour. (Il leva son sabre et sa dague devant lui.) Voici mes seuls amis et avec eux…

— Tu n'es rien, coupa Drizzt. Ta vie est un pur mensonge.

— Un mensonge ? C'est toi qui portes un masque, drow. C'est toi qui dois te cacher.

Drizzt reçut ces mots avec un sourire. À peine quelques jours plus tôt, il aurait pu être piqué au vif mais à présent, après la vision que lui avait offerte Catti-Brie, ces paroles sonnaient creux à ses oreilles.

— C'est toi, le mensonge, Entreri, répondit-il calmement. Tu n'es rien de plus qu'une arbalète chargée, qu'une arme dénuée de sentiments, qui ne connaîtra jamais la vie.

Il s'avança vers l'assassin, la mâchoire crispée et sachant ce qu'il devait faire.

Entreri s'approcha avec la même confiance.

— Viens et meurs, drow, cracha-t-il.

Wulfgar se hâta de reculer, tout en abattant son marteau de guerre de tous côtés afin de parer les attaques étourdissantes de l'hydre, mais conscient qu'il lui serait impossible de contenir longtemps encore cette créature acharnée. Il lui fallait trouver un moyen de contrer cette furie offensive.

Mais contre les sept gueules qui claquaient tout en poursuivant leur danse hypnotisante et qui se fendaient, soit isolément, soit toutes ensemble, Wulfgar n'avait pas le temps de préparer un plan d'attaque.

Avec son arc, hors de portée des têtes, Catti-Brie connut davantage de réussite. Les larmes lui montèrent aux yeux, tant elle craignait pour Wulfgar, mais elle les refoula, farouchement déterminée à ne pas céder au désespoir. Une autre flèche atteignit entre les deux yeux la tête qui avait regardé dans sa direction. Celle-ci trembla, puis eut un sursaut en arrière avant de s'effondrer à terre dans un bruit sourd, presque morte.

Cette attaque, ou la douleur qui en résulta, sembla paralyser le reste de l'hydre durant une seconde, ce dont ne manqua pas de profiter le barbare désespéré. Il se rua en avant d'un pas et abattit *Crocs de l'égide* de toute sa puissance sur le museau d'une autre tête qui, à son tour, tomba au sol, sans vie.

— Garde-la devant la porte ! cria Bruenor. Et ne frappe pas sans crier si tu ne veux pas être transpercé par la fillette !

Si l'hydre était un animal stupide, elle comprenait les tactiques de chasse. Elle se plaça de façon à bloquer la porte, empêchant ainsi Wulfgar de s'enfuir. Deux têtes étaient déjà tombées quand une flèche d'argent, puis une autre, fendirent l'air et touchèrent cette fois le corps même de la bête. Quant au barbare, il se battait furieusement, mais, à peine sorti du combat effréné contre les rats-garous, il commençait à ressentir de la fatigue.

Il manqua une parade quand une tête s'élança. Une puissante mâchoire se referma sur son bras et l'entailla jusque sous l'épaule.

L'hydre se mit à secouer son cou afin d'arracher le bras de son adversaire, ce qui était sa tactique habituelle, mais elle n'avait encore jamais rencontré personne de la force de Wulfgar. Le colosse serra fermement son bras contre son flanc, chassant la douleur d'une grimace, et parvint à maintenir l'animal en place. De sa main libre, il agrippa *Crocs de l'égide* juste sous la tête du marteau et enfonça le bout du manche dans l'un des yeux de l'hydre. Celle-ci lâcha prise et Wulfgar se libéra avant de basculer en arrière, juste à temps pour éviter cinq autres attaques mordantes.

Il pouvait encore se battre mais sa blessure le ralentissait beaucoup.

— Wulfgar ! cria une nouvelle fois Catti-Brie quand elle entendit son grognement.

— Pousse-toi d'là, mon gars ! hurla Bruenor.

Wulfgar s'était déjà mis en mouvement. Il plongea vers le mur du fond et roula autour de l'hydre. Les deux têtes les plus proches le suivirent du regard avant de s'abattre pour le happer.

Le barbare acheva sa roulade en se rétablissant sur ses pieds et inversa subitement sa direction, ce qui lui permit d'écraser une mâchoire grande ouverte d'un puissant coup de poing. Voyant sa trajectoire désespérée, Catti-Brie décocha une nouvelle flèche dans un œil de l'autre tête. L'hydre poussa un rugissement de douleur et de fureur, puis se retourna, désormais entourée de quatre têtes gisant sans vie à terre.

Wulfgar, maintenant de l'autre côté de la pièce, bénéficiait d'un angle de vue qui lui permettait de voir ce qui se trouvait de l'autre côté du paravent.

— Une autre porte ! cria-t-il à ses amis.

Catti-Brie décocha une nouvelle flèche alors que l'hydre s'apprêtait à poursuivre sa proie. Avec Bruenor, ils entendirent le craquement de la porte qui sautait de ses gonds, puis un nouveau bruit de glissement quand une autre herse s'abattit derrière le géant.

Entreri lança l'assaut suivant et fit fouetter son sabre vers le cou de Drizzt tandis que, simultanément, il frappait plus bas avec sa dague. C'était une manœuvre audacieuse car, si l'assassin n'avait pas été si doué dans le maniement de ses armes, l'elfe aurait à coup sûr trouvé une ouverture pour planter une lame dans le cœur de son ennemi. Le drow eut cependant fort à faire pour parer cette offensive ; il leva un cimeterre afin de bloquer le sabre et abaissa l'autre pour dévier le poignard.

Entreri enchaîna par une série de doubles bottes identiques, que Drizzt para chaque fois, ne déplorant en fin de compte qu'une légère égratignure à l'épaule avant que l'assassin soit contraint de reculer.

— Le premier sang est pour moi ! triompha-t-il, un doigt sur la lame de son sabre, en désignant la tache rouge au drow.

— C'est le dernier qui compte le plus, rétorqua celui-ci avant d'avancer à son tour, ses armes brandies.

Les cimeterres fondirent sur l'assassin selon des angles impossibles, l'un plongeant sur une épaule tandis que l'autre partait d'en bas et s'élevait vers la cage thoracique.

Entreri, à l'image de Drizzt, déjoua les attaques avec des parades parfaites.

—T'es encore vivant, mon gars ? appela Bruenor.

Le nain entendit alors qu'un autre combat se déroulait dans les couloirs derrière lui, ce qui signifiait, à son grand soulagement, que Drizzt était encore en vie.

—Ça va, répondit Wulfgar en observant la nouvelle pièce dans laquelle il venait d'entrer.

Celle-ci était meublée de plusieurs chaises et d'une table dont on s'était apparemment récemment servi pour jouer. Wulfgar n'eut plus aucun doute ; il se trouvait sous un bâtiment, très vraisemblablement le quartier général de la guilde.

—Je ne peux plus revenir sur mes pas, dit-il à ses amis. Retrouvez Drizzt et retournez dans la rue. Je me débrouillerai pour vous y rejoindre !

—Je n'te laisserai pas ! répondit Catti-Brie.

—C'est moi qui vais vous laisser, contra le barbare.

La jeune femme se tourna vers Bruenor.

—Aide-le, le supplia-t-elle.

Le regard du nain demeura grave.

—Nous n'avons plus rien à espérer en restant ici, dit Wulfgar. Il est certain que je ne pourrais pas revenir en arrière, même si je parvenais à lever cette herse et à vaincre l'hydre. Pars, mon amour, et sois certaine que nous nous retrouverons !

—Écoute-le, ajouta Bruenor. Ton cœur te dit d'rester mais tu ne rendras pas service à Wulfgar si tu agis ainsi. Tu dois lui faire confiance.

De la graisse se mêla au sang sur la tête de Catti-Brie quand elle s'affala contre les lourds barreaux qui lui faisaient face. Un autre bruit de destruction de porte s'entendit plus loin dans l'habitation, ce qui lui fit l'effet d'un marteau enfonçant un pieu dans son cœur. Bruenor la prit doucement par l'épaule.

—Viens, ma fille, murmura-t-il. Le drow est sur pied et il a besoin de notre aide. Fais confiance à Wulfgar.

Catti-Brie se redressa et suivit son père dans le tunnel.

Drizzt porta son attaque, tout en étudiant le visage de l'assassin. Grâce aux mots de Catti-Brie, il avait réussi à oublier la haine qu'il vouait à cet homme et il gardait à l'esprit les priorités de leur aventure. Entreri n'était à ses yeux qu'un obstacle supplémentaire sur le chemin qui menait à la délivrance de Régis. La tête froide, il restait concentré sur le problème du moment, réagissait aux coups de son adversaire et le contrait aussi calmement que s'il s'était trouvé dans une salle d'entraînement à Menzoberranzan.

Le visage d'Entreri, l'homme qui avait proclamé sa supériorité en tant que combattant en raison de son absence d'émotions, se déformait souvent violemment, comme s'il était sur le point de libérer une colère explosive. Entreri haïssait profondément Drizzt. Malgré toute la chaleur et l'amitié que le drow avait rencontrées au cours de sa vie, il avait atteint la perfection avec ses armes. Chaque fois que celui-ci parait une de ses bottes et la contrait avec une séquence tout aussi performante, il dévoilait le vide de l'existence de l'assassin.

Drizzt se rendit compte de la colère bouillante qui agitait Entreri et chercha une façon de l'utiliser. Il lança encore une attaque trompeuse mais qui fut une nouvelle fois parée.

Il se fendit alors, ses cimeterres côte à côte, séparés de seulement quelques centimètres.

Entreri les détourna tous les deux sur le côté d'un balayage de son sabre en souriant devant cette erreur manifeste du drow. Avec un grognement mauvais, il tendit son bras armé de la dague dans l'ouverture, droit vers le cœur de Drizzt.

Celui-ci avait anticipé cette manœuvre – il l'avait même provoquée. Il plongea et modifia l'angle de l'un de ses cimeterres au moment où le sabre le déviait et le glissa sous la lame d'Entreri avant d'effectuer un coup retourné. Le bras qui brandissait la dague se trouva sur la trajectoire de l'épée de l'elfe et, avant que l'assassin puisse atteindre le cœur de ce dernier, le cimeterre de Drizzt lui déchira le coude.

Le poignard tomba dans la boue. Grimaçant de douleur, Entreri agrippa son bras blessé et se retira précipitamment du combat, furieux et troublé, ses yeux plissés rivés sur Drizzt.

— Ta colère brouille tes capacités, lui fit remarquer le drow en avançant d'un pas. Nous nous sommes tous les deux regardés dans un miroir cette nuit. Peut-être n'as-tu pas apprécié l'image qu'il t'a renvoyée.

Entreri enragea mais ne trouva rien à répliquer à cela.

— Tu n'as pas encore gagné, cracha-t-il avec un air de défi, bien que conscient que l'elfe avait acquis un avantage déterminant.

— Peut-être pas… mais toi, tu as perdu il y a déjà bien des années.

L'assassin lâcha un sourire malveillant et s'inclina, puis il prit la fuite par le passage.

Drizzt se précipita à ses trousses mais s'arrêta net quand il parvint au bord de la sphère de ténèbres. Il entendit une certaine agitation de l'autre côté et se figea, les muscles tendus. Il se rendit compte qu'il y avait trop de bruit pour s'agir seulement d'Entreri, aussi imagina-t-il que d'autres rats-garous étaient revenus.

— T'es là, l'elfe ? appela une voix familière.

Drizzt fonça dans la sphère et réapparut aux côtés de ses amis étonnés.

— Entreri ? questionna-t-il, espérant que l'assassin blessé ne se soit pas échappé sans être vu.

Bruenor et Catti-Brie haussèrent les épaules, l'air interrogatif, puis firent demi-tour pour suivre Drizzt qui replongeait déjà dans l'obscurité.

20

Noir et blanc

Alors qu'il était sur le point d'être submergé par la fatigue et la douleur dans son bras, Wulfgar s'appuya lourdement contre la paroi lisse d'un passage qui s'élevait vers les étages supérieurs du repaire. Il serra fort sa blessure, espérant ainsi contenir le flux de ses forces vitales.

Comme il se sentait seul…

Il savait qu'il avait eu raison de renvoyer ses amis, qui ne pouvaient guère l'aider et dont la position, face au couloir principal et devant l'endroit qu'avait choisi Entreri pour installer son piège, les rendait particulièrement vulnérables. Il devait désormais progresser seul, probablement jusqu'au cœur de la tristement célèbre Guilde des Voleurs.

Il relâcha sa prise sur son biceps et examina la blessure. L'hydre l'avait profondément mordu mais il s'aperçut qu'il était encore capable de bouger le bras. Il manipula prudemment *Crocs de l'égide*, en portant quelques coups dans le vide.

Puis il s'affaissa une nouvelle fois contre le mur et tenta d'élaborer un plan d'action pour cette cause qui semblait véritablement désespérée.

Drizzt enfilait les tunnels les uns après les autres, ralentissant de temps à autre son allure afin de guetter le moindre bruit susceptible d'orienter sa poursuite. Il ne s'attendait pas vraiment à percevoir quoi que ce soit ; Entreri était capable de se déplacer aussi silencieusement que lui et, comme lui, il disposait d'une torche, peut-être même d'une bougie.

Néanmoins, il restait confiant dans les choix qu'il prenait à chaque intersection, comme s'il était guidé par les mêmes raisonnements que l'assassin. Il sentait sa présence et connaissait cet homme bien mieux qu'il l'aurait admis ; Entreri ne pouvait pas davantage lui échapper que lui aurait pu le fuir. Leur affrontement avait débuté à Castelmithral des mois auparavant – ou peut-être n'était-ce que l'incarnation actuelle et la continuation d'un plus grand combat engendré à l'aube des temps – mais, pour Drizzt comme pour Entreri, deux pions dans la lutte éternelle des principes, ce chapitre de la guerre ne s'achèverait pas tant que l'un des deux n'aurait pas crié victoire.

Drizzt repéra une lueur sur le côté – non pas la lumière vacillante d'une torche mais un faisceau argenté constant. Il s'en approcha avec prudence et découvrit une grille ouverte, sous laquelle les barreaux de fer mouillés d'une échelle fixée à la paroi de l'égout étaient vivement éclairés par un rayon de lune. Drizzt jeta un rapide – trop rapide – coup d'œil autour de lui et se rua sur l'échelle.

Les ombres situées à sa gauche entrèrent soudain en mouvement et Drizzt perçut l'éclat révélateur d'une lame juste à temps pour pivoter légèrement. Il chancela en avant et sentit une brûlure lui déchirer les omoplates, puis l'humidité de son sang qui coulait sous sa cape.

Drizzt ignora la douleur, conscient que la moindre hésitation signerait son arrêt de mort, et fit volte-face avant de plaquer le dos contre le mur. Ce faisant, il fendit l'air des deux lames incurvées de ses cimeterres en une spirale défensive.

Entreri ne lâcha aucun sarcasme cette fois. Il avait surgi avec rage, agitant son sabre de tous côtés et sachant pertinemment qu'il devait en finir avec l'elfe avant que celui-ci récupère du choc de l'embuscade. La finesse avait cédé la place à la brutalité, engloutissant l'assassin offensé dans une frénésie de haine.

Il bondit sur Drizzt et bloqua l'un des bras du drow sous son propre membre touché et tenta de se servir de sa force brute pour plonger son sabre dans le cou de son adversaire.

Drizzt se ressaisit suffisamment rapidement pour contrôler la première offensive. Il abandonna son bras à la prise de l'assassin et se concentra uniquement sur le fait de lever son cimeterre encore libre afin de parer le coup. La poignée de son arme se bloqua une nouvelle fois contre celle du sabre d'Entreri, stoppée net à mi-chemin entre les deux combattants.

Derrière leurs lames respectives, Drizzt et Entreri se toisèrent avec une haine déchaînée, leurs visages déformés séparés seulement d'une dizaine de centimètres l'un de l'autre.

— De combien de crimes vais-je te punir, assassin ? gronda Drizzt.

Renforcé par ses propres mots, l'elfe repoussa légèrement le sabre, modifia l'angle de son arme mortelle et parvint à l'orienter de façon plus menaçante vers Entreri.

Celui-ci ne répondit rien, pas plus qu'il ne parut s'inquiéter de la légère modification des forces appliquées sur les épées. Un air sauvage et euphorique apparut dans ses yeux et ses lèvres découvrirent un sourire maléfique.

Drizzt comprit alors que le tueur disposait d'un autre tour dans sa manche.

Avant que le drow ait compris de quoi il s'agissait, Entreri cracha une pleine gorgée d'eau crasseuse des égouts dans ses yeux lavande.

Les bruits d'un nouveau combat guidèrent Bruenor et Catti-Brie dans les tunnels. Ils aperçurent les deux silhouettes éclairées par la lune au moment où Entreri jouait son tour pernicieux.

— Drizzt ! cria la jeune femme, comprenant qu'il lui était impossible de le rejoindre, ni même de se saisir de son arc à temps pour arrêter Entreri.

Bruenor grogna et se lança en avant avec une seule pensée en tête : si Entreri tuait Drizzt, il découperait ce chien en deux !

La piqûre et le choc de l'eau firent voler en éclats la concentration de Drizzt, ainsi que sa force, l'espace d'une fraction de seconde, mais il sut que ce laps de temps était déjà trop long face à Artémis Entreri. Il jeta désespérément la tête sur le côté.

Entreri abattit son sabre et entailla le front de l'elfe, écrasant du même coup le pouce de celui-ci entre les deux poignées.

—Je t'ai eu ! hurla-t-il, croyant à peine à ce soudain renversement de situation.

En cet instant affreux, Drizzt ne put contredire cette remarque. Cependant, le drow riposta, plus par instinct que par calcul, avec une agilité qui le surprit lui-même. En un petit saut, il plaça un pied derrière la cheville d'Entreri et cala l'autre sous lui, contre le mur. Il poussa aussitôt et se tourna dans le mouvement. Sur le sol glissant, Entreri n'avait aucune chance d'éviter de basculer. Il s'écroula donc en arrière dans le ruisseau boueux et Drizzt plongea sur lui.

Le poids de la lourde chute du drow enfonça la garde de son cimeterre dans l'œil de l'assassin. Drizzt récupéra de la surprise de sa propre contre-attaque plus rapidement que son adversaire et ne laissa pas passer cette occasion. Il tourna sa main sur la poignée et l'extirpa d'Entreri avant d'abattre le cimeterre d'un coup bas et d'en plonger la pointe entre les côtes de l'assassin. Avec une satisfaction macabre, il le sentit déchirer les chairs.

Ce fut au tour d'Entreri de tenter une manœuvre désespérée. N'ayant plus le temps de se défendre avec sa lame, il frappa directement le visage de Drizzt du bout de la poignée de son sabre. Le nez de l'elfe fut écrasé contre sa joue et mille couleurs dansèrent dans ses yeux. Il se sentit soulevé puis rejeté sur le côté avant que son cimeterre ait achevé son travail.

Entreri se mit aussitôt hors de portée et s'extirpa de l'eau trouble. De son côté, Drizzt roula également un peu plus loin, luttant contre son étourdissement afin de se rétablir sur pieds. Quand ce fut fait, il se retrouva une nouvelle fois face à l'assassin, ce dernier encore plus mal en point que lui.

Par-dessus l'épaule du drow et en direction du tunnel, Entreri vit le nain qui chargeait et Catti-Brie qui ajustait son arc mortel sur son visage. Il bondit sur le côté, agrippa les barreaux de fer, et grimpa vers la rue.

Catti-Brie le suivit d'un mouvement fluide, le voyant déjà mort. Personne, pas même Artémis Entreri, n'était capable de lui échapper une fois qu'elle l'avait pris pour cible.

—Arrête-le, fillette ! hurla Bruenor.

Drizzt avait été si concentré sur son combat qu'il n'avait pas vu survenir ses amis. Il se retourna et vit Bruenor débouler et Catti-Brie sur le point de décocher sa flèche.

— Attendez ! s'écria-t-il sur un ton qui figea le nain et provoqua des frissons dans le dos de la jeune femme. (Tous deux se tournèrent, bouche bée, vers Drizzt.) Il est à moi !

Entreri vit immédiatement sa chance. À l'air libre et dans les rues, dans ses rues, il lui serait possible de trouver un refuge.

Ses amis, troublés, ne lui ayant rien répondu, Drizzt plaqua le masque magique sur son visage et ne tarda pas à suivre son ennemi.

⚔ ⚔ ⚔ ⚔ ⚔

Songer que le retard qu'il prenait était susceptible de mettre ses amis en danger – car ils étaient partis en courant afin de trouver un chemin pour le retrouver dans la rue – poussa Wulfgar à agir. Il agrippa fermement *Crocs de l'égide* de la main de son bras blessé, contraignant ainsi ses muscles meurtris à répondre à ses ordres.

Puis il pensa à Drizzt, à cette qualité que son ami possédait ; il savait faire abstraction de la peur dans les situations désespérées et la transformer en acharnement obstiné.

Cette fois, ce fut au tour des yeux de Wulfgar de briller d'un feu intérieur. Campé sur ses jambes écartées dans le couloir, il expirait de grandes bouffées d'air comme autant de grognements, tandis que ses muscles se contractaient et se relâchaient selon un rythme qui les affûtait en vue de la perfection au combat.

Le quartier général de la Guilde des Voleurs, songea-t-il. *Le bâtiment le mieux défendu de Portcalim...*

Un sourire se dessina sur le visage du barbare. La douleur avait maintenant disparu et la fatigue s'était envolée de ses os. Son sourire se mua en un rire qui venait du fond de son cœur quand il s'élança.

Il était temps de se battre.

Il remarqua la pente ascendante du tunnel alors qu'il le suivait en courant et devina que la porte suivante sur laquelle il déboucherait serait au niveau de la rue, ou non loin de là. Il parvint bientôt, non pas devant une, mais trois portes : une située à l'extrémité du couloir et une autre de chaque côté. Wulfgar ralentit à peine, prenant le parti que la direction qu'il suivait en valait bien une autre, défonça la porte du fond et surgit dans une salle de guet octogonale, abritant quatre gardes très surpris.

— Eh ! s'écria celui qui était posté au milieu de la pièce.

Le poing massif de Wulfgar le mit à terre. Le barbare avisa une autre porte, du côté opposé à celui par où il venait d'entrer, et fondit droit dessus, espérant quitter cette salle sans devoir combattre.

L'un des gardes, un petit malfrat chétif aux cheveux noirs, se révéla plus rapide que lui. Il se précipita sur la porte qu'il verrouilla d'un tour de clé. Il se tourna ensuite vers Wulfgar en tenant la clé devant lui, et dévoila des dents cassées en guise de sourire.

— Clé…, murmura-t-il avant de lancer l'objet à l'un de ses collègues.

La main de géant de Wulfgar attrapa le voyou par la chemise et lui arracha au passage plus que quelques poils du torse. Le petit bandit fut soulevé du sol.

D'un bras, le barbare l'envoya à travers la porte.

— La clé, en effet, dit-il en enjambant les morceaux de bois et le voleur affalé.

Tout danger n'était cependant pas écarté. Il déboucha dans une grande salle commune, sur laquelle donnaient directement une dizaine de chambres. Des cris d'alarme suivirent Wulfgar alors qu'il la traversait en courant et un plan défensif minutieusement répété s'exécuta autour de lui. Les voleurs humains, les membres originels de la guilde d'Amas, se réfugièrent dans les ombres et la sécurité de leurs quartiers. En effet, ils avaient été relevés de la responsabilité de s'occuper des intrus plus d'un an auparavant – depuis que Rassiter et sa bande avaient rejoint la guilde.

Wulfgar se rua vers une courte volée de marches, qu'il avala d'un seul saut avant d'enfoncer la porte située à son sommet. Un dédale de pièces et de couloirs lui fit alors face, ainsi qu'un trésor d'œuvres d'art – des statues, des peintures et des tapisseries – qui dépassait toutes les collections qu'il avait jamais imaginées. Il n'eut toutefois pas le temps de l'apprécier, lorsqu'il aperçut les silhouettes qui l'avaient pris en chasse. Il les vit d'abord sur les côtés puis elles se rassemblèrent dans les couloirs situés devant lui afin de lui couper la route. Il savait de qui il s'agissait ; il sortait à peine de leurs égouts.

Il connaissait l'odeur des rats-garous.

Fermement campé sur ses pieds, Entreri se tenait prêt quand Drizzt apparut par la grille ouverte. Quand la silhouette du drow se dessina dans l'ouverture, l'assassin abattit brutalement son sabre.

Drizzt avait escaladé les barreaux de fer en parfait équilibre, les mains libres, et s'était attendu à un tel geste. Il avait donc croisé ses cimeterres au-dessus de la tête au moment où il surgit. Il intercepta ainsi l'arme d'Entreri et la dévia sur le côté sans essuyer aucun dommage.

Ils se retrouvèrent face à face dans la rue.

Les premières lueurs de l'aube se dessinaient à l'horizon est et la température avait déjà commencé à s'élever, tandis que la cité paresseuse s'éveillait autour d'eux.

Entreri se précipita à l'assaut et Drizzt le repoussa grâce à des contres parfaits et une force pure. Le drow ne cilla pas, les traits figés en une grimace déterminée. Il s'approcha méthodiquement de l'assassin, ses deux cimeterres assenant des coups solides et réguliers.

Son bras gauche désormais inutile et son œil gauche ne discernant plus que du flou, Entreri savait qu'il ne pouvait plus espérer remporter la victoire. Drizzt l'avait également compris, aussi accéléra-t-il le rythme, multipliant les coups portés sur le sabre d'Entreri afin d'user encore plus la dernière défense de celui-ci.

Mais alors que Drizzt poursuivait son combat, son masque se détacha une fois encore et glissa de son visage.

Entreri esquissa un sourire, conscient d'avoir une nouvelle fois échappé à une mort certaine. Il entrevit une issue.

— Pris en flagrant délit de mensonge ? murmura-t-il, d'un air mauvais.

Drizzt comprit aussitôt.

— Un drow ! hurla Entreri à la foule qui, il le savait, observait l'affrontement dans l'ombre. De la forêt de Mir ! Un éclaireur, qui devance une armée ! Un drow !

La curiosité fit sortir de nombreuses personnes de leurs cachettes. Le combat avait été assez intéressant jusque-là, mais à présent le peuple de la rue s'approchait pour vérifier les dires de l'assassin. Un cercle se forma peu à peu autour des combattants, qui entendirent le tintement d'épées sorties de leurs fourreaux.

— Adieu, Drizzt Do'Urden, murmura Entreri sous le tumulte grandissant et les cris de « drow ! » qui s'élevaient de partout.

Drizzt ne put nier l'efficacité de la manœuvre de l'assassin. Il regarda autour de lui, s'attendant à une attaque à tout instant.

Entreri avait obtenu la distraction qu'il souhaitait. Alors que l'elfe jetait un nouveau coup d'œil sur le côté, il s'échappa en fendant la foule tout en hurlant :

— Tuez le drow ! Tuez-le !

Drizzt se retourna, ses lames prêtes, tandis que la foule approchait prudemment. Catti-Brie et Bruenor survinrent à cet instant dans la rue et comprirent la situation du premier coup d'œil, ainsi que ce qui était sur le point de se produire. Le nain se précipita aux côtés de l'elfe et la jeune femme encocha une flèche.

— Arrière ! gronda Bruenor. Il n'y a pas de diable ici, à part celui que vous autres pauvres idiots avez laissé s'échapper !

Un homme s'approcha avec assurance, sa lance brandie devant lui.

Une explosion argentée détruisit le manche de l'arme et en fendit l'extrémité. Horrifié, l'inconnu lâcha la lance brisée et se tourna vers le côté, où Catti-Brie avait déjà encoché une autre flèche.

— Partez ! cria-t-elle. Laissez l'elfe tranquille ou mon prochain tir ne visera pas votre arme !

L'homme recula et la foule perdit son enthousiasme aussi vite qu'il s'était éveillé. Aucune de ces personnes n'avait réellement eu l'intention d'affronter un elfe drow, si bien qu'ils se montrèrent tout à fait disposés à croire les paroles du nain assurant que celui-là n'était pas maléfique.

C'est alors qu'une agitation, plus loin dans la rue, fit tourner toutes les têtes. Deux des gardes déguisés en clochards devant le bâtiment de la Guilde des Voleurs ouvrirent la porte – parce qu'ils avaient entendu des bruits de combat – et se ruèrent à l'intérieur avant de claquer le battant derrière eux.

— Wulfgar ! s'écria Bruenor en se précipitant.

Catti-Brie, qui s'apprêtait à le suivre, se retourna et avisa Drizzt.

Le drow semblait indécis et regardait d'une part vers la guilde, d'autre part, dans la direction qu'avait prise l'assassin. Il avait battu Entreri ; ainsi blessé, ce dernier, ne pouvait plus se dresser contre lui.

Comment pouvait-il simplement laisser fuir Entreri ?

— Tes amis ont besoin d'toi, lui rappela Catti-Brie. Si ce n'est pas Régis, alors c'est Wulfgar.

Drizzt secoua la tête en s'adressant des reproches. Comment avait-il pu seulement envisager d'abandonner ses amis en un moment aussi critique ? Il doubla Catti-Brie en trombe et se lança aux trousses de Bruenor.

Au-dessus du Cercle des Bandits, la clarté de l'aube avait déjà atteint les immenses appartements du Pacha Amas. LaValle s'avança prudemment vers le rideau du côté de sa chambre et l'écarta. Même lui, magicien expérimenté, n'aurait pas osé approcher avant le lever du soleil l'appareil du mal innommable ; le Cercle de Taros, son dispositif le plus puissant – et le plus effrayant.

Il agrippa son cadre métallique et le fit glisser hors du placard étroit. Sur son socle et ses roulettes, il était plus grand que lui, avec son cercle ouvragé, suffisamment large pour qu'un homme puisse y pénétrer, situé à près de trente centimètres du sol. Amas avait fait remarquer que cet objet ressemblait au cerceau dont le dompteur de ses fauves se servait pendant leur entraînement.

Cependant, un lion bondissant à travers le Cercle de Taros se serait difficilement réceptionné de l'autre côté.

LaValle tourna le cercle et le plaça face à lui, puis il examina la toile d'araignée symétrique qui en remplissait l'intérieur. Celle-ci paraissait très fragile mais LaValle était conscient de la solidité de ses fibres, générée par un pouvoir magique qui transcendait jusqu'aux plans d'existence.

Il glissa dans sa ceinture le déclencheur de l'instrument, un sceptre fin surmonté d'une énorme perle noire, puis il fit rouler le Cercle de Taros jusqu'à la pièce centrale de l'étage. Il espérait avoir le temps de tester son plan car il voulait à tout prix ne pas décevoir une fois de plus son maître ; le soleil était presque plein dans le ciel de l'est et Amas verrait d'un mauvais œil le moindre retard.

Encore en chemise de nuit, ce dernier se présenta dans la pièce quand LaValle l'appela. Les yeux du maître de guilde s'éclaircirent à la vue du Cercle de Taros, qu'il considérait comme un simple jouet merveilleux, n'étant lui-même ni magicien, ni au fait des dangers liés à un tel objet.

LaValle se tenait devant le dispositif, le sceptre dans une main et la figurine d'onyx de Guenhwyvar dans l'autre.

— Prenez ceci, dit-il à Amas en lui tendant la statuette. Nous rattraperons la panthère plus tard ; je n'en ai pas besoin pour la tâche qui nous attend. (Amas remisa distraitement la figurine dans sa poche.) J'ai fouillé les plans d'existence. Je savais que le félin se trouverait sur le plan Astral mais je n'étais pas certain que le halfelin y soit toujours – s'il était parvenu à en sortir. Bien entendu, le plan Astral est très étendu.

— Assez ! interrompit Amas. Viens-en au fait. Qu'as-tu à me montrer ?

— Simplement ceci, répondit LaValle en agitant le sceptre devant le Cercle de Taros.

La toile vibra sous l'effet de sa puissance et quelques légers éclairs apparurent. Petit à petit, la luminosité gagna en intensité et finit par remplir les interstices entre les fils, puis l'image de la toile disparut pour laisser place à un arrière-plan d'un bleu nuageux.

Le magicien prononça une incantation et le cercle prit une teinte gris brillant, montrant une scène du plan Astral. Les bras derrière la tête et les jambes croisées, Régis était assis, confortablement adossé contre ce qui ressemblait à un arbre, une ébauche de chêne brillant de mille feux.

Amas chassa l'étourdissement qui venait de le saisir.

— Attrape-le ! dit-il en toussant. Comment peut-on l'attraper ?

Avant que LaValle réponde, la porte s'ouvrit à la volée et Rassiter entra en trébuchant dans la pièce.

— De la bagarre, Amas, balbutia-t-il, hors d'haleine. Aux niveaux inférieurs... Un géant barbare...

— Vous m'aviez promis de vous en charger ! gronda Amas.

— Les amis de l'assassin..., commença le rat-garou.

Amas n'avait toutefois pas de temps à consacrer à des explications. Pas maintenant.

— Fermez la porte, dit-il à Rassiter.

Celui-ci se tut et obtempéra. Amas allait suffisamment être furieux contre lui quand il serait mis au courant du désastre survenu dans les égouts – inutile d'en rajouter.

Le maître de guilde se retourna vers LaValle et ce ne fut pas une question qu'il lui adressa alors.

— Attrape-le.

Le magicien reprit son incantation à voix basse et agita de nouveau le sceptre devant le Cercle de Taros, puis il tendit le bras à travers le rideau transparent qui séparait les plans et agrippa Régis, qui somnolait, par les cheveux.

— Guenhwyvar ! parvint à crier le halfelin.

Hélas, LaValle le tira à travers le portail et il s'écroula à terre où il roula jusqu'aux pieds du Pacha Amas.

— Oh… Bonjour…, bégaya-t-il en regardant Amas avec un air contrit. Et si nous parlions de tout ça ?

Amas lui répondit par un violent coup de pied dans les côtes avant de planter le bout de sa canne sur la poitrine de Régis.

— Tu me supplieras mille fois de te tuer avant que je te libère de ce monde, lui promit le maître de guilde.

Régis n'en doutait pas une seconde.

21

Là où aucun soleil ne brille

Wulfgar évitait ses adversaires en se baissant, et en se faufilant entre les rangées de statues ou en se cachant derrière les épaisses tapisseries. Mais les rats-garous, qui gagnaient sur lui, étaient tout simplement trop nombreux pour qu'il puisse seulement espérer leur échapper.

Il s'engagea dans un couloir et vit un groupe de trois hommes-rats se précipiter sur lui. Il simula la terreur et fit demi-tour jusqu'à sortir du passage. Il s'arrêta net juste après le coin et se plaqua, dos au mur. Quand les créatures surgirent dans la pièce, Wulfgar les écrasa de rapides coups de *Crocs de l'égide*.

Il reprit ensuite sa route en empruntant le passage par où les rats-garous étaient arrivés, espérant ainsi semer la confusion chez le reste de ses poursuivants.

Il parvint dans une vaste salle, dotée de rangées de chaises et d'un haut plafond – un théâtre dans lequel Amas assistait à des représentations privées. Un immense lustre, qui comprenait des milliers de bougies allumées, était suspendu au centre de la pièce, tandis que des piliers en marbre, finement sculptés de façon à évoquer des héros célèbres ou des monstres exotiques, s'alignaient le long des murs. Une fois de plus, Wulfgar n'eut pas le temps d'admirer ces ornements. Il remarqua simplement un détail : un petit escalier latéral qui menait à un balcon.

Les hommes-rats affluèrent par les nombreuses entrées que comptait le théâtre. Wulfgar regarda par-dessus son épaule, en direction du couloir, et vit que le chemin était également bloqué. Il haussa les épaules et se rua sur les marches en songeant que cette position lui permettrait au moins d'affronter ses assaillants un par un.

Deux rats-garous le suivirent de très près mais ils se rendirent compte de leur fâcheuse posture quand le barbare parvint sur le palier. Cet homme les aurait déjà dominés de la taille sur un sol plat mais maintenant qu'il se trouvait trois marches plus haut, ses genoux étaient à hauteur de leurs yeux.

Ce n'était pas une si mauvaise position pour attaquer ; les rats-garous pouvaient frapper ses jambes non protégées. Toutefois, quand *Crocs de l'égide* s'abattit en décrivant un impressionnant arc de cercle, aucun des deux hommes-rats ne fut en mesure de freiner l'énorme masse, ce à quoi il fallait ajouter que sur cet escalier ils ne disposaient guère de place pour s'écarter de sa trajectoire.

Le marteau de guerre s'écrasa sur le crâne de l'un des deux individus avec suffisamment de force pour lui briser jusqu'aux chevilles, tandis que l'autre, blême sous sa fourrure brune, s'enfuyait en bondissant par-dessus la rambarde.

Wulfgar laissa presque échapper un rire.

Puis il vit les lances apprêtées.

Il s'élança sur le balcon, espérant bénéficier de la couverture que lui fournissaient les chaises et la balustrade et tout en priant qu'il existe une autre sortie. Les rats-garous s'engouffrèrent dans l'escalier à ses trousses.

Wulfgar ne trouva pas d'autre porte. Il secoua la tête, conscient d'être piégé, et brandit *Crocs de l'égide*, prêt à frapper.

Que lui avait donc dit Drizzt à propos de la chance ? Qu'un véritable guerrier semblait toujours dénicher sa propre issue – ce que l'observateur ordinaire pouvait considérer comme résultant de la chance ?

Cette fois, Wulfgar laissa éclater son rire. Il avait déjà tué un dragon en faisant tomber un morceau de glace sur son dos. Il se demanda l'effet qu'un énorme lustre et ses milliers de bougies brûlantes produiraient dans une pièce remplie d'hommes-rats.

— Tempus ! rugit-il en invoquant son Seigneur des Batailles.

Un peu de chance inspirée des dieux ne pouvait que l'aider – Drizzt n'avait pas la science infuse, après tout ! Il lança *Crocs de l'égide* de toutes ses forces et se mit à courir à toute allure derrière le marteau de guerre.

Crocs de l'égide tournoya dans la pièce de façon aussi précise qu'à l'accoutumée. Il fit sauter les supports du lustre, emportant au passage un bon morceau de plafond. Les hommes-rats s'éparpillèrent et plongèrent sur les côtés tandis que le globe massif de cristal et de flammes s'écrasait au sol.

Wulfgar, toujours lancé, posa un pied sur la balustrade du balcon et sauta.

Bruenor grogna et brandit sa hache au-dessus de sa tête, bien décidé à détruire la porte du quartier général de la guilde d'un seul coup, mais alors qu'il ne lui restait plus que quelques pas à faire, une flèche siffla par-dessus son épaule et laissa un trou brûlant à la place du loquet, libérant ainsi la porte.

Incapable de freiner son élan, Bruenor déboula par l'ouverture et bascula à la renverse dans l'escalier qui descendait, non sans emporter deux gardes stupéfaits avec lui.

Étourdi, il se redressa sur ses genoux, leva la tête et vit Drizzt dévaler cinq marches par enjambée, tandis que Catti-Brie apparaissait en haut derrière lui.

— Sacrée fillette ! rugit-il. J't'ai dit d'me prévenir quand tu avais l'intention d'faire ça !

— Pas le temps, l'interrompit Drizzt.

Il avala les sept dernières marches d'un bond et se réceptionna nettement au-delà du nain agenouillé, puis il intercepta deux rats-garous qui avaient surgi dans le dos de Bruenor.

Celui-ci ramassa son casque et le remit en place avant de se retourner pour se jeter dans la mêlée, cependant les deux hommes-rats étaient morts bien avant qu'il soit parvenu à se redresser. Drizzt, quant à lui, se précipitait déjà vers les échos d'un autre affrontement qui se déroulait plus loin dans le repaire. Bruenor tendit son bras à Catti-Brie, alors qu'elle arrivait en courant à sa hauteur, afin de profiter de sa vitesse et de se lancer à son tour dans la poursuite.

Les jambes de géant de Wulfgar le propulsèrent nettement plus loin que la masse du lustre. En se protégeant la tête de ses bras, il atterrit sur un groupe d'hommes-rats, qu'il frappa sans distinction. Étourdi mais les idées suffisamment claires pour se repérer, il s'élança vers une porte et déboula sur une autre vaste pièce, dans laquelle il aperçut une ouverture donnant sur un nouveau dédale de couloirs et de salles.

Hélas, il ne pouvait espérer s'y rendre avec la multitude de rats-garous qui lui barraient le passage. Il se glissa sur le côté et plaqua son dos contre le mur.

Le pensant désarmé, les créatures se précipitèrent dans la pièce en jubilant. C'est alors que *Crocs de l'égide* revint par magie dans les mains de Wulfgar, qui repoussa les deux premiers assaillants sur le côté. Il regarda autour de lui, en quête d'un autre brin de chance.

Pas cette fois.

Les rats-garous sifflaient de tous côtés et lançaient des coups de dents dévastateurs. Ils n'avaient pas besoin des explications de Rassiter pour deviner ce que la puissance d'un tel colosse – un rat-garou géant – apporterait à leur guilde.

Le barbare se sentit soudain nu dans sa tunique sans manches, tandis que chaque tentative de morsure manquait son but. Il avait suffisamment entendu de légendes à propos de ces êtres pour comprendre les épouvantables implications d'une morsure de lycanthrope, ce qui l'incita à se battre avec toute la force qu'il put rassembler.

Malgré l'adrénaline engendrée par sa terreur, le barbare avait tout de même passé la moitié de la nuit à se battre et subi de nombreuses blessures, dont principalement l'entaille de son bras occasionnée par l'hydre, qui s'était de nouveau ouverte après son saut du balcon. Ses coups commençaient à perdre en vivacité.

En temps ordinaire, Wulfgar se serait battu jusqu'au bout avec un chant sur les lèvres, tout en empilant les cadavres ennemis à ses pieds, un sourire sur le visage avec la certitude de mourir en véritable guerrier. Mais en cet instant, conscient de sa situation désespérée et de ses conséquences bien pires que la mort, il chercha des yeux dans la salle un moyen de se tuer de façon certaine.

S'échapper lui était impossible. La victoire était encore moins envisageable. La seule pensée et l'unique désir de Wulfgar en cet instant étaient d'éviter l'indignité et le supplice de la lycanthropie.

Drizzt fit alors son entrée dans la pièce.

Il surgit dans le dos des rats-garous comme un ouragan s'abattant brusquement sur un village qui ne s'y était pas préparé.

Ses cimeterres devinrent rouges de sang en quelques secondes et des morceaux de fourrure volèrent dans la salle. Les quelques hommes-rats situés sur son chemin et qui parvinrent à lui échapper tournèrent le dos au drow tueur et prirent la fuite en direction des couloirs.

Un rat-garou se retourna et tenta de brandir son épée pour parer cette attaque mais Drizzt lui trancha le bras à hauteur du coude et plongea sa seconde lame dans le cœur de la bête. L'elfe parvint ensuite près de son ami, qui avait retrouvé du courage et de la force à sa vue. Le barbare lâcha un grognement euphorique et frappa un de ses ennemis en pleine poitrine puis envoya la misérable créature à travers un mur. L'homme-rat gisait maintenant, à peu près mort, sur le dos dans une pièce, alors que ses jambes, accrochées par les genoux à cette ouverture improvisée, étaient agitées de mouvements convulsifs grotesques sous les yeux de ses congénères.

Les rats-garous se consultèrent nerveusement du regard afin de s'encourager et se rapprochèrent timidement des deux guerriers.

Si leur moral n'était pas au mieux, il sombra complètement l'instant d'après quand le nain rugissant jaillit dans la pièce, juste après une volée de flèches qui laissèrent un sillage d'argent derrière elles avant d'atteindre leur cible avec une précision infaillible. Les hommes-rats eurent la sensation de revivre le scénario des égouts, où ils avaient perdu plus d'une vingtaine de leurs camarades plus tôt cette même nuit. Ils n'avaient pas le courage nécessaire pour affronter les quatre compagnons réunis, aussi ceux qui purent s'enfuir ne s'en privèrent pas.

Ceux qui restèrent dans la pièce furent confrontés à un choix difficile : marteau, lame, hache ou flèche.

Assis sur son immense fauteuil, Amas observait la débâcle à travers le Cercle de Taros. Il ne s'inquiétait pas de voir les rats-garous succomber – quelques morsures bien placées dans les rues suffiraient à renouveler les rangs de ces pauvres créatures – mais il savait que les héros qui se frayaient un chemin par la force de leurs armes au sein de sa guilde finiraient par se retrouver en face de lui.

Suspendu en l'air par l'un des géants des collines eunuques d'Amas, qui le tenait par l'arrière de son pantalon, Régis observait également la scène. Le simple fait de voir Bruenor, qu'il avait cru mort à Castelmithral, remplissait de larmes les yeux du halfelin. Il fut également bouleversé de songer que ses amis les plus chers, après avoir traversé les Royaumes sur toute leur largeur pour le délivrer, se battaient désormais pour lui avec toute la vigueur qu'il leur connaissait. Tous étaient blessés, en particulier Catti-Brie et Drizzt, mais tous ignoraient la douleur tandis qu'ils mettaient en pièces la milice d'Amas. À les voir ainsi abattre leurs ennemis à chaque coup porté, Régis ne doutait pas qu'ils parviendraient jusqu'à lui.

Il regarda alors à côté du Cercle de Taros, où se tenait LaValle, insouciant, les bras croisés et tapotant son épaule de son sceptre incrusté d'une perle.

— Vos hommes ne s'en sortent pas très bien, Rassiter, fit remarquer le maître de guilde. On pourrait même les soupçonner de lâcheté. (Rassiter changea de position, mal à l'aise.) Cela signifie-t-il que vous n'êtes pas capable d'honorer la part de notre accord ?

— Ma guilde a dû affronter de nombreux ennemis, bégaya le rat-garou. Ils… Nous n'avons pas été capables… Le combat n'est pas encore perdu !

— Peut-être devriez-vous veiller à ce que vos rats se ressaisissent, déclara calmement Amas.

Le ton de commandement – et de menace – n'échappa pas au rat-garou. Il s'inclina et se rua hors de la pièce en claquant la porte derrière lui.

Même l'exigeant maître de guilde ne pouvait rendre les rats-garous totalement responsables du désastre qui s'annonçait.

— Magnifique, marmonna-t-il alors que Drizzt repoussait simultanément deux attaques avant d'abattre ses deux adversaires de deux contres distincts et pourtant étrangement mêlés. Je n'ai jamais vu quelqu'un manier une lame avec tant de grâce. (Il s'interrompit un moment pour réfléchir à cette remarque.) Une fois, peut-être !

Lui-même surpris par cette révélation, Amas se tourna vers LaValle, qui acquiesça.

— Entreri, confirma le magicien. La ressemblance est évidente. Nous savons désormais pourquoi l'assassin a tout fait pour que ce groupe vienne dans le Sud.

— Pour affronter le drow ? imagina Amas. Enfin, un défi pour cet homme sans égal ?

— Il semblerait.

—Mais où est-il, alors ? Pourquoi ne s'est-il pas encore montré ?

—Peut-être l'a-t-il déjà fait..., répondit LaValle d'une voix sombre.

Amas médita ces paroles un long moment, tant cela lui semblait inconcevable.

—Entreri, battu ? balbutia-t-il enfin. Entreri, mort... ?

Ces mots résonnèrent comme une douce mélodie aux oreilles de Régis, qui avait été témoin avec horreur de la rivalité entre Drizzt et l'assassin depuis le début. Depuis lors, il n'avait cessé de penser que ces deux-là finiraient par se retrouver dans un duel dont un seul sortirait vivant. Depuis ce temps, le halfelin avait craint le pire pour son ami drow.

La pensée de la disparition d'Entreri donna au Pacha Amas une nouvelle perspective sur l'affrontement qui se déroulait. Soudain, il avait besoin de Rassiter et de ses cohortes ; soudain, le carnage dont il était témoin par l'intermédiaire du Cercle de Taros avait un impact beaucoup plus direct sur la puissance immédiate de sa guilde.

Il bondit de son trône et avança vers l'appareil maléfique.

—Nous devons arrêter ça ! gronda-t-il en direction de LaValle. Envoie-les dans un endroit sombre !

Le magicien eut un sourire mauvais et se pressa de trouver un épais grimoire relié de cuir noir. Il l'ouvrit à une page marquée puis s'avança devant le Cercle de Taros et se mit à entonner les premiers mots d'une sinistre incantation.

Bruenor fut le premier à quitter la pièce, à la recherche d'un chemin conduisant à Régis – et aussi à d'autres rats-garous sur lesquels frapper. Il entra en trombe dans un petit couloir et ouvrit d'un coup de pied une porte, derrière laquelle il trouva, non pas des hommes-rats, mais deux voleurs humains très surpris. Le sentiment de pitié que renfermait son cœur endurci par les combats – après tout, c'était lui l'envahisseur – lui fit retenir sa main qui brandissait la hache et il se contenta d'assommer les deux malfrats avec son bouclier. Il se hâta ensuite de regagner le couloir, puis il rejoignit ses amis.

—Attention, à droite ! cria Catti-Brie en remarquant un mouvement derrière une tapisserie, à côté de Wulfgar.

Le barbare tira la lourde tenture d'un seul coup et dévoila un petit homme, à peine plus grand qu'un halfelin, accroupi et prêt à bondir. Démasqué, le voleur perdit rapidement son enthousiasme pour la bagarre et se contenta de hausser les épaules, comme s'il s'excusait, tandis que Wulfgar faisait voler son petit poignard.

Le barbare l'attrapa par le col et le souleva avant de l'approcher jusqu'à se trouver nez à nez avec lui.

— Qu'es-tu donc ? grogna le colosse. Homme ou rat ?

— Pas un rat ! cria le voleur terrifié, avant de cracher à terre pour insister sur ce point. Pas un rat !

— Régis ? continua Wulfgar. As-tu entendu parler de lui ?

Le voyou hocha vivement la tête.

— Où peut-on trouver Régis ? rugit le barbare, dont le hurlement fit blêmir le voleur.

— Plus haut, couina celui-ci. Dans les appartements d'Amas. Tout en haut.

Suivant uniquement son instinct de survie et sans intention véritable de faire quoi que ce soit si ce n'est d'échapper à la prise de ce monstrueux barbare, il glissa une main vers un poignard caché dans son dos, coincé dans sa ceinture.

Mauvaise idée.

Drizzt fit claquer un de ses cimeterres contre le bras du petit être, révélant le geste à Wulfgar.

Le géant se servit de sa victime pour ouvrir la porte suivante.

La chasse était une fois encore lancée. Des rats-garous surgissaient des ombres sur les côtés des quatre compagnons mais peu d'entre eux restaient pour leur faire face, ces derniers se trouvant sur leur chemin plus souvent par hasard qu'intentionnellement !

De nouvelles portes furent arrachées et de nouvelles pièces se vidèrent puis, quelques minutes plus tard, un escalier se présenta. Large, somptueusement tapissé et muni de rampes décorées de bois brillant, ce ne pouvait être que la voie qui menait vers le domaine du Pacha Amas.

Bruenor rugit de joie et s'élança, suivi par Wulfgar et Catti-Brie, tout aussi enthousiastes. Drizzt hésita et regarda autour de lui, soudain craintif.

Les elfes drows étant des créatures magiques de par leur nature même, Drizzt sentit à cet instant un étrange picotement indiquant un danger, le commencement d'un sort dirigé contre lui. Il vit que les murs et le sol autour de lui vacillaient soudain, comme s'ils devenaient moins tangibles.

Puis il comprit. Il avait déjà traversé les plans auparavant, en tant que compagnon de Guenhwyvar, sa panthère magique, si bien qu'il sut que quelqu'un, ou quelque chose, le tirait hors du plan matériel. Il regarda devant lui et vit que Bruenor et les autres étaient désorientés de la même façon.

— Prenons-nous par la main ! cria le drow en se ruant vers ses amis avant que le dweomer les chasse tous.

Horrifié et impuissant, Régis vit ses amis se blottir les uns contre les autres. Puis, la scène que montrait le Cercle de Taros quitta les étages inférieurs du bâtiment de la guilde pour un endroit plus obscur, un endroit de fumées et d'ombres, de goules et de démons.

Un endroit où ne brillait aucun soleil.

— Non ! hurla le halfelin, qui venait de comprendre les intentions du magicien.

LaValle ne tint pas compte de ses protestations et Amas se contenta de lui adresser un petit hennissement. Quelques secondes plus tard, Régis vit ses amis, toujours regroupés, mais cette fois au milieu des fumées tourbillonnantes du plan sombre.

Amas s'appuya lourdement sur sa canne et éclata de rire.

— Comme j'aime ruiner les espoirs ! dit-il au magicien. Une fois de plus, tu m'as prouvé ton inestimable valeur, mon précieux LaValle !

Régis vit ses amis se retourner, en une pitoyable tentative de défense. Déjà, des silhouettes sombres, immensément puissantes et maléfiques, fondaient sur eux et les survolaient.

Il baissa les yeux, incapable de supporter ce spectacle.

— Oh ! Ne regarde pas ailleurs, petit voleur, lui dit Amas, toujours en riant. Regarde-les mourir et sois heureux pour eux car je t'assure que la souffrance qu'ils s'apprêtent à subir ne sera rien en comparaison des tortures que j'ai prévues pour toi.

Régis, qui détestait cet homme et qui se haïssait tout autant d'avoir conduit ses amis dans une situation si fâcheuse, lui lança un regard mauvais. Ils étaient venus pour lui. Ils avaient traversé le monde pour lui. Ils avaient affronté Artémis Entreri et une armée de rats-garous, et probablement de nombreux autres adversaires. Tout ça pour lui.

— Soyez maudit ! cracha-t-il, soudain délivré de sa peur.

Il se balança vers le bas et mordit violemment l'eunuque à l'intérieur de la cuisse. Le géant hurla de douleur et desserra son étreinte, lâchant du même coup Régis, qui tomba à terre.

Le halfelin ne perdit pas une seconde. Il fila devant Amas et donna un coup de pied dans sa canne, sur laquelle le maître de guilde était appuyé, tout en subtilisant adroitement une certaine statuette de la poche de celui-ci. Puis il courut vers LaValle.

Disposant de plus de temps pour réagir, le magicien avait déjà commencé à jeter un rapide sort quand Régis survint mais celui-ci se montra le plus vif. Il bondit et enfonça deux doigts dans les yeux de LaValle, ce qui perturba le sort et fit reculer le magicien.

Alors que ce dernier luttait pour conserver son équilibre, Régis lui arracha le sceptre orné d'une perle des mains et courut jusqu'au Cercle de Taros. Il fit le tour de la pièce des yeux une dernière fois, au cas où une solution plus facile se présenterait.

Il ne vit rien d'autre qu'Amas. Le visage rouge sang et les traits déformés, le maître de guilde avait récupéré de l'attaque et brandissait désormais sa canne comme une arme, ce que Régis savait d'expérience pouvoir se révéler mortel.

— Je vous en prie, soyez avec moi…, murmura Régis à n'importe quel dieu susceptible de l'entendre.

Les dents serrées et la tête baissée, il s'élança en avant et laissa le sceptre le conduire à l'intérieur du Cercle de Taros.

22

Le gouffre

De la fumée, qui émanait du sol même sur lequel ils se tenaient, flottait de façon sinistre et s'enroulait autour de leurs pieds. D'après l'angle de ses volutes et le fait qu'elle descende plus bas à seulement quelques dizaines de centimètres de chaque côté, pour ensuite s'élever en un nouveau nuage, les compagnons comprirent qu'ils se trouvaient sur une saillie étroite, une passerelle enjambant quelque gouffre sans fin.

D'autres ponts, dont aucun ne mesurait plus de un mètre de large, s'entrecroisaient au-dessus et en dessous d'eux et, d'après ce qu'ils voyaient, il n'existait pas d'autre endroit où poser le pied sur ce plan. Aucune masse de terre concrète n'apparaissait nulle part, en dehors de ces passerelles tournoyantes qui s'entrelaçaient.

Ils ne pouvaient se mouvoir que très lentement, comme s'ils devaient lutter contre le poids de l'air. Ce lieu, un monde sombre et oppressant rempli d'odeurs infectes et de cris angoissés, respirait le mal. D'ignobles monstres difformes les survolaient dans ce vide lugubre en hurlant de joie devant cette apparition inespérée de proies si appétissantes. Les quatre compagnons, dont la ténacité face aux périls de leur propre monde était à toute épreuve, se sentirent soudain dépourvus de courage.

— Les Neuf Enfers ? murmura Catti-Brie d'une petite voix, craignant que ses mots mettent un terme à l'inaction temporaire de la multitude rassemblée dans les ombres omniprésentes.

— Hadès, supposa Drizzt, mieux versé dans la connaissance des plans. Le domaine du Chaos.

Bien que se tenant juste à côté de ses amis, ses paroles leur semblèrent aussi lointaines que celles de Catti-Brie.

Bruenor s'apprêtait à grogner une réponse mais sa voix s'évanouit quand il porta le regard sur Catti-Brie et Wulfgar, ses enfants, ou du moins les considérait-il comme tels. Il ne pouvait maintenant plus rien faire pour les aider.

Wulfgar se tourna vers Drizzt, en quête de solutions.

— Comment nous en sortir ? demanda-t-il de but en blanc. Existe-t-il une porte ? Une fenêtre qui débouche sur notre monde ?

Drizzt secoua la tête. Il voulait les rassurer et leur donner le courage d'affronter le danger, mais, cette fois, il n'avait pas de réponse à leur fournir. Il ne voyait aucune issue, aucun espoir.

Une créature aux ailes de chauve-souris, qui ressemblait à un chien mais dont le visage grotesque était indéniablement humain, plongea sur Wulfgar, ses serres vicieuses visant l'épaule du barbare.

— Couche-toi ! lui cria Catti-Brie à la dernière seconde.

Le barbare ne se posa pas de questions. Il se laissa tomber ventre à terre et la créature manqua sa cible. Elle dévia sa trajectoire et décrivit une boucle, puis resta suspendue dans les airs durant une fraction de seconde, tout en effectuant un demi-tour serré, avant de plonger de nouveau, avide de chair vivante.

Catti-Brie se tenait prête cette fois et quand l'agresseur approcha du groupe, elle décocha une flèche. Celle-ci fila mollement en direction de sa cible en décrivant un trait d'un gris terne au lieu de sa couleur argentée typique. La flèche magique explosa cependant avec sa puissance habituelle et produisit un vilain trou dans la fourrure canine et déséquilibra le vol du monstre. Celui-ci passa juste au-dessus d'eux en tentant de se rétablir et Bruenor lui assena un coup de hache qui l'envoya tournoyer en chute libre dans les ténèbres qu'ils surplombaient.

Cette victoire mineure ne combla pas de joie les quatre compagnons. Une centaine de bêtes similaires voletaient de tous côtés, dont beaucoup étaient dix fois plus imposantes que celle que Bruenor et Catti-Brie avaient abattue.

— Il ne faut pas rester ici, marmonna Bruenor. Où allons-nous, l'elfe ?

Drizzt aurait préféré ne pas quitter l'endroit où ils se trouvaient mais il était conscient que se diriger vers un but réconforterait ses amis et leur donnerait au moins la sensation de progresser vers une issue à leur problème. Seul le drow comprenait pleinement l'horreur qu'ils devaient désormais affronter. Il était le seul à savoir que, quel que soit le lieu sur ce plan sombre, la situation demeurerait inchangée, qu'aucune échappatoire n'était possible.

— Par là, dit-il après avoir feint de réfléchir quelques instants. S'il existe une porte, je sens qu'elle doit se trouver par là.

Il avança d'un pas sur l'étroite passerelle mais s'arrêta net quand la fumée se souleva en tourbillons un peu plus loin.

Puis ça se dressa devant lui.

De forme humanoïde, la chose était immense et élancée, dotée d'une tête bulbeuse de batracien et de longues mains à trois doigts qui se terminaient par des griffes. Plus grand que Wulfgar lui-même, la créature dominait très nettement Drizzt.

— Le Chaos, elfe noir ? articula cette chose d'une voix gutturale et étrangère au monde des hommes. Hadès ?

Scintillante brilla vivement dans la main de Drizzt, tandis que son autre lame, celle forgée avec de la magie glaciale, fut près de se jeter sur le monstre.

— Une erreur, tu commets..., croassa la créature.

Bruenor se précipita aux côtés de Drizzt.

— Va-t'en, démon ! gronda-t-il.

— Ce n'est pas un démon, dit l'elfe, qui avait saisi l'allusion de la bête et qui se souvenait de la plupart des nombreuses leçons qu'il avait reçues à propos des plans durant ses années passées dans la cité des drows. C'est un démodande. (Bruenor le considéra d'un air curieux.) Et ce n'est pas le plan de Hadès. Mais de Tartérus.

— Bien, elfe noir, siffla le démodande. Expert en plans inférieurs est ton peuple.

— Tu n'ignores donc pas sa puissance, bluffa Drizzt. Tu sais ce que nous infligeons à ceux, même s'ils sont des seigneurs démons, qui se mettent en travers de notre chemin.

Le démodande lâcha un rire, ou quelque chose d'approchant, même si cela tenait plus du gargouillis agonisant d'un noyé.

— Les drows morts ne se vengent pas. Loin de chez toi tu es !

La créature tendit une main nonchalante vers Drizzt.

— Moradin ! cria Bruenor avant de frapper le démodande avec sa hache en mithral.

Ce dernier se montra plus rapide que le nain s'y était attendu et évita sans difficulté l'attaque, qu'il contra d'un coup de son bras, envoyant le nain rouler un peu plus loin sur la passerelle.

Le monstre tendit alors ses griffes immondes vers son agresseur.

Scintillante trancha cette main en deux avant qu'elle ait atteint Bruenor.

Stupéfait, le démodande se retourna vers Drizzt.

— Tu m'as blessé, elfe noir ! crissa-t-il, sans la moindre pointe de douleur dans la voix. Mais mieux tu dois frapper !

Il lança sa main blessée vers Drizzt et, pendant que celui-ci esquivait le coup, il envoya sa seconde main achever le travail de la première en déchirant l'épaule du nain à terre d'une triple entaille.

— Sale bestiole ! rugit Bruenor en se rétablissant sur ses genoux. Espèce de chose dégoûtante et gluante…

Tout en maugréant, il lança un second assaut, sans succès.

Derrière Drizzt, Catti-Brie se baissait et se redressait, tentant de trouver une ouverture pour *Taulmaril*, tandis qu'à côté d'elle Wulfgar se tenait prêt, le pont étroit ne lui permettant pas de se porter à la hauteur du drow.

Drizzt se déplaçait mollement et maniait ses cimeterres bizarrement. Peut-être était-ce dû à la fatigue accumulée lors de sa longue nuit de combats, ou alors à l'inhabituel poids de l'air sur ce plan, mais Catti-Brie, qui l'observait avec attention, ne l'avait jamais vu si peu efficace.

Toujours à genoux un peu plus loin sur le pont, Bruenor donnait des coups de hache plus par frustration qu'avec la rage de vaincre dont il était coutumier.

Catti-Brie comprit soudain. La fatigue et la densité de l'air n'étaient pas en cause ; c'était le désespoir qui s'était abattu sur ses amis.

Elle se tourna vers Wulfgar afin de lui dire d'intervenir mais la vue du barbare ne la rassura guère. Son bras blessé pendait mollement sur son flanc et la lourde tête de *Crocs de l'égide* était plongée sous le voile de fumée qui flottait plus bas. Combien de combats était-il capable d'enchaîner ? Combien de ces affreux démodandes parviendrait-il à abattre avant d'être terrassé à son tour ?

Qu'apporterait une victoire sur un plan où les affrontements semblent ne jamais devoir cesser ? se demanda-t-elle.

Drizzt était encore plus désespéré. Lors de toutes les épreuves traversées au cours de sa vie tumultueuse, il avait toujours gardé confiance dans le triomphe de la justice. Même s'il n'avait jamais osé le reconnaître, il avait toujours cru que sa foi inflexible en ses précieux principes le récompenserait comme il le méritait. À présent, il devait gérer cette situation, un affrontement qui ne pouvait s'achever que par la mort, où chaque victoire ne faisait que provoquer un autre combat.

— Réveillez-vous ! cria Catti-Brie.

Bien que ne disposant pas d'une réelle ouverture, la jeune femme tira tout de même. Sa flèche laissa un trait de sang sur le bras de Drizzt avant d'exploser sur le démodande, qui recula d'un pas, ce qui permit à Bruenor de se replacer en toute hâte près de l'elfe.

— Vous avez donc perdu votre rage de vaincre ? leur reprocha Catti-Brie.

— Du calme, ma fille, écoute-moi…, répondit le nain d'un ton morne tout en visant les genoux du monstre.

Celui-ci sauta prudemment par-dessus la hache et porta une nouvelle attaque, que Drizzt para.

— C'est toi qui vas m'écouter, Bruenor Marteaudeguerre ! cria Catti-Brie. Tu oses te prétendre le roi de ton clan. Ha ! Garumn doit se retourner dans sa tombe en te voyant te battre ainsi !

Bruenor lança un regard furieux à sa fille, trop vexé pour répliquer.

Drizzt tenta de sourire. Il avait compris la manœuvre de la jeune femme, de cette merveilleuse jeune femme. Son feu intérieur se ralluma dans ses yeux lavande.

— Rejoins Wulfgar, dit-il à Bruenor. Couvre nos arrières et surveille les attaques venant d'en haut.

Drizzt plongea son regard dans les yeux du monstre, qui remarqua son brusque changement d'attitude.

— Approche, faratsu, dit posément le drow, qui se souvenait du nom donné à ce type particulier de créature. Faratsu… la dernière espèce de démodande. Approche et goûte donc au tranchant d'une lame de drow.

Bruenor s'écarta de Drizzt presque en riant. Une partie de lui-même avait envie de se demander à quoi cela servait mais une autre, plus importante, celle que Catti-Brie avait réveillée grâce à ses remarques piquantes à propos du fier passé des siens, avait autre chose à dire.

—Venez vous battre! rugit-il en direction des ombres du gouffre sans fond. Nous avons d'quoi occuper la totalité des habitants d'votre fichu monde!

En une seconde, Drizzt reprit ses esprits. Ses gestes, bien que toujours ralentis par la lourdeur du plan, n'en étaient pas moins magnifiques. Il feintait, tranchait et parait en harmonie afin de compenser chaque mouvement du démodande.

D'instinct, Wulfgar et Bruenor firent mine de s'élancer pour l'aider mais ils s'arrêtèrent pour contempler le spectacle.

Catti-Brie gardait le regard tourné vers l'extérieur et décochait une flèche quand une forme ignoble jaillissait de la fumée stagnante. Elle visa soudain une silhouette qui tombait depuis les ténèbres loin au-dessus d'eux.

Elle relâcha la corde de *Taulmaril* à la dernière seconde, abasourdie.

—Régis! cria-t-elle.

Le halfelin acheva sa chute à vitesse modérée en se réceptionnant avec un bruit sourd dans la fumée d'un autre pont, à une dizaine de mètres de ses amis, dont il restait séparé par le vide. Il se releva et parvint à conserver son équilibre, bien que désorienté et en proie à une vague de vertiges.

—Régis! hurla de nouveau Catti-Brie. Comment es-tu arrivé ici?

—Je vous ai vu dans cet affreux cercle, expliqua le halfelin. J'ai pensé que vous auriez sûrement besoin d'aide.

—Tu parles! J'dirais plutôt que tu as été jeté là-dedans, Ventre-à-Pattes! répondit Bruenor.

—Ravi de te revoir aussi, répliqua Régis. Mais cette fois, tu te trompes! Je suis venu de mon plein gré… pour vous apporter ceci!

Il brandit alors le sceptre orné de sa perle.

Bruenor avait sincèrement été heureux de revoir son ami avant même que celui-ci réfute ses soupçons. Le halfelin montra encore le sceptre à ses amis.

—Attrapez-le! les supplia-t-il en s'apprêtant à le lancer. C'est votre seule chance de sortir d'ici!

Il tâcha de calmer ses nerfs – il ne disposait que d'un seul essai – et lança le sceptre aussi fort que possible. L'objet partit en tournoyant sur lui-même avec une lenteur fascinante, et suivit une trajectoire en direction des trois paires de mains tendues.

Hélas, il ne parvint pas à suffisamment percer l'air dense et perdit sa vitesse peu avant d'atteindre la passerelle.

— Non ! hurla Bruenor en voyant leurs espoirs s'envoler.

Catti-Brie refusa d'accepter cela. Tout en lâchant un grognement, elle détacha sa ceinture et lâcha *Taulmaril* dans le même geste.

Puis elle plongea vers le sceptre.

Bruenor se coucha à terre afin d'attraper les chevilles de sa fille mais il les manqua nettement. Un air satisfait se dessina sur le visage de la jeune femme quand elle attrapa le sceptre. Elle se tourna sur elle-même dans les airs et lança l'objet vers les mains tendues de Bruenor avant de poursuivre sa chute hors de vue et sans un cri.

LaValle examinait le miroir de ses mains tremblantes. L'image du groupe et du plan de Tartérus s'était brouillée en un flou sombre quand Régis avait bondi dans le cercle avec le sceptre. Mais cela n'était que le cadet des soucis du magicien pour le moment. Une légère fissure, uniquement perceptible de très près, se dessinait lentement jusqu'au centre du Cercle de Taros.

LaValle se retourna vers Amas et se précipita sur lui pour s'emparer de sa canne. Trop surpris pour repousser le magicien, Amas lâcha l'objet et recula, intrigué.

LaValle se rua vers le miroir.

— Nous devons détruire sa magie ! s'écria-t-il tout en frappant l'image vitreuse du bâton de marche. (La canne en bois fut brisée en plusieurs morceaux par la puissance de l'appareil magique et le magicien, projeté à l'autre bout de la pièce, gémit pitoyablement :) Détruisez-le ! Détruisez-le !

— Fais d'abord revenir le halfelin ! rétorqua Amas, qui se souciait surtout de Régis et de la statuette.

— Vous ne comprenez pas ! hurla LaValle. Le halfelin détient le sceptre ! Je ne peux pas fermer l'autre côté du portail !

L'expression d'Amas passa de la curiosité à l'inquiétude quand il prit conscience du sérieux de la terreur de son magicien.

— Mon cher LaValle, commença-t-il calmement. Es-tu en train de me dire que nous avons là une porte ouverte sur Tartérus qui donne sur mes appartements ?

LaValle hocha humblement la tête.

—Détruisez-le ! Détruisez-le ! cria Amas aux eunuques qui se tenaient derrière lui. Suivez les ordres du magicien ! Réduisez ce cercle infernal en pièces !

Il ramassa l'extrémité de sa canne en miettes, un objet ferré d'argent et méticuleusement sculpté qui lui avait été personnellement offert par le pacha du Calimshan.

Le soleil matinal était encore bas dans le ciel de l'est mais le maître de guilde avait déjà deviné que la journée à venir ne serait pas bonne.

Tremblant de colère et d'effroi, Drizzt se précipita en hurlant vers le démodande et le frappa, visant chaque fois plusieurs endroits critiques. La créature, agile et expérimentée, esquiva le premier assaut mais ne put arrêter le drow enragé. *Scintillante* trancha net à hauteur de l'épaule un bras levé en guise de protection, tandis que l'autre lame plongeait dans le cœur du monstre. Drizzt sentit une vague de puissance affluer dans son bras quand le cimeterre aspira la force vitale de la misérable créature mais il la contint, l'étouffant avec sa propre rage et conserva obstinément sa position.

Quand la chose fut étendue au sol, sans vie, il se retourna vers ses compagnons.

—Je n'ai pas..., bégaya Régis depuis l'autre côté du précipice. Elle... Je...

Ni Bruenor ni Wulfgar ne lui répondirent. Ils demeuraient figés et regardaient les ténèbres vides en contrebas.

—Cours ! cria Drizzt en voyant un démodande s'approcher du halfelin. On te récupérera !

Régis leva les yeux du gouffre et examina la situation.

—Inutile ! répondit-il en sortant la statuette et en la brandissant afin que Drizzt l'aperçoive. Guenhwyvar me sortira d'ici, ou bien alors peut-être pourrait-elle aider à...

—Non ! le coupa l'elfe, devinant ce qu'il allait proposer. Appelle la panthère et pars d'ici !

—Nous nous retrouverons dans un endroit plus agréable, lança Régis, des larmes dans la voix.

Il déposa la figurine devant lui et prononça doucement l'invocation.

Drizzt prit le sceptre des mains de Bruenor et posa une main réconfortante sur l'épaule de son ami, puis il porta l'objet contre son torse et accorda ses pensées à ses émanations magiques.

Sa supposition se vit confirmée ; le sceptre était en effet une clé du portail qui conduisait vers leur propre plan, une porte que le drow sentait toujours ouverte. Il ramassa *Taulmaril* et la ceinture de Catti-Brie.

— Venez, dit-il à ses deux amis, dont les regards étaient encore rivés sur les ténèbres. Il les poussa le long de la passerelle, doucement mais fermement.

Guenhwyvar sentit la présence de Drizzt Do'Urden dès qu'elle se matérialisa sur le plan de Tartérus. Elle s'avança en hésitant quand Régis lui demanda de le prendre avec elle mais celui-ci possédait désormais la statuette et elle avait toujours considéré le halfelin comme un ami. Régis se retrouva bientôt dans un tunnel tournoyant de ténèbres, dérivant vers la lumière distante qui marquait le plan d'origine de Guenhwyvar.

C'est alors qu'il se rendit compte de son erreur.

La statuette d'onyx, le lien vers Guenhwyvar, était toujours posée sur le pont fumant de Tartérus.

Régis se retourna et lutta contre l'attraction des courants des tunnels planaires. Il vit l'obscurité au fond du tunnel et devina les risques qu'il prenait en s'en approchant. Il ne pouvait abandonner la figurine, pas seulement parce qu'il craignait de perdre son splendide ami félin, mais surtout parce qu'il était frappé d'horreur à l'idée qu'une bête immonde des plans inférieurs en prenne le contrôle. Courageusement, il introduisit sa main à trois doigts à travers le portail qui se refermait.

Tous ses sens s'embrouillèrent. Des explosions inouïes de signaux et d'images en provenance des deux plans le submergèrent en une vague nauséeuse, qu'il bloqua en focalisant ses pensées sur les énergies et les sensations de sa main.

Puis sa main toucha quelque chose de dur, quelque chose d'extrêmement tangible, qui résista à sa traction, comme si l'objet n'était pas supposé franchir une telle porte.

Régis était maintenant totalement écartelé, les pieds tirés dans le tunnel par l'incessante force et sa main obstinément accrochée à la statuette qu'il ne laisserait pas derrière lui. Au prix d'une dernière traction, rassemblant toute la force dont il était capable – peut-être même un peu plus –, le petit halfelin attira la figurine à travers la porte.

Le paisible voyage dans le tunnel planaire se transforma alors en un cauchemar de sauts et de rebonds, Régis filant à toute allure la tête à l'envers en se heurtant aux parois, qui se déformèrent subitement, comme pour lui refuser le passage. Malgré tout cela, Régis se concentra sur une seule pensée : conserver la statuette en main.

Il songea qu'il allait certainement mourir. Il ne survivrait pas à ce violent tourbillon.

Puis le phénomène cessa aussi brutalement qu'il avait commencé. Régis, qui tenait toujours la figurine, se retrouva assis à côté de Guenhwyvar, adossé contre un arbre astral. Il cligna des yeux et regarda autour de lui n'osant croire à sa chance.

— Ne t'inquiète pas, dit-il à la panthère. Ton maître et les autres retourneront dans leur monde. (Il considéra la statuette qui représentait son unique lien avec le plan matériel.) Mais comment moi, vais-je m'y prendre ?

Tandis que Régis se laissait aller au désespoir, Guenhwyvar réagit d'une façon différente. Elle fit un tour complet sur elle-même et lâcha un puissant rugissement dans la vaste étendue étoilée du plan. Stupéfait, Régis regarda le félin, qui bondit et rugit encore, avant de sauter soudain dans le néant astral.

Plus perturbé que jamais, Régis baissa les yeux vers la statuette. Une pensée, un espoir, effaça d'un coup tout le reste à cet instant.

Guenhwyvar savait quelque chose.

Avec Drizzt, plus féroce que jamais, à leur tête, les trois amis chargeaient, tranchant tout ce qui se présentait sur leur chemin. Bruenor et Wulfgar se battaient sauvagement, persuadés que le drow les conduisait vers Catti-Brie.

La passerelle décrivit une courbe, et quand Bruenor se rendit compte qu'elle s'élevait, il s'inquiéta. Il était sur le point de protester, de rappeler à l'elfe que sa fille était tombée vers le bas, mais quand il se retourna, il vit que la zone de laquelle ils étaient partis les surplombait de façon très nette. Bruenor était un nain habitué aux tunnels obscurs et il était capable de ressentir sans se tromper la moindre inclinaison.

Ils grimpaient, encore plus abruptement que précédemment, et l'endroit qu'ils avaient quitté continuait à s'élever au-dessus d'eux.

— L'elfe ! Comment… ? hurla-t-il. On monte, on monte, mais mes yeux me disent qu'on descend !

Drizzt se retourna et comprit aussitôt de quoi parlait son ami. Cependant, il n'avait pas de temps à consacrer à des réflexions philosophiques ; il se contentait de suivre les émanations du sceptre qui les conduiraient à coup sûr vers une porte. Il s'arrêta tout de même pour envisager une éventuelle excentricité de ce plan sans direction et apparemment circulaire.

Un autre démodande se dressa devant eux mais Wulfgar l'expulsa de la passerelle avant qu'il ait l'occasion de porter un coup. Le barbare était maintenant envahi par une colère aveugle, une troisième poussée d'adrénaline qui surpassait ses blessures et sa fatigue. Il s'arrêtait régulièrement pour regarder autour de lui, en quête de quelque créature néfaste à abattre, puis il se hâtait de rejoindre Drizzt afin d'être le premier à frapper la prochaine chose qui entraverait leur progression.

La fumée tourbillonnante se sépara soudain en deux devant eux et ils aperçurent une image éclairée, floue mais clairement issue de leur propre plan.

— La porte, dit Drizzt. Le sceptre l'a maintenue ouverte. Bruenor passera en premier.

Le nain, blafard sous l'effet de la stupeur, se tourna vers le drow.

— Partir d'ici ? lâcha-t-il dans un souffle. Comment peux-tu m'demander d'quitter cet endroit, l'elfe ? Ma fille y est encore !

— Elle est partie, mon ami, lui répondit Drizzt avec douceur.

— Bah ! grogna Bruenor, même si cela ressembla plus à un reniflement. Ne l'affirme pas trop vite.

Drizzt le considéra avec une sympathie sincère mais refusa de discuter ce point ou de changer d'avis.

— Même si elle était partie, j'resterais quand même, déclara le nain. Je retrouverais son corps et je le sortirais de cet éternel enfer !

L'elfe empoigna son ami par l'épaule et se plaça face à lui.

—Bruenor, tu dois retourner là où est notre place à tous. N'amoindris pas le sacrifice que Catti-Brie a consenti pour nous. Ne lui vole pas la valeur de sa chute.

—Comment peux-tu me demander de partir? insista Bruenor avec des sanglots qu'il ne tenta pas de cacher. Comment peux-tu...

Le bord de ses yeux gris se brouilla de larmes.

—Ne pense pas à ce qu'il s'est produit! lui dit sèchement Drizzt. Au-delà de cette porte se trouve le magicien qui nous a envoyés ici! Le magicien qui a envoyé Catti-Brie ici!

C'était tout ce qu'avait besoin d'entendre Bruenor Marteaudeguerre. Ses larmes furent remplacées par du feu dans ses yeux, puis il plongea avec un rugissement dans le portail, sa hache lui ouvrant le chemin.

—Maintenant..., commença Drizzt avant d'être coupé par Wulfgar.

—Vas-y, Drizzt. Venge Catti-Brie et Régis. Achève la quête que nous avons entamée ensemble. En ce qui me concerne, je ne trouverai plus jamais de repos. Ce vide est en moi pour toujours.

—Elle est partie, répéta le drow.

Wulfgar hocha la tête.

—Tout comme moi, dit-il d'une voix posée.

Drizzt chercha un moyen de réfuter cet argument mais le chagrin de son ami semblait trop profond pour qu'il s'en débarrasse un jour.

Wulfgar leva soudain les yeux et ouvrit grand la bouche, à la fois horrifié et ravi. Drizzt se retourna, moins surpris mais tout de même bouleversé par ce qu'il vit.

Catti-Brie chutait mollement et lentement dans le ciel noir au-dessus d'eux.

Ce plan était circulaire.

Les deux hommes s'appuyèrent l'un sur l'autre pour se soutenir. Il leur était impossible de déterminer si Catti-Brie était vivante ou morte. Elle était au moins gravement blessée, et tandis qu'ils la regardaient, un démodande ailé fondit sur elle et lui agrippa une jambe de ses énormes griffes.

Avant même qu'une pensée consciente se soit formée dans l'esprit de Wulfgar, Drizzt avait armé *Taulmaril* et décoché une flèche d'argent. Elle éclata sur le côté de la tête du monstre et le tua net au moment où il s'emparait de la jeune femme.

— Pars! cria Wulfgar à Drizzt en avançant d'un pas. Je comprends quelle est ma quête maintenant! Je sais ce que je dois faire!

Drizzt avait une autre idée en tête. Il glissa un pied entre les jambes du barbare avant de se retourner et de frapper l'arrière des genoux de son ami avec son autre jambe, ce qui fit trébucher ce dernier sur le côté, vers le portail. Wulfgar comprit instantanément quelle était l'intention du drow et lutta pour conserver son équilibre.

Une fois de plus, Drizzt se montra le plus rapide. La pointe de l'un de ses cimeterres vint érafler la pommette du barbare et l'empêcha de se déplacer dans la direction souhaitée. Alors qu'il était tout près du portail, Drizzt le suspecta de tenter quelque manœuvre désespérée et lui assena un violent coup de pied sous l'épaule.

Trahi, Wulfgar tomba à la renverse dans la pièce principale des appartements du Pacha Amas. Sans tenir compte de son nouvel environnement, il empoigna le Cercle de Taros qu'il secoua de toutes ses forces.

— Traître! hurla-t-il. Je ne l'oublierai jamais, maudit drow!

— Reste où tu es! lui cria Drizzt à travers les plans. Seul Wulfgar dispose de la force nécessaire pour maintenir cette porte ouverte de façon certaine. Wulfgar et personne d'autre! Retiens-la, fils de Beornegar. Si tu tiens à Drizzt Do'Urden et si tu as jamais aimé Catti-Brie, retiens la porte!

Drizzt ne put faire plus qu'espérer avoir éveillé la petite part de raison noyée dans la colère du barbare. Il se détourna du portail, glissa le sceptre dans sa ceinture et accrocha *Taulmaril* à son épaule. Catti-Brie se trouvait désormais plus bas que lui et chutait encore, toujours inerte.

Drizzt dégaina ses deux cimeterres. Il se demanda combien de temps cela lui prendrait de tirer la jeune femme jusqu'à une passerelle puis de retrouver son chemin jusqu'au portail. Ou bien serait-il, lui aussi, condamné à une chute éternelle?

Et combien de temps Wulfgar parviendrait-il à maintenir le passage ouvert?

Il chassa ces questions. Il n'avait pas le temps de faire des suppositions quant à leurs réponses.

Ses yeux lavande s'embrasèrent, *Scintillante* brillant dans une main tandis qu'il sentait son autre lame le supplier de lui offrir un cœur de démodande à mordre.

Avec tout le courage qui avait caractérisé l'existence de Drizzt Do'Urden affluant dans ses veines, ainsi qu'avec toute la fureur que lui inspirait l'injustice faite à cette magnifique jeune femme brisée qui tombait dans un vide sans fin, il plongea à son tour dans les ténèbres.

23

Si tu as jamais aimé Catti-Brie

Bruenor avait surgi dans les appartements d'Amas en criant et en gesticulant, si bien que le temps de freiner son élan, il se trouvait déjà de l'autre côté de la pièce, par rapport au Cercle de Taros et aux deux géants des collines qui protégeaient le maître de guilde. Ce dernier se tenait plus près du nain enragé, et l'observa avec davantage de curiosité que d'effroi.

Bruenor n'accorda quant à lui aucune attention à Amas. Il regarda au-delà de cet homme grassouillet et aperçut une silhouette vêtue d'une robe, assise contre un mur : le magicien qui avait envoyé Catti-Brie sur Tartérus.

Conscient de la lueur meurtrière qui brillait dans les yeux de ce nain à la barbe rousse, LaValle se rétablit sur ses pieds et se précipita vers la porte de ses propres quartiers. Son cœur battant la chamade se calma quand il entendit le cliquetis des verrous derrière lui ; il s'agissait d'un seuil magique muni de plusieurs sorts de fermeture et de protection. Il se trouvait en sécurité – c'est en tout cas ce qu'il pensait.

Les magiciens se berçaient souvent d'illusions lorsqu'ils considéraient leur science infaillible, en comparaison d'autres formes de pouvoir – moins sophistiquées, certes, mais tout aussi efficaces. LaValle ne pouvait imaginer le chaudron bouillant qu'était devenu Bruenor Marteaudeguerre et fut incapable d'anticiper la brutalité de la colère du nain.

Sa surprise fut totale quand une hache de mithral, tel un éclair issu de ses propres sorts, réduisit en miettes sa porte protégée par magie et quand le nain enragé entra en trombe dans la pièce.

Wulfgar, qui ne prêtait pas la moindre attention à ce qui l'entourait et qui ne voulait que retourner sur Tartérus rejoindre Catti-Brie, avait surgi du Cercle de Taros au moment où Bruenor quittait la pièce. L'appel de Drizzt, qui le suppliait depuis l'autre plan de maintenir la porte ouverte, ne pouvait pas être ignoré. Malgré les sentiments qu'il éprouvait vis-à-vis de Drizzt et de Catti-Brie à cet instant, le barbare ne pouvait refuser de jouer son rôle en surveillant le miroir.

Cependant, la vision de la jeune femme chutant dans l'éternelle obscurité de cet horrible endroit lui brûlait le cœur et il mourait d'envie de se lancer de nouveau à travers le Cercle de Taros afin de l'aider.

Avant qu'il décide s'il allait obéir à son cœur ou à sa raison, un énorme poing s'écrasa sur sa tempe et l'envoya à terre. Il s'effondra le visage contre le sol entre les jambes, épaisses comme des troncs d'arbres, de deux des géants des collines d'Amas. C'était là une singulière façon d'entamer un combat mais la rage qui brûlait en Wulfgar était aussi intense que celle de Bruenor.

Les géants tentèrent d'écraser le barbare de leurs pieds massifs mais il se montra trop agile pour se laisser piéger par une manœuvre aussi grossière. Il se releva et en frappa un en plein visage d'un coup de poing puissant. Le géant regarda Wulfgar un long moment, stupéfait qu'un humain soit capable d'assener un tel coup, puis fit un curieux petit saut en arrière avant de s'effondrer.

Wulfgar se retourna aussitôt vers l'autre garde et lui fracassa le nez avec le bout du manche de *Crocs de l'égide*. Le géant chancela en se prenant le visage à deux mains. Pour lui, le combat était déjà terminé.

Le barbare ne prit pas le temps de le lui demander ; il lui donna un coup de pied dans le torse qui l'envoya au centre de la pièce.

— Il ne reste plus que moi, désormais, dit une voix.

Wulfgar tourna le regard en direction de l'immense fauteuil qui servait de trône au maître de guilde et vers Amas lui-même, qui se tenait derrière.

Ce dernier se baissa un instant et sortit une arbalète imposante soigneusement cachée, avec un carreau déjà apprêté.

— Je suis peut-être aussi gros que ces deux-là mais je ne

suis pas stupide, gloussa-t-il en calant l'arbalète sur le dossier du trône.

Wulfgar regarda autour de lui. Il était pris, sans aucune chance de s'échapper.

Mais peut-être n'était-ce pas nécessaire.

La mâchoire crispée, il bomba le torse.

— Ici, alors ! dit-il dans tressaillir, un doigt sur le cœur. Abattez-moi et vous devrez défendre l'entrée du plan de Tartérus.

Il jeta un coup d'œil par-dessus son épaule, où l'image du Cercle de Taros montrait à présent les ombres de démodandes qui se rassemblaient.

Amas relâcha son doigt de la détente.

Si l'argument de Wulfgar avait fait impression, il fut confirmé une seconde plus tard quand la main griffue d'un démodande traversa le portail et agrippa l'épaule du barbare.

En pleine chute dans les ténèbres, Drizzt se déplaçait comme s'il nageait et gagnait ainsi du terrain sur Catti-Brie. Il restait cependant vulnérable… et il le savait.

Cela n'avait pas non plus échappé à un démodande ailé qui le regardait tomber.

L'affreuse créature quitta son perchoir dès que l'elfe fut passé à sa hauteur et battit des ailes selon un angle curieux afin de gagner de la vitesse dans son piqué. Elle rejoignit rapidement le drow et sortit ses griffes acérées comme des lames de rasoir dans l'intention de l'entailler en le doublant.

Drizzt ne perçut la présence de la bête qu'au dernier moment. Il se retourna violemment et s'agita de façon à s'écarter de sa trajectoire, tout en luttant pour redresser ses cimeterres.

Il n'aurait pas dû avoir la moindre chance. Il s'agissait là de l'environnement du démodande, qui était en outre une créature ailée, considérablement plus à son aise dans les airs qu'au sol.

Mais Drizzt Do'Urden ne s'inquiétait jamais de ses chances.

Le monstre le frôla et déchira de ses griffes la fine cape de l'elfe. *Scintillante*, aussi ferme qu'à l'ordinaire même en pleine chute, trancha l'une des ailes de la créature, qui voleta désespérément sur le côté et poursuivit sa chute de façon irrégulière. Elle n'avait plus le cœur à affronter un elfe drow et une seule aile ne suffisait pas pour le rattraper.

Drizzt n'y prit plus garde ; il se rapprochait de son objectif.

Il prit Catti-Brie dans ses bras et la serra fort contre sa poitrine. Il remarqua avec tristesse qu'elle était froide, mais il était allé trop loin pour seulement se soucier de ce détail. Il n'était pas certain que la porte planaire soit encore ouverte et n'avait pas la moindre idée de la façon d'enrayer sa chute sans fin.

Une solution se présenta à lui sous la forme d'un autre démodande ailé, qui n'allait pas tarder à les croiser. Il vit que la créature n'avait pas encore fait mine d'attaquer ; sa trajectoire évoquait plutôt une approche de reconnaissance, comme si elle avait dans un premier temps voulu passer sous eux afin de les observer.

Drizzt ne laissa pas passer cette chance. Alors que la bête passait sous eux, il se projeta vers le bas et tendit au maximum sa main prolongée d'une lame. Sans intention de tuer, le cimeterre atteignit son but et s'enfonça dans le dos de l'animal, qui hurla avant de plonger, se libérant ainsi de la lame.

Ce mouvement entraîna Drizzt et Catti-Brie et modifia suffisamment l'angle de leur chute, pour les diriger vers l'une des passerelles fumantes entrecroisées.

Drizzt se tordit et se retourna afin de les maintenir tous les deux dans le bon axe, tendant parfois sa cape de son bras libre afin de suivre un courant d'air, ou bien la serrant contre lui pour réduire sa traînée. Au dernier moment, il se plaça sous Catti-Brie pour la protéger de l'impact. Ils provoquèrent un bruit sourd et soulevèrent un épais nuage de fumée en atterrissant.

L'elfe se redressa péniblement et se força à se rétablir sur ses genoux tout en essayant de retrouver son souffle.

Catti-Brie était étendue devant lui, pâle et déchirée par une dizaine de blessures visibles ; il s'agissait très clairement d'entailles reçues lors du combat contre les rats-garous. Ses vêtements étaient presque entièrement maculés de sang, ainsi que ses cheveux emmêlés, mais le drow ne se découragea pas devant cette épouvantable vision ; il avait en effet remarqué un autre détail quand ils avaient touché terre.

Catti-Brie avait gémi.

LaValle se réfugia à toute allure derrière sa petite table.

— N'approche pas, nain, prévint-il. Je suis un magicien très puissant !

Bruenor ne semblait pas effrayé. Il abattit sa hache sur la table, ce qui déclencha une aveuglante explosion de fumée et d'étincelles dans la pièce.

Quand LaValle y vit plus clair quelques instants plus tard, il se trouva en face de Bruenor ; de ses mains et de sa barbe s'élevaient de minces volutes de fumée grise. La petite table était détruite et sa boule de cristal parfaitement coupée en deux.

— Tu n'as rien de mieux ? demanda Bruenor.

LaValle ne parvint pas à faire sortir le moindre mot de sa gorge nouée.

Le nain avait envie d'abattre cet homme, d'abattre sa hache entre ses deux sourcils broussailleux. Mais il souhaitait venger Catti-Brie, sa magnifique fille, dont le cœur avait toujours détesté tuer. Il ne voulait pas déshonorer sa mémoire.

— Et puis flûte ! lâcha-t-il avant de frapper le visage du magicien d'un coup de tête.

Ce dernier heurta le mur et resta ainsi, étourdi et sans mouvements, jusqu'à ce que Bruenor l'empoigne par la poitrine, arrachant quelques poils au passage pour faire bonne mesure, et le projette au sol, face contre terre.

— Mes amis auront peut-être besoin d'ton aide, magicien, grogna-t-il. Alors avance ! Sois bien certain au fond de toi-même que si tu essaies seulement de prendre une direction qui n'me plaît pas, ma hache fendra ton crâne en deux !

À demi conscient, LaValle entendit à peine ces mots mais il comprit ce qu'exigeait le nain, aussi se força-t-il à se redresser à quatre pattes.

Wulfgar cala ses pieds contre les montants métalliques du Cercle de Taros et resserra la prise de fer sur l'épaule du démodande, contrant ainsi la puissante traction du monstre. Le barbare tenait *Crocs de l'égide* prêt à frapper de son autre main. Il ne voulait pas porter de coups à travers le portail mais espérait qu'une partie plus vulnérable qu'un bras surgirait dans son monde.

Les griffes du démodande étaient profondément enfoncées dans sa chair et entraîneraient des vilaines blessures, longues à guérir, mais Wulfgar chassa la douleur. Drizzt lui avait demandé de maintenir la porte ouverte s'il avait jamais aimé Catti-Brie.

Il tiendrait la porte.

Une autre seconde s'écoula et Wulfgar vit sa main glisser dangereusement vers le portail. Il était capable d'égaler la force du monstre mais celle-ci était de nature magique, et non pas physique. Wulfgar serait vaincu par la fatigue bien avant son adversaire.

Encore quelques centimètres et sa main passerait sur Tartérus, où d'autres démodandes affamés attendaient certainement.

Un souvenir survint soudain dans l'esprit de Wulfgar ; la dernière image de la chute de Catti-Brie, blessée.

— Non ! grogna-t-il en tirant sauvagement sa main jusqu'à ce lui et le monstre se retrouvent à leur position initiale.

Le barbare affaissa alors brusquement son épaule, ce qui attira le démodande vers le bas.

Cette ruse fonctionna. Le monstre perdit totalement son équilibre et bascula vers l'avant. Sa tête traversa le Cercle de Taros et passa sur le plan matériel durant une seconde, ce qui fut suffisant pour que *Crocs de l'égide* lui fende le crâne.

Wulfgar recula d'un pas et reprit son marteau de guerre à deux mains. Un autre démodande apparut mais il le renvoya sur Tartérus d'un coup puissant.

Réfugié derrière son trône, Amas observa la scène, son arbalète toujours prête à tirer. Il était lui-même émerveillé par la force du colosse, et quand l'un de ses géants se releva après être revenu à lui, il lui fit signe de ne pas intervenir, peu désireux de troubler le spectacle auquel il assistait.

Une agitation sur le côté le contraignit à tourner la tête ; LaValle se traînait hors de son appartement, suivi de près par le nain à la hache.

Bruenor comprit instantanément la délicate situation dans laquelle se trouvait Wulfgar et devina que le magicien ne ferait que compliquer les choses. Il attrapa celui-ci par les cheveux, le redressa à genoux et le contourna pour lui faire face.

— C'est une bonne journée pour dormir, déclara-t-il avant d'écraser une nouvelle fois sa tête sur celle de LaValle, qui sombra aussitôt dans l'inconscience.

Tandis que le magicien s'effondrait, Bruenor entendit un cliquetis derrière lui. Il eut le réflexe de brandir son bouclier en direction de l'endroit d'où provenait le bruit juste à temps pour intercepter un carreau de l'arbalète d'Amas. Le dangereux projectile perça la protection encore fumante et frôla le bras du nain en ressortant de l'autre côté.

Bruenor regarda par-dessus le bord de son bouclier adoré et considéra un instant le carreau, puis il lança un regard venimeux à Amas.

— Tu n'aurais pas dû abîmer mon bouclier ! gronda-t-il avant de s'élancer.

Le géant des collines se tint prêt à l'intercepter.

Wulfgar, qui avait suivi la scène du coin de l'œil, s'en serait mêlé avec joie – d'autant plus qu'Amas était occupé à recharger sa pesante arbalète – mais il devait affronter ses propres problèmes. Un démodande ailé, traversant brusquement le passage, frôla en trombe le barbare.

Ses réflexes affûtés sauvèrent Wulfgar. Il tendit le bras et attrapa une patte du monstre, dont l'élan manqua de faire basculer le colosse en arrière, mais ce dernier parvint à conserver son équilibre. Il abaissa la créature ailée à sa hauteur et l'envoya à terre d'un seul coup de son marteau de guerre.

Plusieurs bras se tendirent à travers le Cercle de Taros, tandis que des épaules et des têtes émergeaient. Wulfgar, qui maniait *Crocs de l'égide* avec frénésie, avait de quoi s'occuper pour simplement tenir ces choses à distance.

Drizzt courut sur la passerelle, Catti-Brie inerte son épaule. Il ne rencontra pas d'autre résistance durant de longues minutes et comprit pourquoi quand il atteignit enfin la porte planaire.

De nombreux démodandes y étaient agglutinés et lui bloquaient le passage.

Consterné, le drow posa un genou au sol et allongea avec douceur Catti-Brie à côté de lui. Il envisagea de se servir de *Taulmaril* mais se rendit compte que s'il manquait son coup, si une flèche parvenait d'une façon ou d'une autre à traverser les monstres, elle franchirait la porte et surgirait dans la pièce où se trouvait Wulfgar. Il ne pouvait pas prendre ce risque.

—Si près du but…, murmura-t-il, désespéré, en regardant Catti-Brie.

Il la serra dans ses bras et lui caressa le visage de sa main élancée. Comme elle semblait froide. Il se pencha vers elle dans la seule intention de discerner le rythme de sa respiration mais il s'approcha trop près. Avant qu'il se rende lui-même compte de ce qu'il faisait, ses lèvres se posèrent sur celles de la jeune femme en un tendre baiser. Catti-Brie remua légèrement mais n'ouvrit pas les yeux.

Le fait de l'avoir vue bouger redonna du courage à Drizzt.

—Trop près du but…, lâcha-t-il, la mine sévère. Tu ne mourras pas dans cet endroit affreux !

Il replaça Catti-Brie sur son épaule et l'enveloppa de sa cape afin d'assurer son maintien. Il s'empara ensuite de ses cimeterres, qu'il empoigna fermement. Ses doigts sensibles caressèrent les gravures complexes des poignées et il ne fit plus qu'un avec ses armes, devenues les extensions meurtrières de ses bras noirs. Il prit une profonde inspiration, le visage apaisé.

Puis il chargea l'arrière de la horde maudite, aussi silencieusement qu'un elfe drow pouvait l'être.

Mal à l'aise, Régis se leva tandis que les silhouettes noires des félins chasseurs allaient et venaient à une vitesse folle dans la clarté des étoiles qui l'entourait. Ils ne semblaient pas le menacer – pas encore – mais ils se rassemblaient. Il savait sans le moindre doute qu'il était au centre de leur attention.

Soudain, Guenhwyvar survint d'un bond et atterrit devant lui, sa tête à hauteur de celle du halfelin.

—Tu sais quelque chose, dit Régis, à qui l'excitation dans les prunelles sombres de la panthère n'avait pas échappé. (Il souleva la statuette et l'observa, non sans remarquer la tension qui s'était emparée du félin à la vue de la figurine.) Nous pouvons retourner là-bas avec ceci ! C'est la clé de notre voyage et grâce à cet objet, nous pouvons nous rendre où nous le désirons ! (Après cette révélation soudaine, il regarda autour de lui et imagina des possibilités très intéressantes.) Nous tous ?

Si les panthères pouvaient sourire, c'est ce que fit Guenhwyvar.

24

Toile interplanaire

— Dégage de mon chemin, espèce d'énorme baleine ! rugit Bruenor.

L'immense eunuque se campa sur ses jambes et tendit une énorme main vers Bruenor – que ce dernier mordit aussitôt.

— Ils n'écoutent jamais, ronchonna-t-il.

Il se baissa, se faufila entre les jambes du géant et se redressa brusquement, soulevant littéralement le pauvre eunuque de terre d'un coup de la corne de son casque. Pour la deuxième fois de la journée, le garde se mit à loucher et il s'écroula, les mains sur sa nouvelle blessure.

Une colère meurtrière évidente dans ses yeux gris, Bruenor se retourna vers Amas. Celui-ci ne semblait cependant pas inquiet et, à vrai dire, le nain ne prêta pas véritablement attention à lui. Il se concentra surtout une nouvelle fois sur l'arbalète, chargée et pointée sur lui.

La seule émotion que ressentit Drizzt en chargeant fut la colère, une colère due à la souffrance que ces misérables créatures de Tartérus avaient infligée à Catti-Brie.

Son but était également très précis : le petit morceau de lumière dans l'obscurité, la porte planaire qui conduisait à son propre monde.

Cimeterres brandis, il sourit en songeant aux chairs de démodandes qu'il allait déchirer, puis il ralentit et sa rage se calma quand il aperçut son objectif. Il était sans aucun doute en mesure de déferler sur la horde de monstres en une furie destructrice et il parviendrait probablement à se glisser jusqu'à la porte, mais Catti-Brie supporterait-elle les coups que ne manqueraient pas de lui porter ces puissants monstres avant que Drizzt la sorte de cet enfer ?

Le drow entrevit une autre solution. Tout en s'approchant de l'arrière du groupe de démodandes, il écarta les bras et tendit ses lames de chaque côté, puis il donna un petit coup sur les épaules extérieures de deux des créatures. Quand celles-ci se tournèrent par réflexe pour regarder par-dessus leurs épaules, Drizzt s'élança entre elles.

Les armes du drow formèrent une proue bruissante qui entailla les mains des autres bêtes qui tentaient de l'attraper. Il sentit quelque chose tirer Catti-Brie et se retourna aussitôt, redoublant de colère. Il ne vit pas sa cible mais il sut qu'il avait touché quelque chose quand, après avoir abattu *Scintillante*, il entendit un hurlement de démodande.

Un bras massif le frappa à la tempe, d'un coup qui aurait dû l'assommer, néanmoins Drizzt se retourna encore et vit la clarté de la porte à un mètre ou deux de lui – ainsi que la silhouette d'un dernier monstre qui bloquait le passage.

Le tunnel noir de chair de démodandes se referma sur lui. Un autre énorme bras fondit sur lui mais l'elfe parvint à esquiver le coup.

Si le dernier démodande le retardait d'une seule seconde, il serait pris et massacré.

Ce fut de nouveau l'instinct, plus vif qu'il l'avait imaginé, qui permit à Drizzt de franchir cet obstacle. Il frappa les bras de la créature avec ses cimeterres et baissa la tête avant de percuter le torse de son adversaire, qui fut projeté avec lui dans son élan à travers la porte.

⚔ ⚔ ⚔ ⚔ ⚔

La tête noire et les épaules apparurent devant Wulfgar, qui frappa *avec Crocs de l'égide*. Le puissant coup brisa la colonne vertébrale du démodande et secoua Drizzt, qui poussait derrière.

Le monstre s'écroula, mort, la moitié du corps de l'autre côté du Cercle de Taros, et le drow, quelque peu étourdi, s'effondra sur le côté dans l'appartement d'Amas, Catti-Brie sur lui.

Wulfgar pâlit en voyant cela et connut un instant d'hésitation mais Drizzt, conscient que d'autres créatures surviendraient bientôt en trombe, parvint à redresser la tête.

— Ferme la porte, haleta-t-il.

Wulfgar avait déjà compris qu'il lui était impossible de briser l'image vitreuse située à l'intérieur du cercle – la frapper n'aurait fait qu'envoyer la tête du marteau de guerre sur Tartérus. Il s'apprêta à abattre *Crocs de l'égide* sur le montant.

C'est alors qu'il prit conscience de ce qu'il se passait de l'autre côté de la pièce.

— Seras-tu assez vif avec ce bouclier ? se moqua Amas en faisant mine de changer l'angle de tir de son arbalète.

Concentré sur l'arme, Bruenor n'avait même pas remarqué l'entrée fracassante de Drizzt et Catti-Brie.

— Tu n'as donc qu'un seul tir pour m'abattre, chien, répliqua le nain, que la mort n'effrayait pas. Un tir et un seul.

Il avança d'un pas déterminé.

Amas haussa les épaules. C'était un tireur d'élite et son arbalète était aussi pétrie de magie que n'importe quelle arme des Royaumes. Un tir lui suffirait.

Mais il ne fut jamais déclenché.

Un marteau de guerre tournoyant percuta violemment le trône et projeta le pesant fauteuil sur le maître de guilde, qui s'écrasa lourdement contre le mur.

Un sourire carnassier sur les lèvres, Bruenor se tourna vers son ami barbare pour le remercier mais ce sourire s'évanouit et les mots moururent sur ses lèvres quand il vit Drizzt et Catti-Brie étendus près du Cercle de Taros.

Le nain demeura immobile, comme changé en pierre, sans cligner des paupières et sans prendre la moindre inspiration. La force abandonna ses jambes et il tomba à genoux, puis, après avoir lâché sa hache et son bouclier, il se précipita à quatre pattes vers sa fille.

Wulfgar empoigna les rebords de fer du Cercle de Taros et tenta de les rapprocher. Le haut de son corps rougit, alors que ses veines et ses muscles bien dessinés se tendaient comme des cordes métalliques sur ses bras puissants. Hélas la porte ne céda pas d'un pouce.

Un bras de démodande traversa le portail pour en empêcher la fermeture, ce qui ne fit qu'encourager Wulfgar. Il invoqua Tempus d'un rugissement tout en poussant de toutes ses forces afin de faire se rejoindre ses mains et donc de tordre les rebords du cercle jusqu'à les faire se toucher.

L'image vitreuse se plia avec le changement planaire et le bras du monstre tomba sur le sol, proprement sectionné. De même, le cadavre du démodande étendu au pied du barbare, la moitié du corps toujours de l'autre côté de la porte, fut retourné.

Wulfgar détourna les yeux du spectacle épouvantable d'un démodande ailé pris dans le tunnel planaire déformé, tordu et broyé jusqu'à ce que sa peau commence à s'arracher.

La magie du Cercle de Taros était puissante et Wulfgar, malgré sa force considérable, ne pouvait espérer suffisamment tordre l'objet pour mener à bien sa tâche. Il avait déformé et bloqué la porte, mais pour combien de temps ? Une fois le colosse vaincu par la fatigue, le portail se rouvrirait et reprendrait son aspect habituel. Plus têtu que jamais, le barbare lâcha un cri et insista, la tête tournée sur le côté en prévision de l'éclatement du miroir.

Comme elle paraissait pâle, avec ses lèvres presque bleues et sa peau sèche et froide. Bruenor voyait que ses blessures étaient sévères, toutefois il sentait que la plus sérieuse d'entre elles n'était ni une entaille, ni une commotion. Sa fille adorée semblait plutôt avoir perdu toute sa vitalité, comme si elle avait abandonné tout désir de vivre en chutant dans les ténèbres.

Elle gisait à présent, inerte, froide et blafarde dans ses bras. Encore à terre, Drizzt évalua d'instinct les dangers. Il se roula sur le côté et tira sa cape, protégeant ainsi de son corps Bruenor, qui ne prêtait plus du tout attention aux événements qui se déroulaient autour de lui, et Catti-Brie.

De l'autre côté de la pièce, LaValle remua et tenta de chasser l'engourdissement dans lequel il était plongé. Il se redressa sur ses genoux et examina la situation. Il vit immédiatement que Wulfgar essayait de fermer la porte.

— Tue-les…, murmura Amas au magicien sans oser quitter la protection offerte par le fauteuil retourné.

LaValle ne l'écouta pas ; il avait déjà entamé un sort.

Pour la première fois de sa vie, Wulfgar constatait que sa force était insuffisante.

— Je ne peux pas ! grogna-t-il, consterné en regardant Drizzt – comme il le faisait toujours – en attente d'une réponse.

Le drow blessé était à peine conscient.

Wulfgar avait envie de renoncer. L'entaille consécutive à la morsure de l'hydre lui brûlait le bras, ses jambes ne le soutenaient plus que difficilement et ses amis étaient étendus sur le sol, impuissants.

Et sa force n'était pas suffisante !

Il jeta des regards de tous les côtés, à la recherche d'un autre moyen. Le cercle, malgré sa puissance, avait forcément une faiblesse. En tout cas, et pour avoir un espoir auquel se raccrocher, Wulfgar devait croire que c'était le cas.

Régis l'avait traversé, il avait trouvé une façon de contourner son pouvoir.

Régis.

Wulfgar avait trouvé sa réponse.

Il insista une dernière fois sur le Cercle de Taros, puis il le relâcha d'un coup, ce qui fit trembler le portail quelques instants. Wulfgar n'hésita pas à contempler ce spectacle sinistre. Il plongea et arracha le sceptre surmonté de sa perle de la ceinture de Drizzt, puis il se redressa et écrasa le fragile objet sur le sommet du Cercle de Taros. La perle noire explosa en mille éclats.

Au même moment, LaValle prononçait la dernière syllabe de son incantation, libérant une puissante décharge d'énergie qui frôla Wulfgar et lui brûla les poils des bras avant de frapper le centre du Cercle de Taros. L'image vitreuse, déjà craquelée de façon circulaire, telle une toile d'araignée, par le coup du barbare, se brisa totalement.

L'explosion qui s'ensuivit ébranla les fondations du bâtiment de la guilde.

D'épaisses portions de ténèbres tourbillonnèrent dans la chambre et les témoins présents eurent la sensation que la pièce tournait sur elle-même. Un vent violent siffla et hurla soudain à leurs oreilles, comme s'ils étaient pris dans le tumulte d'une faille entre les plans d'existence eux-mêmes. Ils furent submergés par de la fumée et des vapeurs noires. L'obscurité devint totale.

Puis, aussi brusquement que le phénomène était apparu, il se dissipa et la clarté du jour inonda de nouveau la pièce saccagée. Drizzt et Bruenor furent les premiers à se relever et à examiner les dégâts et les survivants.

Le Cercle de Taros gisait au sol, déformé et brisé, réduit à un amas de métal tordu auquel s'accrochaient obstinément quelques morceaux d'une substance collante qui évoquait de la toile d'araignée. Un cadavre de démodande était étendu à terre, non loin du bras sectionné d'un de ses congénères, encore crispé dans la mort et duquel un épais fluide noir dégoulinait.

Trois ou quatre mètres plus loin, Wulfgar était assis, appuyé sur les coudes et le regard perplexe, un bras meurtri par la décharge d'énergie de LaValle, le visage noirci par la fumée et le corps entièrement emmêlé dans la toile gluante. Une centaine de petites gouttes de sang parsemaient le barbare. Apparemment, l'image vitreuse du portail planaire avait été davantage qu'une simple image.

Wulfgar regarda ses amis d'un air absent, cligna plusieurs fois des yeux, puis s'écroula sur le dos.

LaValle émit un grognement quand il remarqua Drizzt et Bruenor. Il commença à essayer de se redresser sur ses genoux mais se rendit vite compte que cela ne servirait qu'à l'exposer à ces intrus victorieux. Il se laissa retomber sur le sol et ne bougea plus.

Drizzt et Bruenor échangèrent un regard en se demandant ce qu'ils allaient faire.

— C'est agréable de revoir la lumière, dit une faible voix en dessous d'eux.

Ils baissèrent la tête et croisèrent le regard de Catti-Brie, ses yeux d'un bleu profond de nouveau ouverts.

En larmes, Bruenor se laissa tomber à genoux et l'étreignit. Alors qu'il s'apprêtait à faire de même, Drizzt sentit qu'il devait respecter leur intimité. Il donna une tape réconfortante sur l'épaule du nain et s'éloigna afin de s'assurer que Wulfgar s'en était bien sorti.

Une soudaine agitation l'interrompit au moment où il s'agenouillait près de son ami. L'énorme trône, déchiré et brûlé contre le mur, bascula en avant. Drizzt le repoussa facilement mais, ce faisant, il vit le Pacha Amas jaillir de sa cachette et se précipiter vers la porte principale de la pièce.

— Bruenor ! cria l'elfe.

Il sut au moment où il prononçait ces mots que le nain était trop occupé avec sa fille pour être dérangé. Il écarta le fauteuil massif et se saisit de *Taulmaril*, accroché dans son dos, dans lequel il encocha une flèche tout en se lançant à la poursuite du maître de guilde.

Celui-ci franchit en trombe la porte et se retourna pour la claquer derrière lui.

— Rassit...

Son cri mourut dans sa gorge quand il se tourna vers les escaliers et vit Régis, les bras croisés, qui se tenait devant lui au sommet des marches.

— Toi ! rugit Amas, le visage déformé et les poings serrés de rage.

— Non, elle, rectifia le halfelin en désignant du doigt une forme aux lignes pures qui bondit à cet instant sur lui.

Aux yeux du maître de guilde stupéfait, Guenhwyvar n'apparut que comme une boule volante de crocs et de griffes.

Le temps que Drizzt atteigne la porte, le règne d'Amas avait touché à sa fin, une fin brutale.

— Guenhwyvar ! s'écria le drow, qui revoyait sa compagne adorée pour la première fois depuis de nombreuses dizaines.

La panthère bondit vers Drizzt et lui donna de chaleureux coups de museau, tout heureuse de ces retrouvailles.

Celles-ci ne s'éternisèrent pas en raison de ce que vit et entendit l'elfe. Tout d'abord Régis, confortablement installé sur la rampe décorée, les bras derrière la tête et ses pieds poilus croisés. Drizzt était tout autant ravi de le revoir mais il fut déconcerté par les bruits qui résonnaient dans les escaliers : des hurlements de terreur et des grognements rauques.

Les ayant également entendus, Bruenor sortit de la pièce pour en avoir le cœur net.

— Ventre-à-Pattes ! s'exclama-t-il à la vue de Régis, avant de rejoindre Drizzt près du halfelin.

Ils regardèrent en direction du grand escalier et virent les combats qui s'y déroulaient. À chaque instant, un rat-garou surgissait, poursuivi par une panthère. Juste en contrebas des compagnons, un groupe d'hommes-rats avait formé un cercle défensif et leurs lames s'agitaient afin de repousser les amis félins de Guenhwyvar. Soudain, ils furent engloutis sous une vague de fourrure noire et de dents brillantes.

—Des panthères ? lâcha Bruenor, stupéfait, en regardant Régis. Tu as fait venir des gros chats ?

Le halfelin sourit et inclina la tête, qui reposait toujours dans ses mains.

—Tu connais un meilleur moyen de chasser les souris ?

Bruenor secoua la tête et ne put réprimer un sourire. Il se retourna et regarda le corps de l'homme qui avait fui la pièce.

—Mort, lui aussi, fit-il remarquer d'un ton grave.

—C'était Amas, leur dit Régis, même s'ils avaient déjà deviné l'identité du maître de guilde. Le voilà parti. J'imagine que ses associés rats vont faire de même. (Il se tourna vers Drizzt, conscient qu'il devait des explications.) Guenhwyvar et ses amis ne s'en prennent qu'aux hommes-rats… ainsi qu'à lui, bien sûr. (Il pointa le doigt sur Amas.) Les voleurs ordinaires se sont cachés dans leurs appartements – s'ils ne sont pas idiots – mais les panthères ne les toucheraient pas de toute façon.

Drizzt approuva d'un hochement de tête la sagesse de Régis et Guenhwyvar. L'animal n'était pas un justicier.

—Nous sommes tous venus grâce à la statuette, poursuivit Régis. Je l'ai gardée avec moi quand je suis parti de Tartérus avec Guenhwyvar. Les félins s'en serviront pour regagner leur plan quand leur travail sera terminé.

Il lança la figurine à son propriétaire légitime.

Un air curieux se dessina sur le visage du halfelin. Il claqua des doigts et sauta de la rampe, comme si ce dernier geste lui avait donné une idée. Il courut vers Amas et roula la tête de l'ancien maître de guilde sur le côté – tâchant d'ignorer la profonde blessure qu'il portait sur le cou – et se saisit du pendentif orné de son rubis, point de départ de toute cette aventure. Satisfait, il lança un regard très étrange à ses deux amis.

—Il est temps de se faire de nouveaux alliés, expliqua-t-il avant de dévaler les marches.

Incrédules, Bruenor et Drizzt se regardèrent.

—Il va s'emparer de la guilde, déclara le nain.

Le drow ne contesta pas ce point de vue.

⚔ ⚔ ⚔ ⚔ ⚔

Depuis une ruelle du Cercle des Bandits, Rassiter, revenu à sa forme humaine, entendait les cris d'agonie de ses compagnons hommes-rats. Il s'était montré suffisamment malin pour comprendre que la guilde était tombée aux mains des héros venus du Nord, et quand Amas lui avait ordonné de se joindre au combat, il avait regagné la sécurité des égouts.

Il ne pouvait maintenant plus qu'écouter leurs hurlements et se demander combien de ses semblables lycanthropiques survivraient à cette funeste journée.

— Je bâtirai une nouvelle guilde, se promit-il, bien que pleinement conscient de l'énormité de la tâche, particulièrement depuis qu'il s'était forgé une si mauvaise réputation à Portcalim. Peut-être s'enfuirait-il vers une autre cité – Memnon ou la Porte de Baldur – plus haut sur la côte.

Ses réflexions furent brutalement interrompues quand le plat d'une lame courbée se posa sur son épaule et que son bord tranchant laissa une fine ligne sur le côté de son cou.

Rassiter brandit une dague incrustée de joyaux.

— C'est à toi, il me semble, dit-il en essayant de paraître calme.

Le sabre s'écarta et Rassiter se retourna pour faire face à Artémis Entreri.

Celui-ci tendit un bras bandé pour se saisir du poignard et rengaina dans le même temps son sabre dans son fourreau.

— Je savais que tu avais été battu, poursuivit le rat-garou avec assurance. J'ai craint que tu aies été tué.

— Craint ou espéré ? dit Entreri en souriant.

— C'est vrai que nous avons été rivaux dès le début, commença Rassiter.

L'assassin éclata de rire. Il n'avait jamais imaginé l'homme-rat suffisamment puissant pour le considérer comme un rival.

Rassiter ne tint pas compte de l'insulte.

— Mais alors nous servions le même maître, poursuivit-il. (Il se tourna vers le bâtiment de la guilde, où les cris s'estompaient enfin.) Je pense qu'Amas est mort, ou du moins dépossédé de son pouvoir.

— S'il a affronté le drow, alors il est mort, cracha Entreri, chez qui la simple évocation de Drizzt Do'Urden emplissait la gorge de bile.

— Les rues sont donc libres, déduisit Rassiter en adressant un clin d'œil à l'assassin. À disposition de…

— Toi et moi ?

Le rat-garou haussa les épaules.

— Rares sont ceux à Portcalim qui s'opposeraient à toi. Quant à moi, avec ma morsure contagieuse, je peux créer une bande de fidèles soldats en une semaine. Personne n'oserait nous défier dans la nuit.

Entreri fit quelques pas aux côtés de Rassiter et considéra à son tour le quartier général de la guilde.

— Certes, mon vorace ami, dit-il posément. Cependant, deux problèmes subsistent.

— Deux ?

— Deux. Premièrement, je travaille seul. (Le corps de Rassiter se raidit quand la lame de la dague s'enfonça dans son dos, tandis qu'Entreri poursuivait sans s'interrompre :) Et deuxièmement, tu es mort.

Il retira le poignard ensanglanté et le maintint vertical, de façon à l'essuyer sur la cape de sa victime alors que celle-ci s'effondrait, sans vie.

Il examina son travail, puis le bandage que portait son épaule blessée.

— Ça va déjà mieux, marmonna-t-il pour lui-même, avant de disparaître et de se glisser dans un recoin sombre.

Il faisait déjà grand jour, et avec une longue guérison à venir, l'assassin n'était pas encore prêt à relever les défis susceptibles de survenir dans les rues en journée.

25

Une promenade sous le soleil

Bruenor frappa doucement à la porte, sans espérer de réponse. Comme d'habitude, personne ne réagit. Cette fois-ci, cependant, le nain têtu ne repartit pas. Il actionna la poignée et entra dans la pièce plongée dans la pénombre.

De dos et torse nu, Drizzt était assis sur son lit et faisait courir ses doigts fins dans son épaisse chevelure blanche. Malgré la faible luminosité, le nain discerna nettement les cicatrices qui parsemaient le dos du drow. Il frissonna, n'ayant jamais imaginé qu'au cours de ces heures sombres Drizzt ait été si sérieusement blessé par Artémis Entreri.

— Cinq jours, l'elfe, dit-il calmement. As-tu l'intention d'passer ta vie ici ?

Drizzt se retourna lentement vers son ami.

— Et pour aller où ?

Bruenor étudia les yeux lavande, qui reflétaient la lumière du couloir qui entrait par la porte ouverte. Il fut heureux de constater que l'œil gauche était de nouveau ouvert. Il avait craint que le coup du démodande l'ait fermé pour toujours.

La guérison semblait clairement en marche mais ce regard inquiétait toujours le nain. Il semblait avoir perdu une bonne part de son éclat.

— Comment va Catti-Brie ? demanda Drizzt, qui se souciait sincèrement de la jeune femme, mais qui souhaitait également changer de sujet.

Bruenor sourit.

— Elle ne marche pas encore mais sa volonté est revenue et elle ne supporte pas de rester allongée à ne rien faire dans son lit ! répondit-il. (Il lâcha un petit rire en se remémorant une scène intervenue plus tôt dans la journée, quand un domestique avait tenté de réajuster l'oreiller de sa fille, dont le regard furieux avait suffi à faire blêmir le pauvre homme.) Elle pourfend ceux qui s'occupent d'elle avec la lame qui lui sert de langue quand ils essaient de prendre soin d'elle.

Le sourire de Drizzt parut forcé.

— Et Wulfgar ?

— Le gars va mieux. Il a fallu quatre heures pour le débarrasser de l'espèce de toile d'araignée collante, il devra aussi porter un bandage au bras pendant un mois, mais il en faut plus que ça pour l'abattre ! Il est aussi fort qu'une montagne ! Et presque aussi grand !

Ils se regardèrent l'un l'autre jusqu'à ce que les sourires s'estompent et que le silence devienne pesant.

— La fête du halfelin est sur l'point de débuter, reprit Bruenor. Tu viens ? Avec un ventre aussi rond, j'parie que Ventre-à-Pattes nous a préparé un somptueux repas.

Drizzt haussa les épaules, évasif.

— Bah ! Tu n'vas pas rester enfermé entre ces murs jusqu'à la fin d'tes jours ! (Il s'interrompit, frappé par une idée soudaine, avant de poursuivre sur un ton entendu :) Ou bien tu sors la nuit ?

— Si je sors ?

— Chasser. Sors-tu pour chasser Entreri ? (Drizzt lâcha un rire, authentique cette fois, en songeant que Bruenor associait son désir de solitude à une quelconque obsession pour l'assassin.) Tu brûles de le retrouver, tout comme lui s'il respire encore.

— J'arrive..., lâcha Drizzt en enfilant une chemise dénouée par-dessus la tête.

Il s'empara du masque magique alors qu'il contournait le lit, puis il s'arrêta et observa l'objet. Il le retourna dans ses mains et le laissa tomber sur la table de nuit.

— Ne soyons pas en retard à cette fête, conclut-il.

Bruenor ne s'était pas trompé quand il avait parlé de festin ; la table qui attendait les deux amis était magnifiquement dressée et étincelait de porcelaine et d'argent. Les arômes de mets délicats les firent se pourlécher les babines sans même qu'ils s'en rendent compte alors qu'ils se dirigeaient vers les sièges qui leur avaient été attribués.

Régis avait pris place à l'extrémité de la longue table. Il était vêtu d'une tunique sur laquelle il avait cousu mille pierres précieuses qui reflétaient la lueur des bougies de façon éclatante chaque fois qu'il bougeait sur son siège. Derrière lui se tenaient les deux géants des collines eunuques restés auprès d'Amas jusqu'à sa fin cruelle, les visages contusionnés et recouverts de bandages.

À la droite du halfelin était assis LaValle, au grand dégoût de Bruenor, et à sa gauche un halfelin aux yeux plissés et un jeune garçon potelé, les lieutenants en chef de la nouvelle guilde.

Plus loin à table se trouvaient Wulfgar et Catti-Brie, côte à côte et se tenant la main, ce qui, d'après Drizzt et au vu de leur aspect blafard et épuisé, traduisait autant un soutien mutuel qu'une pure affection.

Si épuisés qu'ils soient, leurs visages s'éclairèrent d'un sourire, comme celui de Régis, quand ils virent Drizzt faire son entrée dans la salle. C'était la première fois qu'ils voyaient le drow depuis près d'une dizaine de jours.

— Bienvenue ! Bienvenue ! s'écria joyeusement Régis. Comme ce banquet aurait manqué d'éclat si tu ne nous avais pas rejoints !

Drizzt se glissa sur une chaise à côté de LaValle, ce qui provoqua un regard inquiet de la part du magicien vaguement apeuré. Les lieutenants de la guilde, eux aussi, s'agitèrent quelque peu, mal à l'aise à l'idée de dîner en compagnie d'un elfe drow.

Celui-ci balaya d'un sourire le poids de leur gêne ; il s'agissait de leur problème, pas du sien.

— J'étais occupé, dit-il à Régis.

À broyer du noir, songea Bruenor en prenant place à côté de Drizzt mais en tenant sa langue avec tact.

Wulfgar et Catti-Brie considérèrent leur ami à la peau sombre depuis l'autre côté de la table.

— Tu m'as maudit, dit calmement le drow au barbare. (Celui-ci s'affaissa sur sa chaise et son visage prit une teinte écarlate, tandis qu'il serrait plus fort la main de Catti-Brie.) Seule la force de Wulfgar était en mesure de retenir cette porte.

Un sourire mélancolique apparut sur les lèvres de l'elfe.

— Mais je..., commença le colosse, avant d'être coupé par Catti-Brie.

— Assez parlé de ça, alors, décréta la jeune femme en abattant son poing sur la cuisse de Wulfgar. Ne parlons plus des épreuves que nous avons surmontées. L'avenir nous réserve tant de choses !

— Ma fille a raison ! enchaîna Bruenor. Les jours passent tandis que nous restons assis à nous soigner ! Encore une autre dizaine et nous pourrions bien rater une guerre !

— Je suis prêt à partir, déclara Wulfgar.

— Non, tu ne l'es pas, rétorqua Catti-Brie. Et moi non plus. Le désert nous arrêterait avant même que nous atteignions la longue route qui se trouve plus loin.

— Hum…, intervint Régis afin d'attirer leur attention. En ce qui concerne votre départ… (Il s'interrompit devant les regards rivés sur lui, nerveux à l'idée de présenter correctement sa proposition.) Je… euh… pensais que… Enfin, je veux dire…

— Accouche ! lâcha Bruenor, qui devinait ce que son ami avait à l'esprit.

— Eh bien, je me suis aménagé un endroit pour moi ici…

— Et tu comptes rester, poursuivit Catti-Brie. Nous ne te le reprocherons pas, même si tu nous manqueras énormément !

— Oui… et non. Il y a de la place, ici, ainsi qu'une fortune. Avec vous quatre à mes côtés…

Bruenor l'arrêta d'une main levée.

— Une offre intéressante mais mon foyer se trouve dans le Nord.

— Des armées attendent notre retour, ajouta Catti-Brie.

Conscient du caractère définitif du refus de Bruenor et sachant que Wulfgar suivrait Catti-Brie même si elle décidait de retourner sur Tartérus, le halfelin se tourna vers Drizzt, qui était devenu un mystère impénétrable pour tous les compagnons ces derniers jours.

L'elfe se cala contre son dossier et réfléchit à la proposition. Son hésitation à repousser cette offre provoqua des regards préoccupés de la part de Bruenor, Wulfgar et surtout de Catti-Brie. La vie à Portcalim ne se révélerait peut-être pas si désagréable et le drow disposait à coup sûr des outils pour évoluer dans le sombre royaume au sein duquel Régis comptait opérer. Il regarda ce dernier dans les yeux.

— Non, dit-il. (Il se tourna vers Catti-Brie, qui avait laissé échapper un soupir de soulagement, et plongea ses yeux dans les siens.) J'ai déjà trop arpenté les ténèbres. Une noble quête m'attend et un noble trône attend son roi légitime.

Régis se détendit sur sa chaise et haussa les épaules. Il s'était attendu à ces réponses.

— Si vous êtes aussi déterminés à retourner faire la guerre, alors je serais un piètre ami si je ne vous aidais pas. (Les autres le regardèrent avec curiosité, ne s'étonnant plus des surprises que pouvait apporter ce petit être.) À ce sujet, l'un de mes agents m'a rapporté l'arrivée d'un important personnage – d'après ce que m'a raconté Bruenor à propos de votre voyage vers le Sud – à Portcalim ce matin.

Il claqua des doigts et un jeune domestique fit son apparition par un rideau latéral, ouvrant le chemin au capitaine Deudermont.

Le capitaine s'inclina devant Régis, puis plus encore devant les amis chers qu'il avait connus au cours du périlleux trajet depuis Eauprofonde.

— Nous avons bénéficié d'un vent arrière et l'*Esprit follet de la mer* est plus rapide que jamais, expliqua-t-il. Nous sommes prêts à partir dès demain à l'aube ; le doux balancement d'un navire est certainement l'endroit idéal pour réparer des os fatigués !

— Mais votre commerce ? s'étonna Drizzt. Le marché se trouve ici, à Portcalim. Et la saison ? Vous n'aviez pas prévu de repartir avant le printemps.

— Je ne serai peut-être pas en mesure de vous conduire jusqu'à Eauprofonde, dit Deudermont. Les vents et les glaces le décideront pour nous. Cependant vous serez plus près de votre but quand vous toucherez terre de nouveau. (Il se tourna vers Régis, puis revint à Drizzt.) Concernant mes pertes commerciales, des arrangements ont été trouvés.

Régis passa ses pouces dans sa ceinture ornée de bijoux.

— Je vous devais bien ça, pour le moins !

— Bah ! grogna Bruenor, une lueur enthousiaste dans le regard. Dix fois plus, Ventre-à-Pattes, dix fois plus !

Drizzt regardait par l'unique fenêtre de sa chambre les rues sombres de Portcalim. Elles semblaient plus calmes cette nuit, murées dans un silence de suspicion et de complots, en attendant la lutte pour le pouvoir qui suivrait inévitablement la chute d'un maître de guilde aussi puissant que le Pacha Amas.

L'elfe savait que d'autres yeux étaient tapis dehors et restaient rivés sur lui, sur le bâtiment de la guilde, espérant un mot de sa part – avec l'espoir d'obtenir une seconde chance de se battre contre Drizzt Do'Urden.

La nuit passa paresseusement et Drizzt, sans quitter sa fenêtre, la contempla jusqu'à l'aube. Une fois encore, Bruenor fut le premier à entrer dans sa chambre.

— T'es prêt, l'elfe ? demanda ce dernier, impatiemment, après avoir refermé la porte derrière lui.

— Patience, mon cher nain, répondit le drow. Il nous est impossible de partir tant que la marée n'est pas haute et le capitaine Deudermont m'a assuré qu'il nous faudrait attendre toute la matinée.

Bruenor s'assit lourdement sur le lit.

— Tant mieux, dit-il enfin. Ça m'donne plus de temps pour parler avec le petit.

— Tu as peur pour Régis, remarqua Drizzt.

— Ouais…, reconnut le nain. Il s'est montré généreux envers moi. (Il désigna la statuette d'onyx sur la table.) Et envers toi. Ventre-à-Pattes l'a dit lui-même : il y a des richesses à saisir ici. Amas n'étant plus là, ça va être chacun pour soi. Et avec Entreri qui rôde… ça n'me plaît pas. Sans parler des autres hommes-rats qui voudront sûrement faire payer leurs souffrances au petit. Et c'magicien ! Ventre-à-Pattes prétend l'maîtriser grâce aux pierres précieuses, si tu vois ce que je veux dire, mais ça m'paraît étonnant qu'un magicien soit prisonnier d'un tel sort.

— Je suis d'accord avec toi, convint Drizzt.

— Je ne l'aime pas et je n'lui fais pas confiance ! Ventre-à-Pattes le garde en permanence à ses côtés.

— Peut-être devrions-nous rendre visite à LaValle ce matin, afin de juger où il se situe, proposa Drizzt.

Quand ils furent parvenus à la porte de la chambre du magicien, Bruenor toqua sur le battant de manière fort différente. Après avoir doucement tapoté sur celui de Drizzt, il assena de grands coups allant crescendo sur celui-ci. LaValle bondit de son lit et se précipita pour voir quel était le problème et qui frappait sur sa porte toute neuve.

— 'Jour, magicien, marmonna Bruenor en pénétrant dans la pièce quand le battant eut cédé.

— Je m'en doutais…, grommela LaValle, un œil vers l'âtre, à côté duquel s'empilaient les restes de son ancienne porte. (Il poursuivit, aussi poliment que possible :) Salutations, cher nain. De même pour vous, maître Do'Urden. (Il s'était empressé d'ajouter ces mots en voyant l'elfe se glisser à la suite du nain.) Ne devriez-vous pas être déjà partis à cette heure tardive ?

— Nous avons le temps, dit Drizzt.

— Et nous ne partirons pas sans nous être assurés de la sécurité de Ventre-à-Pattes, précisa Bruenor.

— Ventre-à-Pattes ? répéta LaValle.

— Le halfelin ! rugit Bruenor. Ton maître !

— Ah oui ! Maître Régis ! dit le magicien avec émotion, les mains soudain rassemblées sur la poitrine et le regard brusquement distant et vitreux.

Drizzt ferma la porte et lui lança un regard soupçonneux.

La transe qui semblait l'avoir emporté ailleurs s'évanouit quand LaValle prit conscience que le drow le regardait sans ciller. Il se gratta le menton et regarda autour de lui, en quête d'un passage par où s'enfuir en courant. Il venait de se rendre compte qu'il ne pouvait pas duper l'elfe noir. Le nain, peut-être, le halfelin, certainement, mais pas celui-là. Ces yeux lavande semblaient brûler dans ce visage.

— Vous ne croyez pas que votre ami a jeté son enchantement sur moi, n'est-ce pas ? dit-il.

— Les magiciens savent éviter les pièges de magiciens, répondit Drizzt.

— C'est vrai, avoua LaValle en se laissant tomber sur une chaise.

— Bah ! Alors tu es aussi un menteur ! gronda Bruenor, dont les mains se posèrent sur sa hache, accrochée à sa ceinture.

Drizzt l'arrêta.

— Si vous doutez de cet enchantement, ne doutez pas de ma loyauté, dit le magicien. Je suis un homme doté de sens pratique et j'ai servi de nombreux maîtres au cours de ma longue vie. Amas fut le plus grand d'entre eux mais Amas n'est plus là. LaValle vit toujours afin de servir.

— Ou peut-être voit-il là une chance de se hisser au sommet, fit remarquer Bruenor, qui s'attendait à déclencher la colère du magicien.

Toutefois, ce dernier rit de bon cœur.

— J'ai mon art, dit-il. C'est tout ce qui m'importe. Je vis confortablement et je suis libre d'aller et venir comme il me plaît. Je n'ai pas besoin des défis et des dangers d'un maître de guilde. (Il se tourna vers Drizzt, qui semblait le plus raisonnable des deux intrus.) Je servirai le halfelin et s'il est renversé, je servirai celui qui prendra sa place.

Cette logique suffit à Drizzt et le convainquit bien plus de la loyauté du magicien que tout enchantement provoqué par le rubis.

— Partons, maintenant, dit-il à Bruenor, avant de se diriger vers la porte.

Celui-ci faisait confiance au jugement de l'elfe mais il ne résista pas à une dernière menace :

— Tu m'as causé du tort, magicien, gronda-t-il depuis le seuil. Tu as presque tué ma fille. S'il arrive quoi que ce soit à mon ami, tu le paieras de ta tête.

LaValle acquiesça mais n'ajouta pas un mot.

— Occupe-toi bien de lui, conclut le nain en lui adressant un clin d'œil, avant de claquer la porte dans un grand fracas.

— Il déteste ma porte..., se lamenta le magicien.

Une heure plus tard, le groupe était réuni dans l'entrée principale du bâtiment de la guilde ; Drizzt, son masque magique pendant autour du cou, Bruenor, Wulfgar et Catti-Brie parés de leur équipement de route.

Régis les rejoignit, ses domestiques sur les talons. Il comptait accompagner ses impressionnants amis jusqu'à l'*Esprit follet de la mer*. Le nouveau maître de guilde souhaitait que ses ennemis contemplent ses alliés dans toute leur splendeur, en particulier l'elfe drow.

— Une dernière offre avant votre départ, déclara Régis.

— On ne reste pas, rétorqua Bruenor.

— Pas à toi, répondit le halfelin, avant de se tourner vers Drizzt. À toi. (Drizzt attendit patiemment que son ami, qui se frottait les mains avec enthousiasme, se lance.) Cinquante mille pièces d'or...

Pour ta panthère. (Les yeux de l'elfe s'écarquillèrent jusqu'à doubler en taille.) Guenhwyvar sera bien traitée, je t'assure que…

Catti-Brie donna une gifle à Régis sur l'arrière du crâne.

— Tu devrais avoir honte ! le réprimanda-t-elle. Tu connais le drow mieux que ça !

Drizzt l'apaisa d'un sourire.

— Un trésor contre un trésor ? dit-il au halfelin. Tu sais que je dois refuser. Guenhwyvar ne peut être achetée, si louables tes intentions soient-elles.

— Cinquante mille ! lâcha Bruenor. Si nous en avions besoin, nous les prendrions avant de partir !

Régis se rendit soudain compte de l'absurdité de sa proposition et fut embarrassé au point d'en rougir.

— Es-tu si certain que nous ayons traversé le monde pour te venir en aide ? lui demanda Wulfgar. (Régis le regarda, désorienté, tandis que le barbare poursuivait, la mine sérieuse :) Peut-être ne sommes-nous venus que pour la panthère.

L'air stupéfait qu'arbora alors le halfelin fut tel qu'ils éclatèrent tous de rire, ainsi que Régis, comme ils ne l'avaient pas fait depuis des mois.

— Tiens, reprit Drizzt quand le calme fut revenu. Prends ça à la place.

Il retira le masque magique et le lança au halfelin.

— Ne devrais-tu pas le garder jusqu'à notre embarquement ? demanda Bruenor.

Drizzt se tourna vers Catti-Brie et le sourire d'approbation et d'admiration qu'elle lui offrit chassa les derniers doutes de son esprit.

— Non, dit-il. Que les Calishites me jugent selon leur volonté. (Il ouvrit les portes et laissa ainsi la lumière du soleil matinal scintiller dans ses yeux lavande.) Que le monde entier me juge selon sa volonté.

Un air de pur contentement sur le visage, il regarda tour à tour ses quatre amis dans les yeux avant de conclure :

— Vous savez qui je suis.

Épilogue

L'*Esprit follet de la mer* remonta avec difficultés le long de la côte des Épées, en bravant les vents d'hiver, sans que cela entame la détermination du capitaine Deudermont et de son équipage reconnaissant à conduire rapidement et en sécurité les quatre compagnons jusqu'à Eauprofonde.

Des visages stupéfaits accueillirent le vaisseau quand il fit son entrée dans le port d'Eauprofonde après avoir évité les brisants et les icebergs. Fort de toutes les compétences accumulées au cours de ses années d'expérience, Deudermont amarra l'*Esprit follet de la mer* sans difficulté.

Les quatre amis avaient retrouvé une santé florissante, ainsi que leur bonne humeur, lors de ces deux mois passés en mer et malgré les conditions pénibles. Tout était finalement rentré dans l'ordre, jusqu'aux blessures de Catti-Brie, qui semblaient s'être totalement refermées.

Cependant, si le trajet vers le nord avait été pénible, la marche sur les terres gelées promettait d'être encore pire. L'hiver touchait à sa fin mais restait vif sur le continent, et les compagnons ne pouvaient pas se permettre d'attendre la fonte des neiges. Ils firent leurs adieux à Deudermont et aux hommes de l'*Esprit follet de la mer*, se recouvrirent d'épaisses capes et de bottes, puis s'élancèrent avec effort depuis la porte d'Eauprofonde sur la route du Commerce et prirent la direction du nord-est, vers Longueselle.

Le vent glacial et les loups s'unirent pour les arrêter, tandis que le chemin, dont les nombreux jalons avaient été enterrés sous une neige abondante, ne fut suivi que grâce aux déductions d'un elfe drow qui s'orientait selon les étoiles et le soleil.

Pourtant, ils atteignirent leur but et surgirent un beau jour à Longueselle, prêts à reprendre Castelmithral. Les cousins du Valbise de Bruenor étaient présents pour les accueillir, accompagnés par cinq cents barbares du peuple de Wulfgar. Moins de deux semaines plus tard, le général Dagnabit, de la citadelle d'Adbar, menait ses huit mille nains aux côtés de Bruenor.

Des plans de bataille furent dressés et encore dressés. Drizzt et Bruenor mirent en commun leurs souvenirs de la ville souterraine et des mines afin de créer des modèles du lieu et d'estimer le nombre de duergars que l'armée devrait affronter.

Quand le printemps eut raison des derniers souffles de l'hiver, et seulement quelques jours avant que l'armée soit envoyée dans la montagne, deux autres groupes d'alliés se présentèrent, de façon plutôt inattendue : des contingents d'archers en provenance de Lunargent et de Nesmé. Dans un premier temps, Bruenor voulut renvoyer les guerriers de Nesmé chez eux, non seulement parce que le nain gardait en mémoire la façon dont lui et ses amis avaient été traités par une patrouille locale lors de leur premier voyage vers Castelmithral, mais aussi parce qu'il se demandait si cette manifestation d'allégeance était plus motivée par une volonté d'amitié que par le profit qu'ils espéraient en tirer !

Néanmoins, comme d'habitude, les amis de Bruenor lui firent entendre raison. Les nains seraient amenés à traiter de façon régulière avec Nesmé, la cité la plus proche de Castelmithral, une fois que les mines seraient de nouveau ouvertes, et un chef avisé effacerait les mauvais sentiments ici ou là.

Leur nombre était infini, leur détermination sans égale et leurs meneurs magnifiques. Bruenor et Dagnabit conduisirent les forces d'assaut principales des nains rompus au combat et des barbares enragés, dévastant pièce après pièce l'habitat de la racaille duergar. Armée de son arc et aidée par les quelques Harpell qui avaient fait le déplacement et les archers des deux cités, Catti-Brie nettoya les passages latéraux au fur et à mesure de l'avancée de la poussée centrale.

Drizzt, Wulfgar et Guenhwyvar combattirent seuls, comme ils l'avaient si souvent fait dans le passé, en éclaireurs dans des zones en avant ou en dessous de l'armée, et décimèrent plus que leur part de duergars en chemin.

En trois jours, le niveau supérieur fut maîtrisé. En deux semaines, la ville souterraine. Quand le printemps se fut installé sur les terres du Nord, moins d'un mois après le départ de l'armée de Longueselle, les marteaux du clan Marteaudeguerre frappaient de nouveau en rythme dans les anciennes mines.

Et le roi légitime avait repris son trône.

Depuis les montagnes, Drizzt regardait les lumières lointaines de la cité enchantée de Lunargent. Il avait autrefois été chassé de cette ville – un rejet douloureux –, mais pas cette fois-ci.

Il pouvait arpenter la terre à son gré, désormais, la tête dressée et la capuche rejetée en arrière. Pourtant, la plupart des habitants de ce monde ne le traitaient pas différemment ; peu d'entre eux connaissaient le nom de Drizzt Do'Urden. Cependant, l'elfe savait ne plus devoir aucune excuse pour sa peau sombre et il n'en offrait pas à ceux qui le jugeaient de façon injuste.

Le poids des préjugés du monde pèserait toujours sur ses épaules mais Drizzt avait appris, grâce à la perspicacité de Catti-Brie, à le supporter.

Quelle merveilleuse amie elle était pour lui. Il l'avait regardée se transformer en jeune femme et le fait de savoir qu'elle avait trouvé un foyer lui faisait chaud au cœur.

L'imaginer avec Wulfgar, aux côtés de Bruenor, touchait l'elfe noir, qui n'avait jamais connu de famille.

— Comme nous avons tous changé, murmura-t-il au vent des montagnes désertes.

Il n'y avait aucun regret dans ses paroles.

L'automne vit les premiers articles forgés par les nains quitter Castelmithral pour être portés à Lunargent, et quand le printemps succéda de nouveau à l'hiver, le commerce était lancé, les barbares du Valbise se chargeant du transport des objets nains vers les marchés.

Ce même printemps, une sculpture fut entamée dans la Salle des Rois, à l'effigie de Bruenor Marteaudeguerre.

Aux yeux de ce nain, qui était parti si loin de chez lui et avait vu tant de choses merveilleuses – et affreuses –, la réouverture des mines et même l'élaboration de son buste semblaient de faible importance en comparaison d'un autre événement prévu cette année-là.

— J'vous avais dit qu'il reviendrait, dit Bruenor à Wulfgar et Catti-Brie, tous les deux assis à côté de lui dans la salle d'audience. L'elfe n'aurait pas manqué quelque chose d'aussi important qu'votre mariage !

Le général Dagnabit – qui, avec la bénédiction du roi Harbromme de la citadelle d'Adbar, été resté avec deux mille autres nains et avait juré allégeance à Bruenor – entra dans la pièce, escortant une silhouette que l'on avait de moins en moins aperçue à Castelmithral durant ses derniers mois.

— Salutations, dit Drizzt en avançant vers ses amis.

— Ainsi, tu es venu, dit Catti-Brie d'un air absent en feignant un certain désintérêt.

— Nous ne l'avions pas prévu, ajouta Wulfgar du même ton désinvolte. J'espère qu'il restera une place à la table.

Drizzt se contenta de sourire et de s'incliner en guise d'excuse. Il s'était fréquemment absenté ces derniers temps, parfois durant plusieurs semaines d'affilée. Les invitations personnelles de la part de la Dame de Lunargent et de son royaume enchanté ne se refusaient pas facilement.

— Bah ! lâcha Bruenor. J'vous avais dit qu'il reviendrait ! Et pour de bon, cette fois !

Drizzt secoua la tête.

Le nain redressa la sienne, se demandant ce qui préoccupait son ami.

— Tu poursuis encore cet assassin, l'elfe ? s'enquit-il, incapable de retenir sa question plus longtemps.

Drizzt sourit et secoua de nouveau la tête.

— Je n'ai aucun désir de le retrouver, répondit-il, avant de lancer un regard à Catti-Brie, qui en comprit parfaitement le sens, puis de revenir vers Bruenor. Il existe tant de paysages dans ce vaste monde, mon cher nain, qui ne peuvent être vus depuis les ombres, de nombreux sons plus doux à l'oreille que le cliquetis de l'acier et quantité de senteurs préférables que la puanteur de la mort.

— Qu'on prépare un autre banquet ! ronchonna Bruenor. L'elfe va se marier, c'est sûr !

Drizzt ne releva pas cette remarque. Peut-être y avait-il un semblant de vérité dans les mots du nain, en regardant loin dans l'avenir. Le drow ne limitait plus ni ses espoirs ni ses désirs. Il verrait désormais le monde comme il le pourrait et effectuerait ses choix selon ses souhaits et non plus en fonction des bornes qu'il s'était imposées jusqu'alors. Toutefois, pour l'instant, Drizzt avait découvert un sentiment trop personnel pour être partagé.

Pour la première fois de sa vie, il avait trouvé la paix.

Un autre nain entra dans la salle et se précipita vers Dagnabit. Tous deux s'en allèrent mais le général fit son retour quelques instants plus tard.

— Que se passe-t-il ? lui demanda Bruenor, troublé par cette agitation.

— Un nouvel invité, expliqua Dagnabit.

Avant qu'il puisse introduire de façon convenable le nouveau venu, une silhouette de halfelin se glissa dans la pièce.

— Régis ! s'écria Catti-Brie.

La jeune femme et Wulfgar coururent vers leur vieil ami.

— Ventre-à-Pattes ! rugit Bruenor. Par les Neuf Enfers !

— Vous pensiez vraiment que je raterais cet événement ? lança Régis. Le mariage de deux de mes amis les plus proches ?

— Comment as-tu su ? s'enquit Bruenor.

— Tu sous-estimes ta célébrité, roi Bruenor, répondit Régis en s'inclinant gracieusement.

Drizzt observait le halfelin avec curiosité. Il portait sa veste ornée de joyaux, ainsi que plus de bijoux, dont le pendentif et son rubis, que le drow n'en avait jamais vu réuni. S'ajoutaient à cela des sacs lourdement chargés, suspendus à la ceinture de Régis, qui contenaient certainement de l'or et des pierres précieuses.

— Comptes-tu rester longtemps ? demanda Catti-Brie.

— Je ne suis pas pressé, répondit Régis avec un haussement d'épaules.

Drizzt leva un sourcil. Le maître d'une guilde de voleurs ne quittait que rarement le siège de son pouvoir, tant étaient nombreux ceux qui se tenaient prêts à le lui ravir.

Catti-Brie parut satisfaite de cette réponse, ainsi que du retour du halfelin survenu au bon moment. Le peuple de Wulfgar était sur le point de reconstruire la cité de Calmepierre, au pied des montagnes. Cela dit, avec Wulfgar, ils avaient prévu de demeurer à Castelmithral, aux côtés de Bruenor. Après le mariage, ils avaient en tête de partir quelque temps en voyage, peut-être jusqu'au Valbise, peut-être en compagnie du capitaine Deudermont plus tard dans l'année, quand l'*Esprit follet de la mer* reprendrait la route des terres du Sud.

Catti-Brie redoutait d'apprendre à son père qu'ils allaient les quitter, même si ce n'était que pour quelques mois. Drizzt étant si souvent parti, elle craignait que le nain se sente malheureux. Mais si Régis décidait de rester un moment…

— Puis-je avoir une chambre pour y ranger mes affaires et me reposer, après ce long trajet ? demanda le halfelin.

— Nous allons nous en occuper, proposa Catti-Brie.

— Et concernant tes domestiques ? demanda Bruenor.

— Oh…, balbutia Régis, cherchant ses mots. Je… Je suis venu seul. Les gens du Sud supportent mal la fraîcheur d'un printemps du Nord, tu sais…

— Bien ! Vas-y, alors. Ce sera ensuite à mon tour de préparer un festin pour le plaisir de ton estomac !

Régis se frotta les mains avec joie et prit congé, accompagné de Wulfgar et Catti-Brie. Tous les trois se lancèrent dans le récit de leurs dernières aventures avant même d'avoir quitté la salle.

— J'suis certain que les habitants de Portcalim qui connaissent simplement mon nom doivent déjà être rares, dit Bruenor à Drizzt après le départ des autres. Et qui, au sud de Longueselle, aurait pu être informé de ce mariage ? (Il lança un regard entendu à son sombre ami.) J'parie que le p'tit a emporté une part de son trésor avec lui, non ?

Drizzt était arrivé à la même conclusion dès l'instant où Régis était entré.

— Il est en fuite, convint l'elfe.

— Il s'est encore empêtré dans des ennuis ou je suis un gnome barbu !

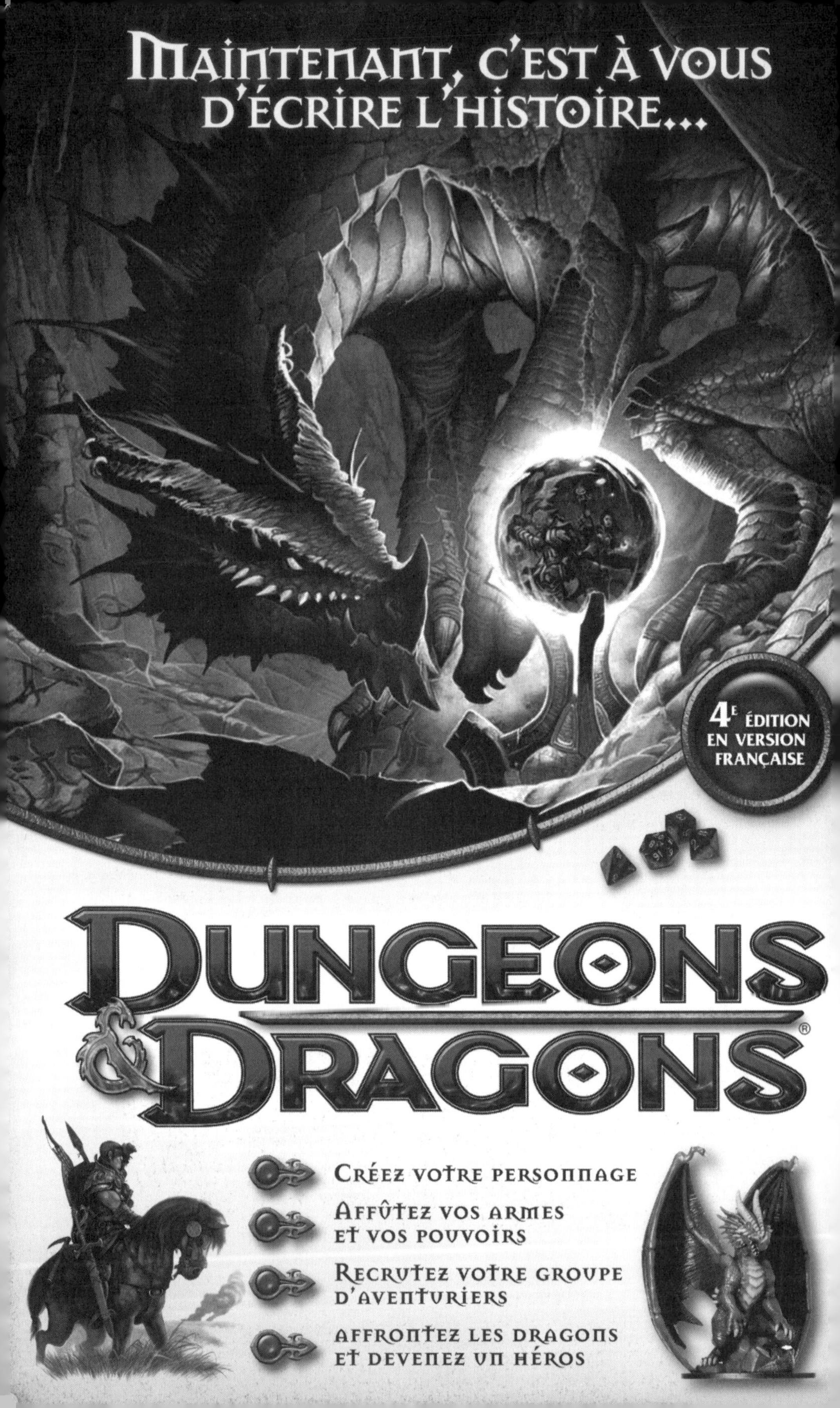
Maintenant, c'est à vous
d'écrire l'histoire...
4e édition
en version
française
Dungeons
&
Dragons®
Créez votre personnage
Affûtez vos armes
et vos pouvoirs
Recrutez votre groupe
d'aventuriers
affrontez les dragons
et devenez un héros

CPI
Aubin Imprimeur

Achevé d'imprimer en mai 2009
N° d'impression L 72992
Dépôt légal, mai 2009
Imprimé en France
81120136-1